Sombre lumière

*

Un garde du corps amoureux

JUNO RUSHDAN

Sombre lumière

Traduction française de
CHRISTINE BOYER

BLACK ROSE

HARLEQUIN

Collection : BLACK ROSE

Titre original :
WYOMING MOUNTAIN COLD CASE

HARPERCOLLINS FRANCE
83-85, boulevard Vincent-Auriol, 75646 PARIS CEDEX 13
Service Clients — www.harlequin.fr
ISBN 978-2-2805-1055-4 — ISSN 1950-2753

Édité par HarperCollins France.
Composition et mise en pages Nord Compo.
Imprimé en octobre 2024 par CPI Black Print (Barcelone)
en utilisant 100% d'électricité renouvelable.
Dépôt légal : novembre 2024.

FSC www.fsc.org MIXTE Papier issu de sources responsables FSC® C159065

Pour limiter l'empreinte environnementale de ses livres, HarperCollins France s'engage à n'utiliser que du papier fabriqué à partir de bois provenant de forêts gérées durablement et de manière responsable.

Prologue

Fin novembre, cinq ans plus tôt

Terrifiée, Tiffany Cummings tira une nouvelle fois sur la corde qui mordait ses poignets. Elle frissonnait sous les assauts du vent glacial. Allongée à moitié nue sur le sol enneigé, les bras attachés à un arbre, les chevilles ligotées, elle était incapable de bouger.

Dans ces conditions, comment aurait-elle pu se défendre, espérer *lui* échapper ?

Je vais mourir !

Il va me tuer dans cette montagne loin de tout.

Pourtant, elle luttait contre l'accablement qui l'envahissait.

Non, ne renonce pas, ne le laisse pas gagner.

Bats-toi !

Mais comment ?

Le fou qui l'avait piégée allait revenir. Elle devinait sa présence toute proche.

Il se préparait à la tuer.

Pourquoi avait-elle été assez bête pour lui faire confiance et accepter son aide ? Elle n'était pourtant pas naïve au point de croire sur parole le premier venu.

Lorsqu'elle s'était aperçue qu'elle avait crevé alors qu'elle roulait sur cette petite route sinueuse et déserte, elle avait d'abord été soulagée de le voir apparaître. Quand il lui avait proposé de lui donner un coup de main, elle ne s'était pas méfiée. Au contraire, elle avait remercié sa bonne étoile de lui envoyer un sauveur.

Il lui avait paru sympathique avec son visage séduisant, son charmant sourire, sa gentillesse. Son désir manifeste de lui rendre service comme l'intelligence qui brillait dans ses yeux verts l'avaient poussée à baisser la garde. Et d'ailleurs pourquoi se serait-elle inquiétée ? Elle se sentait en sécurité dans cette petite ville paisible du Wyoming et ses alentours. Elle avait toujours eu la certitude que rien ne pouvait lui arriver au sein de cette magnifique pinède, surtout un lendemain de Thanksgiving.

Dès qu'elle était sortie de sa voiture, tout avait changé. Au lieu de l'aider, il lui avait froidement expliqué qu'il allait la tuer… à moins qu'elle ne réussisse à lui échapper.

Il lui avait donné un peu d'avance – « pour pimenter le jeu », lui avait-il précisé – avant de s'élancer à sa poursuite. Pendant des heures, il l'avait pourchassée dans la montagne, tel un prédateur traquant sa proie. Il avait même hurlé comme un loup à la pleine lune alors qu'il se rapprochait d'elle.

En la rattrapant, il l'avait assommée.

Et quand elle avait repris connaissance elle était en plein cauchemar.

En culotte et soutien-gorge, étendue sur le sol gelé, attachée à un tronc d'arbre et bâillonnée par du ruban adhésif, elle attendait avec une angoisse croissante qu'il la tue.

Elle entendit la neige crisser sous des pas. Il revenait.

Paniquée, elle tira de nouveau sur les liens qui l'emprisonnaient, tenta une fois de plus de se libérer. Elle sentait le froid s'infiltrer dans ses os.

Le souffle de son ravisseur se cristallisa dans l'air glacé au-dessus d'elle alors qu'il entrait dans son champ de vision.

Il posa sur elle ses yeux verts et, à la vue de son regard cruel, elle essaya une nouvelle fois de se débattre, de lui envoyer un coup de pied, mais en vain. Il restait hors de portée.

Elle s'aperçut soudain qu'il tenait un couteau à la main. Grand et long, il ressemblait aux poignards utilisés pour le dépeçage et l'éviscération du gibier. La lame brillait au clair de lune.

Le ventre noué, elle s'efforça de réprimer sa frayeur, mais n'y parvint pas. Des larmes inondèrent ses joues.

Mon Dieu, pourquoi ? Pourquoi moi ?

Un grand sourire se peignit sur le visage du type, ses yeux étincelaient comme un sapin de Noël. Elle était le cadeau qu'il s'offrait, comprit-elle.

Non, non, non !

Elle ne devait pas le laisser s'en tirer comme ça. Il fallait qu'il soit arrêté. Puni. Avant qu'il ne l'assomme, elle s'était défendue et avait réussi à lui griffer le visage. La police récupérerait son ADN sous ses ongles. Tôt ou tard, il serait identifié et capturé.

Il le fallait.

Mais combien de temps s'écoulerait-il avant que son corps ne soit découvert ? Personne ne remarquerait son absence, personne ne signalerait sa disparition. Si elle avait de la chance, un braconnier tomberait peut-être sur son cadavre avant l'ouverture de la prochaine saison de chasse.

Lorsqu'il s'agenouilla à côté d'elle, la terreur l'envahit, faisant battre son cœur plus vite.

— Non ! voulut-elle hurler.

Mais le ruban adhésif étouffait ses cris. De nouveau, elle tira sur ses liens dans l'espoir de se libérer, mais les nœuds étaient trop serrés. Si elle avait pu parler, elle l'aurait supplié de lui laisser la vie sauve, lui aurait proposé tout et n'importe quoi pour qu'il l'épargne.

Mon Dieu, aidez-moi.

Il se plaça au-dessus d'elle et la dévisagea un long moment. Ses yeux verts brillaient au clair de lune. Il arracha le bâillon de sa bouche.

Elle avait tant de choses à lui dire, mais l'affolement l'empêchait de réfléchir et elle ne parvint à balbutier qu'un seul mot.

— Pourquoi ?

— Parce que j'en avais envie.

Tiffany gémit. Elle ne pouvait rien dire, rien faire, pour l'arrêter, comprit-elle avec désespoir. Rien du tout.

— Pourquoi moi ?

— Parce que c'était facile. J'ai adoré jouer avec toi au chat et à la souris. Même si, en réalité, tu n'avais aucune chance de m'échapper.

Un sanglot monta à sa gorge, mais avant qu'il ne franchisse ses lèvres le monstre remit le ruban adhésif sur ses lèvres.

— Tu es la première, mais il y en aura d'autres, ajouta-t-il en brandissant son couteau.

Tiffany ferma les paupières et attendit la mort.

1

La nuit tombait quand le shérif Daniel Clark s'accroupit à côté de la morte. Il faisait frisquet en cette fin octobre et il tira sur le col de sa veste. Une odeur de sang frais flottait dans l'air, mêlée à celle de la terre mouillée.

Voilà près de dix-huit ans qu'il travaillait dans les forces de l'ordre. Il avait passé l'essentiel de sa carrière au service de police de l'université du Wyoming, la Southeastern Wyoming University. Il avait donc une bonne expérience en matière d'homicides. Cela dit, dans cette partie de l'État, le taux de criminalité était relativement faible.

Tout avait changé lorsqu'il était devenu shérif. Les portes de l'enfer s'étaient alors ouvertes. Au cours des vingt-quatre derniers mois, il avait eu à traiter des affaires de violence conjugale, des meurtres, des viols, des incendies criminels, des crimes liés aux trafics de drogue, une prise d'otages. Sans oublier un attentat perpétré en plein centre-ville par des terroristes qui cherchaient à tuer un agent fédéral.

Il n'ignorait donc rien des atrocités dont était capable le genre humain et se croyait immunisé, même s'il ne s'y habituerait sans doute jamais. Mais, là, tout était différent. Il n'avait jamais rien vu de pareil.

Âgée d'une vingtaine d'années, la victime gisait sur le sol, en sous-vêtements, les poignets attachés à un arbre. Sa peau d'une blancheur fantomatique bleuissait à cause du froid. De multiples entailles ensanglantaient sa poitrine et sa gorge avait été sauvagement tranchée.

Qui que soit cette femme, elle avait été belle de son vivant avec ses traits fins, son corps mince. Ses yeux bruns étaient grands ouverts, son visage exprimait encore la surprise que la mort laisse souvent derrière elle. Ses longs cheveux noirs avaient été déployés en éventail autour de sa tête, sans doute par son meurtrier, comme une couronne.

Le tueur avait pris le temps de faire de sa mort un spectacle.

Daniel promena les yeux autour de lui, au-delà du ruban jaune et noir sécurisant la scène de crime. Un peu plus loin, l'un de ses adjoints discutait avec un policier pour déterminer quelle juridiction était compétente pour cette enquête. Sans s'y arrêter, il considéra la pinède alentour. Il y avait peu de passage dans ces bois isolés. Deux campeurs étaient tombés par hasard sur le cadavre au cours d'une randonnée.

Il jeta un coup d'œil à la pile de vêtements soigneusement pliés sur le côté et lança au policier :

— Vous n'avez touché à rien, n'est-ce pas ?

— Bien sûr que non, shérif.

Bien. Avec un peu de chance, ils y trouveraient des papiers d'identité. Mais avant de les fouiller il préférait attendre que la police scientifique ait photographié la scène de crime.

Il reporta son attention sur la victime. À en juger par les profondes marques sur ses poignets, elle s'était débattue avant de mourir.

Jane Doe était une battante.

En revanche, il ne vit aucune blessure défensive sur son visage ou sur son corps. Pourtant, l'agresseur avait réussi à la déshabiller avant de la tuer. Avait-elle été droguée ?

En l'examinant de plus près, il remarqua un tatouage sur son poignet. Un croissant de lune emboîté à un soleil avec un œil au centre. Le symbole de la secte Shining Light.

Il se releva et fit signe à l'adjointe Ashley Russo.

Ashley, une rousse robuste aux longs cheveux qu'elle coiffait en tresse épaisse, s'approcha. Elle ne cherchait pas à dissimuler sa frustration.

— La police de Laramie va en faire toute une histoire, je vous préviens. *Elle* a déjà été prévenue et *elle* arrive.

Daniel savait très bien de qui elle parlait sans que son adjointe ait besoin de le préciser.

De la cheffe de la police, Wilhelmina – Willa – Nelson.

Si, à une époque, il avait beaucoup apprécié la compagnie de Willa – avant qu'ils n'occupent l'un et l'autre leurs postes respectifs actuels –, il n'était pas pressé de s'entretenir avec elle à propos de cette affaire.

— Vous avez bien pris les mesures ? demanda Daniel.

Ashley hocha la tête.

— Plutôt deux fois qu'une pour être certaine de ne pas avoir fait d'erreur. Cette ligne d'arbres là-bas marque la fin des limites de Laramie. Elle se trouve à cinq mètres du corps. Cette enquête ne relève donc pas de la juridiction de la police. Elle est du ressort du comté. Donc du shérif. Elle est pour nous.

Il se félicita qu'Ashley soit aussi méticuleuse, de pouvoir compter sur sa précision. Il allait en avoir besoin sous peu.

— Parfait.

Willa allait protester, ergoter. Tout ou presque était devenu un sujet de discorde entre eux.

— La victime porte un tatouage de Shining Light, dit-il en se tournant vers la pinède. Savez-vous à quelle distance se trouve leur complexe ?

— Pas exactement. Je dirais à trois ou quatre kilomètres.

Daniel entretenait peu de relations avec le gourou de la secte, Marshall McCoy, un type aussi charismatique que fuyant. McCoy avait la réputation de coopérer avec les forces de l'ordre s'il y voyait son intérêt et de faire systématiquement de l'obstruction dans le cas contraire.

— La police scientifique est là, annonça Ashley.

L'adjointe Nina Pruitt, chargée d'enquêter sur les scènes de crime, avait intégré l'équipe depuis peu. Elle venait de Cheyenne et il se félicitait tous les jours d'avoir obtenu le budget nécessaire pour la recruter. Jusqu'alors, son bureau ne disposait pas d'un médecin légiste qualifié. Ses adjoints devaient se charger eux-mêmes de collecter les indices et de les envoyer à un laboratoire criminel extérieur pour qu'ils soient traités.

À quelques pas derrière l'adjointe Pruitt, il vit apparaître Willa – une superbe brune en jean et chemise blanche. Elle portait son insigne à la hanche.

— Allez donner un coup de main à Nina pendant que je m'occupe d'elle, dit Daniel en retirant ses gants en latex avant de se glisser sous la rubalise délimitant la zone.

— Je vous cède bien volontiers la place, répondit Ashley. Bonne chance, ajouta-t-elle avant de s'éloigner.

Daniel salua Pruitt d'un signe de tête. Elle était jeune mais intelligente et expérimentée. Ils avaient de la chance qu'elle ait accepté de les rejoindre alors qu'elle avait d'autres opportunités, certaines avec des possibilités d'avancement.

Il reporta son attention sur la femme extraordinaire qui se dirigeait vers lui tel un missile à tête chercheuse. Grande, mince et dotée de courbes somptueuses, Willa rayonnait d'énergie et de force. Et, au-delà de son physique, sa vivacité d'esprit et son caractère inflexible forçaient l'admiration.

Sous son chapeau de cow-boy, ses longs cheveux noirs tombaient sur ses épaules, encadrant un ravissant visage qu'il prenait beaucoup trop de plaisir à contempler.

Willa le fusilla d'un regard dur en s'approchant de lui.

— Shérif Clark.

Daniel serra les mâchoires. Il regrettait que cette froideur formelle ait remplacé leur chaleureuse familiarité d'autrefois.

— Cheffe Nelson, dit-il en inclinant son stetson vers elle.

Il se plaisait à imaginer que s'ils avaient été seuls, sans leurs subordonnés respectifs, ce qui n'arrivait plus jamais, leurs relations auraient davantage ressemblé à ce qu'elles avaient été. Sans effets de manches, sans références aux fonctions de chacun. Il aurait aimé retrouver l'humour et la douceur de leurs échanges d'autrefois comme la torride sensualité qu'ils avaient trop brièvement partagée.

— D'après mon policier, dit-elle, la scène du crime est très semblable à celle sur laquelle j'enquête actuellement.

— Si j'en crois ce que j'ai lu dans le journal, c'est en effet le cas.

Il n'aurait pas eu à spéculer sur les similitudes entre les meurtres, si elle avait enregistré le dossier dans ViCAP, la base de données du « Violent Crime Apprehension Program », concernant les crimes violents. Elle permettait aux enquêteurs de comparer les détails d'une scène de crime avec des milliers d'autres. Mais il aurait fallu que Willa ait eu le temps de le faire. Il était conscient qu'elle en manquait, vu les innombrables contraintes auxquelles était confrontée la police de Laramie.

— J'ignore les informations que tu as cachées aux journalistes, poursuivit-il. L'article ne faisait mention d'aucune marque sur le corps. Ton cadavre portait-il un tatouage ?

Willa hocha la tête.

— Le symbole de Shining Light sur son épaule. Je suppose que celui-ci a le même.

— Oui, mais au poignet.

Elle croisa les bras, visiblement prête au combat.

— Nous pouvons donc en conclure que les meurtres sont liés. Comme j'enquête déjà sur une affaire similaire, il me semble logique que celle-ci me revienne.

— Pas si vite. Le corps se trouve au-delà des limites de la ville, de ta juridiction. L'enquête est donc de mon ressort.

— Je vais le vérifier mais, en admettant que cela soit le cas, à quelle distance est-il ? demanda-t-elle en fronçant les sourcils. Nous n'allons pas pinailler pour quelques centimètres.

— Il se trouve à cinq mètres. Ce qui fait que cette victime et l'enquête ne sont pas de ta responsabilité. Mais de la mienne. Indubitablement.

Il prit une profonde inspiration avant de poursuivre :

— Nous sommes dans le même camp et avons le même objectif, Willa. Capturer un tueur. Je n'ai aucune envie de me disputer avec toi.

— Alors ne le fais pas et laisse-moi l'affaire.

Quand elle posa les mains sur ses hanches, le geste ramena Daniel quelques années en arrière. Ils n'occupaient pas alors leurs positions professionnelles actuelles. Il la revit, nue dans ses bras, et la saveur enivrante de sa peau lui revint en mémoire avec force.

Ce souvenir lui fit mal, il ne comprit pas très bien pourquoi. Leur aventure avait été aussi soudaine, intense et torride qu'un feu de paille. Elle n'avait jamais été destinée à durer.

— Malheureusement, ce n'est pas si simple, dit-il.

— C'est très simple. Écarte-toi et laisse-moi travailler.

Plus ils s'efforçaient de se tenir à distance l'un de l'autre, plus des circonstances indépendantes de leur volonté les rapprochaient. Ainsi, il avait été nommé shérif à Laramie, la ville où Willa exerçait ses fonctions de cheffe de police. Ils n'avaient donc pas la possibilité de s'éviter. Le mois dernier, des terroristes à la recherche d'un agent fédéral les avaient obligés à unir leurs forces pour sauver d'innombrables vies et protéger la ville.

Et maintenant un tueur en série les rassemblait à nouveau. Que cela lui plaise ou non, leur collaboration était inévitable.

Daniel lui avait toujours semblé un type bien. Il n'était pas du genre à manipuler les gens en abusant du pouvoir que lui conférait sa position professionnelle. Mais elle s'était déjà fait avoir par un homme. Une erreur de jugement qui avait failli lui coûter la vie.

Pourquoi ne pouvait-il pas leur faciliter la tâche à tous les deux et accepter de bonne grâce de lui laisser cette enquête ?

Quelle qu'en soit la raison, il ne céderait pas. Sa détermination était écrite sur son beau visage. Elle le devina à sa façon de serrer les mâchoires, de se raidir. Et son obstination ne fit que l'irriter.

— Cela ne va pas être possible, je le crains, dit-il avec une douceur qui n'admettait pourtant aucune discussion.

Les fragrances de son eau de toilette à la cannelle et au cèdre lui chatouillaient les narines, un mélange plaisant qu'elle avait fini par associer à Daniel.

— Et pourquoi ?

— Le tueur a abandonné la victime ici. En dehors de ta juridiction. Nous ne pouvons rien changer à cet état de fait. De plus, rien ne dit qu'il en a terminé. Un autre cadavre sera peut-être découvert dans les prochains jours. Qui sera peut-être encore plus éloigné des limites de la ville et donc de ta juridiction.

Cette évidence ne fit que l'exaspérer davantage. Elle aurait préféré ne pas avoir à envisager une telle éventualité, mais elle était inévitable.

— Que proposes-tu ? demanda-t-elle en redressant les épaules.

S'il insistait pour se charger de l'enquête et l'écarter, elle se battrait bec et ongles pour s'y opposer. Cela dit, comme il était placé plus haut qu'elle dans la hiérarchie des forces de l'ordre du comté, elle aurait peu de recours, peu de chances d'aboutir, elle en était consciente. Mais il n'était pas question de céder et de lui laisser l'affaire sans discussion. Confrontée en permanence à des détracteurs aussi nombreux que ses partisans, elle devait sans cesse prouver sa valeur. Même au XXIe siècle, le domaine policier restait l'apanage des hommes. Beaucoup étaient encore persuadés qu'une femme n'était pas capable de mener correctement des investigations.

Elle avait toujours dû lutter pour progresser dans sa carrière et visiblement le combat n'était pas terminé.

— Nos services devraient travailler ensemble sur cette enquête, répondit-il.

Surprise par sa proposition, elle fut d'abord incapable de répliquer. Elle le dévisagea, un peu déstabilisée. Ses yeux bruns étaient insondables.

— J'accepte de travailler avec l'un de tes adjoints, répondit-elle enfin. Holden Powell aurait ma préférence.

Elle en savait suffisamment sur Powell pour croire qu'ils n'auraient pas trop de difficultés à s'entendre.

Il avait été blessé lors de la fusillade avec les terroristes, mais il allait mieux et avait d'ailleurs repris ses fonctions.

— Ma sœur n'a pas apprécié que Holden se remette au travail si peu de temps après avoir été touché par balle. Il a donc demandé, et obtenu, des vacances.

— Ils sortent ensemble ? Je l'ignorais.

— En fait, ils sont fiancés et comptent se marier sous peu. Tout s'est passé très vite entre eux. Trop vite.

— Bon, alors, désigne un autre de tes adjoints.

Un sourire se dessina sur ses lèvres viriles.

— Je pensais que nous pourrions mener cette enquête ensemble, toi et moi.

Willa secoua la tête. Il n'en était pas question pour une myriade d'excellentes raisons. Ce travail exigeait une bonne dose de concentration. La pression était immense. Il n'y avait pas de place pour les distractions. Ou les complications.

Elle s'était donné beaucoup de mal pour s'assurer que sa vie personnelle n'entraînerait jamais la moindre répercussion sur sa vie professionnelle.

Lorsqu'elle avait pris la direction de la police de Laramie, Daniel avait, presque en même temps, été nommé à la tête du bureau du shérif. Accusé de corruption, le précédent titulaire avait été contraint de démissionner. Voilà pourquoi elle avait préféré rompre leurs relations. Avant que leurs cœurs ne s'en mêlent et que les choses ne deviennent sérieuses entre eux.

Les histoires d'amour finissaient mal, en général. Les siennes, systématiquement. Mieux valait prévenir que guérir.

— Écoute, dit-il, la police de Laramie est débordée, en ce moment. Tu as dû « remercier » la plupart de tes inspecteurs, ripoux jusqu'à la moelle, et tu diriges un service réduit à sa plus simple expression. Tu devrais te féliciter de bénéficier d'une aide, même si elle émane de moi.

Il avait raison, mais il n'avait pas besoin de remuer le couteau dans la plaie en le lui rappelant. Le maire ne l'avait pas embauchée uniquement parce qu'elle était qualifiée, mais aussi parce qu'elle était originaire de Wayward Bluffs et non de Laramie.

Lorsque la police de Laramie avait été visée par des soupçons de corruption, Willa avait été chargée de faire le ménage et n'avait pas lésiné sur ses efforts. Mais les conséquences avaient été plus lourdes que prévu et elle se débattait à présent avec une pénurie de personnel inédite. Du coup, elle devait se charger seule de la plupart des dossiers et travaillait dix-huit heures par jour.

Daniel la dévisagea. Sans doute tentait-il de comprendre sa réticence.

— Si tu t'inquiètes de savoir qui, de la police ou du bureau du shérif, récoltera la gloire...

— Ce n'est pas la question.

Son seul objectif était d'identifier et d'arrêter un tueur.

— Je tiens à séparer d'un mur étanche vie personnelle et vie professionnelle, dit-elle en espérant qu'il comprendrait ses inquiétudes sans l'obliger à les expliciter à haute voix.

Ils n'étaient pas seuls.

Malheureusement pour elle, certaines personnes, dont des policiers, avaient eu le culot d'insinuer qu'elle avait forcément couché pour décrocher son poste. Et à présent elle craignait plus que tout que les mauvaises langues de la ville n'apprennent sa brève aventure avec Daniel, il y a deux ans, et n'en fassent des gorges chaudes.

— Deux femmes ont perdu la vie, dit-il. Dans ces circonstances, je nous crois capables de rester professionnels. Je te propose de faire table rase du passé et de repartir du bon pied. D'accord ? ajouta-t-il en lui tendant la main.

Elle aurait aimé croire à un stratagème, mais la sincérité qui brillait dans ses yeux l'en empêcha.

— D'accord.

Sa poignée de main était chaude et l'incita à se détendre. Elle le lâcha avant qu'il ne le fasse, mais garda son empreinte sur sa peau.

Elle reporta son attention sur la scène de crime. La technicienne chargée de recueillir les indices avait fini d'examiner le corps. Elle se déplaçait avec précaution en photographiant les lieux sous tous les angles pour ne pas passer à côté du moindre élément.

— Où exactement avais-tu découvert le précédent cadavre ? s'enquit Daniel.

— Pas loin d'ici, répondit-elle. À moins de cinq cents mètres, ajouta-t-elle en pointant une direction du doigt.

— Qu'est-ce que Marshall McCoy avait à dire à propos de la première victime, lorsque tu l'avais interrogé ?

Elle fronça les sourcils.

— Je m'étais entretenue avec sa chargée des relations publiques, répondit-elle. McCoy était *souffrant*.

En rejoignant la secte, tous les membres faisaient don de leur fortune et de leurs biens matériels au gourou. Après avoir prononcé les vœux qui les engageaient dans le mouvement, ils changeaient de nom, se faisaient appeler Starlight et tatouer. Ils choisissaient également un nouveau prénom. Plus de cinq cents personnes vivaient dans l'enceinte et avaient donc accepté ces règles.

— Elle m'avait expliqué que la victime, Blue Starlight, anciennement Beverly Fisher, ne faisait plus partie de leur communauté et était considérée comme une Déchue.

— Une Déchue ?

— C'est ainsi qu'ils désignent un ancien membre qui a quitté volontairement la secte ou en a été chassé. Il est alors banni, n'a pas le droit d'y revenir.

— T'a-t-elle dit pourquoi Beverly Fisher était partie ?

— Pas vraiment. Soi-disant, il y a quatre mois, la jeune Fisher aurait décidé que la communauté n'était plus pour elle. Elle s'était alors retrouvée à la rue.

— Et tu l'as crue ? Pourquoi aurait-elle renoncé à un toit et à des repas chauds pour devenir une SDF ?

Willa haussa les épaules.

— McCoy comme la porte-parole de Shining Light tiennent plus que tout à préserver la réputation du mouvement. Ils ne diront rien qui puisse en donner une mauvaise image. Fisher a bien quitté la communauté, il y a quatre mois, j'ai vérifié. Aucune des personnes avec qui elle a été en relation à Laramie par la suite ne sait pourquoi elle était partie. Il y a certainement une raison, mais les membres de la secte ne diront rien.

— Maintenant que deux anciens membres de sa communauté ont été assassinés, McCoy va être obligé de parler.

— Bien sûr, il parlera. Il nous sortira d'un ton inspiré de belles tirades à la sauce mystique, mais il ne dira rien d'utile ou d'important.

McCoy était passé maître dans l'art de l'esquive et de la dérobade.

— Attendons d'en savoir plus, l'heure de la mort et, espérons-le, le nom de la victime, pour aller frapper à sa porte, dit-elle.

C'était une image. La chargée des relations publiques lui avait demandé de prendre rendez-vous à l'avenir pour d'éventuelles questions supplémentaires.

— Idéalement, j'aimerais d'abord parler à quelqu'un qui la connaissait hors de l'enceinte, poursuivit-elle. Ce serait bien d'avoir des éléments sur lesquels nous appuyer lorsque nous interrogerons McCoy.

— D'accord. Cela me donnera l'occasion d'étudier ton enquête. J'en profiterai pour l'enregistrer dans ViCAP.

Si elle avait chargé le dossier dans la base de données, la coordination avec le bureau du shérif en aurait été facilitée.

— J'ai à peine eu le temps de me nourrir, encore moins celui de dormir. Je n'ai pas un instant à consacrer au ViCAP.

Il s'agissait néanmoins d'un outil précieux.

— Je ne te reproche rien. Je sais que tu as beaucoup à faire. D'ailleurs, je n'ai jamais eu l'occasion de te dire à quel point j'avais été impressionné par la façon dont tu avais réussi à débarrasser la ville de tous ces policiers ripoux. Cela n'a pas dû être facile.

— La tâche m'a demandé beaucoup de patience et de ténacité, reconnut-elle.

Elle avait passé de nombreuses nuits blanches à chercher le moyen de les confondre sans qu'aucun d'eux la voie venir. Ils s'adonnaient à la corruption depuis des années et avaient échappé à la justice. Ils étaient donc rusés. Les coincer avait été l'entreprise la plus difficile de sa vie.

— Faire appel au bureau du procureur général de l'État a été déterminant, ajouta-t-elle. Je n'aurais jamais abouti sans l'intervention de l'un de leurs agents infiltrés de la Division Criminal Investigation, la division des enquêtes criminelles.

— Tu as accepté l'aide de la DCI sans problème, mais tu ne veux pas de la mienne ? s'étonna-t-il.

— Je n'aime pas être redevable. Et encore moins envers quelqu'un de mon entourage.

— Mais dans cette affaire nous allons travailler ensemble, nous entraider.

— Oui, bien sûr, dit-elle en espérant que ce serait en effet le cas. Je vais te faire parvenir le dossier au plus vite.

— Shérif ! appela l'adjointe Pruitt. J'ai découvert sa carte d'identité dans la poche de la victime.

Willa et Daniel retournèrent vers la zone bouclée.

— Avec Fisher, avais-tu également trouvé ses papiers dans ses vêtements ? lança-t-il à Willa.

— Non, nous n'avions pas eu cette chance, dit-elle. Nous avions dû demander à la secte de l'identifier.

— Alors, comment s'appelait-elle ? s'enquit Daniel alors qu'ils approchaient du ruban jaune et noir.

— Leslie Gooding et, à en croire sa carte d'étudiante, elle était inscrite en première année à la Southeastern Wyoming University.

Daniel avait longtemps été chef de la police du campus.

— Connais-tu des responsables de cette université qui

accepteraient d'y retourner hors des heures d'ouverture pour consulter les dossiers des élèves ? lui demanda Willa.

— Je suis resté en contact avec quelques administrateurs, oui. L'un d'eux pourra peut-être nous aider ce soir. Dans le pire des cas, tôt demain matin. Mais je devrais en informer mon successeur là-bas.

Un geste de courtoisie facultatif puisque le cadavre n'avait pas été découvert sur le campus. Mais qui en disait long sur Daniel en tant que professionnel et en tant qu'homme.

— Pendant que tu t'en occupes, je vais rédiger une note à l'intention de la presse, dit-elle. La même que celle que je leur avais adressée sur Fisher.

Il valait toujours mieux fournir aux journalistes un résumé des événements avant qu'ils n'aient vent d'un meurtre et n'inventent des théories fumeuses ou Dieu sait quoi.

— Nous devrions sans doute leur donner plus d'éléments cette fois-ci. Mentionne le tatouage de Shining Light.

— Tu crois vraiment que c'est une bonne idée ? demanda-t-elle d'un air dubitatif.

— Rendre ce détail public mettra la pression sur McCoy et l'obligera peut-être à coopérer davantage.

Mais pourrait aussi leur revenir en boomerang.

— Nous verrons ce qu'il en sera, dit Willa avant de se tourner vers Nina Pruitt. Une évaluation de l'heure de la mort ?

— En me fondant sur la température corporelle et les conditions extérieures, je dirais entre minuit et 5 heures du matin. Une fois que le légiste l'aura examinée, il sera en mesure d'évaluer une heure plus précise. Les blessures par arme blanche à la poitrine sont profondes. À en juger par les bords irréguliers des plaies, l'arme du crime était un couteau dentelé. Comme ceux utilisés pour la chasse. Assez grand.

— Le même mode opératoire qu'avec Fisher, déclara Willa. Nous n'avions pas retrouvé de poignard.

La sonnerie de son smartphone retentit. Elle le sortit de sa poche arrière et jeta un coup d'œil à l'écran. En y voyant le nom

« Police de Wayward Bluffs » s'afficher, elle se demanda pourquoi son ancien service l'appelait.

— Excusez-moi, je dois prendre cet appel, dit-elle avant de s'éloigner. Nelson, ajouta-t-elle dans l'appareil.

— Bonjour, cheffe. C'est Cannedy.

— Quoi de neuf ?

— J'ai de mauvaises nouvelles, dit-il d'une voix sombre.

— Crachez le morceau, Cannedy. Vous savez que je déteste le suspense.

— Je suis désolé de vous déranger, mais il s'agit de Zeke.

Elle sentit son cœur cesser de battre dans sa poitrine.

— Ezekiel ? répéta-t-elle d'une voix tremblante.

Tout en parlant, elle descendit la colline vers son SUV. D'un coup d'œil, elle s'assura au passage qu'aucun journaliste n'était caché dans les parages, à tenter de l'écouter. Elle n'en vit aucun.

— Que s'est-il passé ? A-t-il eu un accident de voiture ?

Son fils roulait toujours trop vite, en particulier dans la montagne. Il négociait des virages en épingle à cheveux sans ralentir. Des images à glacer le sang lui vinrent à l'esprit. Elle se le représenta, le corps piégé dans une masse de métal tordu, puis dans un hôpital sous assistance respiratoire.

Que ferait-elle si elle le perdait ?

— Non, madame, rien de tout ça. Il va bien.

Pourtant, Willa ne parvenait pas à se débarrasser de la peur qui l'avait saisie. Elle craignait en permanence une tragédie insensée qui anéantirait la vie de son fils unique.

— Il a été arrêté, poursuivit le policier.

Sa panique se mua aussitôt en colère.

— Arrêté ?

Ce gosse allait la tuer.

— Qu'a-t-il encore fait ?

2

Tout en finissant d'enregistrer les détails de l'affaire Fisher dans la base de données nationale, Daniel songeait à Willa. Elle avait quitté la scène de crime en catastrophe. Seule une urgence vitale avait pu provoquer ce départ précipité.

Il espérait que rien de grave n'était arrivé.

Il la connaissait depuis deux ans et demi, mais en réalité il ne l'avait réellement *connue* que quelques mois. Parce que six mois après leur première rencontre elle avait rompu sans explication.

Il avait passé assez de temps avec elle pour se faire une idée de sa personnalité et être capable de décrypter ses humeurs. Mais, même lorsqu'ils sortaient ensemble, elle ne s'était jamais vraiment ouverte à lui. Il ne savait rien de son passé ni de sa vie. À part le fait qu'elle vivait seule, travaillait dans la police et avait passé la moitié de son existence à Wayward Bluffs.

Quand elle l'avait appelé en début de soirée pour faire le point sur l'enquête, il lui avait demandé si tout allait bien. Comme il s'y attendait, elle avait répondu de façon évasive et il ignorait toujours ce qui l'avait poussée à partir si vite.

Un petit coup à la porte de son bureau détourna son regard de l'ordinateur. Holden, son adjoint en chef et futur beau-frère, entra. Il portait toujours le bras en écharpe.

— Que faites-vous ici ? demanda Daniel. Vous voulez me causer des ennuis avec ma sœur ou quoi ?

Les relations qu'il entretenait avec sa cadette étaient déjà tendues. Il ne semblait pas indispensable de jeter de l'huile sur le feu.

Tout en s'appuyant contre le montant de la porte, Holden se mit à rire comme si Daniel avait lancé une plaisanterie.

— Grace et moi sommes venus en ville faire des courses. Comme elle devait faire un saut à l'hôpital pour discuter des changements de son emploi du temps avec son supérieur, j'ai eu envie d'en profiter pour passer vous voir. Et pour vous convier au ranch pour un grand dîner familial, demain soir.

Daniel baissa la tête en réprimant un soupir mais, sans le laisser répondre, Holden poursuivit :

— Avant de refuser pour la troisième fois, dites-vous que le fait de décliner les invitations ne découragera pas ma mère. Au contraire. Elle est du genre tenace. Elle a plus que tout envie de discuter du mariage avec vous autour d'un repas. Rien ne la fera renoncer.

— Choisissez une date pour la cérémonie, dites-moi quoi porter et j'arriverai à l'heure. Vous n'avez pas besoin de moi pour organiser votre mariage.

— Moi pas. Mais Grace, oui. Et voilà pourquoi ma mère s'est donné pour mission de vous inclure à chaque étape du processus. Et quand Holly Powell se fixe un objectif rien ne l'arrête. Mon père peut en témoigner.

Daniel ne croyait pas que Grace tenait tant que ça à sa participation. Lorsqu'elle avait quitté la Californie pour échapper à leur mère, très envahissante, il lui avait offert une chambre chez lui. Il vivait alors dans un ranch à moitié en ruine que son père lui avait légué, avec deux chevaux. Comme son travail de shérif l'occupait à plein temps, il lui avait proposé d'acheter quelques juments supplémentaires pour elle. Il espérait ainsi lui transmettre ce que leur père avait tant aimé au Wyoming : la terre, les grands espaces, les chevaux, la vie sauvage.

Mais sa jeune sœur avait refusé catégoriquement et décidé de louer un chalet encore plus délabré au lieu de rester avec sa famille et d'économiser son argent.

Maintenant, elle s'était installée avec Holden. Elle s'était parfaitement intégrée au clan Powell et vivait dans leur immense ranch, le Shooting Star.

Il lui souhaitait tout le bonheur du monde. Comme tout grand frère digne de ce nom.

Il était content qu'elle vive ici, près de lui. Mais en réalité leur proximité géographique ne les avait pas rapprochés.

Il avait douze ans de plus qu'elle et elle n'en avait que six quand il avait quitté la maison familiale. Et elle n'avait pas connu leur père, mort avant sa naissance. Autant dire qu'ils n'avaient jamais eu de relations fraternelles classiques. Par la suite, lorsqu'il leur avait rendu visite en Californie, il avait fait de son mieux pour l'entourer mais, manifestement, il n'y était pas parvenu.

— N'est-ce pas plutôt votre mère qui a envie que je sois présent ? demanda Daniel. Pour sauvegarder les apparences.

Il était prêt à jouer le jeu pour la cérémonie, mais il ne voulait pas s'aventurer sur un terrain où il n'était pas vraiment le bienvenu.

— Ma sœur se moque comme de l'an 40 que je sois là ou non, ajouta-t-il.

D'ailleurs, les invitations à dîner n'avaient commencé que lorsqu'ils s'étaient mis à parler mariage.

— Grace ignore que je suis venu vous en parler, répliqua Holden en entrant dans le bureau. Je crois qu'elle ne sait pas très bien ce que vous pensez de notre relation. Moi non plus d'ailleurs. Vous ne nous avez pas vraiment donné votre bénédiction.

Les mots lui firent l'effet d'un coup de poing dans le ventre.

— Je ne pensais pas qu'elle en avait besoin. Ou s'en souciait. Vous êtes tous les deux majeurs et vaccinés. Et je vous ai félicités, non ?

D'un air peu enthousiaste, Holden dit :

— C'est vrai, mais je n'ai pas eu l'impression que la nouvelle vous réjouissait. C'était... gênant.

Leur relation – et surtout leurs fiançailles – avait été un choc pour Daniel. À l'époque, avant de partir quelques jours en vacances, il avait chargé son premier adjoint de veiller sur sa petite sœur en son absence. Grace n'avait jamais indiqué que Holden lui plaisait.

— J'ai quitté la ville pendant deux semaines. Dix jours pour être précis. Et, à mon retour, j'ai découvert que Grace avait failli se faire tuer et qu'elle vivait désormais avec vous. Et, cerise sur le gâteau, vous vous êtes fiancés après quelques semaines de vie commune.

Six semaines pour être exact.

— Tout ça m'a paru un peu rapide. Pour le moins inattendu, en tout cas. Cela dit, je ne voulais pas donner l'impression de désapprouver votre union.

Même s'il ne comprenait pas bien non plus l'intérêt de se précipiter à l'autel.

— Et je ne me souviens pas que vous m'ayez demandé sa main ou la permission de l'épouser.

Il n'était peut-être que son frère, mais il était aussi la seule figure paternelle qu'elle ait jamais connue. Comme ils n'avaient pas sollicité son avis pour nouer une relation amoureuse ni pour se fiancer, comment aurait-il pu imaginer qu'ils se souciaient de recevoir sa bénédiction ?

— C'est donc ça, le problème ? s'enquit Holden. Vous avez eu le sentiment d'être exclu ?

— Il n'y a pas de problème, assura Daniel en se levant. Honnêtement, vous êtes l'homme idéal pour ma sœur. Je ne l'ai jamais vue plus heureuse.

Elle avait même renoncé à exercer comme infirmière en soins palliatifs – un travail qui l'épuisait moralement – pour préparer une maîtrise en administration des soins infirmiers.

— Je suis très content que vous vous entendiez aussi bien, tous les deux, et que vous ayez décidé de vous marier, ajouta-t-il. J'aurais seulement préféré que vous vous rencontriez dans d'autres circonstances. D'accord ?

— Alors vous viendrez dîner ?

— Vous êtes têtu.

Holden haussa les épaules.

— Cela fait partie de mon charme. Je tiens ce trait de caractère de ma mère.

Alors qu'il s'apprêtait à informer Holden que son insistance n'avait rien de charmant, un petit coup à la porte le sauva.

— Shérif, je vous dérange ? s'enquit Pruitt.

— Non, non, pas du tout.

Au contraire, vous tombez à pic.

— Entrez.

— Je voulais vous prévenir que le médecin légiste commencera l'autopsie demain à 8 heures, annonça Pruitt.

— Un deuxième cadavre a été découvert ? s'exclama Holden.

— Oui, répondit Daniel avec un petit signe de tête. Nous allons nous charger de l'enquête. La victime a été identifiée. Elle était étudiante à la Southeastern Wyoming University et l'un de mes contacts au campus m'a transmis les coordonnées de ses parents à Cheyenne. La police ira leur apprendre la mort de leur fille, ce soir. Mais la cheffe Nelson et moi travaillerons ensemble sur cette affaire.

Holden ne put dissimuler son étonnement.

— La cheffe Nelson ? Je suis surpris qu'elle ait accepté.

Daniel ne lui avait pas laissé le choix.

— Voulez-vous que j'y jette un œil ? poursuivit Holden en désignant le dossier que tenait Pruitt.

— Merci, mais ça ira. Grace vous attend. Je ne veux pas vous retarder, ajouta Daniel en prenant la chemise cartonnée des mains de Pruitt pour la poser sur son bureau. Expliquez-lui qu'à cause de ces meurtres je vais être très occupé. Le dîner devra attendre.

Holden grimaça.

— Elle va être déçue, mais elle comprendra. Ma mère, en revanche...

Daniel sut soudain comment gérer Holly Powell.

— Dites-lui qu'elle devrait plutôt discuter des détails du mariage avec Selene Beauvais. Notre mère saura mieux y faire que moi.

Holden grimaça.

— Sans vouloir lui manquer de respect, je pense que sa présence risquerait de mettre Grace sous tension. Nous avons envie d'une réception toute simple.

Selene Beauvais était le stress incarné, tout le monde le savait. Mais elle n'en était pas moins leur mère.

— Votre future belle-mère sera furieuse si elle apprend que je participe aux préparatifs de la noce et pas elle. Il serait peut-être préférable que les mères des futurs époux communiquent entre elles via Skype, FaceTime ou quelque chose du même genre. Avant que ma mère ne saute dans le premier avion en partance pour le Wyoming et ne s'invite d'autorité au dîner. Ce qui est tout à fait possible si elle se sent exclue.

Et Daniel devrait ensuite nettoyer les dégâts laissés par l'ouragan Selene.

Il contourna le bureau, posa une main paternelle sur l'épaule de Holden et le conduisit vers la porte.

— Dites à ma sœur que j'essayerai de trouver un petit moment pour prendre un café avec elle.

— Très bien.

Holden comprit l'allusion et partit.

— Avez-vous besoin d'autre chose, shérif ? demanda Pruitt.

Il avait presque oublié qu'elle était là, silencieuse comme une mouche sur le mur.

— Non. Merci. Il se fait tard. Rentrez chez vous.

La sonnerie du combiné sur son bureau retentit.

— Je viendrai tôt, demain, dit Pruitt. Bonne soirée.

— Bonne soirée, répondit-il en décrochant le téléphone. Bureau du shérif du comté d'Albany, bonsoir. Shérif Clark à l'appareil.

— Ici l'inspecteur Johnson de la police de Cheyenne. Nous avons informé M. et Mme Gooding du décès de leur fille. Je vous enverrai par e-mail une copie de leur déclaration. Mais je voulais vous prévenir qu'ils ont l'intention de se rendre à Laramie demain matin pour vous parler. Ils tiennent aussi à voir le corps de leur fille.

Daniel n'avait aucun mal à imaginer ce que ces pauvres gens devaient endurer, l'ampleur de leur chagrin.

— Je m'entretiendrai avec eux avant l'épreuve de la morgue. Savent-ils qu'une autopsie va être pratiquée ?

— Je le leur ai dit. Mais ils ont insisté. Attendez-vous à les voir débarquer demain, à la première heure.

— D'accord. Merci, inspecteur.

Après avoir raccroché, il s'assit à son bureau et ouvrit le dossier. Il venait de numériser les données, mais il était de la vieille école et préférait consulter la version papier. Alors qu'il regardait les photos de Leslie Gooding, il sentit son cœur se serrer, mais sa détermination à retrouver son assassin en fut ravivée.

Daniel sortit son smartphone et envoya un texto à Willa.

Tout en s'efforçant de faire bonne figure et de cacher sa honte, Willa suivit Cannedy jusqu'aux cellules de dégrisement. Un petit bip la poussa à regarder l'écran de son smartphone, qu'elle tenait à la main. Elle lut le texto.

Les parents de Leslie Gooding viennent demain matin de Cheyenne. Ils se rendront d'abord à mon bureau.

Trop préoccupée pour se soucier que l'entretien ait lieu au bureau du shérif plutôt que dans les locaux de la police, Willa envoya une brève réponse.

Très bien. J'y serai à 9 heures. Préviens-moi s'ils se présentent plus tôt.

Elle en doutait. Laramie était à trois quarts d'heure de route de Cheyenne. Les Gooding ne dormiraient probablement pas beaucoup cette nuit, mais elle ne s'attendait pas non plus à ce qu'ils frappent à la porte du shérif à l'aube.

Elle reçut alors un autre texto :

D'accord. L'autopsie commencera à 8 heures. J'espère que tout va bien pour toi.

Non, tout n'allait pas bien. Rien n'allait, en vérité. Cela dit, la situation aurait pu être pire. Au moins Zeke était-il vivant. Elle avait encore la possibilité de prendre son fils dans ses bras et de l'étreindre avec force. S'il la laissait faire.

Au lieu de répondre au SMS, elle glissa son téléphone dans sa poche. Elle ne l'aurait jamais reconnu à voix haute, mais elle se félicitait de bénéficier de l'aide de Daniel pour cette enquête. Comme il gérait le dossier, elle pouvait se concentrer sur son fils, qui avait besoin de toute son attention.

— Merci de m'avoir prévenue, sergent, dit-elle. J'ai vraiment apprécié votre coup de fil.

Si elle gardait un visage imperturbable, elle était en réalité dévastée.

— Votre successeur ici a décidé que votre fils n'aurait plus droit à aucun traitement de faveur, la prévint Cannedy, son trousseau de clés à la main. Nous avons déjà passé l'éponge deux fois. Il n'y aura pas de troisième. S'il recommence, nous le convoquerons et…

— Je comprends.

Son fils serait alors traité comme n'importe qui d'autre. Il serait inculpé et contraint de faire face aux conséquences de ses actes.

— Merci encore de m'avoir appelée.

— De rien.

Cannedy déverrouilla la porte de la cellule de dégrisement.

— Vous êtes libre de partir, jeune homme.

Zeke repoussa ses cheveux longs en arrière, leva la tête et croisa son regard.

— Ma mère ici ? s'exclama-t-il d'un ton ironique en guise de salutation. Si je m'attendais ! Quelle surprise ! ajouta-t-il avec un sourire narquois.

Son ingratitude la fit bouillir de colère.

— Plus un mot jusqu'à ce que nous soyons dehors.

Il claqua des talons et mima un salut militaire d'un air théâtral.

— Bien, cheffe !

Cannedy grimaça de dégoût.

— Je vous laisse, madame.

Une fois le sergent éloigné elle dit :

— Allons-y et ne fais rien en sortant qui puisse m'embarrasser davantage.

Zeke sortit de la cellule d'un pas traînant. Il empestait l'alcool. Dieu merci, il était vivant. Indemne. C'était sa seule consolation.

Ils parcoururent le couloir en silence. En les croisant, la plupart des policiers veillèrent à éviter son regard. Les autres ne cachaient pas leur pitié ou leur mépris.

Elle détestait susciter l'une ou l'autre.

D'un geste de la main, elle salua Cannedy et se précipita vers la sortie, Zeke sur les talons.

— Ivresse, bagarre et trouble à l'ordre public ? lui lança-t-elle à voix basse tout en déverrouillant son SUV. Bravo.

Les phares clignotèrent tandis que les portières s'ouvraient.

— Ça constitue un délit de classe C, ajouta-t-elle.

— Cela vaut mieux qu'un crime, non ?

Avec un soupir, elle s'installa au volant. Dès que son fils fut monté à bord, elle démarra.

— Comment as-tu fait pour te battre dans un bar alors que tu étais censé être au travail ?

— J'étais en repos.

— Es-tu sûr de ne pas t'être fait virer plutôt ?

Il grommela une injure dans sa barbe.

— Dès lors qu'il s'agit de moi, tu imagines toujours le pire.

Rien n'avait jamais été facile avec Ezekiel. Mais elle s'était toujours dit qu'il n'y était pour rien. Lorsqu'elle était tombée enceinte à seize ans, ses parents l'avaient poussée à épouser Zacharie, le père de l'enfant, un lycéen comme elle, qu'elle n'aimait pas. Elle n'avait donc pas offert à Zeke le meilleur départ dans la vie, elle en était consciente. Pendant trois ans, elle avait essayé de faire fonctionner leur mariage et de donner l'image d'une famille heureuse jusqu'à ce qu'elle ne parvienne plus à faire semblant. Après le divorce, faire la navette entre les maisons respectives de ses parents en conflit ouvert n'avait rien arrangé pour Zeke. Mais lorsque son ex-mari, lui aussi policier, avait été tué dans l'exercice de ses fonctions son fils était devenu incontrôlable.

Elle ne savait plus quoi faire ni quoi dire pour le remettre sur le droit chemin.

Si seulement Zacharie était encore en vie.

S'ils n'avaient pas été heureux en ménage, elle devait reconnaître que son ex avait été un père formidable dans les moments de crise.

— Peux-tu me déposer chez grand-mère ? demanda Zeke.

Elle poussa un faible soupir.

— Pourquoi pas chez toi ?

Il vivait dans une petite caravane dans le parc de mobile homes Happy Meadows.

— Ils ont coupé le chauffage. Je gèle là-dedans la nuit. Et avant que tu me reproches de ne pas avoir payé mes factures je l'ai fait. J'avais envoyé le chèque dans les temps. Il a dû se perdre à la poste, dit-il en regardant la nuit par la vitre. Ce n'est pas ma faute.

Toute sa vie, elle lui avait raconté qu'il n'était responsable de rien de ce qui lui arrivait de déplaisant. Il était peut-être temps de changer de discours.

— Et si tu venais chez moi ? proposa-t-elle d'un ton adouci.

Sa maison n'était qu'un chalet rustique perdu dans la montagne, mais elle était confortable, chaleureuse, et elle avait une chambre pour lui.

Il ricana.

— Non, merci. Au moins, j'aurai un peu de paix et de tranquillité chez Nana. Elle ne me harcèle pas comme toi.

Sa grand-mère paternelle croyait que le soleil se levait et se couchait avec Zeke. À ses yeux, il était incapable du moindre écart de conduite.

— En prison, tu aurais beaucoup de paix et de tranquillité, déclara Willa avec une infinie patience.

— Épargne-moi tes petits sermons habituels. D'accord ? Je ne suis pas d'humeur.

Il n'est pas d'humeur ? À cause de lui, elle avait été humiliée par ses anciens policiers, parce qu'il s'était attiré des ennuis, et elle n'avait pas le droit de se plaindre.

— Il est temps que tu deviennes responsable de tes actes. Aller au bar *et* boire, c'était ton choix, non ?

Il aurait mieux fait d'utiliser cet argent pour payer sa facture de gaz.

— Tu es responsable de la bagarre, autant que l'autre gars, ajouta-t-elle.

— Qu'en sais-tu ? Tu n'y étais pas. Je n'arrive pas à croire que tu défendes un inconnu plutôt que moi, ton propre fils. J'avais peut-être une bonne raison. Merci pour ton soutien, maman.

— Rien ne justifie de s'enivrer.

Beaucoup trop d'ivrognes étaient persuadés du contraire.

— Et je te défends, ajouta-t-elle. Si je ne t'avais pas soutenu, j'aurais dit à Cannedy que tu n'avais aucune raison de bénéficier d'un traitement de faveur et tu aurais payé l'addition tout de suite. La prochaine fois, ils t'inculperont, prendront tes empreintes digitales, une photo d'identité et tu seras dans les banques de données pour toujours. C'est ça que tu veux ?

Elle prit une profonde inspiration. Elle avait tort de s'énerver, de le laisser l'entraîner dans cette dispute.

— Un délit de classe C pourrait te valoir jusqu'à six mois de prison et une amende de sept cent cinquante dollars. Qu'as-tu donc dans le crâne ? ajouta-t-elle.

— Rien, sans doute.

— S'il te plaît, Zeke, ne me dis pas que tu t'es battu à cause de Sheila Sanders.

— Alors je ne te le dis pas, répondit-il, encore plus sur la défensive.

Willa était capable d'arrêter un suspect deux fois plus grand qu'elle, de le menotter, de l'emmener au poste, de subir toutes sortes de violences verbales, y compris de la part de collègues, de remettre quelqu'un à sa place avec quelques mots bien choisis. Mais dès lors qu'il s'agissait de son fils elle ne parvenait à rien.

Comme toute mère, elle voulait tout faire pour le protéger. Et dans son cœur il était sa priorité absolue.

Mais au quotidien sa vocation de cheffe de police lui compliquait la tâche.

Elle s'arrêta devant chez la grand-mère de Zeke.

— Je pensais que Sheila et toi aviez rompu.

Cette fille était un aimant à problèmes, mais Zeke refusait de l'entendre.

— Nous avons rompu.

— Alors pourquoi t'es-tu battu à cause d'elle ?

Il serra les poings si fort que ses jointures en blanchirent.

Le regard de Willa tomba sur le tatouage au dos de sa main gauche : une lune et un soleil avec un œil au centre.

Lorsqu'il avait intégré Shining Light, son fils avait paru apaisé pour la première fois de sa vie. Une bénédiction autant qu'une malédiction.

Elle lui prit le bras, le cœur serré. Tout ce qu'elle voulait était qu'il soit heureux, en bonne santé et épanoui. Elle avait cru l'avoir perdu quand il avait rejoint la secte de McCoy et, lorsqu'il en était revenu, elle en avait d'abord été soulagée. Mais Zeke était toujours rempli de colère et de ténèbres. Il buvait, se battait. Comme s'il était perdu.

— Que t'est-il arrivé dans l'enceinte ? demanda-t-elle à voix basse. Pourquoi es-tu parti ?

D'autres questions lui brûlaient les lèvres. Avait-il connu Beverly Fisher et Leslie Gooding ?

Les avait-il vues l'une ou l'autre, le mois dernier ?

Elle n'osait pas les poser. Évoquer tout ce qui concernait Shining Light ne faisait que le rendre plus agressif encore. Sans doute avait-elle tort de l'interroger sur sa vie.

Il retira son bras avec brusquerie.

— Arrête de poser des questions auxquelles je ne veux pas répondre, maman. De toute façon, ce n'est pas comme si tu avais toujours rêvé que je reste dans l'enceinte. Laisse tomber.

Il sortit et claqua la portière.

Chaque fois qu'elle tentait d'en savoir plus sur ce qui s'était passé, il se fermait comme une huître. Ceux qui avaient connu Beverly avaient affirmé qu'elle avait toujours réagi de la même manière, refusé d'évoquer Shining Light.

En regardant Zeke gravir les marches du porche, elle aurait aimé pouvoir laisser tomber comme il le lui avait demandé.

Oublier qu'elle ne comprenait pas pourquoi il avait adhéré à ce mouvement. Faire comme s'il ne s'était jamais fait tatouer.

Mais que son fils ait quitté la secte et soit revenu peu avant le début des meurtres était une coïncidence troublante qui lui nouait le ventre.

3

Mme Gooding explosa en sanglots et plongea le visage dans ses mains. Son mari l'entoura de ses bras pour essayer de la réconforter, mais lui-même avait les larmes aux yeux.

Daniel fit un signe de tête à l'adjointe Ashley Russo à qui il avait demandé de rester dans la pièce dans ce but précis. Elle aida Mme Gooding à sortir du bureau et referma la porte derrière elles, mais les pleurs déchirants de la malheureuse résonnaient dans le hall.

— Je suis désolé, dit M. Gooding. Je pensais que ma femme parviendrait à supporter cet entretien.

— Vous n'avez aucune raison de vous excuser, répondit Willa au père désemparé. Vous traversez une terrible épreuve.

— Nous allons tout faire pour vous retenir le moins longtemps possible, poursuivit Daniel. Leslie étant originaire de Cheyenne, comment a-t-elle connu Shining Light ?

— Ses grands-parents vivent à Evanston. Depuis huit ans, chaque été, elle prend le car depuis Cheyenne pour se rendre chez eux. Il fait halte à Laramie. C'est là que les cinglés de cette secte l'ont harponnée.

Willa hocha la tête.

— La gare routière est en effet l'un de leurs principaux lieux de recrutement. C'est un endroit de passage qui brasse du monde. De plus, beaucoup de sans-abri traînent dans le coin. Il n'y a pas de refuges pour eux à Laramie, ce qui les rend vulnérables aux prédateurs comme Shining Light.

Une fois par mois au moins, les Starlight descendaient en ville en masse, vêtus de T-shirts Shining Light, pour faire connaître leur mouvement. Ils distribuaient des flyers, offraient des repas et un toit à ceux qui en avaient besoin.

— Sans doute les a-t-elle approchés par curiosité, au départ, reprit M. Gooding. Mais ils lui ont rempli la tête de toutes sortes d'absurdités. Ils lui ont fait subir un lavage de cerveau. Résultat, l'été dernier, au lieu d'aller chez ses grands-parents, elle a décidé de rejoindre la secte pour de bon. Elle a prononcé ses *vœux* et s'est engagée à vivre *ad vitam* dans la communauté comme si elle entrait au couvent, ajouta-t-il, écœuré. Elle est devenue Lila Starlight. Manifestement, le prénom que nous lui avions donné ne lui convenait plus.

— Pourquoi a-t-elle quitté le mouvement ? demanda Willa.

Il avait sans doute fallu quelque chose de convaincant pour briser le lavage de cerveau.

— Depuis des années, Leslie économisait pour pouvoir se rendre à l'université, répondit Gooding. Le temps nécessaire pour réunir de quoi financer ses études finissait par la décourager et voilà pourquoi nous avions décidé, sa mère et moi, de l'aider, de payer les frais de scolarité à sa place. Nous lui avions demandé d'essayer l'université pendant un an. Si, ensuite, elle ne souhaitait pas poursuivre ses études, nous lui avions promis de la laisser retourner auprès de ces gens. Nous avions même contracté une deuxième hypothèque sur la maison. Elle avait accepté... à une condition. Si, à la fin de sa première année, elle choisissait de renoncer à l'université et de réintégrer Shining Light, nous leur ferions un don important.

Daniel échangea un regard avec Willa. Il n'y avait aucune mention d'argent dans la déclaration qu'ils avaient remise à l'inspecteur.

— De quel montant ? demanda-t-il.

— Dix mille dollars. L'équivalent d'un semestre universitaire.

Willa poussa un petit sifflement.

— C'est beaucoup. Et la communauté a accepté de la laisser revenir après un an, si c'était ce qu'elle choisissait ?

— Je crois, oui. Leslie semblait certaine que cela ne poserait pas de problème.

Le visage sombre, Willa fronça les sourcils et Daniel se promit de revenir sur ce sujet plus tard, dès qu'ils en auraient fini avec M. Gooding, pour découvrir ce qui la troublait.

— Leslie prenait-elle ses études au sérieux ? demanda-t-elle.

— Je pense que oui. Elle avait réussi ses examens semestriels. Elle travaillait dur. Elle s'était également liée avec d'autres étudiants, participait à des fêtes sur le campus, comme nous l'espérions. Elle avait même rejoint l'équipe d'athlétisme. Elle reprenait une vie normale. Nous pensions avoir retrouvé notre petite fille, ajouta-t-il, en larmes.

Daniel lui tendit une boîte de mouchoirs.

— Savez-vous où elle aimait aller courir ?

— Autour du campus pour un petit jogging, répondit Gooding en se tamponnant les yeux. Pour de plus longs parcours, elle préférait les sentiers d'Elk Horn.

Là où ils avaient découvert son corps.

Daniel se pencha en avant, les avant-bras posés sur le bureau.

— Courait-elle parfois la nuit ?

— Oui, de temps en temps. Mais vous avez dit que l'heure de sa mort était après minuit. Elle ne serait jamais allée là-bas aussi tard.

— Si elle n'avait pas de véhicule, comment se rendait-elle à droite, à gauche ? demanda Willa.

— L'université propose un service de transport par bus, le Secure Ride.

— Je connais, dit Daniel. Il est gratuit, fonctionne jusqu'à 2 heures du matin et circule partout en ville. Elle a pu emprunter ce bus pour se rendre au sentier Elk Horn. Je sais qu'ils y déposent et récupèrent les étudiants un peu partout au moyen d'une application, mais nous n'avons pas retrouvé son smartphone.

Il vérifierait auprès du dispatcheur du centre si elle avait réservé un trajet, ce soir-là.

— Savez-vous si elle avait un petit ami ? reprit Willa. Un gars avec qui elle passait du temps ou quelqu'un avec qui elle aurait eu des problèmes ?

— Non. À notre connaissance, elle ne sortait avec personne. C'était une fille adorable qui s'entendait avec tout le monde.

Il se raidit soudain.

— Croyez-vous que son meurtrier était quelqu'un qu'elle connaissait ?

C'était non seulement possible mais probable.

— Les féminicides perpétrés par des inconnus sont très rares. Les femmes risquent bien plus d'être assassinées par un proche.

Daniel préféra ne pas mentionner qu'ils avaient peut-être affaire à un tueur en série. Leur seule certitude était que les deux victimes avaient entre dix-neuf et vingt-deux ans, une silhouette élancée, les cheveux bruns et étaient d'anciens membres de Shining Light.

— Merci d'avoir pris le temps de venir nous parler, dit Willa. Où logez-vous en ville ?

— Au bed and breakfast Quenby. Nous y resterons jusqu'à ce que nous puissions ramener notre fille à la maison.

Il les dévisagea avec des yeux rouges.

— Quand pourrons-nous la voir ?

— Plus tard dans la journée, répondit Daniel en repoussant sa chaise. Je demanderai à l'adjointe Russo de passer vous prendre au B&B pour vous conduire à la morgue, le moment venu.

M. Gooding se leva à son tour.

— Je vous en prie, dit-il d'un air sombre, trouvez qui lui a fait ça et faites-le payer.

Willa posa une main sur son épaule.

— Nous ferons tout ce qui est en notre pouvoir pour traduire le meurtrier de Leslie en justice, assura-t-elle.

Il hocha la tête et quitta le bureau.

Daniel sentit un gros poids tomber sur ses épaules. Il entendait encore les sanglots de Mme Gooding et avait gardé en mémoire son visage dévasté. Forcer un parent à raconter les derniers jours de son enfant assassiné était éprouvant mais indispensable à l'enquête. De tels entretiens devaient être menés avec tact et compassion.

Maintenant qu'ils étaient seuls, Willa perdit son expression posée, comme si elle tombait le masque. Elle était ravagée. Tous les deux se sentaient un peu à vif.

Pendant quelques instants, ils restèrent silencieux. Ils avaient besoin d'un peu de temps pour s'extraire de la souffrance des Gooding.

Daniel s'était assis et relisait ses notes. Finalement, il rompit le silence.

— Lorsque M. Gooding a mentionné que sa fille aurait été autorisée à retourner dans l'enceinte si elle avait décidé que l'université n'était pas pour elle, tu as eu l'air sceptique. Pourquoi ?

Willa se leva pour faire les cent pas dans le bureau.

— Après avoir prononcé ses vœux, si un membre de la secte décide de quitter le mouvement, il est considéré comme un Déchu. Les Déchus ne seront plus jamais accueillis à bras ouverts. Mais bannis à jamais.

— Sauf peut-être si ses parents offrent un chèque de dix mille dollars à la secte.

Elle s'immobilisa.

— Je me demande s'ils l'ont déjà fait.

— Quoi ? Laisser quelqu'un revenir moyennant finance ?

— Oui, dit Willa en croisant les bras. Et si McCoy avait compris que Leslie se réadaptait à la vie normale et risquait de ne pas revenir ? Et s'il craignait de voir dix mille dollars lui passer sous le nez ?

— Il aurait alors un mobile, je te l'accorde. Mais qu'en est-il de Fisher ? Elle n'avait aucune famille et vivait dans la rue. Elle n'aurait rien rapporté à la secte, de toute façon.

— Il n'est pas exclu non plus qu'un membre de la secte, un fanatique, ait mal pris le départ de certaines Starlight, en particulier des femmes, et décidé de les punir. C'est un mouvement religieux patriarcal.

Son smartphone, posé sur son bureau, émit un petit bip et il s'en saisit.

Résultats de l'autopsie de Leslie Gooding.

Il se rassit.

— Je vais afficher ces résultats sur mon ordinateur pour nous permettre de les analyser ensemble, dit-il en lui faisant signe de prendre place à côté de lui.

Bizarrement, elle parut hésiter.

Willa regarda la chaise que Daniel avait installée à côté de la sienne au début de l'entretien – un geste destiné à signifier aux Gooding qu'ils étaient égaux, partenaires, pour mener cette enquête, même s'ils se trouvaient dans le bureau du shérif. Elle se demanda s'il était raisonnable de s'y asseoir. Elle serait alors assez près de lui pour humer les fragrances de son eau de toilette, pour sentir la chaleur de son corps.

Rasé de près ou avec une barbe de quelques jours, comme maintenant, Daniel était plutôt beau gosse avec sa peau mate, ses pommettes saillantes, ses yeux brillants. Comme son regard tombait sur ses lèvres sexy, elle se remémora ses baisers. Sur sa bouche, ses joues, son cou, plus bas…

Elle s'éclaircit la gorge et secoua la tête dans l'espoir d'en chasser ces images incongrues.

— Très bien. Ça dit quoi ? demanda-t-elle.

Les sourcils froncés, il étudiait le document. Au lieu de le rejoindre, elle saisit un exemplaire de la *Laramie Gazette* qui traînait sur une petite table. Le dernier meurtre faisait la une. Une photo du symbole de Shining Light illustrait l'article.

Beaucoup de gens, à commencer par elle, ne comprenaient pas l'engouement pour ce mouvement religieux. Ou n'appréciaient pas les Starlight. Certains craignaient leur présence et leur pouvoir croissant, d'autant que leur nombre ne cessait d'augmenter. D'après son expérience, il suffisait parfois d'une petite étincelle pour que la peur fasse déraper les plus fragiles.

Les assassinats de deux jeunes femmes entre septembre et octobre, à seulement quatre semaines d'intervalle, pourraient être cette étincelle.

Le cliquetis du clavier emplit l'air tandis que Daniel parcourait le rapport des yeux.

— Nous savons ça… ça aussi…, marmonnait-il.

— Quelle est l'heure de la mort ? demanda-t-elle.

Il chercha le renseignement sur le document.

— Le légiste l'a estimée entre minuit samedi et 2 heures du matin dimanche.

— A-t-elle été violée ?

— Aucune trace d'agression sexuelle.

Comme pour la jeune Fisher. Elle s'approcha du bureau, ramassa le dossier-papier et le feuilleta.

— Le labo a-t-il trouvé des drogues dans son organisme ? lança-t-elle en examinant les photos de Leslie Gooding.

— Les analyses de toxicologie préliminaires n'ont pas révélé la présence de sédatif, à ce stade, répondit-il, les yeux rivés sur l'écran. Pourtant, il y a de fortes raisons de croire que la victime n'était pas dans son état normal au moment de sa mort. D'après les blessures, elle était immobile lorsqu'elle a été poignardée. Elle ne s'était pas débattue. Si le tueur l'avait endormie avec du chloroforme, il serait difficile d'en retrouver la trace. Il aurait fallu qu'une quantité massive ait été utilisée pour être détectable.

— Cela concorde avec les traces de chloroforme que nous avons trouvées dans la tente où dormait Fisher et qui expliquent pourquoi elle ne portait ni blessures défensives ni ecchymoses. Elle était sans doute en train de se réveiller lorsqu'il l'a tuée puisque ses yeux étaient ouverts. Le gars voulait qu'elle sache qu'elle allait mourir. Voilà pourquoi il a attendu qu'elle reprenne conscience.

— Le coup à la gorge n'a pas été fatal. Il a été donné post mortem, n'est-ce pas ?

— Oui. Elle a reçu quatre coups de couteau à la poitrine, certains plus profonds que d'autres. Trois ont raté le cœur de quelques millimètres. L'un a tapé dans le mille. Elle s'est ensuite vidée de son sang.

Une vague de frustration la souleva alors qu'elle reposait les photos.

— De l'ADN ?

— Rien de significatif sous les ongles ni sur le corps.

Elle se tourna vers lui.

— Comme pour la première victime, il n'a laissé ni sang, ni poils, ni sperme, ni empreintes. Donc pas d'ADN. Mais il a pris son temps avec elle. Qu'en conclus-tu ?

— Le tueur a été prudent, répondit Daniel. Il portait des gants et sans doute quelque chose pour couvrir ses vêtements et ses cheveux.

— Combien de temps les a-t-il traquées toutes les deux avant de les tuer, quel temps lui a-t-il fallu pour planifier les meurtres ?

Aucun d'eux ne pouvait répondre à cette question.

Peut-être était-il déjà en train de cibler sa prochaine victime ?

Après s'être annoncée d'un petit coup à la porte du bureau, Peggy Tuckett, l'assistante administrative de Daniel, entra, une cafetière à la main.

— Je me suis dit qu'un petit remontant vous ferait peut-être du bien, annonça-t-elle avec sympathie.

— Merci, répondit Willa en se dirigeant vers le bureau. J'ai bien besoin d'un bon café, oui.

Peggy remplit leurs tasses.

— S'il vous faut autre chose, faites-moi signe.

Elle s'apprêtait à quitter la pièce lorsque son regard tomba sur les photos étalées sur le bureau et elle se figea, les sourcils froncés.

— Qu'y a-t-il, Peggy ? s'enquit Daniel.

— Ces meurtres me rappellent une série d'autres, des affaires non résolues qui remontent à quelques années, répondit Peggy en examinant les clichés de plus près. Quatre femmes assassinées, attachées à des arbres comme celles-ci. Elles avaient toutes été poignardées à mort. Les enquêtes avaient piétiné, personne n'avait été suspecté. Les crimes s'étaient arrêtés du jour au lendemain.

Willa prit sa tasse entre les mains.

— C'était il y a longtemps ?

— Je ne sais plus très bien. Peut-être quatre ou cinq ans.

Un intense soulagement souleva Willa. Si le tueur avait déjà frappé auparavant, alors...

Au fond d'elle-même, elle savait que, si Zeke en voulait au monde entier, il était incapable de tuer qui que ce soit.

Comme elle levait les yeux, elle tomba sur Daniel qui l'observait et elle détourna la tête.

— Qui avait mené l'enquête ? demanda Daniel à Peggy.

— L'ancien shérif, Jim Ames. Il menait seul les investigations. Mais plus le temps passait, moins il s'y investissait.

— Rien n'a été noté sur ces meurtres dans ViCAP, dit-il, d'une voix frustrée.

Peggy soupira.

— Ames n'a jamais utilisé cette base de données, à ma connaissance.

ViCAP avait été conçue spécifiquement pour analyser les détails des scènes de crime concernant les meurtres en série connus ou suspectés, à caractère sexuel ou sans mobile. Même si Jim Ames n'y était pas obligé puisque aucune agression sexuelle n'avait été constatée, il aurait dû faire l'effort d'enregistrer les éléments concernant ces assassinats. Ils auraient alors pu établir des corrélations, des liens entre les affaires, qui auraient été utiles.

Daniel marmonna un juron dans sa barbe.

— J'aurais dû laisser Holden consulter le dossier comme il le proposait hier. Il était là quand Ames enquêtait sur ces meurtres.

— Je me demande pourquoi le légiste n'a pas mentionné les similitudes, dit Willa, réfléchissant à voix haute.

— Il ne travaille pour nous que depuis trois ans et n'avait donc pas pratiqué ces autopsies, répondit Peggy. Mais je peux récupérer les dossiers pour vous.

— Je les ai, dit Daniel qui pianotait sur le clavier, sans perdre de temps.

— Je commande un déjeuner à livrer au Delgado, reprit Peggy. Des sandwichs, ça vous irait ?

Avec un grognement, Daniel hocha la tête.

— Parfait.

— Une salade César avec du poulet grillé pour moi.

Willa aurait aimé avoir une assistante administrative aussi efficace et attentionnée que Peggy.

— Merci, ajouta-t-elle.

— Je ne fais que mon travail.

Peggy sortit du bureau et referma la porte derrière elle.

— J'ai retrouvé les dossiers, annonça Daniel. Les meurtres ont eu lieu il y a cinq ans, de novembre à janvier. Les journalistes avaient surnommé l'assassin le « Holiday Elk Horn Killer », puisque le premier meurtre avait eu lieu pendant le week-end de Thanksgiving et le dernier, le soir du nouvel an. Tous les corps ont été retrouvés dans les monts Elk Horn.

Willa s'approcha.

— Le tueur laissait alors passer plus de temps entre ses attaques. Quatre meurtres en trois mois. Contre deux en quatre semaines, actuellement.

— Je vais afficher tous les rapports d'autopsie et les dossiers. Tu veux y jeter un œil avec moi ? proposa Daniel. Je ne mords pas, promis.

Son sourire balaya les hésitations de Willa.

Elle avait toujours apprécié le calme et la simplicité de Daniel. Avant lui, elle avait connu bon nombre de Néandertaliens arrogants – à commencer par son père et son ex-mari – et les supportait de moins en moins. Daniel ne rentrait pas dans cette catégorie. Il n'éprouvait pas le besoin de jouer les mâles alpha dominateurs, même s'il était en position de pouvoir.

Elle se glissa sur la chaise à côté de lui.

— Il serait peut-être plus rationnel que tu me permettes d'utiliser l'ordinateur de Holden puisqu'il n'est pas là. Nous pourrions nous partager la tâche.

— Si tu veux. En tout cas, nous discuterons plus facilement de l'enquête, si nous sommes dans le même bureau, ajouta-t-il.

Il était difficile de ne pas être d'accord.

Il cliqua sur le rapport d'autopsie de la première victime d'il y a cinq ans, Tiffany Cummings, et ils parcoururent les conclusions.

— De nombreux détails semblent correspondre aux meurtres actuels. Mais elle...

Sa voix s'éteignit lorsqu'elle comprit ce qui l'avait arrêtée.

— Elle portait un hématome à la base du crâne, comme si elle avait été frappée. Et des traces de morsure sur le cou et l'épaule.

Il se tourna vers elle.

— Désolé d'avoir dit que je ne mordais pas, il y a un instant. C'était de très mauvais goût.

— Tu ne pouvais pas deviner ce que nous trouverions dans le rapport.

Quand Daniel lui sourit, elle sentit une nuée de papillons danser dans son ventre. Il afficha le rapport sur l'écran et ils le firent défiler.

— Regarde ça, dit-elle. Toutes les victimes ont été retrouvées dans un rayon de un ou deux kilomètres autour de leur véhicule.

— Et deux de leurs pneus avaient été crevés par balle. Un calibre 223.

— Il avait utilisé un fusil de grande puissance pour forcer ses cibles à s'arrêter, dit-elle. Mais cela n'explique pas comment elles se sont retrouvées si loin de leur voiture.

— Peut-être avaient-elles marché pour chercher de l'aide et les avait-il ensuite récupérées.

— J'ai une idée, dit-elle.

Elle avait besoin de visionner les données des dossiers pour comprendre les situations.

Elle se leva pour aller chercher un grand tableau blanc rangé près du mur. Elle s'empara d'un marqueur et commença à y noter tout ce qu'ils savaient sur les victimes.

— Continue, dit-elle à Daniel. Quand tout sera écrit noir sur blanc, il sera plus simple de mettre en évidence les similitudes et les différences entre les séries de meurtres. Nous pourrons ensuite les compléter avec ce que nous découvrirons au cours de l'enquête.

Deux heures plus tard, ils avaient fini. Elle avait accroché des photos de toutes les victimes et un portrait de McCoy au-dessus des deux dernières.

Le tableau était un bon début.

— Cela m'aide aussi d'avoir tous les éléments sous les yeux, dit-il. En y regardant de plus près, je ne suis pas sûr que le tueur soit le même pour les deux séries.

— Nous aurions affaire à un imitateur ? s'enquit Willa en reportant son attention sur le tableau pour étudier cette possibilité. Mais certains détails qui n'ont jamais été rendus publics sont identiques. La façon dont les femmes étaient ligotées, par exemple. Avec une corde en nylon. Leurs poignets attachés à des troncs d'arbres. Le fait qu'elles étaient en sous-vêtements, mais qu'aucune n'ait été violée. Rien de tout cela n'avait été publié dans les journaux.

— Si toutes les victimes étaient brunes, la première série avait une tranche d'âge plus large, de vingt à quarante ans. Elles avaient également été droguées. De la médétomidine, un puissant sédatif vétérinaire, avait été trouvée dans leur sang alors que du chloroforme a été utilisé chez les dernières victimes.

— Peut-être n'avait-il plus de médétomidine.

— Les meurtres qui ont eu lieu il y a cinq ans ont été perpétrés avec brutalité. Des hématomes et des marques de morsure ont été découverts sur les corps. Pourquoi les frapper s'il les avait droguées ?

— Il les droguait pour les assommer ou les ralentir, mais il les frappait pour le plaisir. Peut-être était-il davantage assoiffé de sang, il y a cinq ans. Parce qu'il venait de commencer. Il laissait son ADN sur les cadavres par négligence. Peut-être a-t-il appris depuis lors, évolué.

— Les premières victimes avaient été tuées un jour férié. Aucune à la pleine lune. Pourquoi cet arrêt pendant cinq ans ? Pourquoi commencer ensuite à cibler exclusivement les femmes de Shining Light ? demanda Daniel. Pourquoi avoir quitté les hauteurs des monts Elk Horn pour se rapprocher de l'enceinte ?

— Admettons que le même homme ait été à la manœuvre pour les deux séries de meurtres. Et s'il s'était arrêté de tuer parce qu'il avait rejoint Shining Light et recommençait maintenant parce qu'ils l'en ont chassé ? Cela expliquerait les cinq ans sans meurtres et fournirait un mobile pour cibler les nouvelles victimes. De plus, les deux zones où les cadavres ont été retrouvés ne sont pas si éloignées l'une de l'autre.

Elle sortit une carte et lui montra où tous les corps avaient été découverts.

— La dernière victime d'il y a cinq ans est morte à quelques kilomètres de l'endroit où nous avons retrouvé Leslie Gooding.

— Bonjour ! Voici votre déjeuner.

Mercy McCoy, la fille de Marshall McCoy, qui avait récemment quitté la secte, se tenait dans l'embrasure de la porte du bureau. Elle portait un sac à l'effigie du Delgado, où elle travaillait à présent.

Comme Willa retournait le tableau pour cacher leurs notes, Daniel regarda Mercy et une idée le traversa soudain. Les responsables de Shining Light ne leur parleraient pas, mais la fille de McCoy avait grandi dans l'enceinte. Elle s'en était libérée, mais elle connaissait par cœur les rouages de Shining Light, n'ignorait rien de leurs rituels et croyances. Elle vivait, à présent, avec un agent fédéral de l'ATF.

Si quelqu'un pouvait les renseigner sur la secte, c'était bien elle.

— Merci, dit Daniel en prenant livraison du déjeuner. Auriez-vous par hasard quelques instants à nous consacrer ?

— Euh… pas vraiment. C'est l'heure du coup de feu au restaurant.

— C'est important, insista Willa. Nous n'avons que quelques questions.

— D'accord. Nous allons dire que je vous consacre ma pause, dit Mercy avec un sourire poli.

— Asseyez-vous, je vous en prie, dit Daniel en lui indiquant une chaise. Nous espérions que vous pourriez nous aider sur une enquête que nous menons actuellement.

Mercy s'assit et croisa les mains sur ses genoux.

— Concerne-t-elle les meurtres de ces jeunes femmes qui étaient d'anciens membres de Shining Light ? J'ai lu le journal.

Willa hocha la tête.

— Oui. Connaissiez-vous Beverly Fisher et Leslie Gooding ? Elles s'appelaient Blue et Lila Starlight dans l'enceinte.

— Oui, mais Blue avait quitté la communauté depuis un bon moment. En février dernier. Et Lila n'était pas restée longtemps avec nous non plus. Elle était partie en juillet. Deux mois avant moi.

Quelque chose frappa Willa.

— Vous avez dit que Lila n'était pas *non plus* restée longtemps dans la communauté. Depuis combien de temps étaient-elles membres ?

— Blue vivait avec nous depuis un an et demi, mais elle n'était devenue une Starlight qu'en janvier dernier. Elle était partie quelques semaines plus tard. Alors que Lila était arrivée vers le mois de mars, je pense, et avait prononcé ses vœux presque tout de suite. Mais elle aussi avait quitté le mouvement peu de temps après. J'ai lu dans le journal qu'elles avaient été poignardées à mort. Ont-elles souffert ? demanda-t-elle en se tordant les mains.

Willa ne voulait pas mentir, mais imposer la vérité à Mercy n'était ni nécessaire ni souhaitable. La jeune femme avait un côté innocent, sans doute dû à sa vie protégée au sein de l'enceinte. Depuis qu'elle s'était libérée de l'emprise de la secte, un mois plus tôt, elle s'était épanouie tout en conservant sa gentillesse. Willa enviait son empathie et son attitude positive. Elle n'avait pas envie de ternir de telles qualités.

— Non, répondit Daniel, elles n'ont pas souffert.

— Quand sont-elles mortes ? s'enquit Mercy. La *Gazette* était assez vague à ce sujet. Si j'ai bien compris, Blue aurait été tuée le mois dernier. Et Lila hier ?

Willa hocha la tête.

— Leslie Gooding a été assassinée dimanche entre minuit et 2 heures du matin. Beverly Fisher le 19 septembre entre 22 heures et minuit.

— Mon Dieu, c'était le jour où j'ai quitté l'enceinte pour de bon.

Les yeux dans le vague, elle parut réfléchir.

— Qu'y a-t-il ? dit Willa en se rapprochant d'elle. Si un détail vous revient, même le plus insignifiant, vous devriez nous le dire.

Mercy se mordilla les lèvres.

— Le jour de mon départ, c'était la pleine lune. Dimanche dernier, aussi.

Daniel sortit un bloc-notes.

— Cela signifie quelque chose ?

— Pour Shining Light, oui, dit Mercy en hochant la tête. Les pleines lunes sont pour nous, je veux dire pour eux, synonymes de transformation. C'est à la pleine lune que les graines semées à la nouvelle lune fleurissent. C'est à la pleine lune qu'ont lieu les rituels de mue intérieure. Nous sommes alors invités à descendre au plus profond de nous-mêmes, à nous dépouiller de ce qui nous pèse, nous fait souffrir et nous empêche d'évoluer. Les novices renaissent alors sous la forme de Starlight. La pleine lune marque le moment où quelque chose se termine et où autre chose commence.

Le meurtre de Fisher était-il le début d'une série de meurtres ?

Daniel arrêta d'écrire.

— Savez-vous pourquoi Blue et Lila avaient décidé de quitter le mouvement ?

Mercy secoua la tête et repoussa ses cheveux blonds en arrière.

— Mon père ne voulait pas que je participe de près ou de loin au processus des Déchus. Avec le recul, je me demande s'il craignait que cela ne m'encourage à partir. Savez-vous pourquoi elles ont été tuées ? L'ont-elles été parce qu'elles avaient été des Starlight ? demanda-t-elle avec inquiétude.

Daniel s'assit sur le bord du bureau, face à la jeune femme.

— C'est ce que nous essayons de comprendre.

— Vous pouvez sans doute nous apporter les réponses dont nous avons désespérément besoin, poursuivit Willa. Votre père a refusé de me parler. La personne chargée des relations publiques, Sophia Starlight, m'a reçue, mais ses explications ont été très succinctes.

Mercy eut un rire amer.

— Chargée des relations publiques ! La bonne blague. Sophia est la copine de mon père. Elle vous a répété ce qu'il lui avait ordonné de dire.

— Y a-t-il des circonstances dans lesquelles votre père laisserait quelqu'un partir et accepterait ensuite de le reprendre ? demanda Willa.

— Pour un *penumbroyage*, répondit-elle. Entre seize et vingt-quatre ans, chaque jeune a le droit de s'en aller pour découvrir le monde extérieur avant de prononcer ses vœux et de s'engager pour la vie dans le mouvement.

Daniel regarda Willa, tous deux traversés par la même pensée.

— Et après avoir prononcé leurs vœux ? demanda-t-il.

— Non. C'est impossible. La Starlight serait alors considérée comme une Déchue.

Willa avait encore des doutes.

— Votre père a-t-il déjà accepté de l'argent pour reprendre quelqu'un qui avait pourtant été Déchu ?

Comme Mercy baissait la tête, visiblement ennuyée, Willa posa une main sur son épaule.

— Vous pouvez nous parler sans crainte de représailles de la part de votre père ou de qui que ce soit.

— Ce n'est pas la question. Je n'ai pas peur de mon père. Mais je ne suis pas capable de dire jusqu'où il irait pour financer et protéger la communauté. Tout est possible.

— Connaissez-vous quelqu'un dans l'enceinte d'assez fanatique pour tuer deux femmes sous prétexte qu'elles avaient quitté Shining Light ? demanda Daniel.

— Le seul qui en aurait été capable a essayé de me tuer. Mais il est mort.

Willa hocha la tête. Elle connaissait l'histoire. La police de Laramie s'était chargée de l'affaire.

— Y a-t-il quelqu'un dans l'enceinte qui pourrait nous en dire plus sur Blue et Lila lorsqu'elles vivaient là-bas ? Sur les raisons de leur départ ? Si elles s'étaient disputées avec quelqu'un de la communauté, par exemple ?

— Ils le *peuvent* tous, mais aucun ne le *fera*, je le crains. La plupart refuseront de trahir mon père en répondant avec sincérité à vos questions, répondit Mercy.

Willa aurait aimé poursuivre McCoy pour obstruction à la justice, mais celle-ci serait difficile à prouver. Son emprise sur eux était trop forte.

— La plupart mais pas tous, dit Willa en plantant les yeux dans ceux de Mercy. Qui accepterait de nous parler ?

La jeune femme les regarda tour à tour.

— Arlo, répondit-elle enfin. Elle est l'une des éducatrices et fait partie du conseil des anciens. Elle est la seule à avoir osé demander des comptes à mon père. Personne d'autre ne s'y risquerait. Il n'y a pas longtemps, ils se sont disputés sur la façon dont Shining Light avait obtenu un statut l'autorisant à bénéficier d'exonération fiscale en tant qu'organisation religieuse. Pour y parvenir, mon père s'en était pris à d'anciens membres et elle le lui avait reproché.

— Comment s'en était-il pris à eux ? demanda Daniel.

Mercy haussa les épaules.

— Arlo pourrait vous le dire.

— Pourrait ? Y a-t-il un moyen de la convaincre de le faire ?

— Dites-lui que vous m'avez parlé, que je suis partie parce que... mon père est diabolique, un menteur. Ses ténèbres ont entaché tout ce qu'il a construit. Sa méchanceté détruira tout, un jour.

Elle baissa la tête. Il n'était manifestement pas simple pour elle de le dire.

— Mais l'interroger devant d'autres ne ferait que la mettre en danger, ajouta-t-elle.

— Il doit bien y avoir un moyen de lui parler lorsqu'elle est seule, dit Willa.

— Elle participe au recrutement de nouveaux membres en ville, à chaque nouvelle lune. Elle sera vêtue de jaune, la couleur des éducateurs. Elle porte des lunettes, ses cheveux gris sont coupés au carré. Arlo se démarque des autres par sa personnalité.

Daniel se leva et se dirigea vers son ordinateur.

— Quand aura lieu la prochaine nouvelle lune ?

— Dans quatorze jours, répondit aussitôt Mercy.

Willa gémit de frustration.

— Nous ne pouvons pas attendre aussi longtemps pour l'interroger.

Mercy se tut, l'air gêné. Alors que Willa s'apprêtait à insister gentiment pour qu'elle continue à parler, Mercy reprit enfin :

— Chaque semaine, Arlo organise également de petites opérations de recrutement dans les villes voisines, accompagnée d'une poignée de Starlight. Le mercredi. Ils partent peu après le lever du soleil. Ils empruntent toujours le même itinéraire pour rejoindre la voie express. Mais elle ne sera pas seule. Si vous lui parlez, les autres le signaleront.

Elle réfléchit un instant et ajouta :

— Il existe peut-être un meilleur moyen de découvrir ce que vous voulez savoir sur Blue et Lila. Empyrée tient des registres méticuleux.

Empyrée était le nom que ses ouailles donnaient à Marshall McCoy.

— Avant de prononcer leurs vœux, poursuivit-elle, les futures Starlight se soumettent au rituel de la mue intérieure au cours duquel elles avouent à Empyrée leurs secrets les plus sombres. Il enregistre ces confessions et je sais qu'il les utilise à l'occasion à l'encontre de certains membres actuels ou anciens.

— Comment les utilise-t-il ? demanda Daniel en fronçant les

sourcils. S'agit-il d'extorsion de fonds ? Est-ce ainsi qu'ils ont obtenu leur statut leur permettant de bénéficier d'une exonération fiscale ?

— Je n'en suis pas sûre. Si je l'étais je vous le dirais, mais en tout cas je n'en serais pas étonnée. Mon père n'est pas une bonne personne. Il faut l'arrêter.

— Détient-il également des enregistrements donnant les raisons pour lesquelles certains membres sont partis ? s'enquit Willa.

— Oui, mais seulement pour ceux qui ont prononcé leurs vœux et sont devenus des Starlight. Pas pour les personnes en transit, qui n'ont jamais eu l'intention de s'engager vraiment, de rester à Shining Light. Lorsque quelqu'un a envie de partir, Empyrée en discute avec le conseil des anciens. Il y a tout un protocole à respecter. Tout le monde doit donner son accord, mais en général les anciens suivent l'avis d'Empyrée. La communauté dit au revoir aux Déchus et ils sont conduits hors de l'enceinte.

— Conduits ? dit Daniel, qui cessa d'écrire et leva les yeux. Par qui ?

— Nous... Ils n'ont pas de chauffeurs attitrés, mais il s'agit toujours de quelqu'un de l'équipe de sécurité. Ils tiennent un registre pour en garder une trace.

— Où sont conservés les enregistrements des confessions des futures Starlight et leurs dossiers ? demanda Willa.

— Dans le bâtiment de sécurité.

En pensant à l'éventualité que le tueur soit caché dans l'enceinte, Willa posa une autre question.

— Est-il possible pour quelqu'un de rester indéfiniment dans l'enceinte sans en devenir membre ?

Mercy y réfléchit.

— Je suppose que oui. Moi-même, j'y suis restée vingt-quatre ans sans prononcer mes vœux. Ils n'imposent aucune limite de temps à ceux qui viennent les rejoindre. Ils veulent que les gens s'engagent dans la Lumière lorsqu'ils sont prêts à le faire.

— Et il n'y a donc rien, aucun enregistrement, sur les personnes qui n'ont pas encore prononcé leurs vœux ? insista Daniel. Même si elles ont été expulsées par la suite pour avoir fait quelque chose de mal ?

Mercy secoua la tête.

— Aucun. Ils n'en ont jamais vu la nécessité.

Aux yeux d'un tueur, la secte était la planque parfaite, songea Daniel.

— Merci, Mercy, dit Daniel. Vous avez été très utile.

Elle le dévisagea avec gravité.

— Je n'en ai pourtant pas l'impression.

— Détrompez-vous, dit Willa. Votre témoignage est majeur pour nous.

Avec un témoin pour attester de l'existence des enregistrements des confessions des futures Starlight, des fichiers établis sur les uns et les autres et le registre des conducteurs, ils en avaient désormais assez pour obtenir un mandat de perquisition.

Daniel, qui suivait sans doute le même raisonnement, décrocha le téléphone.

— Je vais demander un mandat au procureur.

Willa acquiesça.

Le procureur Allen Jennings avait tenté, au moins une fois depuis que Willa avait pris la tête de la police de Laramie, de faire tomber Shining Light. Elle ignorait pourquoi il avait cette secte – et en particulier Marshall McCoy – dans le collimateur, mais si quelqu'un pouvait convaincre un juge de signer un mandat en moins d'une heure, de jour comme de nuit, c'était lui.

— Je vous raccompagne, dit Willa à Mercy.

La jeune femme se leva et elles quittèrent le bureau.

— Merci encore pour votre aide, Mercy. Par ailleurs, nous ne pensons pas que vous ayez la moindre raison de vous inquiéter pour votre sécurité. Malgré tout, par prudence, évitez de vous balader seule la nuit jusqu'à ce que nous ayons attrapé le tueur.

Mercy ayant les cheveux blonds et les yeux bleus, une différence flagrante avec les victimes toutes brunes aux yeux bruns, elle doutait que la jeune femme devienne une cible. Elle bénéficiait également d'une réelle protection puisque son petit ami était agent fédéral.

— D'accord. Si vous avez besoin d'autre chose, n'hésitez pas à demander.

Une chaise racla le sol, attirant l'attention de Willa.

Peggy se précipitait vers elle.

— Vous n'allez pas le croire. Un autre cadavre vient d'être découvert.

Mercy blêmit et un frisson glacé parcourut l'échine de Willa.

— Qui vous a prévenue ? demanda-t-elle.

Peggy grimaça.

— Des randonneurs qui marchaient près des monts Elk Horn ont vu des vautours tourner dans le ciel. Ils sont allés y jeter un œil. Ils s'attendaient à trouver la carcasse d'un animal et ont découvert le corps d'une jeune femme. L'un d'eux a appelé son cousin, qui est policier à Laramie. Ce dernier a vérifié et le crime a bien été perpétré en dehors des limites de la ville. Il est donc du ressort du bureau du shérif.

Il s'agissait d'une violation du protocole, mais Willa garda cette réflexion pour elle.

— Le policier vient de m'appeler, ajouta Peggy. Puisque le crime relève de notre juridiction. Il savait, d'autre part, que vous seriez ici.

— Je parie qu'elle a été tuée la nuit dernière, intervint Mercy en se frottant les bras comme si elle avait soudain froid. Avant minuit. Pendant la pleine lune.

Deux femmes avaient perdu la vie en moins de vingt-quatre heures, songeait Willa. Et le tueur s'apprêtait peut-être à frapper de nouveau.

— Encore une chose, dit Peggy. Le policier a déclaré que la victime ne portait apparemment pas le tatouage de Shining Light. Mais...

L'expression de Peggy s'assombrit quand elle ajouta d'une voix éteinte :

— Mais le symbole de la secte avait été gravé au couteau sur son ventre.

Livide, Mercy parut sur le point de se trouver mal.

Les meurtres étaient déjà horribles. Mais le symbole gravé au couteau interpella Willa.

— En y réfléchissant bien, Mercy, il y a encore une chose que vous pourriez faire pour nous. Venez avec nous et voyez si vous pouvez identifier la victime.

— Si elle ne porte pas de tatouage, je ne suis pas sûre de pouvoir vous être très utile. J'aimerais bien vous aider, mais ils m'attendent au Delgado.

— Je vais les appeler. Je m'occupe de leur expliquer la situation et de m'arranger pour que cette absence n'ait pas d'impact sur votre travail. Merci.

Son instinct lui disait qu'il y avait un lien entre la victime et la secte. Bien sûr, elle pouvait se tromper. Quoi qu'il en soit, Mercy les aiderait à établir ou à éliminer une hypothèse.

Willa pariait sur la première option.

4

Prenant l'appareil-photo des mains de Pruitt, Daniel se dirigea vers le bosquet d'arbres derrière lequel Willa attendait aux côtés de Mercy. De là où elles se trouvaient, elles voyaient le ruban jaune délimitant le périmètre et les policiers qui s'y activaient.

Mais pas le cadavre.

Willa s'excusa auprès de la jeune femme et vint à la rencontre de Daniel avant qu'il n'arrive à portée de voix de Mercy.

— La scène de crime ressemble-t-elle aux deux autres ? demanda-t-elle.

— Beaucoup, oui. La seule différence notable est qu'au lieu d'un tatouage le symbole de la secte a été gravé au couteau sur son ventre. D'après Pruitt, elle a été tuée hier soir. Elle situe l'heure de la mort entre 19 heures et minuit. Mercy avait raison, ajouta-t-il en se tournant vers cette dernière. La victime a été assassinée pendant la pleine lune. Elle porte les mêmes blessures au couteau sur la poitrine que les autres ainsi qu'une profonde entaille à la gorge.

— Qui que soit le tueur, conclut Willa, il connaît bien les coutumes et les croyances de Shining Light. D'après Mercy, l'arrière de l'enceinte se trouve à moins de cinq kilomètres d'ici. Je lui ai demandé si les Starlight avaient le droit d'utiliser les véhicules du complexe pour leur usage personnel. Elles ne l'ont pas, mais elles sont autorisées à sortir faire un tour à cheval.

— Nous devrions chercher des traces de sabots.

— Le problème est qu'un ranch se trouve à proximité, dit-elle. Il propose des balades équestres dans la montagne.

Les traces qu'ils trouveraient ne mèneraient peut-être pas au complexe.

Willa serra les mâchoires.

— En tout cas, le tueur ne manque pas d'audace pour penser qu'il peut tuer deux femmes en une seule journée et s'en tirer sans problème.

— Cela me fait penser à la façon dont il étale les cheveux de ses victimes autour de leur tête, en couronne, dit Daniel. Pour en faire un spectacle. Comme s'il réclamait notre attention.

— Eh bien, il a réussi. Qu'importe le nombre de nuits blanches qu'il nous faudra : nous devons le capturer avant la prochaine pleine lune.

Il hocha la tête. De plus, la prochaine fois, le tueur pourrait faire trois victimes, pour intensifier son show morbide.

— Voyons déjà si Mercy est capable de l'identifier, dit-il en l'entraînant vers la jeune femme. As-tu réussi à joindre Rocco, son petit ami ? ajouta-t-il.

Willa avait jugé préférable de le contacter.

— Oui. Je lui ai expliqué la nature des photos que nous allions lui montrer, répondit Willa à sa voix basse. Et combien il pourrait être difficile pour elle de les regarder. Il est en route. Un de mes hommes l'attend à l'entrée de la pinède pour le conduire jusqu'ici.

Mercy tremblait et se frottait nerveusement les bras.

Il était indispensable de déterminer s'il y avait un lien entre la victime et la secte, mais Daniel aurait préféré ne pas avoir à l'impliquer. Malheureusement, leurs options étaient peu nombreuses et ils manquaient de temps. Il afficha une photo sur l'écran de l'appareil et zooma sur le visage de la morte pour que Mercy n'ait pas à voir les horribles blessures. Pourtant, elle aurait sans doute du mal à supporter la vue de ce portrait macabre. La victime avait les yeux ouverts, la peau grise et les cheveux délibérément positionnés, post mortem, en éventail. À vrai dire, même si l'horreur était son quotidien, il ne parvenait pas à s'y habituer.

Il s'approcha de Mercy.

— Cela ne va pas être facile, dit-il pour tenter de la préparer. Mais prenez votre temps, c'est important, d'accord ? Nous avons besoin que vous soyez sûre.

Il tourna l'écran vers elle.

Le sang parut se retirer de son visage et elle porta les mains à sa bouche.

— Respirez profondément, dit Willa en la prenant par les épaules. La reconnaissez-vous ?

Pendant un long moment, Mercy resta silencieuse, les yeux rivés sur l'horrible photo. Elle tremblait de tous ses membres.

— La reconnaissez-vous ? répéta Willa avec douceur. Si vous n'êtes pas sûre, ce n'est pas...

— Gemma, balbutia-t-elle enfin d'une petite voix. Gemma Chavez. Mon Dieu...

Elle se mit à pleurer et Daniel éteignit l'appareil.

— J'avais participé à son recrutement, poursuivit-elle. C'était en octobre dernier, avant les premières neiges. Il faisait très froid. Elle était toujours dans l'enceinte quand j'en suis partie.

— Avait-elle l'intention de prononcer ses vœux ? demanda Daniel. De devenir une Starlight ?

— Je ne sais pas. Je ne pense pas. Elle semblait de passage et n'avait pas vraiment envie d'en apprendre davantage sur la Lumière. Mais à l'époque j'espérais qu'elle évoluerait. En l'encourageant à rester dans l'enceinte, j'en ai fait une cible, n'est-ce pas ?

— Ce n'est pas votre faute, assura Daniel.

— Vous n'êtes pas responsable des actes ignobles commis par quelqu'un d'autre, renchérit Willa en lui tapotant le dos.

— Je vais être malade.

Mercy s'éloigna d'eux pour aller vomir contre un arbre.

Ils virent alors Rocco Sharp qui se précipitait à travers les bois, escorté par un policier de Laramie et par l'adjoint Livingston. Il repéra Mercy et courut vers elle. Il la prit dans ses bras et l'étreignit avec force.

Willa se félicita de l'avoir appelé. Mercy avait besoin d'être soutenue.

L'adjoint Livingston s'approcha d'eux.

— Nous avons reçu le mandat.

Daniel le prit et le parcourut des yeux avec Willa.

— Il n'a pas une portée aussi large que je l'aurais souhaité, grommela-t-il en le glissant dans la poche de son jean. La victime s'appelait Gemma Chavez, dit-il à Livingston. Allez interroger sa famille et ses amis. Voyez s'ils savent pourquoi elle avait rejoint la secte. Demandez-leur si elle avait l'intention d'y rester, de prononcer ses vœux.

Livingston hocha la tête.

— Je m'en occupe.

— Maintenant, allons à Shining Light et exigeons de nous entretenir avec McCoy, dit Willa. Cette fois, l'interrogatoire ne se passera pas de la même manière que lors du premier meurtre.

Même si Marshall McCoy refusait de répondre à leurs questions, ils auraient désormais accès à certains de ses enregistrements.

Ils traversèrent la pinède pour regagner le SUV de Daniel. En arrivant au complexe, ils tombèrent sur des manifestants rassemblés devant les grilles. Ils n'étaient qu'une dizaine, mais se montraient bruyants.

Ils brandissaient des pancartes sur lesquelles on pouvait lire ILS TUENT LES FEMMES QUI LES REJETTENT ou encore SHINING LIGHT = ASSASSIN. Ils scandaient des slogans similaires via des porte-voix.

Daniel s'arrêta près de la guérite du gardien et baissa sa vitre.

— Bonjour, dit l'homme. Que la Lumière brille sur vous.

Ne sachant pas comment répondre à ce genre de salutation, Daniel se contenta de hocher la tête.

— Je suis le shérif Clark, dit-il en désignant l'étoile à sa chemise.

Et voici la cheffe de la police Nelson. Nous sommes venus parler à Marshall McCoy.

— Empyrée n'est pas disponible sauf si vous avez rendez-vous ou un mandat.

Heureusement pour eux, ils avaient les deux.

— Nous avons rendez-vous. La cheffe Nelson a appelé plus tôt et a informé votre chargée des relations publiques de notre venue.

Le gardien retourna dans sa guérite et passa un coup de fil. Il revint rapidement.

— Vous pouvez continuer jusqu'au Light House. C'est le bâtiment principal au sommet de la colline. Un agent de la sécurité vous y attendra.

Il pressa un bouton et le haut portail en fer forgé s'ouvrit.

Daniel leva son chapeau en guise de remerciement et ils remontèrent la longue allée. Dans la lumière de l'après-midi, l'édifice de verre et d'acier brillait comme s'il sortait tout droit d'un conte de fées moderne.

— Les membres de la secte sont complètement autonomes, dit Willa en regardant par la vitre. Ils cultivent eux-mêmes les fruits et légumes qu'ils consomment, fabriquent la plupart de leurs vêtements et de leurs meubles. Ils sont végétariens.

— Vraiment ?

Ils remarquèrent plusieurs agents de sécurité sur le domaine. Tous portaient des armes de poing à la hanche ou des fusils en bandoulière. Rocco Sharp, agent à l'ATF, avait découvert un véritable arsenal dans ce complexe, de quoi équiper une petite armée, mais aucune de leurs armes n'était illégale.

— Ashley, l'adjointe Russo, est déjà venue ici. Elle m'a expliqué qu'ils utilisaient le Light House, le Phare, pour toutes sortes d'occasions, allant des célébrations aux conférences en passant par les repas pris en commun. Mais seul McCoy y vit.

Daniel se gara à l'endroit indiqué par un agent de sécurité et ils descendirent du véhicule.

Les cris des manifestants réunis devant l'enceinte étaient toujours perceptibles.

— Suivez-moi, ordonna l'un des hommes en les entraînant vers de larges marches de pierre.

Non loin du Light House se trouvait un grand garage. Deux motos et une camionnette blanche ornée du symbole de leur communauté stationnaient devant.

Le garde du corps ouvrit la porte et les fit entrer.

— Patientez ici. Empyrée vous rejoindra sous peu.

Puis il la referma, les laissant seuls.

— Ils ne lésinent pas sur la sécurité, murmura Daniel.

— Je comprends qu'il y ait des agents de sécurité armés à l'entrée, mais il est curieux qu'ils soient si nombreux à l'intérieur de l'enceinte alors que les gens sont censés être libres de partir quand ils le souhaitent, tu ne trouves pas ? demanda-t-elle.

— Je suis d'accord. C'est très étrange.

Daniel promena les yeux sur l'impressionnant hall du Light House. L'entrée en acier poli, les immenses baies vitrées, le lustre étincelant et le sol de marbre étaient magnifiques.

Cet édifice comme tous ceux du domaine de plusieurs hectares, entouré de hauts murs et d'un portail en fer forgé, avaient dû coûter une fortune.

— Il faut avoir les moyens pour s'offrir ce genre de maison, murmura Willa, faisant écho à ses pensées. Et la propreté est impeccable. Tu pourrais prendre tes repas par terre. Je me demande combien de personnes s'occupent du ménage. Une flopée, sans doute.

— Mille excuses pour le retard, dit Marshall McCoy qui arrivait dans le hall, vêtu d'un costume blanc bien coupé.

Il était accompagné d'un homme chauve d'âge moyen, habillé d'une tunique jaune et d'un pantalon assorti, ainsi que d'une jeune femme d'une vingtaine d'années en robe verte.

Daniel avait appris que Shining Light avait un système de couleurs pour représenter la fonction d'une personne au sein la communauté. Les éducateurs portaient du jaune. Les créatifs de l'orange. Le gris était réservé à la sécurité. La femme en vert devait travailler à la ferme ou au potager.

— J'attendais que notre avocat communautaire, Huck Starlight, se joigne à nous, poursuivit McCoy en désignant le chauve. Shérif Clark, laissez-moi vous présenter notre chargée des relations publiques, Sophia. Cheffe Nelson, je crois que vous la connaissez déjà.

— En effet, répondit Willa avec un sourire crispé.

— Si cela ne vous dérange pas d'enlever vos chaussures avant de nous rendre à mon bureau, dit McCoy en montrant leurs bottes.

Daniel remarqua alors que les autres étaient tous pieds nus.

— Nous pouvons mener l'entretien ici. Nous ne resterons pas longtemps à l'intérieur du Light House.

McCoy joignit les mains devant lui.

— Très bien. Je crois avoir compris que vous aviez des questions concernant le meurtre de deux anciens membres de notre communauté.

— C'est exact. Savez-vous pourquoi Beverly Fisher et Leslie Gooding avaient quitté le mouvement ?

— Après mûre réflexion, elles avaient décidé que Shining Light ne leur convenait pas.

— Pourriez-vous être plus précis ? demanda Willa.

— Je ne me souviens pas des détails, répondit McCoy avec un sourire apaisant. Mon troupeau compte plus de cinq cents Starlight, vous savez. Certains mois, nous accueillons une vingtaine de recrues. Tous ceux qui cherchent la Lumière sont les bienvenus. Beaucoup sont des jeunes qui n'ont nulle part où aller.

Il parut se focaliser sur Willa.

— En particulier, ceux qui rencontrent des difficultés chez eux, avec des parents qui les jugent et sont incapables de les accepter tels qu'ils sont. Ici, ils reçoivent un amour inconditionnel.

Son doux sourire s'élargit et Daniel eut l'impression que quelque chose lui échappait.

— Tous ne décident pas de s'engager dans notre mouvement, poursuivit McCoy. Après avoir reçu du repos et de la nourriture pour le corps et l'esprit, certains choisissent de passer à autre chose. Je n'ai pas mémorisé les multiples raisons de ces départs. Si le message de la Lumière n'est pas pour eux, ce n'est pas grave. En fin de compte, nous avons peut-être sauvé une vie. Personne n'est retenu dans l'enceinte contre son gré. Notre mission est d'aider les gens. Pour rendre le monde meilleur.

— Ce sont de belles paroles, dit Daniel. Mais revenons aux victimes. Il y en a eu une troisième. Nous avons trouvé son corps à moins de cinq kilomètres de l'arrière de l'enceinte. Comme Beverly et Leslie, elle a été assassinée pendant la pleine lune.

McCoy, Huck et Sophia échangèrent des regards circonspects.

— Pourquoi le tueur choisit-il la pleine lune pour passer à l'acte, en avez-vous une idée ? s'enquit Willa. La pleine lune a-t-elle une signification particulière pour Shining Light ?

McCoy leur décocha un autre sourire étudié.

— Je n'ai pas la possibilité d'imaginer ce qui se passe dans la tête d'un tueur. Quant à la lune, ses cycles ont en effet une signification pour nous.

Huck posa une main sur son épaule pour lui chuchoter à l'oreille et McCoy poursuivit :

— J'ignore pourquoi le tueur choisit tel jour plutôt qu'un autre mais, comme l'indique l'almanach des fermiers, la pleine lune est considérée comme un bon moment pour récolter. L'idée lui est peut-être venue de là. Je doute que cela ait à voir avec nous.

— Contrairement aux victimes qui, toutes, avaient un lien direct avec votre... mouvement religieux, dit Willa qui avait visiblement du mal à cacher sa frustration.

Daniel commençait lui aussi à perdre patience.

— La dernière victime a été identifiée comme étant Gemma Chavez. Une recrue arrivée dans l'enceinte il y a un an, en octobre dernier.

— Qui vous l'a dit ? s'enquit Huck.

— L'une des Déchues, qui vivait encore ici à cette époque, répondit Daniel.

Huck serra les mâchoires, mais McCoy resta impassible.

— Gemma nous a quittés la semaine dernière, après avoir décidé de ne pas prononcer ses vœux, dit-il.

— Pourquoi avait-elle attendu un an pour le décider ? demanda Daniel. S'est-il passé quelque chose ?

— Le mois dernier, des terroristes qui ciblaient l'agent Rocco Sharp ont également proféré des menaces à notre encontre. Pour la sécurité de la communauté, j'ai instauré un confinement. Si vous n'en avez jamais vécu auparavant, ce genre d'expérience peut être effrayant. Et dans le même temps ma fille a choisi de tourner le dos à la Lumière et de rejoindre les ténèbres. Ces événements ont semé de sérieux doutes chez Gemma. Nous avons essayé de l'aider à les surmonter. Mais finalement la peur a pris le dessus sur la foi. Et malheureusement pour elle le diable l'attendait à l'extérieur. Le monde est si cruel.

— Le fait que la dernière victime avait également un lien avec votre organisation sera rendu public, dit Willa.

Le sourire de McCoy s'envola.

— La nouvelle des meurtres s'est répandue dans toute la communauté et a mis tout le monde sur les nerfs. Comme si cela ne suffisait pas, nous avons désormais des manifestants à nos portes, avec des porte-voix pour s'assurer que tous nos membres entendront leurs cris de haine. Et, cerise sur le gâteau, sur la une de la *Gazette* était écrit en grosses lettres le surnom donné au tueur, le « Starlight Killer ».

— Le titre semble approprié, déclara Willa.

McCoy se rapprocha d'elle.

— Le seul problème est que Gemma Chavez n'était pas une Starlight.

— Elle était l'une de vos recrues, répliqua Daniel. Elle a vécu ici pendant plus d'un an et son assassin a gravé votre symbole sur son ventre. Je suis d'accord avec la cheffe Nelson. Il est logique que les médias aient attribué ce surnom au tueur.

McCoy perdit son masque de grand sage mystique et parut soudain nerveux.

— Je regrette que vous le pensiez.

Willa pencha la tête sur le côté pour ajouter :

— Vous seriez encore plus ennuyé, j'imagine, si le nombre de manifestants à l'extérieur continuait d'augmenter. Il est dans votre intérêt de coopérer avec nous, sauf si vous avez quelque chose à cacher.

Tous les instincts de Daniel lui soufflaient que McCoy avait beaucoup à cacher.

— Je suis pleinement disposé à coopérer, assura McCoy.

— Alors vous ne verrez pas d'inconvénient à nous montrer le registre des personnes qui ont déposé Fisher, Gooding et Chavez en ville quand elles ont quitté l'enceinte, dit Daniel.

L'expression de McCoy redevint impassible, mais Sophia eut du mal à dissimuler son inquiétude.

— J'aimerais aussi jeter un œil à leurs dossiers, consulter les raisons de leur départ, ajouta-t-il.

McCoy ouvrit la bouche pour répondre, mais Huck s'avança et l'arrêta.

— Pas sans mandat, dit-il.

Daniel sortit le document de sa poche.

— Il se trouve que nous en avons un.

Huck le lui arracha des mains et le lut.

— Le registre des conducteurs, d'accord. La liste des membres qui nous ont rejoints au cours des cinq dernières années ainsi que la liste des Déchus de l'année, d'accord.

Il resta silencieux pendant qu'il prenait connaissance des détails du mandat.

— Mais nous ne vous confierons que les enregistrements audio des séances de mue et les dossiers des deux femmes mortes qui étaient autrefois des Starlight.

Daniel avait espéré avoir accès aux autres aussi. Mais le procureur avait pensé que le juge refuserait sans doute une telle requête.

Il la considérerait en effet comme une violation du Quatrième Amendement et du droit à la vie privée des autres membres, passés et actuels.

Pour l'instant, ils devraient donc se contenter des enregistrements des « confessions » des seules victimes.

— Nous avons également besoin de la liste de toutes les personnes âgées de plus de dix-huit ans présentes dans l'enceinte depuis quatre ou cinq ans, mais qui n'ont pas prononcé leurs vœux, déclara Willa.

Huck fronça les sourcils.

— Nous n'avons aucune documentation sur les individus qui ne sont pas membres. Nous ne pouvons pas vous donner ce que nous n'avons pas.

— Vous savez sûrement qui est membre et qui ne l'est et depuis combien de temps ils vivent avec vous, insista Willa.

Huck prit McCoy à l'écart. Tous deux parlèrent à voix basse, trop bas pour être entendus.

Après un moment de délibération, McCoy hocha la tête et ils revinrent.

— Nous sommes heureux de vous transmettre ce que vous attendez de nous, dit McCoy. Mais nous avons besoin d'un certain temps pour établir cette liste puisque notre mouvement compte plusieurs centaines de membres. Nous vous la présenterons dans une semaine.

— C'est trop long, répliqua Daniel. Je vous donne quarante-huit heures maximum. Et j'ai encore une question...

Daniel accrocha les pouces à son ceinturon pour lancer :

— Aviez-vous accepté de laisser Leslie Gooding revenir dans la communauté dans un an, si ses parents vous versaient dix mille dollars ?

— Maintenant que vous en parlez, je me souviens lui avoir accordé une forme de *penumbroyage* puisqu'elle était jeune et que sa foi vacillait. Un an pour réfléchir, se frotter au monde extérieur, avant de s'engager pleinement. Mais il ne s'agissait pas d'une question d'argent. Cela dit, nous acceptons tous les dons, s'ils viennent du cœur.

— N'est-ce pas une violation de vos règles ? demanda Willa. Puisqu'elle avait déjà prononcé ses vœux.

— Vous avez raison. Je lui avais accordé une dispense spéciale. En tant qu'Empyrée, j'ai cette liberté, ajouta-t-il en joignant les mains.

Daniel trouva curieuse la façon dont le gourou retrouvait vite la mémoire après avoir vu le mandat.

— Sophia emmènera l'un de vous au bâtiment de sécurité où nous stockons les enregistrements et les fichiers. Huck ira avec l'autre au garage. Le registre des personnes conduisant les Déchus en ville s'y trouve.

Sophia et Huck enfilèrent des chaussures rangées près de la porte.

— Shérif Clark, si vous voulez bien m'accompagner, proposa Sophia.

Daniel jeta un coup d'œil à Willa.

— Cela va pour toi ?

Il pensait que la façon dont ils se répartissaient les tâches importait peu, mais il préférait s'en assurer.

Elle hésita un instant. Puis elle lui décocha un sourire jaune qui signifiait qu'elle était mal à l'aise ou mécontente.

— Très bien.

En bas des marches, ils se séparèrent. Daniel suivit Sophia sur le côté de la maison. Comme il jetait un coup d'œil par-dessus son épaule, il surprit Willa en train de le regarder.

Cette fois, l'expression de son visage ne laissait aucune place au doute. Elle exprimait un réel malaise. Mais il ne comprit pas ce qui l'inquiétait.

Il la perdit de vue et hâta le pas pour suivre Sophia, qui marchait comme si elle voulait se débarrasser au plus vite d'une corvée. Avec ses longs cheveux et ses yeux châtain clair, elle était attirante, mais sous sa douceur apparente il devinait une dureté. Il se demanda ce qu'elle avait vécu. Peut-être était-elle une survivante.

Derrière la maison principale, il découvrit l'ensemble de l'enceinte.

— Quels sont ces bâtiments ? demanda-t-il.

L'un d'eux ressemblait à une caserne et elle lui expliqua que les nouveaux arrivants qui envisageaient de devenir membres y dormaient. Au-delà, il y avait le « sanctuaire », qu'ils considéraient comme l'église, une école, un terrain de jeu rempli d'enfants et une série de caravanes qu'elle appelait le « centre de bien-être » ainsi que des sanitaires.

— Empyrée et moi avons une salle de bains privée dans le Light House, où nous vivons ensemble.

Elle porta la main à son ventre à la manière des femmes enceintes, même si sa grossesse ne se voyait pas encore.

— De l'autre côté du domaine, nous avons également une ferme, des écuries, des ruches, des petites maisons pour les familles, d'autres pour les membres célibataires. Tenez, voici quelques-unes de nos dernières recrues, dit-elle.

Elle lui désignait un groupe de jeunes gens, habillés de bleu, qui tournaient en rond pendant que quelqu'un jouait du tambour et qu'une autre personne, vêtue de jaune, leur donnait des instructions pour « vider leur esprit ».

— Serait-il possible de parler aux anciens du conseil ?

Sophia sourit, mais son sourire n'atteignit pas ses yeux.

— Avez-vous quelqu'un en particulier en tête ?

— Non. J'aimerais seulement avoir le point de vue d'un membre du conseil.

— Vous *lui* avez parlé, n'est-ce pas ? À la fille d'Empyrée ?

— Vous voulez dire Mercy ?

Elle serra les lèvres et baissa la tête en détournant le regard.

— Nous ne prononçons plus les noms des Déchus.

— Je crains de ne pas être autorisé à divulguer nos sources, mais un certain nombre de Déchus vivent en ville ou dans les environs.

— Vous avez raison, il y en a. Mais une seule avait le niveau d'informations nécessaire pour rédiger votre mandat. Nous y sommes, ajouta-t-elle en ouvrant la porte d'un long bâtiment au toit de tôle. Voici notre centre de sécurité.

À l'intérieur se trouvaient cinq agents qui travaillaient sur des ordinateurs. En passant, Daniel aperçut quelques écrans. Ils surveillaient l'ensemble du complexe. Les caméras avaient été discrètement placées parce qu'il n'en avait remarqué aucune.

Un homme sortit d'un bureau.

— Te faut-il quelque chose, Sophia ? lança-t-il en regardant Daniel.

— Shérif Clark, voici notre chef de la sécurité, Shawn Starlight. Shawn, ils ont un mandat pour prendre certains dossiers. Nous sommes venus les récupérer et nous partons.

— As-tu besoin d'aide ? demanda Shawn.

S'il avait proposé son aide, il avait surtout l'air de lui offrir sa protection.

— Non, c'est bon. Merci.

Sophia l'entraîna dans un couloir jusqu'à une pièce. Près de la porte était installé un clavier.

— Si cela ne vous ennuie pas de vous retourner…

Il pivota sur ses talons. Des bips retentirent derrière lui et une porte s'ouvrit.

— Suivez-moi, dit-elle.

— Combien de personnes ont accès aux archives ?

— Empyrée et les six anciens du conseil uniquement.

— Et vous.

— Je n'y ai eu accès que récemment. Je suis encore en train de m'adapter à mon nouveau rôle d'assistante et de chargée des relations publiques d'Empyrée.

— Pourquoi ce changement ? demanda-t-il. Si la question n'est pas indiscrète.

— Depuis qu'Empyrée a perdu ses enfants, tout a changé.

Les dernières semaines avaient en effet dû être difficiles pour ceux qui vivaient dans l'enceinte. Plusieurs événements majeurs avaient bouleversé la secte. Il était possible que le départ de Mercy, l'attaque d'un agent fédéral par des terroristes qui avaient ensuite menacé le mouvement et la mort du fils spirituel de McCoy aient été le catalyseur qui avait poussé le tueur à agir.

— Quelqu'un dans l'enceinte se comporte-t-il différemment depuis lors ?

— Non, dit-elle sans même y réfléchir. Voici les dossiers.

Il découvrit des tiroirs remplis de classeurs. Les plus nombreux étaient étiquetés « Starlight », un autre portait l'inscription « Penumbroyage » et quelques autres « Déchus ». Il espérait qu'en apprendre davantage sur les victimes et les raisons de leur départ comblerait les éléments qui leur manquaient pour avancer dans leur enquête.

Il ouvrit le tiroir « Penumbroyage ». Effectivement, le dossier de Leslie Gooding s'y trouvait. Il s'empara de la chemise cartonnée. À l'intérieur, il découvrit une clé USB et un document de deux pages.

— Le fichier audio de la séance de mue intérieure est sur la clé, mais vous avez également une transcription papier dans le dossier, déclara Sophia.

Daniel se dirigea ensuite vers les tiroirs réservés aux « Déchus ». Ils avaient été classés par décennie puis par ordre alphabétique. Il ouvrit le tiroir sous DEF et feuilleta les dossiers à la recherche de celui de Fisher.

Mais un autre nom l'arrêta.

Ezekiel Nelson.

En examinant le registre des chauffeurs dans l'atelier automobile, Willa remarqua qu'une seule et même personne conduisait les Starlight en ville. Le plus souvent, elles y descendaient en masse pour distribuer des flyers aux passants et leur parler de leur mouvement. Plus étrange encore, le dénommé Fox était également le seul depuis un an à avoir déposé à la gare routière les Déchus et ceux qui avaient quitté la communauté sans avoir prononcé leurs vœux.

— Pourquoi Fox est-il le seul à avoir conduit hors de l'enceinte ceux qui ne faisaient plus partie de Shining Light ? demanda-t-elle à Huck et à l'agent de sécurité chargé du garage.

— Tous les agents en formation font des stages de quelques semaines dans les autres secteurs d'activité de l'enceinte avant d'être affectés essentiellement à la sécurité, expliqua l'agent de sécurité.

Il se comportait avec gentillesse, contrairement à Huck qui arborait un visage de pierre.

— Lorsqu'il faisait son stage ici, à l'atelier, Fox adorait conduire et par la suite il s'est toujours porté volontaire pour les conduites. J'ai fini par le considérer comme mon interlocuteur privilégié pour les trajets. En plus, il m'aide à entretenir les véhicules et à les réparer. J'apprécie.

— Quel est le véritable nom de Fox ? demanda-t-elle.

Huck pinça les lèvres comme s'il venait de goûter un fruit amer.

— Fox est son véritable nom.

Elle se demandait comment ils appelaient son fils lorsqu'il était avec eux. Il avait toujours détesté le prénom d'Ezekiel, il ne l'avait certainement pas gardé. Willa aurait préféré lui en donner un autre. Mais ses grands-parents paternels avaient insisté pour qu'il porte un prénom tiré de l'Ancien Testament.

— Quel est son nom officiel ? Celui avec lequel il est venu vers vous ?

Le type regarda Huck et l'avocat hocha la tête pour lui donner son accord.

— Miguel García.

— Où puis-je le trouver ?

— A-t-il des ennuis ? demanda l'agent de sécurité. Fox est un bon gars. Il ne ferait rien de mal. Pas volontairement, en tout cas. Il est toujours le premier à proposer son aide.

— J'ai quelques questions à lui poser. Personne n'aura d'ennuis. Pas encore, du moins.

Un autre regard vers Huck. Un autre signe de tête.

— Je vais l'appeler par talkie-walkie et lui demander de venir.

Willa ne voyait aucune raison de prévenir Fox de sa venue.

— Je préfère que vous me conduisiez jusqu'à lui. Où est-il ?

— Au petit déjeuner, il a mentionné qu'il devait travailler à la ferme, aujourd'hui.

— Parfait. Allons-y, ajouta-t-elle à l'intention de Huck.

— Ce n'est pas à côté. Il faut compter dix à quinze bonnes minutes de marche. Ça vous dérange ? demanda Huck, comme si c'était lui que cela ennuyait. Je ne sais pas si vous êtes pressée.

— Je peux la conduire, proposa l'agent. Sur l'une des motos. Cela vous fera gagner du temps, madame.

— Parfait. Quel est votre nom ?

— Tout le monde m'appelle Ry.

— C'est quand vous voulez. Nous devrons emporter le registre avec nous, mais nous le rendrons dès que possible.

Ry attrapa un jeu de clés sur un crochet et sortit de l'atelier. Elle le suivit. Il démarra l'un des engins garés à l'extérieur et elle se hissa derrière lui.

Dans le mouvement, son Buck Budgie – un petit couteau professionnel qu'elle emportait toujours avec elle – s'enfonça dans son ventre. Elle l'ajusta dans sa poche pour être plus à l'aise.

Puis elle posa une main sur l'épaule de Ry et maintint son chapeau de l'autre.

Il accéléra et fonça en avant.

Il n'y avait pas de chemin pavé ou goudronné, mais la moto roulait dans l'herbe sans difficulté. Le trajet lui permit de jeter un œil au complexe. L'endroit attisait sa curiosité depuis longtemps.

Qu'avaient donc apporté McCoy et ses acolytes à son fils qu'elle n'avait pas su lui donner ?

Ils reçoivent ici un amour inconditionnel.

Les mots de McCoy résonnaient encore à ses oreilles. Même le bruit du moteur ne parvenait pas à les étouffer.

Le gourou avait-il dit la vérité ? Ses Starlight et lui avaient-ils accepté Zeke tel qu'il était sans le juger, sans le critiquer ? L'avaient-ils libéré de ses peurs pour lui permettre d'être le meilleur de lui-même ?

Après avoir été chassé de l'enceinte, Zeke n'en avait jamais parlé. Ni des membres, ni des installations, ni de ce qu'il y avait appris. Pas même des menus.

Mais depuis lors il ne mangeait plus de viande.

Quelque part, elle aurait souhaité récupérer elle-même les enregistrements et les dossiers. Mais au fond d'elle-même elle savait que la tentation de voler ceux de son fils aurait alors été forte.

Franchir cette ligne rouge la mènerait à une pente glissante sur laquelle elle ne voulait pas s'aventurer. Mais dès lors qu'il s'agissait de Zeke les limites avaient tendance à s'estomper.

Alors qu'ils arrivaient devant un verger, Ry ralentit et s'arrêta. Il coupa le moteur, laissa la clé sur le contact et mit la béquille.

Ils descendirent tous les deux. Comme elle promenait les yeux autour d'elle, elle repéra un jeune homme vêtu de gris, chargé d'un panier, qui ramassait des pommes. D'un geste, Ry lui confirma qu'il s'agissait du dénommé Miguel García.

Il devait être un peu plus âgé que son fils. Vingt-trois, peut-être vingt-quatre ans.

Willa s'approcha de lui. Alors qu'elle détachait son insigne de sa ceinture et le brandissait, il se raidit.

— Miguel García-Fox, je suis la cheffe Nelson de la police de Laramie. J'ai quelques questions à vous poser sur Beverly Fisher, Leslie Gooding et Gemma Chavez.

Il laissa tomber son panier, en renversant les pommes sur le sol, et fila en courant.

Avec un juron, Willa faillit s'élancer derrière lui, mais elle eut une meilleure idée. Elle partit en sens inverse, vers la moto, et monta dessus.

Elle la démarra et rabattit la béquille.

— Hé ! dit Ry. Vous n'avez pas le droit.

Willa ôta son chapeau, le fourra contre sa poitrine et accéléra. Un pied sur le sol, elle fit pivoter l'engin dans un rugissement de moteur.

Elle se rendit compte alors qu'elle l'avait perdu de vue.

Heureusement, les Starlight qui travaillaient au verger le

trahirent sans le vouloir en se tournant toutes dans la direction qu'il avait prise. Il courait à toute vitesse.

Elle fonça à sa suite sur le chemin de terre puis à travers les arbres fruitiers.

Là !

Il était plus loin qu'elle ne l'avait imaginé.

Il était rapide.

Comme elle le poursuivait à travers le verger, il jeta un regard paniqué par-dessus son épaule, les yeux écarquillés, en comprenant qu'il ne pouvait pas distancer une moto.

Tandis qu'elle slalomait entre les arbres, elle se félicita d'avoir passé tant de temps à rouler avec Zach, à l'adolescence, sur les engins qu'il bricolait pour s'amuser.

Miguel sprinta hors du verger et arriva dans une clairière, lui offrant l'opportunité dont elle avait besoin.

Dans un grand espace, il n'avait aucune chance.

Elle le rattrapa facilement.

— Arrêtez-vous !

Mais le gosse continuait de galoper comme si sa vie en dépendait.

Lorsqu'elle parvint à sa hauteur, elle leva la jambe pour le heurter.

Il trébucha et tomba.

Avant qu'il ne puisse s'enfuir, elle dégaina son arme.

— À genoux. Les mains derrière la tête.

Dès qu'il obéit, elle descendit de la moto et décrocha ses menottes de sa ceinture de service.

— Comme vous vous êtes enfui, nous allons vous interroger au poste.

5

— Miguel, dit Daniel, parlons des relations que vous entreteniez avec Beverly Fisher, Leslie Gooding et Gemma Chavez.

— Je n'avais pas de relations avec elles, répondit-il. Pas vraiment.

Ils se trouvaient dans la salle d'interrogatoire du bureau du shérif et Daniel posa devant lui un portrait de chacune des trois victimes.

Les mains sur la table, Miguel regarda les photos.

— Mon Dieu. Je serais incapable de faire ça. Je ne ferais jamais de mal à personne.

Huck, assis à côté de lui, repoussa les clichés.

Mais Willa n'allait pas se contenter de cette déclaration.

— Beverly est restée dans l'enceinte pendant un an et demi, asséna-t-elle. Gemma pendant onze mois et Leslie pendant quatre. Et vous voulez nous faire croire que vous n'avez pas eu le moindre échange avec elles pendant tout ce temps ?

— Je leur ai peut-être parlé dans la salle à manger, en passant. Mais j'étais toujours attablé avec l'équipe de sécurité. Peut-être que lors d'une des célébrations ou d'un autre événement nous avons échangé quelques mots, mais c'est tout.

D'autres membres dans l'enceinte avaient confirmé ses dires lorsque Daniel les avait interrogés pendant que Willa installait Miguel dans le SUV. Ils cherchaient peut-être à couvrir l'un des leurs et à protéger la réputation de Shining Light mais, en observant Miguel, Daniel doutait qu'ils aient menti. Le gamin était terrifié. Il ne parvenait pas à le considérer comme un meurtrier.

Cela dit, beaucoup de tueurs en série ressemblaient à des gens normaux, sympathiques. Âgé de vingt-quatre ans, Miguel García paraissait inoffensif, mais il avait un casier judiciaire. Il avait été condamné dans l'Idaho. Pour viol.

— Vous êtes heureux à Shining Light, n'est-ce pas ? demanda Willa. Pourquoi ? ajouta-t-elle quand il hocha la tête.

— Je m'y sens bien, en sécurité. Personne ne juge votre passé. Tout le monde vous aide à donner le meilleur de vous-même. Nous formons une communauté. Nous prenons soin les uns des autres. Nous nous protégeons mutuellement.

— Y compris en mentant pour couvrir une Starlight ? lança Willa. Ou en tuant pour préserver l'image de Shining Light ?

Miguel recula, une expression horrifiée sur le visage.

— Tu n'es pas obligé de répondre, lui indiqua Huck.

— Je tiens à le faire. Nous marchons sur le chemin de la vérité et nous efforçons de réparer nos fautes.

— Parlez-nous de la dernière fois où vous avez vu chacune des victimes, demanda Daniel, revenant à l'enquête.

— En général, quand quelqu'un quitte notre communauté, nous le laissons à la gare routière de la ville, après le déjeuner, le ventre plein. Avec Blue et Gemma, tout était différent. Blue est la seule personne que j'ai conduite là-bas en février. Il est rare que les gens décident de partir en plein hiver. On m'avait demandé de la déposer à l'église qui se trouve en face de la gare routière. Et c'était peu avant l'heure du dîner.

Daniel en prit note.

— Qui vous l'avait demandé et pourquoi ?

Miguel jeta un regard furtif à Huck. L'avocat lui chuchota à l'oreille.

— Empyrée, répondit Miguel. Il ne m'avait pas donné de raison. Mais je me souviens que Blue avait l'air malade. Elle était toute pâle, en sueur, elle tremblait.

Daniel glissa un coup d'œil à Willa, mais elle était entièrement concentrée sur Miguel.

Huck posa une main sur son épaule.

— Tu n'as pas besoin d'élaborer, dit-il. Contente-toi de répondre à la question. Reste simple.

— Et les deux autres ? demanda-t-elle.

— Je ne me souviens pas vraiment de Gemma, mis à part qu'elle était gentille, mais n'avait pas l'air de prendre le mouvement au sérieux.

Willa pencha la tête sur le côté.

— Comment le savez-vous si vous n'aviez pas de relations avec elle ?

— Des gens en parlaient à voix basse. Pendant les mois d'hiver, de nombreuses personnes à la dérive, des fugueurs ou des SDF, veulent surtout un lit et un repas chaud. Personne n'est surpris quand elles s'en vont.

— En avez-vous été étonné ? demanda Daniel.

— Un peu, oui. Disons que la plupart de ceux qui, comme elle, cherchent seulement un point de chute et n'ont jamais eu l'intention d'adhérer au mouvement partent au printemps ou en été. Pas quand il commence à faire froid. Mais le jour où je l'ai déposée, alors qu'il gelait, elle avait vraiment envie de sortir et n'avait pas attendu le repas.

Ce qui les ramenait à la question principale : pourquoi avait-elle quitté l'enceinte ? Quelque chose ou quelqu'un lui avait-il fait assez peur pour la faire fuir ?

— Et Leslie ? demanda Willa.

— Je me souviens de Lila. J'étais triste qu'elle s'en aille parce qu'elle venait de s'engager à Shining Light et qu'elle est partie comme ça, d'un coup. Mais elle n'était pas malheureuse.

Willa posa les coudes sur la table et croisa les doigts.

— Étiez-vous vraiment triste qu'elle parte ? N'étiez-vous pas plutôt en colère ? Assez en colère pour préférer la voir morte plutôt que perdue dans les ténèbres ?

D'après Mercy, ils considéraient ainsi les Déchus. Ils avaient été chassés de la Lumière et erraient dans la nuit.

Huck plissa ses yeux verts.

— Mon client a déjà fait part de ses sentiments.

— Je n'ai tué personne, déclara Miguel. Je pensais, nous pensions tous, qu'elle était des nôtres. Puis quelque chose s'est produit. Je ne sais pas quoi. Et ensuite on m'a demandé de la déposer en ville. Elle a parlé tout le long du trajet avec les autres personnes qui quittaient l'enceinte. Elle leur a raconté qu'elle partait à l'université pour faire plaisir à ses parents. Avant de descendre de la camionnette, elle m'a dit que je la reverrais lorsqu'elle rejoindrait notre famille, l'été prochain.

Huck posa une main sur son épaule.

— Les réponses courtes sont les meilleures.

— Pourquoi ? demanda Miguel à l'avocat. J'essaye seulement d'expliquer que son départ n'avait aucun sens pour moi. Je lui ai dit au revoir et j'espérais qu'elle reviendrait vers nous. J'étais triste. Pas en colère.

— Peut-être que vous avez dragué Beverly, Gemma et Leslie pendant que vous les conduisiez, dit Willa, et elles n'ont pas apprécié vos avances. Alors vous les avez tuées pour leur faire payer leur rejet.

Miguel ayant été reconnu coupable de viol, Willa tirait volontairement sur la corde sensible. Elle jouait la méchante flic, persuadée que le suspect avait un problème avec les femmes.

— Souffrir d'être rejeté est humain, dit Daniel avec gentillesse, endossant le rôle du bon flic. Et puis, la situation a peut-être dégénéré, ce que vous n'aviez pas prévu. Cela arrive, dites-le.

— Je n'ai jamais tué ces femmes, monsieur, répéta Miguel en secouant la tête.

Huck inspira profondément.

— Cheffe Nelson, shérif Clark, les suppositions ne sont pas des questions. Cet interrogatoire n'en est plus un et est terminé.

— Je n'ai plus que trois questions, insista Willa en reportant son attention sur Miguel. Où étiez-vous dimanche entre minuit et 2 heures du matin et hier soir entre 19 heures et minuit ?

Daniel ne fut pas surpris qu'elle ne lui ait pas posé de questions sur le 19 septembre. Le complexe avait été fermé cette nuit-là. N'importe qui en aurait fait son alibi, que ce soit vrai ou non.

— Dans l'enceinte, répondit Miguel. Samedi soir, je dormais. Je partage ma chambre avec trois personnes qui pourront en témoigner.

Il aurait pu se lever sans bruit, pendant que ses compagnons de chambre dormaient profondément, et se faufiler dehors. Si le tueur vivait dans la communauté, il était assez intelligent pour trouver un moyen d'en sortir sans être repéré.

— Hier soir, nous fêtions la pleine lune, poursuivit Miguel. Le dîner s'est terminé vers 19 h 30. Nous sommes tous allés au sanctuaire et avons écouté une homélie. Ensuite, nous avons dansé et chanté sous la lune jusqu'à minuit.

— Sur quoi portait cette homélie ? demanda Daniel.

S'il l'avait vraiment écoutée, il pourrait leur en parler.

— Empyrée a comparé nos épreuves à du papier de verre qui nous raffine et nous rend meilleurs, même si elles sont douloureuses. Ses mots étaient inspirants.

— Au milieu d'une assemblée de cinq cents membres, il doit être facile de s'absenter sans que personne s'en aperçoive, remarqua Daniel.

— Sans doute, répondit Miguel en hochant la tête. Mais j'ai dansé avec Maria presque toute la nuit. Empyrée nous a mis en couple, cet été. Elle travaille dans le verger. Voilà pourquoi j'avais demandé à effectuer une mission là-bas, aujourd'hui. Et après la cérémonie de la pleine lune j'ai aidé les musiciens à ranger leurs instruments.

— D'innombrables membres l'ont vu la nuit dernière, ajouta Huck d'un ton laissant entendre que l'alibi de Miguel était solide.

— Alors pourquoi vous être enfui ? demanda Willa.

Il baissa la tête.

— Parce que... je savais que ça arriverait. Que vous ne m'écouteriez pas. Que vous ne me croiriez pas. Que vous vous moqueriez de la vérité.

Il leva un regard larmoyant vers Daniel.

— Je pensais que, vous, vous seriez différent, mais non.

— Pourquoi l'avez-vous pensé ?

— Vous avez l'air gentil.

— Vous avez détalé quand vous avez compris que la police voulait vous interroger. Les coupables réagissent ainsi. Et vous avez été condamné pour viol. Cela n'est pas rien.

— Il s'agissait d'un détournement de mineure, pas d'un véritable viol, précisa Huck.

— Nous étions tous les deux au lycée. J'avais dix-huit ans, elle, seize. Ses parents ne m'appréciaient pas à cause de mes origines mexicaines, expliqua Miguel. Ils ont tout fait pour nous séparer, mais Jasmine et moi étions très amoureux. Alors ils sont allés voir les flics et m'ont fait inculper. Dans l'Idaho, un détournement de mineure est considéré comme un viol. Jasmine m'a soutenu et a déclaré au juge qu'elle m'aimait. Par ailleurs, j'étais un brillant étudiant. Mais j'ai quand même écopé de trois ans de prison. Trois longues années pour me punir d'avoir été amoureux. Après ma libération, j'ai été inscrit au registre des délinquants sexuels. Savez-vous à quel point il a été difficile pour moi de trouver un emploi ? Ou un logement ? Tout le monde me considérait comme un paria. Sauf à Shining Light.

Il regarda Willa.

— Je suis désolé de m'être enfui, vraiment. J'ai paniqué. Mais ça ne veut pas dire que je suis coupable. Je vous en prie, croyez-moi, je n'ai pas tué ces femmes.

Daniel le crut. Et en tout cas Miguel n'aurait pas pu perpétrer les meurtres d'il y a cinq ans parce qu'il était alors incarcéré dans une prison de l'Idaho. De plus, d'autres personnes présentes dans l'enceinte soutiendraient son alibi.

— Quelle est votre dernière question pour mon client, cheffe Nelson ?

— Fox signifie « renard », en anglais. Les renards sont des

prédateurs. Est-ce pour cette raison que vous avez choisi ce nouveau prénom ? demanda-t-elle.

Il la dévisagea d'un air résigné.

— Les jeunes renards sont la proie des aigles et des coyotes. Les adultes sont attaqués par des animaux plus gros, des ours, des pumas. Ils sont rapides, mais pas assez pour distancer un loup. Et le plus grand prédateur du renard est l'homme.

Maintenant, la curiosité de Daniel était piquée.

— Alors pourquoi Fox ?

— Quand j'étais plus jeune, j'adorais la série *X-Files : Aux frontières du réel*. Je m'identifiais à Fox Mulder, le héros, un agent spécial du FBI. Shining Light m'a permis de mettre une croix sur mon passé. De me réinventer. De m'accepter tel que la Lumière voudrait que je sois.

L'histoire de ce garçon émut Daniel. Il leur faudrait, bien sûr, s'assurer qu'elle était vraie, mais au fond il était convaincu de sa sincérité.

Willa lui fit signe de la rejoindre dans le couloir.

Il la suivit hors de la salle d'interrogatoire et ferma la porte.

— Je ne pense pas qu'il soit notre tueur.

— Moi non plus, dit-elle, les mains sur les hanches. Mais j'aimerais vérifier ses dires à propos de ce qui s'est passé dans l'Idaho.

— Bien sûr.

Comme elle se tournait vers le bureau, il la retint par le bras.

— Qui est Ezekiel Nelson ?

Elle se raidit.

— J'aurais dû t'en parler plus tôt, dès que j'ai vu les éléments que le mandat nous permettrait de consulter, mais je ne savais pas comment aborder le sujet.

Il aurait vraiment préféré que, quoi qu'elle s'apprête à lui révéler, elle le lui ait dit il y a deux ans. Pas maintenant parce qu'elle se sentait coincée et n'avait pas le choix.

— Dis-moi. Qui est-il ?

Il devina qu'elle hésitait à lui mentir. Mais en secouant la tête elle lâcha :

— Zeke est mon fils.

Daniel ne l'avait pas vu venir. Il avait supposé un frère, un oncle, peut-être un cousin.

— Après avoir vérifié l'histoire de Miguel, nous devons parler.

— Merci d'avoir pris le temps de répondre à mes questions, déclara Willa au téléphone à Jasmine Emmer.

— Je ferais tout pour Miguel. Comment va-t-il ? Je veux dire, est-il heureux, en bonne santé ?

— Oui. Il va bien.

— Je m'en réjouis. Ce que mes parents lui ont fait subir était monstrueux. À l'époque, ils ne m'ont pas crue, mais Miguel était l'amour de ma vie. Et l'est toujours. Je pense à lui tous les jours. Est-il marié ?

— Je crois qu'il sort avec quelqu'un.

Willa ne savait pas très bien comment fonctionnait le système des mariages arrangés au sein de l'enceinte.

— Tant mieux pour lui, répondit Jasmine sans réussir à cacher sa déception. En tout cas, je suis contente d'avoir pu l'aider.

— Je vous souhaite une bonne journée, dit Willa avant de raccrocher.

L'histoire de Miguel n'était pas seulement vraie, elle était bouleversante. Il avait été traité injustement, privé de trois ans de liberté pour avoir aimé la mauvaise personne. Mais Willa ne regrettait pas de s'être montrée dure lors de son interrogatoire. Pousser un suspect à bout, tenter de le faire craquer, faisait partie de leur travail. Et ils avaient toujours un tueur à arrêter avant qu'il ne frappe à nouveau.

Daniel revint dans son bureau et ferma la porte.

— Le dispatcheur de Secure Ride à l'université a indiqué que Leslie avait bien demandé, via l'application mobile, à ce que le bus passe la prendre. Le chauffeur devait la retrouver à l'autre bout de la ville à 19 heures. Samedi. C'est en effet là qu'elle se serait probablement trouvée si elle était revenue d'un jogging à Elk Horn. Mais elle ne s'est pas présentée au rendez-vous.

— Parce que le tueur l'avait capturée en premier, endormie avec du chloroforme pour attendre le bon moment pour la tuer.

— La police du campus a finalement retrouvé sa colocataire. La jeune fille passait le week-end chez son copain, mais elle a croisé Leslie samedi soir. Elle était repassée chercher des vêtements et Leslie partait courir.

— Si le tueur est quelqu'un de l'enceinte, la pleine lune aurait été l'occasion idéale pour disparaître, ni vu ni connu, surtout s'il s'agit d'un solitaire à qui personne n'a envie de parler.

Daniel y réfléchit.

— Mais s'absenter discrètement samedi soir aurait été plus difficile.

— Plus difficile, bien sûr, mais pas impossible. Surtout si McCoy avait commandité les assassinats. Voici comment je vois le scénario : le Holiday Elk Horn Killer avait rejoint Shining Light, avoué ses meurtres lors du rituel de la mue, de la confession, et ensuite, dernièrement, McCoy lui a demandé de tuer ces femmes avec sa bénédiction…

— C'est une hypothèse d'ampleur.

— Les meurtres n'ont repris qu'après que son héritière présumée, Mercy, a choisi le monde extérieur au détriment de la secte au sein de laquelle elle avait grandi. Elle a rejeté, au vu et au su de toute la communauté, son père et le mouvement religieux qu'il avait lancé. Ce n'est pas rien. Son départ a forcément provoqué des remous parmi les Starlight, semé le doute. Tuer quelques Déchus qui avaient décidé de tourner le dos à la secte, pour apporter la preuve qu'ils avaient ensuite été emportés par le démon, pourrait être sa façon de restaurer la foi dans le troupeau.

— Une façon de restaurer la foi qui leur apporte une publicité dont ils se passeraient bien.

— À moins qu'ils ne s'en réjouissent au contraire et ne l'entretiennent, répliqua Willa d'un ton dégoûté. Penses-y. Chaque fois qu'un horrible événement se produit dans cette ville, le nombre de leurs adeptes ne fait qu'augmenter.

C'était indéniable.

— Il pourrait aussi s'agir de quelqu'un qui a une dent contre Shining Light. Tu as vu ces manifestants. La moitié de cette ville rêve de se débarrasser de cette secte, ce n'est un secret pour personne. Et n'oublie pas la raison pour laquelle nous devons parler au plus vite à Arlo. S'il s'avère qu'Empyrée a fait chanter d'anciens membres de son mouvement, le mobile est tout trouvé. Beaucoup de gens tuent pour beaucoup moins.

— Gemma n'était pas tatouée. Comment le tueur aurait-il su qu'elle avait passé du temps parmi eux s'il n'était pas lui-même membre de la secte ? Entre l'enceinte, les règles, l'absence de véhicule, l'engagement envers la Lumière, Shining Light constitue la planque idéale pour un tueur. Rien ne garantit que ceux qui adhèrent au mouvement abandonnent *tous* leurs biens à McCoy. Il est facile de cacher une voiture dans les environs, d'utiliser un compte dont Empyrée ignore l'existence pour payer l'essence.

— Oui, c'est faisable, reconnut Daniel en hochant la tête.

Il baissa les stores de sa fenêtre. Il fit de même pour celles de sa porte vitrée et s'appuya contre celle-ci.

— Ton fils leur avait-il tout laissé en entrant à Shining Light ?

Willa sentit son ventre se nouer. Cette conversation était inévitable, elle le savait, mais elle n'y était pas préparée.

Elle croisa les bras.

— Il n'avait pas grand-chose à laisser. Il n'avait que dix-sept ans lorsqu'il les a rejoints.

— Pourquoi avait-il voulu quitter la maison ?

— Depuis que son père, mon ex-mari, Zach, a été tué en service, il n'a plus jamais été le même.

Elle aurait dû l'emmener voir un psychologue pour l'aider à faire son deuil. Sa grand-mère s'y était opposée. Elle avait répété à Zeke que seuls les faibles allaient pleurnicher dans le giron d'un thérapeute. Willa se reprochait d'avoir cédé. Elle aurait dû le pousser à consulter. Lui expliquer que demander de l'aide était un signe de force.

— Lorsqu'il est arrivé dans l'enceinte, Zeke a dit à McCoy que j'étais flic. Voilà pourquoi, et parce qu'il était alors mineur, la secte m'a prévenue qu'il était là. Avant que je lance un avis de recherche.

— Pourquoi l'as-tu laissé rester ?

— McCoy m'a parlé. Il est très doué pour mettre les parents en confiance. Charmant. Convaincant. C'était la fin de l'année scolaire. Zeke séchait ses cours depuis des mois et avait été renvoyé pour s'être battu avec un camarade. McCoy m'a proposé de le laisser découvrir la communauté pendant l'été. Pour voir si cela faisait une différence pour lui. J'étais au désespoir. Tout ce que je voulais était qu'il aille mieux.

— Et ça a marché ?

Elle hocha la tête.

— De façon stupéfiante. Comme s'il était devenu quelqu'un d'autre. Il était heureux, souriant. Il riait.

En le voyant ainsi, elle en avait pleuré de joie.

— Ils l'ont même aidé à reprendre ses études. Ils l'ont fait travailler pendant l'été pour qu'il puisse passer son bac à la rentrée. Et il l'a décroché. Zeke m'avait dit qu'il voulait rester parce qu'il avait trouvé la Lumière. Et McCoy m'avait prévenue que s'il partait il retomberait dans les ténèbres. Il a su exploiter ma plus grande peur.

— Bien sûr, tu as donc accepté qu'il reste.

Comment aurait-elle pu faire autrement ?

— Après avoir prononcé ses vœux et être devenu une Starlight, il n'a plus voulu nous voir, sa grand-mère et moi. Il nous disait que tout ce dont il avait besoin se trouvait dans l'enceinte, qu'il y avait trouvé sa véritable famille.

Ces mots lui avaient broyé le cœur.

— C'était mon bébé. Je l'aimais tellement, mais je l'ai laissé partir. Tous les parents doivent lâcher prise, à un moment donné.

Elle avait appris à l'aimer de loin, à renoncer à ses attentes et à accepter ses choix.

— Jusqu'à ce qu'il me revienne quelques années plus tard, après avoir été chassé de la secte.

— Pour quelle raison ?

— Je ne sais pas. Tu n'imagines pas à quel point j'aurais voulu être celle qui récupérait les dossiers.

— Que te dit-il quand tu lui poses la question ?

— De le laisser tranquille. Puis il se lève et sort en claquant la porte ou, variante, il crie et sort en claquant la porte. J'ai beau être cheffe de la police de Laramie, je n'arrive pas à obtenir une réponse claire de mon propre fils.

Le dire à voix haute ne fit que l'accabler davantage.

Daniel traversa la pièce pour lui mettre les mains sur les épaules.

— Ne sois pas si dure avec toi-même.

— Je suis seulement réaliste. J'ai tout raté avec lui. J'ai si peur de le perdre si je n'arrive pas à reconstruire ce qui est cassé. Je devrais faire plus, mais je me sens… impuissante face à lui.

Il la prit dans ses bras pour une douce étreinte. Elle aurait voulu s'y abandonner mais, quelque part, elle culpabilisait d'être réconfortée pour ne pas avoir été à la hauteur avec son enfant.

— Tu n'es pas que la cheffe de la police. Tu es une mère qui gère seule un jeune adulte et qui fait de son mieux.

Un bras autour d'elle, il lui caressa le dos de l'autre.

— J'ai été élevé par une mère célibataire, dit-il. Mon père est mort quand j'avais douze ans.

L'âge que Zeke avait à la mort du sien. Était-ce un signe que tout espoir n'était pas perdu ?

— J'ai connu des années difficiles, poursuivit-il. Ma mère pensait que l'argent pouvait régler tous les problèmes. Ne te méprends pas, cela m'arrangeait bien. Quand j'ai été renvoyé d'une énième école privée, elle a acheté mon inscription dans une autre. Mais ce n'est que lorsque j'ai quitté la maison, que j'ai cessé de lui reprocher tout ce qui n'allait pas dans ma vie et que je me suis installé à

Laramie, dans le ranch hérité de mon père, que j'ai commencé à me reconstruire. Puis je suis devenu flic.

— Tu as grandi avec une cuillère en argent dans la bouche ?

— C'est tout ce que tu retiens de ce que j'ai dit ? demanda-t-il en riant.

Elle lui décocha un sourire triste.

— Je ne m'y attendais pas, c'est tout. Cela m'a déstabilisée.

— Eh bien, si tu as besoin d'être déstabilisée, je peux faire mieux. Je suis le fils de Selene Beauvais.

Elle resta un instant muette de surprise.

— Non ! Je ne te crois pas.

Willa n'avait jamais été du genre à acheter des magazines de mode ni à s'intéresser aux défilés de haute couture, mais il aurait fallu vivre sur une île déserte pour ne pas avoir entendu parler du légendaire mannequin Selene Beauvais.

Il se mit à rire.

— C'est pourtant vrai.

Il lui caressa les cheveux, ses doigts effleurant son oreille, et son regard tomba sur sa bouche.

L'embrasser, blottie contre lui dans un lit, lui manquait. Leur histoire n'avait duré que quelques mois, mais elle n'avait jamais réussi à oublier leurs baisers... ni le reste.

— Ce que je veux te dire est que les mères célibataires sont des héroïnes, mais les super-héroïnes n'existent pas. Lâche un peu de lest. Tu ne peux pas tout faire à sa place.

Tout ce qu'il lui disait prenait sens dans sa tête. Elle avait seulement besoin que son cœur accepte aussi cette logique.

— Tu as raison. Merci de ton soutien.

— J'aimerais t'épauler davantage. Mais un jour, pour des raisons que je n'ai jamais comprises, tu m'as montré la porte. Puis-je maintenant savoir pourquoi ?

Elle laissa tomber ses bras, mettant fin à l'étreinte, mais resta près de lui. Pour absorber son odeur, sa chaleur, sa force tranquille.

— Tu n'imagines pas à quel point les dernières années ont été difficiles pour moi. Pas seulement parce qu'il me fallait élever un enfant malheureux toute seule. Mais gravir les échelons de la hiérarchie pour devenir successivement la première femme cheffe de police dans deux villes différentes n'a pas été simple.

— J'imagine très bien au contraire. Lorsque j'ai été nommé à ce poste de shérif pour la première fois, ce n'était pas à la suite d'une élection. Le dernier shérif avait été si corrompu qu'il avait fini par provoquer un scandale et être renvoyé. Je l'ai remplacé au pied levé. Mais ce n'est que lorsque, après deux ans de remplacement, j'ai été élu, choisi par le peuple parmi d'autres candidats, que les gens ont commencé à me traiter différemment, à me respecter, à accepter mon autorité.

Encore une fois, il avait raison. Ils avaient bien plus en commun qu'elle ne l'avait pensé.

— Nous étions amants, mais nous avions aussi été amis. Je suis désolée de n'avoir jamais pris le temps de réfléchir à ce à quoi tu étais confronté. Cela dit, je maintiens que la situation était plus compliquée pour moi. Parce que je suis une femme, les gens font des suppositions sur la façon dont j'ai décroché ce poste. S'ils avaient su que nous sortions alors ensemble, ils auraient été confortés dans l'idée selon laquelle j'avais réussi en couchant.

Il hocha la tête.

— Et à l'époque ton souhait de prendre tes distances était logique, oui. Mais depuis lors nous avons fait nos preuves tous les deux. Pourquoi ne pourrait-il pas y avoir de « nous » maintenant ?

Un coup à la porte empêcha Willa de répondre.

Elle se félicita de cette interruption. Elle avait besoin de temps pour réfléchir. Sa première réaction aurait été de dire que son travail était trop exigeant, lui demandait tout son temps et toute son énergie. Mais en vérité, si elle avait fait le ménage au sein de la police de Laramie, il lui fallait désormais reconstituer les rangs, essayer d'embaucher de bons policiers. Et, bien sûr, arrêter un tueur en série.

Cela dit, Daniel était confronté aux mêmes exigences, aux mêmes difficultés et, si quelqu'un pouvait comprendre ses contraintes et s'en accommoder sans se plaindre, c'était lui.

— Entrez, dit-il, son regard s'attardant sur elle comme une douce caresse jusqu'à ce que la porte s'ouvre.

L'adjointe Russo entra.

— J'ai lu les transcriptions des séances de « mue intérieure » menées par McCoy pour permettre aux futures Starlight de se « décharger de leurs fardeaux intérieurs », de se confesser, avant de prononcer leurs vœux. Ces femmes avaient ingurgité de l'ayahuasca, une drogue puissante que les membres de la secte prennent lors de leurs cérémonies religieuses. Lors de ce rituel de mue intérieure, en particulier.

— Vous voulez dire qu'elles étaient défoncées lorsqu'elles sont passées aux aveux ? demanda Daniel.

— Exactement. Cela dit, leurs aveux n'ont rien de criminel. Gooding a ainsi reconnu éprouver de la jalousie envers ses amies qui avaient des petits amis plus « beaux gosses » que le sien, assez d'argent pour aller à l'université et un but dans la vie. C'était sur ce dernier point que McCoy s'était concentré avec elle.

Willa s'écarta un peu plus de Daniel.

— Et Fisher ?

— Elle a longtemps été toxicomane et se prostituait pour payer ses doses. Elle a également volé pour la même raison.

— Et il lui a donné l'ayahuasca ? demanda Daniel, stupéfait.

Russo hocha la tête.

— D'après le document qui détaille les raisons de son départ, l'ayahuasca a ravivé des manques qui avaient disparu. Il lui était difficile ensuite de rester abstinente. Elle était entrée à deux reprises par effraction dans l'infirmerie pour voler des médicaments. Et avait offert des faveurs sexuelles à l'un des agents de sécurité en échange de quelque chose, n'importe quoi pour se droguer. McCoy ne pouvait pas l'aider. Alors, quand ils l'ont expulsée, McCoy l'a fait déposer devant une église qui accueille des réunions de Narcotiques Anonymes.

— Incroyable ! s'exclama Daniel en croisant les bras. McCoy l'a désintoxiquée avant de la faire replonger dans la drogue.

— Il se prend pour Dieu et fait beaucoup de dégâts. C'est honteux, dit Willa en secouant la tête. Qu'avez-vous trouvé concernant le départ de Gooding ?

Russo grimaça.

— Rien ne m'a paru très clair. Apparemment, elle avait été *autorisée* à partir étudier à l'université pendant un an. Cette décision était destinée à apaiser ses parents et à faciliter une transition en douceur si elle décidait de revenir. Mais elle serait considérée comme une Déchue jusqu'au jour où elle reviendrait, dit-elle en s'interrompant un instant pour consulter son calepin, et je cite : « La Lumière a parlé à Empyrée, l'a guidé à faire autrement avec la douce enfant Lila. » Fin de citation.

— Il a créé une brèche, dit Willa. Pour permettre à Lila de revenir et à lui, d'encaisser le chèque de ses parents. Aucune allusion à l'argent, j'imagine ?

— Non. Désolée, dit Russo en fronçant les sourcils. Par ailleurs, le légiste ne pourra pas commencer l'autopsie avant quelques heures. Il est retenu par une urgence familiale.

— D'accord, dit Daniel. Allez à l'église et voyez ce qu'ils ont à dire sur Fisher. Interrogez aussi les employés de la gare routière. Demandez-leur s'ils ont vu ou entendu quelque chose d'étrange ou d'extraordinaire.

— Je pars tout de suite.

Russo quitta le bureau tandis que Livingston entrait.

— J'ai les déclarations des parents de Gemma Chavez et de sa meilleure amie, annonça l'adjoint. J'essaye toujours d'entrer en contact avec d'autres amis mentionnés par ses parents.

Comme Daniel prenait le dossier, le téléphone de son bureau sonna. Il le mit sur haut-parleur et répondit :

— Qu'y a-t-il, Peggy ?

— Le procureur Jennings et le maire Schroeder souhaitent vous parler ainsi qu'à la cheffe Nelson. Vous êtes attendus au bureau du maire. Tout de suite.

Daniel poussa un gémissement.

— D'accord, dit-il avant de raccrocher. Le sujet de la conversation n'est pas difficile à deviner, ajouta-t-il d'un ton sarcastique.

Cette enquête et l'assassinat des trois jeunes femmes.

Willa croisa le regard de Daniel.

— Je me félicite que nous travaillions ensemble sur ces meurtres.

— Pourquoi ? Pour pouvoir partager les emmerdes avec moi ?

— Exactement, répondit-elle en souriant.

— Alors je pense que tu me dois quelque chose. Et si tu m'offrais un verre ?

— Seulement un verre ? demanda-t-elle avec un petit rire provocant.

Il se mit à rire à son tour.

— Eh bien... commençons par un verre puis nous verrons.

Son rire et la suggestion d'un verre la ramenèrent à leur première rencontre au Crazy Eddie's. Le bar était un boui-boui situé au milieu de nulle part entre Wayward Bluffs et Laramie. Un endroit où se retrouvaient les routiers et les cow-boys des ranchs alentour. Elle n'y entrait jamais maquillée, n'y arborait aucun sourire et refusait de se faire offrir un verre. Elle avait durement gagné sa réputation de femme glaciale que personne n'abordait, jusqu'à ce que Daniel arrive et ait le courage de se hisser sur le tabouret à côté d'elle.

D'un air renfrogné, elle l'avait envoyé balader :

— Cow-boy, ne le prenez pas mal, mais je n'aime pas la compagnie, alors si vous ne voulez pas d'ennuis je vous conseille d'aller voir ailleurs si j'y suis.

Ses propos peu amènes ne l'avaient pas découragé.

— Cela dépend du type d'ennuis que je risque en insistant.

Elle lui avait alors brandi son insigne, un geste qui faisait fuir la plupart des hommes.

— Je suis la cheffe de police de Wayward Bluffs, donc nous parlons d'ennuis avec les flics. Toujours intéressé ?

Il s'était contenté de lui montrer son propre badge, prouvant qu'il était inspecteur de police au campus.

— Ravi de vous rencontrer. Je suis le chef Clark, mais appelez-moi Daniel.

Pourtant, quelque chose en elle refusait de céder. Mais plus elle avait joué les dures pendant les semaines qui avaient suivi, plus il avait insisté.

Elle avait fini par enfreindre ses propres règles en engageant une conversation avec lui chaque fois qu'il entrait dans ce bar.

Et un soir elle avait pris le temps de lui expliquer les raisons pour lesquelles toute relation, quelle qu'elle soit, était hors de question pour elle. Même si elle n'était pas mariée, elle avait une famille compliquée – ce qui laissait beaucoup de place à l'interprétation – et un travail qui exigeait toute son énergie. Un homme dans sa vie lui aurait demandé trop de temps et d'efforts. Elle n'était pas disposée à en donner.

— Mes histoires se sont toutes deux soldées par un échec, ce qui est la preuve que sortir avec quelqu'un n'est pas pour moi, lui avait-elle confié.

— Jamais deux sans trois. La troisième sera peut-être la bonne.

— Cela m'étonnerait beaucoup, avait-elle répondu avec sincérité.

— Pas moi, avait-il contré avec un sourire irrésistible. Il faut croire en sa chance. J'en ai assez pour nous deux.

Son assurance, son calme, son aisance l'avaient finalement emporté. Ou peut-être l'avait-il eue à l'usure. En tout cas, à bout d'arguments, elle avait suggéré qu'ils prennent une chambre dans le motel en bas de la rue. Par la suite, ils s'étaient régulièrement retrouvés chez lui.

Mais quand elle avait obtenu un poste au sein de la police de Laramie, alors qu'il était nommé shérif du comté, elle avait mis fin à leurs relations.

Daniel passa la main devant son visage pour la ramener au présent.

— Que disais-tu ?

— Cela ne s'arrête jamais à un verre, cow-boy.

Il lui décocha un autre sourire qui la fit frissonner d'anticipation.

— Non, Willa, répondit-il en riant. Avec toi, un verre est toujours bien davantage qu'un simple verre.

Autour d'un verre, ils échangeaient des idées, faisaient l'amour, se blottissaient l'un contre l'autre, s'endormaient ensemble. Se réveillaient parfois ensemble aussi.

Tout cela lui manquait. Voilà deux ans qu'un homme ne l'avait pas touchée. Mais, rationnellement, elle s'ordonna de ne pas s'emballer. Prudente, elle voulait d'abord y réfléchir.

— Nous en reparlerons après avoir vu le maire et le procureur.

6

Derrière son immense bureau en acajou, le maire Schroeder était assis à côté du procureur, Allen Jennings, qui semblait furieux.

— Bonsoir, messieurs, dit Daniel en retirant son chapeau.

— Que pouvons-nous faire pour vous ? ajouta Willa.

D'un coup d'œil, le maire invita le procureur à répondre.

— J'irai droit au but, déclara Jennings. Vous êtes venus me voir hier me demander un mandat afin de vous permettre d'arrêter un suspect dans les meilleurs délais. J'étais plus qu'heureux de vous rendre ce service. Vous êtes allés au complexe, avez interrogé ledit suspect et... l'avez relâché ! Trois femmes ont été assassinées. Trois ! Pourquoi ce type n'a-t-il pas été inculpé ?

Pour que Jennings soit déjà au courant des détails de leur visite à Shining Light, il fallait que quelqu'un du bureau du shérif ait divulgué des informations au bureau du procureur. Daniel se demanda qui, parmi ses adjoints, manquait ainsi de loyauté. Mais il se soucierait de la question plus tard. L'urgence était ailleurs. Daniel savait que Willa ne supportait pas que quiconque lui parle sur ce ton.

Lui, de son côté, avait perfectionné l'art de ne jamais se formaliser. En tout cas, de ne jamais montrer sa colère.

Avant qu'il n'ait pu prononcer un mot, elle répondit :

— Le suspect avait un alibi et nous n'avions aucune preuve contre lui. Cela s'appelle respecter la loi, dit-elle, les mains sur les hanches.

Jennings se leva d'un bond.

— Vous voulez m'apprendre ce qu'est la loi ? rugit-il.

Daniel préféra s'interposer avant que l'échange ne s'envenime.

— Nous sommes tous dans le même camp et travaillons vers un objectif commun, dit-il. Je vous propose donc de commencer par nous calmer.

— McCoy est derrière ces meurtres, asséna le procureur.

Pour un petit homme plutôt âgé, à en juger par ses cheveux blancs, Jennings avait une grande présence et une voix qui portait.

— Que vous faut-il de plus pour aboutir et m'apporter de quoi le faire condamner ? ajouta-t-il.

— Je suis d'accord avec la cheffe Nelson, dit Daniel. Des preuves.

— Alors trouvez-en, bon sang. Voilà trop longtemps que ce type menace nos concitoyens. Avec son air inspiré et son blabla spirituel, il vole leurs enfants, lave le cerveau de leurs femmes, corrompt les maris et pervertit leurs âmes, déclara Jennings. Cela ne peut plus durer. Vous n'avez pas fait votre travail et vous m'empêchez d'effectuer le mien !

Waouh. Pour Daniel, l'attaque semblait presque personnelle.

Le commentaire de Jennings à propos du vol des enfants dut toucher Willa parce qu'elle ne répondit pas. Daniel se tourna vers le maire pour évaluer sa position à ce sujet.

Schroeder affichait un air grave, mais restait silencieux, ce qui indiquait que Jennings était allé pleurnicher dans son giron et avait fait toute une histoire.

— Nous faisons tout notre possible pour arrêter un tueur, assura Daniel. McCoy se révélera peut-être le coupable.

Il en doutait.

— Et dire que j'étais à ça, à ça, de le coincer, dit Jennings en pinçant son pouce et son index. D'avoir la peau de Shining Light et de ce sermonneur de Marshall McCoy. Cela s'est joué à un cheveu. J'avais de quoi le traîner en justice pour fraude fiscale. Malheureusement, à la dernière minute, mon informateur a eu peur et s'est rétracté avant de m'avoir remis les preuves. En tout cas, j'aimerais bien savoir par quel tour de passe-passe sa secte a obtenu un statut lui permettant de bénéficier d'exonération fiscale. Cette exonération est la raison première de son existence.

— Qui est votre indic ? demanda Willa.

Jennings ne répondit pas et Daniel soupira.

— Vous ne pouvez pas nous convoquer dans votre bureau, nous reprocher de ne pas effectuer correctement notre travail si vous ne jouez pas cartes sur table. Pour avancer, nous avons besoin de toute la vérité. Et donc de partager nos informations.

— Il a raison, dit le maire. Dites-le-leur.

Jennings se frotta le visage pendant qu'il y réfléchissait.

— Arlo Starlight, répondit-il enfin. Mais elle ne me parlera plus. Elle craint d'être trop facilement identifiée comme étant l'informateur et d'avoir à en subir des représailles.

Willa se tourna vers Daniel d'un air interrogateur. Il lui fit un discret signe de tête pour lui donner le feu vert. Après tout, c'était lui qui prônait l'échange de renseignements et l'esprit de coopération.

— Mercy McCoy nous a dit que son père utilisait les enregistrements des « confessions » organisées lors des « rituels de mue », dit Willa. Pour devenir des Starlight, les recrues doivent lui révéler les pires côtés de leur passé. McCoy détient donc des informations compromettantes sur ses membres… des informations dont il se sert à l'occasion contre eux.

Jennings parut aussitôt très intéressé.

— Comment les utilise-t-il ?

Daniel secoua la tête.

— Nous ne le savons pas encore. Mais nous espérons le découvrir prochainement.

— Quand ? demandèrent le maire et Jennings dans un bel ensemble.

— Demain, dit Daniel. Si nous apprenons quelque chose, nous ne manquerons pas de vous en tenir informés.

Il ne voulait pas leur cacher des renseignements, mais Mercy leur avait demandé d'aborder Arlo avec délicatesse, de la protéger.

Et honnêtement Daniel avait de sérieux doutes quant à la capacité de Jennings à faire preuve de tact.

— Écoutez, je vais être franc avec vous, intervint le maire Schroeder. Des manifestants sont réunis devant l'enceinte de Shining Light. Dès que la découverte du troisième cadavre sera connue du public, leur nombre va tripler. Je ne veux pas que cette ville se transforme en poudrière. Votre priorité absolue est d'identifier ce tueur et de le mettre derrière les barreaux. La seconde consiste à régler le problème que représente cette secte. Nous soupçonnons tous l'existence d'activités illégales dans l'enceinte. Jusqu'à présent, nous n'avons rien pu prouver contre Marshall McCoy. Et pourtant un groupe de travail interarmées était chargé de se concentrer sur eux.

Il se frotta le front.

— Willa, vous avez effectué un travail remarquable en débarrassant la police de Laramie des ripoux qui y régnaient. Mais j'attends davantage de vous. J'ai l'intention de me présenter au poste de gouverneur et, sur cette même liste, Allen briguera le poste de procureur général. Nous avons absolument besoin que ce Starlight Killer soit capturé au plus vite. Ainsi que McCoy. Ou vous me verrez contraint de nommer quelqu'un d'autre pour s'en charger.

Elle se redressa.

— Me menacez-vous de me renvoyer ?

Schroeder secoua la tête.

— Je ne menace personne. J'informe. J'encourage. Votre fils n'est plus membre de Shining Light, mais j'ai cru comprendre qu'il avait du mal à se réacclimater, dit-il.

Willa eut l'air surprise – inquiète – qu'il soit au courant.

— La fille d'Allen est une Starlight, poursuivit-il. Elle tourne en rond et danse sous la lune. Vous êtes tous les deux personnellement impliqués. Mais vous avez peut-être besoin d'un petit coup de pouce supplémentaire pour passer à l'action. Daniel, ajouta-t-il en reportant son attention sur lui, où en êtes-vous à propos de Shining Light ?

— Si McCoy est coupable de quoi que ce soit et que nous puissions le coincer, nous le ferons. Mais mon travail ne couvre pas uniquement la secte. Je suis responsable de tout le comté et mon devoir est de protéger les citoyens qui m'ont élu. Concernant le tueur en série, nous avons peut-être affaire à un imitateur. Quelqu'un qui assassine des femmes de la même manière que le Holiday Elk Horn Killer.

— Il y a cinq ans, votre bureau avait géré cette affaire en dépit du bon sens, déclara Jennings dans une attaque au vitriol, en oubliant que Daniel n'était pas shérif à l'époque. Il vous appartient de veiller à ne pas laisser un assassin échapper une seconde fois à la justice, surtout s'il est membre de Shining Light.

Le procureur écumait de haine envers McCoy. Sachant maintenant que Jennings avait des intérêts personnels en jeu – sa fille étant devenue une Starlight –, Daniel ne pouvait s'empêcher de se demander jusqu'où le procureur irait, en tant que père, pour démolir Shining Light.

— Si cette poudrière s'enflamme, déclara le maire Schroeder, nous avons beaucoup à y perdre, tous les quatre. Faites tout pour l'éviter.

Une émeute en ville, ou pire une invasion de l'enceinte, ferait tache et compromettrait sa candidature au poste de gouverneur. Mais Daniel avait espéré que la préoccupation première de cet homme serait la protection des citoyens et non celle de son avenir politique.

— Je peux vous assurer que nous ferons tout ce qui est en notre pouvoir pour prévenir de tels débordements, dit Daniel.

Schroeder s'adossa contre le dossier de sa chaise.

— Veillez à tout faire pour réussir. Vous deux, ajouta-t-il en regardant Willa. Parce que, si la situation tourne au désastre, c'est vous qui en subirez les conséquences, Willa, asséna-t-il, en réaffirmant son intention de rejeter la faute sur la cheffe de la police.

Dans le couloir, alors qu'ils repartaient vers le bureau du shérif, Daniel lui assura :

— Ne t'inquiète pas. Si l'enquête n'aboutit pas et que tout part en vrille, je ne laisserai pas le maire te renvoyer.

— Et comment l'en empêcheras-tu ?

— J'organiserai une conférence de presse, expliquerai à tout le monde que j'avais repris l'enquête et que j'assume l'entière responsabilité de l'échec. Je chanterai ensuite tes louanges sur la façon dont ton service a tout fait tout pour nous aider. Si Schroeder essayait de te virer après cela, il apparaîtrait aux yeux de tous pour ce qu'il est. Un politicien qui essaye de se couvrir en faisant payer les lampistes.

Elle posa une main sur son épaule pour l'arrêter et l'observa avec un regard qu'il ne parvint pas à décrypter.

— Pourquoi ferais-tu ça pour moi ?

Il se souciait d'elle et elle ne méritait pas d'être remerciée pour favoriser la carrière politique d'un égoïste doublé d'un lâche.

— Tu es une excellente cheffe de police. Tu as débarrassé la police de la corruption qui y régnait depuis des années, un exploit qu'aucun de tes prédécesseurs n'avait réussi. Et je n'aime pas les tyrans. Nous travaillons dur, nous risquons nos vies pour ce métier. Nous devons refuser d'être traités comme des pions.

Schroeder l'avait exaspéré et Daniel était prêt à tout pour protéger Willa. Et sans aucun scrupule.

Elle le dévisagea pendant plusieurs battements de cœur et il regretta de ne pouvoir lire dans ses pensées.

— Nous n'avons pas eu le temps de déjeuner et maintenant l'heure du dîner est proche, dit-elle enfin. Et si nous laissions le repas commandé au Delgado au réfrigérateur pour demain et que tu viennes dîner chez moi ?

Il sourit, heureux de l'invitation. Imaginer comment la soirée pourrait se terminer alluma un feu au creux de ses reins. Il se souvenait de chaque centimètre carré du corps svelte et athlétique de Willa. De ses seins pleins. De ses jambes fuselées. Chaque fois qu'ils avaient fait l'amour ensemble, il s'était délecté de sa sensualité tout en étant conscient que cette expérience pourrait être la dernière. Lors de leur première fois, après des semaines de flirt – et il n'était pourtant pas du genre à faire traîner les choses, en général –, il la désirait si fort qu'il avait eu peur d'exploser trop vite. Le simple fait la regarder, à présent, déclenchait un désir impérieux.

Il n'éprouvait pas d'amour pour elle, mais plutôt une réelle admiration, une profonde affection combinée à une alchimie sexuelle extraordinaire qu'il n'avait jamais connue avec une autre.

— Il s'agira bien sûr d'un dîner de travail, précisa-t-elle, douchant un peu son excitation. Nous mangerons un morceau sur le pouce avant de relire les « confessions » de Chavez. J'aimerais surtout comparer la liste des membres avec celle des derniers Déchus. Et étudier le rapport d'autopsie dès que nous l'aurons reçu, dit-elle en énumérant toutes les tâches dont ils devaient s'occuper sans délai.

Au cours de leur brève aventure, ils ne s'étaient jamais retrouvés chez elle, pas une seule fois. Au début, il ne s'était pas posé de questions à ce sujet. Il était déjà content d'être passé du motel impersonnel à chez lui. Par la suite, il avait pensé qu'elle avait besoin de se sentir libre de partir et préférait ne pas avoir à lui demander de s'en aller, une requête toujours un peu gênante.

Mais quand elle avait rompu sans explication, coupé toute communication et cessé de se présenter au Crazy Eddie's, il s'était rendu compte qu'elle ne lui avait jamais confié son numéro de téléphone, encore moins son adresse.

Il s'était toujours refusé à aller l'attendre en fin de journée au poste de police, une attitude qui lui paraissait à la limite du harcèlement. Sa mère l'avait bien élevé et il se comportait toujours en gentleman.

— Un dîner de travail me semble bien.

Le fait qu'elle l'invite chez elle – et ne lui propose pas de travailler au bureau – était le signe qu'elle était prête à lui faire confiance. Du moins l'espérait-il.

— Ma maison est minuscule, je te préviens, dit-elle. En fait, j'habite un petit chalet perdu dans la montagne. Mais si Wayward Bluffs est trop loin pour toi nous pouvons dîner chez toi.

Il n'était pas question pour lui de refuser. Il n'aurait peut-être jamais la possibilité de voir où elle vivait.

— Chez toi, c'est parfait.

Daniel s'activait dans la cuisine exiguë de Willa. Il hachait des légumes comme un vrai chef.

— Organiser ce dîner chez toi était une excellente idée, dit-il, une lueur de désir dans les yeux.

— Oui.

Elle espérait qu'elle n'aurait pas à le regretter. Elle ne l'avait jamais invité chez elle auparavant, afin d'empêcher leur liaison d'évoluer vers une véritable relation. Elle ne craignait pas qu'il se présente à l'improviste par la suite. Une femme capable de se servir d'une arme avait tendance à dissuader un type de se pointer chez elle sans invitation. Mais elle savait qu'après avoir ouvert à quelqu'un, l'avoir invité chez elle, il était difficile de refermer cette porte.

Daniel avait peut-être raison. Ils avaient tous deux fait leurs preuves. Il avait remporté son élection. Elle avait été félicitée par le maire et les médias pour avoir chassé les policiers corrompus de la ville – une réussite personnelle reconnue par tous. S'ils parvenaient à arrêter ce tueur en série et McCoy, elle explorerait peut-être la possibilité d'une relation.

Daniel la comprenait comme personne. Il respectait son besoin d'espace et de discrétion. Il mesurait la difficulté d'élever seule un enfant. Et surtout l'engagement et les sacrifices qu'exigeait ce métier.

Elle se sentait en sécurité avec lui, lui faisait confiance et le désirait comme elle n'avait jamais désiré un homme auparavant. Si elle s'était bien gardée de le montrer, il l'avait séduite au premier regard, dès leurs premières joutes verbales au Crazy Eddie's. Il lui plaisait sur tous les plans et physiquement il l'attirait comme un aimant.

Mais elle restait prudente.

Moins maintenant qu'elle savait ce qu'il était prêt à risquer pour elle. Il la traitait davantage comme une partenaire dans cette enquête que l'homme qu'elle avait bêtement épousé à contrecœur. Qu'il soit prêt à mettre en péril son poste de shérif pour lui permettre de conserver son emploi l'avait sidérée.

Personne ne l'avait jamais soutenue ainsi.

— Ajoute les légumes à la sauce, dit-elle.

Il y jeta les courgettes hachées, les épinards, le chou frisé et les champignons. Se penchant vers elle, il la regarda remuer la sauce tomate dans la casserole. Elle laissa ses yeux glisser vers ses larges épaules, son torse puissant. Un petit frisson la parcourut alors qu'un souvenir remontait à sa mémoire. Elle se revit promenant les doigts sur sa peau nue, entendit presque le gémissement rauque qu'il poussait alors qu'elle pressait ses lèvres sur…

Non, ne t'aventure pas par là. Cela ne t'apportera que des ennuis.

La petite sonnette du minuteur lui permit de se ressaisir.

— Ça t'ennuie d'égoutter les pâtes ?

Elle avait déjà sorti la passoire de sous l'évier.

— Pas du tout.

Il se glissa derrière elle, effleurant son corps du sien dans l'étroite cuisine, et saisit la marmite.

— Garde un peu d'eau des pâtes pour l'ajouter à la sauce, lui recommanda-t-elle.

— C'est une astuce que j'utilise moi-même. Le chef cuisinier de ma mère me l'avait apprise.

Elle avait encore du mal à croire que sa mère était riche, célèbre et l'une des plus belles femmes du monde. Maintenant, elle savait d'où il tenait sa beauté – et pourquoi il était si sexy.

— Grandir avec tant de moyens a dû être agréable.

Il versa un quart de tasse d'eau dans la sauce et elle se remit à remuer.

— Pas vraiment, répondit-il. Ma mère n'était jamais là. Elle partait toujours à l'autre bout du monde pour le travail ou pour s'amuser. Ce style de vie privilégié lui plaisait beaucoup, mais ne convenait pas à des enfants. L'ennui quand tu grandis avec une cuillère en argent dans la bouche, comme on dit, est qu'il n'est pas possible de te plaindre.

— Bien sûr, tu vivais dans une belle maison entouré de domestiques, tu fréquentais des écoles privées et tu n'as jamais manqué de rien. Sur le plan matériel. Mais cela ne remplace pas la présence d'une mère. Je suis payée pour le savoir. Mon fils me rappelle chaque fois qu'il en a l'occasion que toute sa vie j'ai donné la priorité à ma carrière et que je n'étais pas souvent là pour lui. De plus, un flic voit tellement d'horreurs au quotidien qu'il finit par se blinder de l'intérieur et refuse d'en parler à ses proches. Pour les préserver. Mais il devient alors difficile de partager une vie familiale classique. Et le plus souvent j'étais si fatiguée en rentrant que je n'arrivais même plus à lui parler.

Elle prit une profonde inspiration en se demandant pourquoi elle lui racontait tout ça. Mais de le dire lui fit du bien. Daniel avait cet effet sur elle. Avec lui, elle baissait la garde et se confiait.

Avec un regard compatissant, il lui caressa le dos.

— Même si je n'ai jamais été marié et n'ai pas d'enfants, je comprends. Quelques mois avant notre rencontre, ma petite amie d'alors, avec qui je vivais depuis trois ans, m'a largué... Pour toutes les raisons que tu viens d'évoquer. Je ne voulais pas lui raconter les horreurs de mon métier et elle se sentait exclue. Elle ne supportait plus les journées à rallonge et les urgences. Elle a finalement accepté un emploi à Omaha. Peu de temps après ma nomination comme shérif ici, elle m'a demandé de venir lui rendre visite. Elle voulait être sûre que notre rupture n'était pas une erreur.

Willa commença à les servir.

— Apparemment, non.

— Elle ne me manquait pas. Mais le pire est qu'à mon arrivée elle m'a proposé de changer de vie, de m'installer au Nebraska et de devenir agent immobilier. Tu m'y vois ?

Ils rirent tous les deux.

Elle sortit une bouteille d'un placard.

— Un peu de vin avec le dîner ?

— Je te rappelle que tu me dois un verre.

Ils s'attablèrent. Elle posa un petit bol de parmesan râpé sur la table.

Il en saupoudra une bonne quantité sur les pâtes pendant qu'elle les servait de vin.

— Sonia n'avait pas compris que ce métier est une vocation.

Il goûta le contenu de son assiette d'un air satisfait.

— C'est excellent.

Au lycée, elle avait connu une Sonia, une fille égoïste et méchante.

— Être flic te colle à la peau. Ce job devient une partie de toi.

Elle savoura à son tour les pâtes, heureuse d'avoir bien réussi ce plat pourtant préparé à la hâte avec un minimum d'ingrédients.

— Exactement, dit-il avec un signe de tête. Qu'est-ce qui t'a poussée à entrer dans la police ?

— Mon père était policier, dit-elle. Mon ex aussi. Après notre divorce, j'ai d'abord continué à travailler dans la grande distribution. Je me démenais comme une folle pour parvenir à joindre les deux bouts. Je voulais montrer à mon père que je ne serais jamais comme lui. Il était un tyran alcoolique, violent, et il aurait aimé que je suive ses traces, que j'entre à mon tour dans la police. Quoi qu'il en soit, mon patron d'alors m'a promue gérante d'un des supermarchés qu'il dirigeait. Il me draguait ouvertement et j'étais sur le point d'accepter de sortir avec lui. Jusqu'au jour où, alors que nous étions seuls, il m'a expliqué que je devais être « plus gentille » avec lui.

— En couchant avec lui, par exemple ?

— Précisément. J'ai refusé, il a insisté, les choses se sont envenimées. Quand il s'est jeté sur moi, je l'ai frappé et assommé. Puis j'ai appelé la police. Il est revenu à lui lorsqu'ils l'ont menotté et poussé à l'arrière d'un véhicule de patrouille. J'ai pris conscience alors que j'aurais adoré que ce soit moi qui lui passe les bracelets et le conduise au poste. J'ai postulé le lendemain.

— Tu es une battante. Une survivante.

Elle but une gorgée de vin.

— Et toi ? Comment es-tu devenu shérif ?

— En arrivant au Wyoming, j'ai d'abord travaillé dans un ranch. Son propriétaire était un vieil ami de mon père. Avec lui, j'ai appris à la dure ce qu'était un cow-boy. Il m'a enseigné à respecter la nature, les saisons, à me lever en pleine nuit pour les vêlages, à soigner le bétail. Ce n'était pas facile.

— Si ça l'était, tout le monde serait cow-boy.

Un petit sourire passa sur ses lèvres.

— Le problème était que ses bêtes ne cessaient de disparaître. Il avait porté plainte auprès de l'Office du bétail et auprès du shérif. Cela n'avait rien donné. Alors j'ai enquêté moi-même et trouvé le coupable. Mais pour arriver à le traduire en justice j'ai pris deux balles en pleine poitrine.

Deux ans plus tôt, elle avait vu ses blessures par balle et l'avait interrogé à ce sujet. Il s'était contenté de dire qu'elles avaient été le prix à payer pour obtenir justice pour un ami.

— Quoi qu'il en soit, j'ai fini par devenir enquêteur criminel pour l'Office du bétail. Résoudre des enquêtes me passionnait, mais je commençais à stagner. Une possibilité de travailler auprès de la police du campus s'est présentée au moment où je cherchais un changement. J'ai saisi ma chance et j'ai vite gravi les échelons.

— Frôler la mort ne t'avait pas fait peur. Parce que tu es aussi un battant.

— Nous nous ressemblons beaucoup sur ce point.

Il lui lança un regard sexy qui la fit frissonner.

L'ambiance changea, devenant plus intime.

— J'en ai l'impression, oui.

Elle détourna les yeux et reprit une nouvelle bouchée avant de dire quelque chose de provocant. Près de lui, elle se sentait pleine d'audace. Ses commentaires suggestifs semblaient avoir attisé un feu chez lui, un feu qui risquait de les brûler tous les deux.

Cesse de parler, finis ton repas. Et mets-toi au travail.

Comme elle relevait le nez, elle le surprit à la regarder.

— J'ai quelque chose sur le visage ? demanda-t-elle.

— Un peu de sauce.

Il tendit la main et l'essuya du bout des doigts.

Avec lui, le moindre geste devenait sensuel.

Elle rougit et s'éclaircit la gorge.

— Par quel dossier veux-tu commencer ? Chavez ou préfères-tu comparer les listes des Déchus et des membres de la secte ? demanda-t-elle en désignant les dossiers qu'elle avait laissés sur le comptoir.

— Aux dames de choisir.

Elle remarqua l'étincelle de flirt dans ses yeux.

— Je n'ai jamais dit que j'étais une dame.

Elle s'avançait en territoire dangereux, mais elle avait répliqué sans réfléchir.

Il leva l'un de ses sourcils.

— Au lit, tu ne l'es pas en tout cas. Tu te comportes en tigresse si j'en crois les griffures que tu me laissais sur le dos.

Il laissa échapper un petit rire tandis que son regard parcourait son corps.

Elle se remémora la scène.

Ils avaient trop bu et elle avait parié qu'elle était capable de le maîtriser et de le plaquer au sol en moins de temps qu'il ne faut pour le dire. Et elle était en train de l'emporter. Jusqu'à ce qu'il la retourne et reprenne le dessus, avec elle heureuse d'être piégée sous lui. Ils s'étaient alors déshabillés tout en s'embrassant comme des fous. Avant de faire l'amour sauvagement.

— Après réflexion, je vais comparer les listes, dit-elle en se levant.

Il se mit également debout. Elle aurait facilement pu le contourner, mais elle ne bougea pas. Elle respirait à peine.

Debout l'un en face de l'autre, ils ne se touchaient pas, mais elle avait pourtant l'impression d'être dans ses bras. Quand il lui saisit le menton et releva son visage vers lui, leurs regards se croisèrent.

— Nous avons tous les deux appris à quel point la vie est courte. Nous devrions profiter au maximum du temps qu'il nous reste.

Sans tergiverser davantage, elle le fit.

Elle noua les bras autour de son cou, colla sa bouche à la sienne et l'embrassa. Il lui rendit son baiser d'un air affamé. Elle le désirait. Corps et âme. Et à cet instant elle ne se souciait ni du lendemain ni des conséquences. Elle n'allait pas laisser ce moment lui échapper.

Avec un gémissement, il l'étreignit plus fort, une main pressée contre son dos et l'autre plaquée sur ses fesses.

Elle sentit le désir l'envahir, brûler ses veines, rugir à ses oreilles. Cela faisait si longtemps qu'elle n'avait pas été touchée ainsi. Elle n'avait jamais été aussi impatiente de se donner tout entière.

Une portière de voiture claqua à l'extérieur.

Elle se tourna vers la fenêtre. Ils entendirent des pas parcourir le porche, une clé s'introduire dans la serrure.

Avec un soupir, elle s'écarta de Daniel et se dépêcha de remettre un peu d'ordre dans sa tenue, dans ses cheveux, en espérant que le rouge avait disparu de ses joues.

La porte s'ouvrit et Zeke entra. En les voyant, il s'arrêta net.

— Qui est ce type ?

— Bonsoir à toi aussi, dit-elle en s'efforçant de retrouver son calme et sa patience. Voici le shérif Daniel Clark.

— Tu sors avec un shérif ! Bravo ! Je n'arrive pas à y croire. J'espérais que tu aurais le bon sens de trouver quelqu'un dont le métier est moins dangereux que le tien.

— Nous ne sortons pas ensemble, prétendit-elle en rougissant. Nous travaillons ensemble sur une enquête.

Zeke leva les yeux au ciel.

— Oui, c'est ça. Bon, écoute, je vais prendre une assiette et aller dans ma chambre. Et vous pourrez vous remettre à boire et à manger. Je veux dire à « travailler », dit-il en utilisant des guillemets aériens.

— Pour ton information, il s'agit d'un dîner de travail.

— Bien sûr.

Il la dépassa pour entrer dans la cuisine, souleva le couvercle de la marmite et en considéra le contenu avec méfiance.

— Il n'y a pas de viande là-dedans ?

— Non.

Elle avait pris l'habitude de préparer des repas sans viande pour l'aider dans sa transition.

— Que fais-tu ici ? demanda-t-elle. Je pensais que tu restais chez ta grand-mère, dit-elle en jetant un coup d'œil à Daniel.

— Elle s'est fâchée contre moi, alors j'ai dégagé. Je vais me poser quelque temps ici. Ils m'ont changé d'équipe à la station-service. Je dois commencer mon service à 2 heures du matin. Et ces pauvres types m'ont prévenu à la dernière minute du changement d'horaires. Ils me prennent vraiment pour un esclave.

— Non, pour un employé. Hier, tu avais congé.

Elle s'approcha de lui dans la cuisine et lui posa la main sur l'épaule.

— Pourquoi ta grand-mère s'est-elle fâchée contre toi ?

Il avait dû la contrarier profondément. Elle le considérait comme un héros et avait tendance à tout lui pardonner.

Zeke s'écarta brusquement comme s'il ne supportait pas son contact.

— Ce sont mes affaires avec grand-mère.

Il se servit de pâtes.

— Tu ne veux pas que je me mêle de tes oignons, n'est-ce pas ? Moi non plus. Préfères-tu que je dîne avec vous pendant que vous travaillez ? En général, tu étudies tes dossiers dans un bureau, non ?

Elle ferma les yeux un instant et prit une profonde inspiration.

— Ne me parle pas sur ce ton, dit-elle en le regardant en face. Pas chez moi.

Zeke tourna les talons, se dirigea vers la table, saupoudra son assiette de parmesan, salua Daniel de deux doigts posés sur sa tempe et se dirigea à grands pas vers sa chambre, dont il claqua la porte. Un instant plus tard, ils l'entendirent allumer le poste de télévision.

Willa était mortifiée. Elle aurait voulu disparaître sous terre.

— Je suis vraiment désolée.

— Pourquoi ? C'est lui qui devrait s'excuser.

— Mais c'est moi qui le laisse se comporter ainsi.

Si elle avait insisté pour qu'il présente ses excuses, il serait parti, sans doute pour toujours.

Au moins, quand il était ici, elle le savait en sécurité, au chaud et bien nourri.

Daniel se leva, s'approcha d'elle et lui serra les épaules.

— Apparemment, vous avez vécu beaucoup de choses compliquées, tous les deux. Ajoute le côté machiavélique de la secte… Et qui a le droit de te juger ? Certainement pas moi. Laisse-lui un peu de…

— Mou ?

Plus facile à dire qu'à faire.

Il attrapa les dossiers sur l'étagère et lui en tendit un.

— Montrons-lui à quoi ressemble le travail. De plus, nous devons nous lever à l'aube pour attraper Arlo demain matin.

Il se tourna pour regagner la table et elle lui prit la main.

— Merci.

— Pour quoi ?

Pour être aussi incroyable.

— Pour ta compréhension.

Il ne jugeait pas, ne la condamnait pas.

Un miracle en soi.

— C'est ce que font les partenaires entre eux. Les bons, en tout cas.

Elle en avait certainement connu de mauvais, mais elle se demandait s'il ne parlait que du travail dans cette affaire.

En s'asseyant et en ouvrant le dossier, elle décida que cela n'avait pas d'importance. Tant qu'ils seraient ensemble, que ce soit pour une journée, une semaine ou plus, elle s'en réjouirait.

7

Daniel s'empara de son café posé sur le porte-gobelet du SUV et en but une gorgée. Le soleil se levait à peine et il avait besoin de sa dose de caféine pour démarrer la journée. Mais son esprit agité ne cessait de tourner autour de l'enquête. D'après sa meilleure amie, Gemma avait quitté la maison familiale parce que son beau-père avait les mains baladeuses. Pendant quelque temps, elle avait enchaîné les petits boulots. Elle dormait alors sur le canapé de son amie puisqu'elle n'avait pas de domicile. Jusqu'au jour où elle était tombée sur un flyer de Shining Light. Gemma ne voulait pas s'imposer trop longtemps chez son amie d'autant que cette dernière avait un copain. Le complexe lui avait paru une bonne solution. Mais tout avait changé lorsqu'un risque d'attaque terroriste avait obligé la communauté à se confiner. Cet enfermement forcé, combiné au départ de Mercy, l'avait poussée à s'en aller, elle aussi.

— Je ne cesse de penser aux « confessions » de Chavez, dit Daniel à Willa.

— Tu doutes de leur sincérité ? demanda-t-elle depuis le siège passager.

— Non. Les raisons pour lesquelles elle s'était tournée vers la secte me semblent crédibles. Je crois même ce que McCoy nous a dit sur le sujet. Que le confinement et le choix de Mercy de rejoindre le camp des Déchus ont suffi à lui donner envie de s'en aller. Miguel l'a déposée, il y a une semaine. Les images des caméras de surveillance de la gare routière en attestent. C'est la suite qui me chiffonne. Elle n'est retournée ni chez ses parents ni chez sa meilleure amie. Et elle disparaît jusqu'à ce que nous retrouvions son cadavre hier... Je trouve ça bizarre, non ?

— Tu penses que la mère ou l'amie ont menti ? Que le beau-père l'a enlevée et tuée ? Mais pourquoi s'en serait-il pris aux deux autres ?

Il but une autre gorgée du breuvage brûlant.

— Je ne dis pas qu'elles mentent. Mais que cette disparition me semble étrange. Et si le tueur l'avait enlevée et enfermée pendant une semaine en attendant la pleine lune ?

— Elle ne portait aucune blessure défensive, lui rappela-t-elle, faisant référence au rapport d'autopsie qui leur était parvenu la veille au soir, tard. Il paraît assez difficile de retenir une femme contre sa volonté sans qu'elle se débatte. Certes, il a pu la droguer, mais aucune substance n'a été retrouvée dans son organisme. Il aurait été fastidieux d'utiliser du chloroforme pendant huit jours.

— Il a pu lui donner autre chose pendant plusieurs jours. Et se servir du chloroforme sur la fin, pour donner à l'autre drogue le temps de se dissiper.

— En tout cas, tout cela conforte ta théorie selon laquelle le tueur est quelqu'un de l'extérieur, dit-elle en sirotant son café. J'espérais vraiment que le croisement des deux listes nous donnerait quelque chose. J'étais persuadée que le tueur avait rejoint la secte il y a quatre ou cinq ans, d'où l'arrêt des meurtres du Holiday Elk Horn, et qu'il faisait à présent partie des Déchus, soit parce qu'il avait été chassé de la secte soit parce qu'il avait décidé de rompre ses vœux pour une raison ou une autre.

— Nous avons quand même quelque chose. Une liste de suspects potentiels à sonder. Ce n'est pas rien.

Dès que Livingston serait rentré au bureau, il s'attellerait à les retrouver. Quatre individus dont Ezekiel Nelson. Ils devaient l'interroger, Willa en était sûrement consciente, mais Daniel n'en avait pas encore discuté avec elle.

La camionnette blanche ornée du symbole Shining Light surgit au carrefour et se dirigea vers eux. Plus ou moins dissimulés derrière un panneau, ils n'étaient pas visibles.

Mercy leur avait indiqué sur quelle route les attendre. Sur ce tronçon particulier, il était facile de dépasser les limites de vitesse, à moins que le conducteur ne soit très attentif à la jauge.

Ils espéraient avoir de la chance.

Willa actionna l'appareil au moment où la camionnette passait devant eux. Un sourire aux lèvres, elle lui montra l'écran. Le van roulait à 60 km/h dans une zone limitée à 50 km/h.

Daniel alluma ses gyrophares, mais laissa tomber la sirène.

Il fallut moins d'une minute au conducteur pour réagir et s'arrêter au bord de la route.

Daniel se gara derrière la fourgonnette et tous deux sortirent de la voiture.

Miguel était au volant et baissa la vitre.

— Bonjour, shérif, cheffe Nelson. Y a-t-il un problème ?

— Vous rouliez trop vite, répondit Willa d'un ton sévère. Au-dessus des limites autorisées.

— Je suis vraiment désolé. Je ne m'en suis pas rendu compte.

— Qui est responsable de cette sortie ?

Daniel promena les yeux sur les passagers et son regard se posa sur une femme aux cheveux gris avec des lunettes.

— C'est moi, dit-elle.

— Sortez du véhicule, je vous prie, madame.

Daniel gagna le côté passager tandis que Willa continuait de discuter avec Miguel.

La porte coulissante s'ouvrit et Arlo apparut.

— Nous sommes désolés d'avoir dépassé la limite de vitesse, dit-elle. Fox est en général très prudent sur la route.

— Veuillez me suivre, s'il vous plaît.

D'un air ennuyé, elle descendit du véhicule, le referma et se dirigea vers le SUV.

— Que se passe-t-il, shérif ?

Il s'arrêta devant sa voiture en s'arrangeant pour garder un œil sur la camionnette et sur Willa.

— Donnez-moi votre nom, dit-il pour s'assurer qu'il s'adressait à la bonne personne.

— Arlo Starlight. Le permis de conduire de Fox est en règle.

Il préféra aller droit au but.

— Mercy nous a dit que vous pourriez nous aider.

Elle écarquilla les yeux de surprise.

— Vous aider pour quoi ?

— Ne vous retournez pas, dit-il en devinant qu'elle s'apprêtait à regarder derrière elle. Restez focalisée sur moi. Nous savons que vous aviez l'intention de remettre au procureur Jennings des preuves de fraude fiscale.

— Je ne peux pas lui fournir ces documents, répondit-elle en secouant la tête. Si je les donnais, McCoy m'identifierait immédiatement. Cela ne pourrait venir que de moi.

— Nous l'avons bien compris. Ce n'est pas ce qui nous intéresse. McCoy a-t-il utilisé des éléments issus des séances « d'allègement du fardeau intérieur » des futures Starlight pour faire chanter certains de ses membres ou leur extorquer de l'argent ?

Elle resta un instant silencieuse tandis qu'elle réfléchissait à la manière de répondre.

Près de la camionnette, Willa continuait d'examiner les documents que Miguel lui avait remis.

— Nous n'avons pas beaucoup de temps, dit-il.

— Oui, dit-elle enfin en hochant la tête.

— Comment se sert-il de ces confessions contre eux ? S'agit-il pour lui d'obtenir des exonérations fiscales en tant qu'organisation religieuse ?

Willa, qui palabrait toujours avec Miguel, lui jeta un coup d'œil.

D'un mouvement de tête, il lui indiqua qu'il avait besoin de davantage de temps avant de reporter son attention sur Arlo.

— La communauté entière souffrira si le statut permettant à Shining Light de bénéficier d'une exonération fiscale est révoqué, dit-elle. Avec le montant des arriérés d'impôts, nous risquons de perdre le domaine. Nous n'aurons alors nulle part où aller.

Miguel sortit de la camionnette et Willa entreprit de le faire souffler dans un ballon pour contrôler son alcoolémie.

Daniel ouvrit son calepin.

— Mercy m'a demandé de vous dire qu'elle était partie parce que son père était un menteur, un être diabolique. Ses ténèbres ont entaché son mouvement et tout ce qu'il a construit sera un jour détruit par sa méchanceté.

Arlo porta les mains à sa poitrine comme si ces paroles lui ravageaient le cœur.

— Vous nourrissez certainement des doutes à son sujet, vous aussi, poursuivit Daniel. Donnez-moi les noms des personnes qu'il a fait chanter.

Elle inspira profondément. Il ne pouvait qu'imaginer à quel point sa foi avait dû être ébranlée au plus profond.

— Il ne s'agit pas des impôts, répondit-elle. Vous savez, nous avons tous beaucoup à perdre. Nous faisons du bon travail, nous sauvons tant de vies. Marshall est corrompu. Il faut l'éliminer comme une tumeur cancéreuse. Je le crois depuis longtemps. Mais je refuse de mettre la communauté en danger.

— Je ne souhaite pas faire souffrir cinq cents personnes à cause des actes répréhensibles d'un seul homme. Vous devez savoir quelque chose que je pourrais donner au procureur pour lui permettre de poursuivre McCoy. Et uniquement lui.

Une larme apparut au coin de son œil.

— Roger Hines, dit-elle. Elmer Clayborne et Felicia Pietsch.

— La conseillère municipale Pietsch ?

— Marshall leur a extorqué de l'argent, oui, dit-elle.

— En êtes-vous sûre ?

— J'étais là lorsqu'il a approché la conseillère municipale chez elle, en juin dernier. Il a fait allusion à la séance d'allégement de son mari, à ses aveux. Quand elle a voulu faire l'idiote, il m'a priée de quitter la pièce. Nous sommes repartis avec un chèque de soixante-quinze mille dollars. Marshall et moi nous sommes disputés à ce sujet, mais il n'a rien voulu entendre. Deux autres chèques sont arrivés à la suite de ses visites aux deux autres. Un quart de million de dollars en tout. Il a utilisé cet argent pour faire patienter le fisc et gagner du temps en attendant d'obtenir notre statut d'organisation religieuse.

La somme était énorme.

— Savez-vous ce qu'il avait sur eux ?

— Pas pour tous. Mais après l'incident survenu chez Pietsch j'ai écouté l'enregistrement de son mari.

— Et ? A-t-il quelque chose de grave à se reprocher ?

Elle se pencha pour lui chuchoter à l'oreille de quoi il s'agissait.

Pietsch avait forcément voulu enterrer cette affaire, comprit Daniel. Si l'information fuitait, sa carrière politique en souffrirait et elle avait déjà annoncé son intention de briguer un poste de sénateur.

— Son mari fait-il toujours partie de vos membres ?

— Il est parti après avoir effectué le rituel de la mue intérieure, mais avant de prononcer ses vœux. La conseillère municipale était venue le chercher, furieuse des conséquences pour elle de son adhésion au mouvement. J'ai cru comprendre qu'il vivait désormais dans l'appartement au-dessus du garage et qu'ils restaient ensemble uniquement pour les apparences.

— Merci beaucoup, dit-il avec sincérité, conscient qu'elle s'était mise en danger en parlant. Vous pouvez partir.

— Que la Lumière soit avec vous, shérif.

Il fit signe à Willa, qui laissa Miguel regagner le véhicule.

Après le départ de la camionnette de Shining Light, ils remontèrent dans le SUV.

— Je me sentais mal d'avoir à faire subir cette nouvelle épreuve à Fox après son interrogatoire d'hier, dit-elle. Je me suis excusée pour la gêne occasionnée. Arlo t'a-t-elle donné quelque chose ?

— Trois noms. Si l'un d'eux au moins confirme que McCoy l'a

fait chanter pour obtenir de l'argent et accepte d'en témoigner, nous pourrons le coincer.

— Vas-tu confier le soin de les interroger à l'un de tes adjoints ? demanda-t-elle.

— Ils ont déjà beaucoup à faire avec l'enquête sur le dernier meurtre.

De plus, il n'était pas sûr qu'ils oseraient mettre assez de pression pour pousser les escroqués à parler. Ces derniers étaient riches et puissants et n'avaient pas envie d'étaler leur linge sale en public.

— Nous ne pouvons pas avancer à propos des meurtres tant que Livingston ne nous a pas fourni les coordonnées des Déchus de l'année. Je propose donc de nous occuper de ces trois noms, en attendant. Nous tenons là une chance de coincer McCoy, il ne faut pas la laisser échapper, ajouta-t-il en démarrant. Que dirais-tu si je te déposais à ta voiture et que chacun de nous se charge de l'un des escroqués ? Pour la troisième, nous l'interrogerons ensemble. Nous ne serons pas trop de deux.

— De qui s'agit-il ? demanda-t-elle avec curiosité.

— De la conseillère municipale Felicia Pietsch. La surprendre à son bureau la poussera peut-être à parler pour empêcher l'un de ses subordonnés d'entendre.

— Intéressant.

Willa réfléchit un instant.

— Nous devrions plutôt lui rendre visite maintenant. Avant qu'elle ne soit coiffée, maquillée et n'ait revêtu l'armure de son tailleur. Il sera alors plus facile de la faire parler.

Il faisait confiance à son jugement et était ouvert à toute idée susceptible de leur permettre d'obtenir la coopération de Pietsch.

— Trouvons son adresse.

Daniel à ses côtés, Willa sonna à la porte des Pietsch et se prépara à l'entretien qui allait suivre. Elle devait se montrer convaincante, plus persuasive que jamais. La pression pour faire tomber McCoy était énorme. Elle avait conscience de jouer sa carrière et son avenir avec cette enquête, le maire ayant de grandes ambitions et aspirant à devenir gouverneur.

— Nous sommes tout près, non ? dit-il tandis qu'ils attendaient.

Il ne s'agissait pas vraiment d'une question.

— De coincer McCoy ? répondit-elle en se demandant s'il parlait de l'enquête ou de leur relation. Oui.

Une brise fraîche soufflait et elle frissonna.

Daniel lui adressa un petit sourire.

— Nous allons y arriver. Ensemble.

— Je l'espère.

C'était un pari. Pietsch les jetterait peut-être de chez elle et appellerait son avocat.

La porte s'ouvrit et une adolescente au visage couvert de taches de rousseur apparut. Son regard tomba sur l'étoile épinglée à la chemise de Daniel puis sur l'insigne de Willa.

— Maman ! Les flics sont là ! cria-t-elle.

Elle resta à la porte jusqu'à ce que sa mère descende l'escalier.

Vêtue d'un peignoir ouvert sur un pyjama en satin rose, Pietsch frottait ses yeux embués de sommeil. À en juger par ses cheveux en bataille, elle sortait du lit.

— Va t'habiller, chérie, dit-elle à sa fille, qui fila.

Elle les regarda avec perplexité.

— Qu'est-ce qui amène le shérif et la cheffe de la police à ma porte de si bon matin ? J'espère que personne n'est blessé. Ou mort.

— Pouvons-nous entrer, madame ? demanda Daniel.

Elle parut hésiter puis s'écarta et ouvrit plus grand la porte.

— Je vous en prie.

Ils pénétrèrent dans le hall et retirèrent leurs chapeaux, mais gardèrent leurs vestes.

— Puis-je vous offrir un café ? La machine est programmée et n'a pas encore démarré, mais je peux l'allumer et elle sera prête en un tournemain.

Ils préférèrent refuser. Ils ne voulaient pas lui donner de raison de quitter la pièce une fois la conversation entamée.

— Madame, y a-t-il un endroit où nous pourrions parler en privé ? Loin des oreilles de votre fille ?

Elle écarquilla les yeux avec inquiétude.

— Certainement. Suivez-moi.

Elle les conduisit à un bureau et ferma la porte derrière eux.

— De quoi s'agit-il ? demanda-t-elle, complètement réveillée à présent, en refermant son peignoir.

Daniel lui lança un regard empreint de pitié.

— Asseyez-vous, s'il vous plaît.

Elle prit place sur une causeuse au fond de la pièce. Willa et Daniel saisirent les chaises qui faisaient face au bureau, les retournèrent et s'y assirent.

— Vous commencez à m'inquiéter, reprit Pietsch. Pourquoi êtes-vous ici ?

— Marshall McCoy est-il venu chez vous en juin dernier et vous a-t-il fait chanter ? lança Willa. Vous a-t-il extorqué de l'argent ?

Elle les dévisagea d'un air sidéré.

— Je ne vois pas du tout de quoi vous parlez.

Les yeux plissés, Willa s'efforçait de capter chaque nuance du langage corporel de leur interlocutrice.

— Voulez-vous dire qu'il n'est jamais venu ici ?

— Non, il m'a en effet rendu visite, répondit-elle en croisant les jambes. Nous avons eu une agréable conversation autour d'un thé glacé.

— À quel sujet ? s'enquit Daniel.

Décroisant les jambes, elle s'humecta les lèvres.

— Il m'a demandé un don pour son organisation.

— En échange du silence sur ce que votre mari lui avait révélé au cours de sa confession ou, pour reprendre le terme de la secte, au cours de sa séance de « soulagement des fardeaux intérieurs », dit Willa.

Ce n'était pas une question. Elle l'affirmait.

Pietsch pâlit.

— Il n'a rien fait de tel. Marshall est un honnête homme. Un pilier de la communauté qui a consacré sa vie à aider les plus démunis.

— Madame, nous sommes sensibles à votre situation, dit Daniel en se penchant vers elle. Vous êtes probablement en train de transpirer à grosses gouttes, en vous demandant ce que nous savons et en mesurant l'impact que ces révélations auraient sur votre réputation si elles étaient connues du grand public. Vous risquez de perdre toutes vos chances au Sénat si les gens apprennent ce qu'a fait votre mari. Il a détourné plus de deux millions de dollars et utilisé une partie de cet argent pour financer votre campagne. La presse va s'en donner à cœur joie.

Pietsch pinça les lèvres et se raidit. Ses yeux brillaient de culpabilité.

— Vous n'êtes pas la seule, dit Willa dans l'espoir de lui faire entendre raison. McCoy a fait chanter d'autres personnes. Cette histoire va faire du bruit. Nous ne sommes pas là pour créer des ennuis à votre mari. Encore moins à vous. Notre objectif est d'arrêter Marshall McCoy pour extorsion de fonds et chantage. Comme il a fait chanter d'autres personnes, également coupables de quelque chose, la première à parler pourrait être en bonne position pour conclure un deal avec le procureur afin d'obtenir l'immunité. Si vous êtes cette personne, votre mari ira sans doute en prison. Mais pas vous.

Jennings adorait conclure des accords d'immunité pour décider un témoin à parler. Il en avait besoin pour concrétiser ses ambitions politiques, mais Willa doutait qu'il les propose à beaucoup de personnes.

— Je perdrais alors tout espoir d'un quelconque avenir politique, répliqua Pietsch en se tordant les mains. Le procureur n'a pas encore tous les éléments dont il a besoin, sinon vous ne seriez pas ici. Peut-être ne les aura-t-il jamais.

— Êtes-vous prête à courir ce risque ? rétorqua Willa. Nous savons ce que votre mari a fait. Tôt ou tard, l'affaire s'ébruitera. Ce n'est qu'une question de temps, de jours, voire d'heures. Une fois que la presse en aura vent, vous serez jugée par l'opinion publique et le procureur ne s'arrêtera pas tant qu'il n'aura pas obtenu une condamnation par un tribunal.

Il ferait condamner McCoy, mais également tous ceux qui avaient quelque chose à se reprocher.

— Alors que, si vous obtenez l'immunité, vous pourrez faire face à la presse en lui servant la version qui vous arrangera, ajouta Daniel. Vous contrôlerez les événements au lieu de les subir.

— Cela ne signifiera pas nécessairement la fin de votre carrière politique, ajouta Willa. Les gens vous considéreront sans doute comme une victime, si c'est vous qui dénoncez votre mari et contribuez à faire tomber McCoy.

Tout était possible.

Daniel hocha la tête.

— Il a extorqué un quart de million de dollars.

— La victime du chantage qui parlera en premier s'en sortira le mieux, dit Willa. Quant aux autres, ajouta-t-elle, en secouant la tête, leur sort est plus incertain. Faites preuve d'intelligence. Soyez la première à discuter avec le procureur. Racontez-nous ce qui s'est passé.

Pietsch inspira profondément et se redressa, la tête haute.

— Marshall est venu me voir. *Moi*, pas Richard. Il a commencé à tourner autour du pot. Mais honnêtement, au départ, je n'avais aucune idée de ce que Richard lui avait dit sous l'emprise de cette drogue. J'avais imaginé une liaison extraconjugale. Ou plusieurs. Puis il a demandé à Arlo de nous laisser. Son ton a alors changé. Il est devenu plus clair, plus direct surtout. Il m'a appris que mon mari avait détourné plus de deux millions de dollars de son entreprise et les avait utilisés pour payer le loyer de sa maîtresse ainsi que ses vêtements, ses manucures, ses voyages. Et pour s'offrir des gadgets coûteux, des montres, des costumes. Bien sûr, si un tel scandale était sorti dans les médias, cela n'aurait pas arrangé mes affaires. Mais j'ai d'abord refusé de céder. Après tout, la femme d'un président des États-Unis a été trompée par son mari, tout le monde l'a su. Et cela ne l'a pas empêchée de se présenter elle-même à la Maison Blanche. J'estimais pouvoir moi aussi survivre à ce genre d'histoire. Il n'était pas question pour moi de lui donner un centime.

Willa hocha la tête.

— Comment McCoy a-t-il pris votre refus ?

— Pas bien. J'ai découvert à ce moment-là une autre facette de sa personnalité. Il est devenu méchant, violent. Apparemment, Richard avait injecté la moitié de cet argent illégal dans mon fonds de campagne. Parce qu'il culpabilisait de m'avoir trompée. Mais cet imbécile n'avait ainsi réussi qu'à me rendre complice de son crime, à mon insu. Marshall menaçait de divulguer l'enregistrement. J'étais tellement catastrophée en mesurant l'étendue du désastre que je ne savais pas quoi faire. J'ai donc rédigé le chèque que Marshall exigeait. *Je suis* une victime dans cette affaire.

Son récit sonnait bien. Et semblait presque plausible.

Mais Willa avait du mal à la croire totalement innocente. Comment aurait-elle pu ignorer que son mari avait détourné de l'argent et lui avait donné un million de dollars pour l'aider à remporter un siège au Sénat ? Sans doute avaient-ils trouvé un arrangement qui leur profitait à tous les deux.

Daniel bougea sur son siège.

— Avez-vous parlé à votre mari de la visite de McCoy et du paiement ?

— Bien sûr. J'étais furieuse. J'avais dû puiser dans le futur fonds universitaire de Paige pour régler cette somme.

L'adolescente ne méritait pas de souffrir des erreurs de ses parents, mais des millions de personnes contractaient chaque année des prêts étudiants pour payer leurs études supérieures. Willa l'avait fait.

— Comment a-t-il réagi ?

— Il était horrifié. Puis il a fondu en larmes. Après quoi, je lui ai demandé de s'installer dans le studio au-dessus du garage et de mettre fin à sa liaison.

— Richard n'était-il pas contrarié de devoir renoncer à sa maîtresse ? s'enquit Daniel. Et de débourser soixante-quinze mille dollars au profit d'un homme en qui il avait autrefois confiance ?

— S'il était en colère, il ne l'a pas montré. Sans doute parce que j'étais hors de moi. Il s'est excusé, platement. Il semblait abattu.

— Savez-vous où se trouvait votre mari entre 22 heures et minuit dimanche dernier ?

Le rapport d'autopsie avait réduit la fenêtre concernant l'heure du décès.

— Pourquoi ? dit Pietsch, qui se tendit.

— Savez-vous où il se trouvait ? insista-t-elle.

— Ici, il était ici.

Daniel soupira.

— Comment pouvez-vous en être sûre s'il était censé se trouver dans l'appartement au-dessus du garage ?

— Parce qu'il était dans le salon, campé devant la télévision grand écran, à regarder les matchs de football du dimanche soir, en buvant. Le dernier match a commencé à 20 heures, je crois. J'étais ici, à travailler dans mon bureau jusqu'à 22 h 30, à l'entendre huer et applaudir. Peu après 23 heures, je lui ai dit de baisser le son pour me permettre de dormir. Lundi matin, je l'ai trouvé endormi sur le canapé.

Willa se tourna vers Daniel pour voir s'il avait d'autres questions. Visiblement, non. Tous deux étaient satisfaits.

— Merci, madame la conseillère municipale, dit Willa.

— Je vais appeler mon avocat, m'habiller et aller m'entretenir avec Allen Jennings ce matin. Il n'est pas question que je laisse les manigances de Richard torpiller ma vie.

Willa respira mieux en comprenant qu'elle avait toutes les chances de conserver son emploi.

— Vous avez raison.

8

Le procureur Jennings accepta de conclure un accord d'immunité avec Felicia Pietsch pour avoir dénoncé les manœuvres frauduleuses de son mari et accepté de témoigner contre Marshall McCoy pour chantage. Mais à la grande surprise de Daniel il se déclara prêt à en faire également bénéficier les deux autres, à condition qu'ils ne soient coupables ni de meurtre ni de crime impliquant un enfant.

Jennings ne pardonnait pas à McCoy de lui avoir volé sa fille. À tel point qu'il s'apprêtait à l'arrêter pour trois chefs d'accusation d'extorsion et à le condamner à la prison à vie. Manifestement, les délits des victimes du gourou l'intéressaient beaucoup moins.

En fin d'après-midi, Roger Hines avait, lui aussi, conclu un accord. Seul Elmer Clayborne avait pris contact avec un avocat et maintenait que son chèque de quatre-vingt-quinze mille dollars – le plus gros montant des trois – était un don volontaire.

Aucun d'eux n'était suspecté des meurtres. Hines souffrait d'emphysème de stade quatre et ne pouvait pas tenir une conversation de dix minutes sans avoir besoin d'oxygène. Quant à Clayborne, il avait presque quatre-vingt-un ans et une infirmière privée le mettait au lit tous les soirs à 21 heures.

Le profil du tueur était tout autre. Ils cherchaient un type grand, athlétique, de moins de soixante ans, assez fort pour transporter une femme inconsciente sur près de deux kilomètres. Le coupable était intelligent, pour avoir réussi à piéger ses victimes. Il était également très bon tireur, si les deux tueurs étaient identiques.

— Lorsque McCoy se retrouvera derrière les barreaux, ce sera un vrai soulagement pour nous tous, déclara Willa alors qu'ils traversaient le palais de justice pour rejoindre le bureau du shérif.

— Mais il va falloir encore attendre.

McCoy n'allait pas être arrêté aujourd'hui. Le procureur devait d'abord rassembler quelques pièces supplémentaires pour consolider son dossier. Mais il l'inculperait bientôt. Peut-être même demain.

Une question préoccupait Daniel : Elmer Clayborne allait-il seulement essayer de s'en sortir sans dommage ou serait-il tenté de prévenir le chef de la secte des accusations qui planaient au-dessus de lui ?

— Grâce à Arlo et à Mercy, poursuivit Willa, le gourou est un souci de moins. Nous pouvons désormais nous concentrer pleinement sur la recherche de notre tueur.

Ils arrivèrent au bout du couloir et tournèrent à gauche. Deux portes plus loin, ils arrivèrent au bureau du shérif.

Son second foyer en quelque sorte.

Pendu au téléphone, Livingston parlait tout en prenant des notes. Daniel voulait l'interroger sur la liste des Déchus.

Russo se leva de sa chaise et se dirigea droit vers eux.

— J'ai une bonne et une mauvaise nouvelle, annonça-t-elle.

— Je préfère entendre d'abord la mauvaise.

— Nous avons agrandi le rayon de recherche des traces de chevaux autour des scènes de crime pour Gooding et Chavez. Dans les deux cas, cela n'a abouti à rien, ce qui porte à croire que le tueur a utilisé une voiture et porté ensuite ses victimes jusqu'à l'endroit où nous les avons découvertes.

— Et la bonne nouvelle ?

— En élargissant nos recherches sur le terrain, nous sommes tombés sur deux bijoux. Un collier qui a dû glisser du cou de Chavez parce qu'il portait l'ADN de la malheureuse. Et une bague, une chevalière universitaire pour être précise. Nous n'avons décelé ni ADN ni empreinte sur cette dernière. Enfin, en nous fondant sur les endroits où nous les avons trouvés, nous avons pu établir par où le tueur s'est rendu sur les lieux des crimes. Il est passé par un chemin de terre dans la pinède. Aucune caméra ne s'y trouve.

Daniel jura. Il venait de Los Angeles, la ville la plus peuplée des États-Unis, qui bénéficiait de trente-cinq mille caméras de vidéosurveillance. Neuf pour mille habitants. Elles étaient très rares dans le Wyoming et ne couvraient même pas tous les principaux carrefours. Lorsqu'il n'avait pas de tueur en liberté, il appréciait l'ambiance provinciale, le rythme plus lent de la communauté et la fluidité de la circulation, qui expliquaient pourquoi il n'était pas nécessaire d'installer des milliers de caméras.

Mais, là, la situation le frustrait.

— Les deux bijoux sont sur votre bureau, dit Russo, qui les suivit à travers l'open space. Par ailleurs, le père O'Neill, présent à l'église, a confirmé que Fisher y a été déposée avant le début d'une réunion des Narcotiques Anonymes. Certains participants l'ont aidée à entrer. À ce moment-là, elle souffrait d'une grave crise de manque. Ils l'ont donc finalement conduite aux urgences. Le père O'Neill est venu la chercher à sa sortie et l'a emmenée dans un refuge à Cheyenne. À la fin de l'été, il ne sait plus exactement à quelle date, il l'a revue en train de se droguer et de faire le trottoir sur le parking réservé aux camions non loin de l'église. Il l'a encouragée à se rendre aux réunions des Narcotiques Anonymes et à prendre un repas chaud, offert une fois par jour à leur soupe populaire. Il a entendu dire qu'elle vivait dans une tente près de Cotton Wood Park.

— C'est en effet là que nous avons retrouvé sa tente, indiqua Willa.

— Aucun des employés de la gare routière ne se souvient avoir vu aucune de ces femmes, poursuivit Russo. Ni de rien d'étrange ou d'extraordinaire les jours où elles ont été déposées là-bas. Je vais maintenant enquêter sur le parking réservé aux camions et voir si je peux trouver des habitués de Fisher. Il est à deux minutes à pied de la gare routière. Il y a peut-être un lien entre un camionneur et les victimes.

Daniel ramassa le sac d'indice qui contenait le collier et l'examina.

— Ça vaut le coup de creuser, dit-il tandis que Willa s'emparait du deuxième sachet avec la bague à l'intérieur. Vous avez fait du bon travail.

Livingston frappa à la porte et entra.

— Excusez-moi, vous avez un instant ?

— Bien sûr.

Daniel jeta un coup d'œil à Willa. Livide, le front plissé, elle fixait la chevalière dans le petit sac.

— J'ai contacté les quatre individus répertoriés comme étant Déchus et ayant quitté l'enceinte cette année, déclara Livingston. L'un d'eux, Roy Albertson, vit à présent dans le Montana. Il a quitté Shining Light parce que son père est mort et que l'une des conditions pour toucher l'héritage était qu'il exploite lui-même le ranch familial pendant cinq ans et qu'il se marie. Roy avait l'air heureux d'être parti. Lorsque son père l'avait déshérité, il avait rejoint la secte par dépit. Mais son père a donc tout fait pour le ramener à la maison.

— Et ça a fonctionné, dit Daniel tout en mettant la main sur le bras de Willa. Ça va ? lui demanda-t-il.

Elle hocha la tête, mais elle n'en avait pas l'air.

Sans croiser son regard, elle reposa le sac d'indice et reporta son attention sur Livingston.

L'adjoint continua :

— Alice Valdez et Louis Brooks ont quitté l'enceinte en même temps et vivent désormais ensemble chez la mère de Louis.

— Quelle est leur histoire ?

Daniel jeta un regard furtif à Willa.

Les bras croisés, elle semblait perdue dans ses pensées.

— Tous deux se sont rencontrés et sont devenus un couple dans l'enceinte. Mais selon les règles du mouvement, la « Lumière » décide seule des unions et en « parle » à Empyrée. Marshall McCoy avait l'intention de les séparer et de les marier à d'autres partenaires. Ils n'étaient pas d'accord, alors ils sont partis.

— Miguel García avait lui aussi mentionné qu'il était fiancé à quelqu'un sur décision de McCoy. Comment vont Alice et Louis ? Sont-ils heureux comme Roy Albertson ?

— Pas vraiment, répondit Livingston avec une grimace. Alice m'a dit qu'ils se disputaient tout le temps et qu'elle regrettait d'avoir quitté Shining Light. Elle pense qu'Empyrée avait raison en disant qu'ils n'étaient pas faits pour être ensemble. Quelque chose à voir avec une « dette karmique » de leurs deux âmes et le besoin de guérir spirituellement auprès d'autres partenaires. Je n'ai pas tout compris. Mais elle prétend qu'ils étaient ensemble avec des amis le week-end dernier à jouer à des jeux de société toute la nuit, samedi et dimanche.

— Leurs problèmes relationnels sont peut-être le fruit d'une prophétie autoréalisatrice, fit remarquer Daniel. Quelqu'un leur a dit que leur relation était vouée à l'échec et maintenant ils en voient la confirmation partout.

— C'est possible, répondit Livingston avec un haussement d'épaules. Une seule personne sur la liste a refusé de me parler.

Son regard passa de Daniel à Willa.

— Ezekiel Nelson. Il est également le seul à avoir rejoint Shining Light il y a quatre ans *et* à l'avoir quittée cette année, dit-il. J'ai donc demandé à un adjoint de l'amener. Nelson est assis dans la salle d'interrogatoire. Il n'est pas content parce qu'il devait remplacer un collègue à la station-service, ce soir.

Une tension gênante monta dans la pièce.

— Vous avez bien fait, dit Daniel avec un petit signe de tête. Pouvez-vous nous donner une minute ?

— Bien sûr.

Livingston sortit précipitamment du bureau et referma la porte derrière lui.

— Parle-moi, dit Daniel.

Comme elle ne répondait pas, il ferma les stores de la fenêtre et de la porte puis se tourna vers elle.

— Pourquoi ne m'as-tu pas dit qu'il avait rejoint la secte il y a quatre ans ?

— Je ne pensais pas que cela avait de l'importance.

— Bien sûr, c'est important.

Elle leva les yeux vers lui.

— Crois-tu vraiment qu'un gamin de dix-sept ans ait la carrure pour être le Holiday Elk Horn Killer, pour poignarder sauvagement à mort quatre femmes ? Penses-tu que mon fils en serait capable ?

— J'aurais aimé l'apprendre de toi et non de Livingston. Tu le sais aussi bien que moi, tout se joue dans les détails. Tout est important.

Mais il se sentait idiot de ne pas avoir examiné les listes lui-même et de lui avoir fait confiance.

— Tu as raison.

Willa poussa un gros soupir et regarda les indices.

— Il y a autre chose. Cette bague… est celle de Zeke.

Sous le choc, il resta un instant muet de stupeur.

— Quoi ? Tu en es sûre ?

— C'était la chevalière de promotion de son père. En argent massif avec un ton noir foncé, une pierre centrale grenat, des emblèmes latéraux et gravures personnalisés, je ne peux pas me tromper. Je la lui avais offerte pour son seizième anniversaire. J'espérais ainsi l'encourager à mieux réussir à l'école pour rendre son père fier de lui. Oui, je suis sûre.

Elle secoua la tête et le regarda en face.

— Mais je ne l'ai pas vu la porter depuis qu'il a quitté l'enceinte. Il existe sûrement une explication. Je le sais. Il doit y en avoir une. Mon fils n'est pas un tueur.

Daniel se rapprocha.

— Sais-tu où il se trouvait la nuit des meurtres ? demanda-t-il, tout en se demandant s'il pourrait même la croire.

— Dimanche soir, je l'ai déposé chez sa grand-mère, mais en vérité je ne sais pas où il était les autres soirs.

Son honnêteté le rassura.

— Accepterais-tu d'appeler sa grand-mère pour voir s'il était là toute la nuit ? Sur haut-parleur ?

Willa hocha la tête sans hésiter.

Il posa une main sur son épaule.

— Allons au fond des choses.

Elle décrocha le combiné sur son bureau, composa le numéro et pressa le bouton du haut-parleur.

La ligne sonna.

— Allô ? répondit une femme d'un ton hésitant.

— Irène, bonjour, c'est moi, Willa.

— J'ai failli ne pas décrocher. Je ne reconnaissais pas le numéro.

— Je suis au bureau du shérif et je travaille sur une enquête. J'avais une petite question. Lorsque j'ai déposé Zeke dimanche, est-il resté là chez toi toute la nuit ?

La grand-mère poussa un cri exaspéré.

— C'est drôle que tu m'interroges là-dessus. Non seulement ton fils n'est pas resté à la maison, mais il a pris ma voiture, ce que je lui avais interdit parce qu'il empestait l'alcool et je craignais qu'il ait un accident.

Willa grimaça.

— À quelle heure est-il revenu ?

— Pas avant 3 heures du matin. Je suis trop vieille pour gérer ce genre de comportement. Je vais finir par mourir d'une crise cardiaque ou d'un accident vasculaire cérébral, à force de m'inquiéter pour lui. Plus tard dans la matinée, je l'ai conduit chercher sa voiture, qui était garée devant un bar. Je lui ai dit que s'il voulait rester chez moi – il fait un froid polaire dans sa caravane – il devrait m'accompagner à l'église. Et tu sais ce qu'il a fait alors ? Il est retourné vivre chez toi parce que toi tu es faible et tu tolères son comportement scandaleux. Tu aurais dû m'écouter...

— Je dois partir, dit Willa en fermant les yeux. Au revoir, Irène.

Elle raccrocha le combiné.

— Je vais interroger Zeke. Maintenant, dit Daniel en se dirigeant vers la porte.

— Je t'accompagne.

— Non, sûrement pas. Livingston viendra avec moi.

Elle se balança sur ses talons et le regarda avec incrédulité.

— Pourquoi ? C'est de mon fils que nous parlons.

— Précisément. Quelqu'un dans mon bureau livre des informations à Jennings et/ou au maire. Il n'y a pas d'autre explication pour qu'il ait si vite découvert que nous avions interrogé et libéré Miguel García. Que va-t-il se passer à la seconde où il découvrira que ton fils est suspect ? Tu peux suivre l'entretien de la salle d'observation ou rester ici, comme tu veux. Fin de la conversation.

9

Les bras croisés, Willa regardait Daniel et l'adjoint Livingston cuisiner son fils, à travers la vitre sans tain qui séparait la salle d'interrogatoire de la salle d'observation.

La situation semblait surréaliste. Elle avait l'impression d'un cauchemar. Zeke était un adolescent perturbé, insolent, en souffrance. Mais il n'était pas un tueur. Il serait incapable d'assassiner une femme, et encore moins sept.

Étant liée au suspect, elle n'avait évidemment pas sa place dans la salle d'interrogatoire, même si elle était cheffe de la police. Pourtant, étant d'abord sa mère, et donc prête à tout pour lui, elle aurait voulu être à ses côtés.

Mais au moins pouvait-elle suivre leur échange.

— Connaissez-vous Beverly Fisher ? demanda Daniel tandis que Livingston posait une photo de la jeune morte sur la table.

Zeke recula, horrifié.

— Mon Dieu. Non.

Willa s'humecta les lèvres en regrettant de ne pas avoir apporté une bouteille d'eau. Sa gorge était sèche et un début de migraine palpitait derrière ses yeux.

— Où étiez-vous la nuit du 19 septembre entre 22 heures et minuit ?

Son fils haussa les épaules.

— Je ne sais pas. Puis-je voir un calendrier ?

Sur un signe de tête de Daniel, Livingston sortit son smartphone, appuya sur quelques boutons et montra l'écran à Zeke.

— Je ne travaillais pas, ce jour-là, dit-il. Je suis allé au Frontier Sports Bar. J'y suis resté un bon moment, jusqu'à 1 heure du matin peut-être.

— Quelqu'un peut-il en témoigner ? demanda Daniel.

— Le barman. Quelques serveuses. Patty certainement parce qu'elle m'a reproché de ne jamais laisser de bons pourboires.

Daniel hocha la tête.

— Connaissez-vous Leslie Gooding ou Gemma Chavez ?

Zeke grimaça en voyant les photos des cadavres que l'adjoint posa sur la table. Il détourna les yeux.

— Non. Je suis ici à cause d'elles ? Vous pensez que c'est moi qui ai fait ça ?

Willa ferma les paupières. Elle aurait voulu épargner à son fils la vue de ces horribles images qui resteraient gravées dans sa mémoire, sa vie durant. Mais montrer des photos des scènes de crime aux suspects était une tactique efficace. Elle permettait aux enquêteurs d'évaluer leur réaction première, souvent révélatrice.

— Nous ne vous accusons de rien, répondit Daniel. Nous avons besoin d'obtenir des réponses pour un certain nombre de questions, voilà tout. Et samedi dernier ? Où étiez-vous entre 22 heures et minuit ?

— Je, euh, j'étais chez moi. Seul.

Daniel se redressa et croisa les bras sur la table.

— Chez vous ? Dans votre caravane où il gèle parce que le chauffage a été coupé ?

Zeke se tourna vers le miroir sans tain. Rouge de fureur, les lèvres pincées, il ressemblait plus que jamais à son père.

— C'est toi qui as raconté ça à ton copain, hein ? dit-il.

Livingston regarda Daniel, éberlué.

— Quelle mère es-tu pour trahir ainsi ton propre fils ? ajouta Zeke.

Accablée, elle baissa la tête. Elle n'avait rien dit à Daniel à propos de la facture non payée ou de l'absence de chauffage dans la caravane. Mais Zeke ne la croirait pas, quoi qu'elle tente de lui expliquer. Et il risquait de ne jamais lui pardonner et de mettre un point final à leur relation.

Daniel frappa la table métallique.

— Votre mère n'a rien à voir avec cet entretien.

— Ce n'est pas un entretien mais un interrogatoire ! Appelez un chat un chat.

Daniel prit une profonde inspiration.

— Où étiez-vous dimanche soir ? Nous savons que vous n'étiez pas chez votre grand-mère, alors ne vous donnez pas la peine de mentir.

Les sourcils froncés, Zeke secoua la tête sans répondre.

— Répondez, insista Daniel. Rester silencieux ne vous aidera pas et attise les soupçons, au contraire.

— Vous dire où j'étais les attisera encore plus.

— Si vous n'étiez pas en train de commettre un meurtre, nous dire où vous étiez est forcément préférable, répliqua Daniel en se penchant vers lui. Tout ce que je veux, c'est la vérité.

— Je suis allé chez Sheila Sanders.

Quoi ? Cela n'avait aucun sens. Willa priait pour qu'il ne mente pas. Mais, s'il disait la vérité, pourquoi avait-il hésité à leur donner un alibi ?

— Si j'appelle Sheila Sanders, elle me confirmera donc que vous étiez là-bas avec elle ? demanda Daniel.

Zeke secoua la tête.

— Je n'étais pas *chez* elle. J'étais *devant* chez elle. Dans ma voiture. Je la regardais par la fenêtre alors qu'elle était avec Frankie Young.

Willa sentit son sang se glacer dans ses veines. Son fils espionnait cette jeune femme ? Elle croyait l'avoir bien élevé, mais manifestement pas.

— Pourquoi étiez-vous là ? demanda Daniel.

Il posait la question avec une gentillesse dont elle aurait été incapable.

— Nous sommes sortis ensemble au lycée avec des périodes

de hauts et de bas. Après Shining Light, nous avons renoué. Mais tout était différent. Je ne sais pas l'expliquer. Les choses avaient changé mais, quand je lui ai dit que je l'aimais, elle m'a affirmé qu'elle aussi. Mais ensuite nous nous sommes disputés.

Livingston cessa d'écrire.

— En êtes-vous venus aux mains ?

— Non, non, je ne l'aurais jamais frappée. La conversation s'est envenimée, le ton est monté, elle m'a repoussé, mais je n'ai pas insisté. Quoi qu'il en soit, nous avons décidé de faire une pause, de cesser de nous voir pendant quelque temps. Pour faire le point. Mais pendant que je travaillais au bar Thomas m'a dit qu'elle sortait à présent avec Frankie. Je refusais d'y croire parce qu'elle m'avait fait jurer que nous ne verrions personne pendant ce break.

— Thomas a un nom de famille ? demanda Daniel.

— Mills, répondit Zeke. Alors je suis allé chez elle pour juger par moi-même si c'était vrai. Et en effet ils étaient blottis dans les bras l'un de l'autre sur le canapé en train de regarder des films d'horreur. C'est le mode opératoire de Sheila pour pousser un garçon à s'approcher d'elle. Manifestement, elle l'encourageait. Ensuite, j'ai retrouvé Thomas pour partager un morceau sur le pouce avant son service du dimanche soir et…

— Où l'avez-vous retrouvé ? l'interrompit Livingston. Et à quelle heure ?

— À la pizzeria Pinky. Vers 17 heures. Je lui ai raconté tout ça et là-dessus, alors que nous marchions dans la rue, nous avons croisé Frankie avec ses copains. Ensuite, je ne sais pas ce qui s'est passé. À un moment, je me suis évanoui et quand j'ai repris mes esprits Thomas nous séparait et les amis de Frankie l'aidaient à se relever. Je lui ai interdit de s'approcher de Sheila. Là-dessus, des policiers de Wayward Bluffs sont arrivés et m'ont arrêté pour ivresse sur la voie publique et bagarre. Plus tard dans la nuit, je suis revenu devant chez Sheila pour voir si Frankie m'avait écouté. Mais il était là. Encore. Devant un autre film.

— Quels films ont-ils regardés ? s'enquit Livingston.

Zeke lui donna deux titres, l'un concernait un massacre à la tronçonneuse, l'autre des vampires.

Son fils était peut-être un harceleur, mais au moins avait-il un alibi.

Daniel posa le sac d'indice contenant la bague sur la table.

— Reconnaissez-vous cet objet ?

Son fils s'empara du sachet pour l'examiner de plus près. La surprise se peignit son visage.

— Ouais, c'est la chevalière universitaire de mon père. Ma mère me l'avait donnée, mais elle a été perdue.

Elle a été perdue ? S'était-elle donc perdue toute seule ?

Daniel se gratta la barbe.

— Perdue quand ?

Zeke secoua la tête et haussa les épaules.

— Je n'en ai aucune idée. Lorsque vous décidez de prononcer vos vœux devant Shining Light et de devenir membre de la communauté, vous leur remettez tout ce que vous possédez. Je leur ai donc donné mon portefeuille, mes vêtements, ma bague. C'était un geste libérateur. Mais quand j'ai été forcé de partir ils m'ont tout rendu. Sauf la bague. Elle figurait bien sur le registre avec tout ce que je leur avais laissé au départ, mais ils n'ont pas pu remettre la main dessus. Elle avait disparu.

Le registre corroborerait ses dires et en apporterait une preuve écrite. Il le fallait.

— Pourquoi avez-vous été chassé de Shining Light ? demanda Daniel.

— Frapper une Starlight est contraire aux règles.

Il s'était battu. Encore.

Pourquoi son fils était-il animé par tant de colère alors qu'elle lui avait donné tant d'amour ? Et pourquoi pensait-il toujours pouvoir régler ses problèmes avec les poings ?

Même enfant, il avait toujours été colérique et se bagarrait sans cesse dans la cour de récréation.

— Qui avez-vous frappé ? demanda Livingston, le stylo levé, prêt à noter le nom. Et pourquoi ?

— Fox, l'un des agents de la sécurité, dit-il. J'étais attiré par cette fille, Maria, et je crois que je lui plaisais aussi. Mais un jour Empyrée a annoncé qu'elle devait épouser Fox. La Lumière lui avait demandé de les unir. J'ai pris Maria à l'écart et je lui ai dit que nous devrions refuser ce mariage arrangé, quitter le mouvement et vivre ensemble ailleurs. Mais elle n'a pas voulu. Elle pensait qu'Empyrée savait mieux que nous qui devait épouser qui. Moi non plus, je n'avais pas envie de partir, de quitter Shining Light. J'ai adoré la vie là-bas. Mais chaque fois que je les voyais ensemble, à se tenir la main en se souriant, je ne pouvais pas m'empêcher de penser : *Pourquoi Fox a-t-il eu cette fille qui était pour moi ?* Je n'aurais jamais dû le frapper. Il n'avait rien fait de mal. Je me suis excusé, mais Empyrée a estimé que mon refus d'accepter les décisions de la Lumière ne ferait que s'envenimer et que j'étais un problème pour la communauté. Alors il m'a chassé. Et je lui en veux beaucoup, ajouta-t-il avec colère. Je déteste Empyrée. Je le haïrai ma vie entière pour m'avoir fait connaître, aimer, cet endroit et fait croire que cette nouvelle famille serait toujours la mienne. Je lui en veux de m'avoir tout repris sans me donner une seconde chance. Et j'espère vraiment qu'un jour il souffrira autant qu'il m'a fait souffrir.

Le cœur serré, Willa se frotta la nuque.

Plus que tout, elle souhaitait à son fils de connaître l'amour véritable, le bonheur et la paix intérieure. Mais, pour les trouver, il avait besoin d'aide et de commencer à assumer la responsabilité de ses actes.

La porte de la salle d'observation s'ouvrit et Melanie Merritt, l'adjointe du procureur du district de Torney, entra.

— Nous avons le mandat d'arrêt contre Marshall McCoy.

— Vous avez fait vite. Nous ne l'attendions pas avant demain.

— Si nous obtenons gain de cause pour le chantage contre Pietsch et Hines, il pourrait être condamné à vingt ans de prison.

Allen a fait appel à toutes ses relations pour accélérer la procédure. Il ne veut pas que le grand Empyrée passe une nuit de plus dans son lit douillet. Il se démène pour l'incarcérer dès ce soir.

Arrêter McCoy allait créer des remous dans l'enceinte, pensa Willa. S'ils passaient les menottes à leur Empyrée adulé, aucune des Starlight ne voudrait coopérer avec elle. Personne ne la laisserait consulter leur registre d'inventaire des biens des nouvelles recrues. C'était évident.

Il ne suffisait pas que Zeke ait un alibi. Elle devait prouver que la bague n'était plus en sa possession au moment des meurtres. La seule façon d'obtenir cette preuve était de se rendre là-bas tout de suite pour consulter ce registre au plus vite, sans attendre l'arrestation de McCoy.

— Vous n'imaginez à quel point pouvoir enfin coincer McCoy est un soulagement pour nous tous, au bureau du procureur, poursuivit Melanie. Grâce à vous et au shérif Clark, nous allons respirer de nouveau.

— Mercy McCoy et Arlo Starlight nous ont bien aidés.

— Arlo ? Je croyais qu'elle avait renoncé à collaborer.

— Elle craignait de nuire à tous les membres de la communauté s'ils perdaient le statut pour bénéficier d'exonération fiscale. Mais le shérif lui a fait comprendre qu'il était possible de sortir McCoy de la partie sans pénaliser tout le monde. Excusez-moi, je dois m'occuper de quelque chose. Pourrez-vous dire au shérif que je le retrouverai dans l'enceinte ?

— Aucun problème. Comptez sur moi.

Willa se précipita vers la sortie.

Comme l'avait prédit le maire, le nombre de manifestants devant les grilles de l'enceinte avait triplé en vingt-quatre heures. Les slogans hurlés à travers les porte-voix résonnaient autour d'elle.

Elle baissa la vitre et dut crier pour se faire entendre du gardien. Il lui fit signe de passer.

Comme elle franchissait le portail, son smartphone sonna. C'était Daniel.

— Nelson, dit-elle en prenant l'appel.

— Épargne-moi cette formalité, dit-il, l'air agacé. Que fabriques-tu ?

— Je vais chercher la preuve dont mon fils a besoin pour blanchir son nom.

— Nous pouvions demander un mandat et y aller demain.

Cela n'était pas suffisant. Elle allait faire en sorte que son fils n'ait pas à passer la nuit en prison, sans avoir à s'inquiéter des réactions du maire ou du procureur en apprenant qu'ils avaient libéré un autre suspect.

— Pourquoi attendre ? Tu devrais te féliciter de ma réactivité et de mon efficacité. Quand tu arriveras, je l'aurai.

— Nous sommes censés être une équipe.

— Je dois y aller, à plus tard.

Elle se déconnecta.

Sophia l'attendait avec Huck au pied des marches de pierre devant le Light House.

— Que puis-je faire pour vous, cheffe Nelson ? demanda-t-elle alors que Willa sortait du SUV.

— Lorsque mon fils, Ezekiel, est parti, en août dernier, il était censé récupérer tous ses effets personnels. Mais il m'a dit qu'il lui manquait une bague. Pouvons-nous voir ensemble si cette disparition a été notée sur la liste d'inventaire ?

Sophia regarda Huck, qui hocha la tête.

— Bien sûr, suivez-moi, dit-elle.

Tandis que Huck s'éloignait vers le Light House, Sophia se mit en marche. Elle alluma un talkie-walkie.

— Shawn, pourrais-tu me retrouver au hangar avec la clé ?

— J'arrive.

— À quel moment une nouvelle recrue est-elle tenue de remettre ses biens ? demanda Willa.

— Rien n'est exigé. Tout est laissé au libre arbitre de chacun. Un novice passe par le processus de mue – l'abandon de son ancien moi pour se préparer à devenir quelqu'un de nouveau – quand il se sent prêt à le faire. Certains se débarrassent de leurs affaires dès leur arrivée, même s'ils ne deviennent jamais membres. Mais chaque recrue qui a décidé d'embrasser pleinement la Lumière et de prononcer ses vœux s'est déjà dépouillée de ses possessions matérielles.

Willa s'interdit de lever les yeux au ciel.

— Avez-vous déjà vendu des biens appartenant à un membre ?

— Certainement pas. Si, pour une raison ou pour une autre, un membre doit nous quitter, nous lui restituons l'intégralité de ce qu'il avait en arrivant chez nous.

— Y compris l'argent ?

Elle esquissa un sourire gêné.

— Nous ne rendons pas les dons.

Ils contournèrent le garage par l'arrière et s'arrêtèrent devant un bâtiment. Si Sophia l'avait désigné comme un « hangar », le nom était trompeur.

Shawn arriva en courant pour leur ouvrir la porte.

Il pianota le code sur le clavier et, avec un bip, le voyant rouge passa au vert.

— Qui a accès au hangar ? demanda Willa.

— La plupart des agents de sécurité, madame. Cela nous permet de l'utiliser sans délai en cas de besoin.

Il leur ouvrit la porte et ils entrèrent.

Sophia appuya sur l'interrupteur et des rangées de rayonnages couverts de boîtes étiquetées apparurent.

— Quel est le processus, en cas de départ d'un membre ?

Sophia se tourna vers une étagère sur laquelle des registres étaient alignés par ordre chronologique des années. Elle en saisit un.

— Nous cherchons en quelle année il est arrivé, dit-elle en feuilletant les pages. Trouvons son nom.

Elle s'arrêta sur celui d'Ezekiel.

— Tout est répertorié et le membre appose ses initiales sur la liste. Nous étiquetons alors la boîte contenant ses affaires et la rangeons. Lorsque quelqu'un s'en va, nous nous servons du numéro figurant sur l'étiquette pour localiser ses affaires, les lui retournons et il peut partir.

Les initiales d'Ezekiel figuraient en effet à côté de chaque objet personnel qu'il avait décrit en détail.

— Voici la note, dit Sophia en la montrant. En effet, sa bague n'a pu être retrouvée. Un agent de la sécurité l'a cherchée pendant vingt minutes. Il est rare que quelque chose disparaisse, c'est étrange.

— J'aurai besoin d'une photocopie de cette page, dit Willa. Mais si cela doit poser un problème je reviendrai demain avec un mandat.

— Shawn, dit Sophia en lui tendant le registre. Peux-tu faire une photocopie pour la cheffe Nelson ?

Avec un bref signe de tête, il prit le cahier et sortit.

— Je reviens tout de suite.

Willa regarda autour d'elle. Il serait assez facile pour une Starlight sur le départ de voler quelque chose. Il lui suffirait de profiter d'un moment d'inattention de l'agent de sécurité pour glisser la main dans une boîte, surtout pour y prendre un objet aussi petit qu'une bague.

— J'espère ne pas avoir interrompu votre dîner, dit Willa.

— Non, non, nous l'avons toujours fini à 19 h 30.

— Où en êtes-vous avec la liste des personnes qui ont vécu dans l'enceinte sans finalement prononcer de vœux ?

— Nous n'avons pas tout à fait fini de la dresser. Le shérif nous a donné quarante-huit heures.

— Êtes-vous heureuse ici ?

Un grand sourire inonda le visage de Sophia.

— C'est le paradis sur terre. Dans notre complexe, il n'y a ni violence, ni viol, ni meurtre. Tout le monde est traité avec dignité et respect. Nous cherchons la Lumière, à nous améliorer et à rendre ainsi le monde meilleur.

Son petit laïus semblait sincère et convaincant. Sans doute était-il vrai pour ceux qui avaient vécu dans ce complexe pendant des décennies. Mais Willa avait du mal à comprendre pourquoi son fils avait été détruit à ce point après avoir été chassé de ce prétendu paradis. L'animosité que Zeke éprouvait envers Marshall McCoy la préoccupait. Et, si son fils ressentait cette haine, d'autres l'éprouvaient peut-être aussi. Du coup, elle s'interrogeait. Et si le tueur n'était pas l'un des Déchus, ou un gars de l'enceinte, mais quelqu'un d'autre ? Il leur manquait quelque chose.

Shawn revint avec la photocopie. Puis il referma le hangar à clé pendant que Sophia la raccompagnait à son véhicule.

Au moment où elles atteignaient son SUV, le sourire sur le visage de la jeune femme s'envola à la vue de deux véhicules du shérif qui remontaient l'allée. Leurs gyrophares indiquaient qu'il ne s'agissait pas d'une visite de courtoisie.

La porte d'entrée du Light House s'ouvrit à la volée et Huck dévala les marches de pierre en toute hâte. Marshall McCoy, vêtu d'un costume blanc, apparut dans l'embrasure de la porte, mais retourna aussitôt à l'intérieur. Visiblement, dans son esprit, les forces de l'ordre ne pouvaient pas venir pour lui. Il devait se croire intouchable.

Comme Daniel lui lançait un regard irrité, elle brandit la photocopie du registre. Mais il secoua la tête et tendit le mandat à Huck avant de le dépasser pour rattraper le puissant Empyrée.

— Marshall McCoy, vous êtes en état d'arrestation pour chantage, déclara Daniel en le menottant avant de lui lire ses droits Miranda.

Pâle comme la mort, visiblement sous le choc, McCoy se tourna vers Huck. Il lui demanda des yeux de le sortir de là.

Mais l'avocat se contenta de dire :

— Je vous retrouve au bureau du shérif.

Il n'y aurait pas d'échappatoire, cette fois-ci. Jennings s'en était assuré avant d'obtenir le mandat.

Russo et Livingston prirent McCoy par les bras et le firent monter à l'arrière du SUV.

Sophia assista à la scène, bouche bée. Elle tremblait de tous ses membres. Autour d'elle, les Starlight commençaient à se rassembler, en regardant leur Empyrée adoré se faire emmener.

L'air sévère, Daniel s'approcha de Willa, mais elle n'avait pas l'intention de s'excuser.

— As-tu libéré Zeke ? demanda-t-elle.

— Oui. Nous vérifierons tout ce qu'il nous a dit, mais en attendant nous l'avons autorisé à partir. En fait, il s'est rendu au travail pour remplacer l'un de ses collègues qui devait s'absenter. Livingston a appelé la station-service, qui l'a confirmé.

— Tiens, dit-elle en lui tendant la photocopie. Jennings est content pour l'instant, mais aucun de nous deux n'a intérêt à ce que le maire en fasse tout un foin.

Il soupira.

— Je ne veux pas me disputer avec toi.

— Alors ne le fais pas, répondit-elle avec un sourire. Nous sommes tous les deux debout depuis 5 heures du matin. Je suis affamée et j'entends ton estomac gargouiller. Que dirais-tu d'un autre dîner de travail mais... avec moins de travail ?

Beaucoup moins puisque Zeke ne s'immiscerait pas, ce soir.

— J'aimerais t'exposer une théorie, poursuivit-elle.

— Je suis partant. Mais je dois être présent lorsque nous interrogerons McCoy, au cas où il ferait une déclaration.

— Il n'en fera pas. Huck ne le laissera pas dire un mot.

— J'en suis également persuadé.

— Tu préfères dîner chez toi ou chez moi ?

— Chez toi. J'allumerai un feu dans la cheminée, dit-il, et elle frissonna, non pas de froid mais de joie anticipée. Si McCoy exerce son droit au silence, je t'y rejoins très vite.

— Je dois passer à la station-service de Zeke pour prendre de ses nouvelles. Voir comment il va.

— Prends soin de lui. Il est prioritaire.

Daniel était vraiment un homme bien sur toute la ligne. Presque trop beau pour être vrai.

Presque.

— À plus tard.

10

Marshall McCoy fut conduit dans la salle d'interrogatoire accompagné de Huck, son avocat. Daniel s'assit en face d'eux.

Mais comme il s'y attendait le gourou refusa très vite de se montrer coopératif.

— J'exerce mon droit au silence, répondit-il à la cinquième question.

— Avez-vous utilisé l'argent reçu de Pietsch, de Hines et de Clayborne pour payer les arriérés d'impôts dus par Shining Light ?

— J'exerce mon droit au silence, répéta-t-il en regardant la table, l'air ennuyé.

Il ne répondrait pas aux questions qui risquaient de l'incriminer, comprit Daniel. Mais avoir McCoy au bureau du shérif était une opportunité en or et Daniel décida de ne pas la gaspiller.

— Avez-vous demandé à quelqu'un de tuer Beverly Fisher, Leslie Gooding et Gemma Chavez, ou autorisé quelqu'un de votre communauté à le faire ?

McCoy reporta son attention sur lui.

— Non.

Daniel avait seulement voulu savoir s'il mordrait à l'hameçon.

— Les meurtres de ces femmes ont-ils empêché votre troupeau de fuir après que Mercy vous a rejetés, vous et votre mouvement ?

Huck se tourna vers son client, le visage empreint d'inquiétude, les mâchoires serrées.

— Non, répondit McCoy.

Son avocat lui murmura quelque chose en accompagnant ses paroles de grands gestes de la main.

— Savez-vous qui a tué Fisher, Gooding et Chavez ? poursuivit Daniel.

McCoy baissa la tête et recommença à jouer au jeu du silence.

— Soupçonnez-vous quelqu'un d'être l'auteur possible de ces meurtres ? poursuivit Daniel.

Ils revenaient à la case départ après avoir tourné en rond, comprit-il en soupirant. Et voilà pourquoi il détestait la présence des avocats au cours des interrogatoires. Indéniablement, elle compliquait son travail.

Daniel était prêt à parier qu'il aurait pu tirer les vers du nez à McCoy, le pousser à lui communiquer des informations cruciales, s'il avait été seul. D'une manière ou d'une autre, le tueur était lié à Shining Light, ce qui signifiait que Marshall savait qui il était, ou en tout cas qu'il avait la capacité de les aider à l'identifier.

— Le tribunal pourrait montrer une certaine clémence à votre égard si vous nous permettiez de capturer un tueur en série. Tant qu'il est en liberté, d'autres vies innocentes sont menacées. Des vies que vous sauveriez en me donnant un nom.

Daniel le regarda en face, espérant une réponse.

En vain. McCoy resta silencieux.

— Vous vous présentez comme un sauveur, mais vous n'êtes qu'un imposteur, conclut Daniel en se levant. Vous passerez la nuit ici dans une cellule. Demain, vous serez placé en détention provisoire à la prison du comté jusqu'à l'audience de libération sous caution.

— J'ai droit à un appel téléphonique, déclara Marshall.

— Votre avocat est déjà là.

Huck avait la possibilité de transmettre n'importe quel message de McCoy à l'extérieur.

— J'aimerais pourtant passer un coup de fil.

— Qui souhaitez-vous appeler ?

— Ma fille.

Huck eut l'air aussi surpris que Daniel.

— Je veillerai à ce que vous puissiez la contacter.

— J'ai également besoin de son numéro, dit McCoy.

Avec un bref signe de tête, Daniel quitta la pièce et se dirigea vers son bureau. Pendant un instant, il avait réussi à faire parler le gourou. Comment ? En lui posant les bonnes questions ? Ou les mauvaises ?

— Le maire est en ligne et souhaiterait s'entretenir avec vous, annonça Livingston lorsqu'il entra dans l'open space.

Avec un gémissement, Daniel se frotta le visage.

— Quelqu'un m'a obtenu ce que j'avais demandé ? lança-t-il aux autres adjoints.

Mitch Cody, l'ancien pilote d'hélicoptère de l'armée récemment recruté par Daniel, se leva d'un bond et se précipita pour lui remettre un papier.

— Thomas Mills a confirmé les déclarations de Zeke. Sheila Sanders a bien regardé avec Frankie Young les films cités. Quant à la serveuse Patty Weber, elle ne se souvenait pas s'il était là le 19, mais elle m'a dit qu'il payait toujours par carte bancaire et jamais en liquide. Cela m'a permis de vérifier ses dires. Et en effet il est très radin en matière de pourboire.

Ces témoignages ainsi que le document que Willa s'était procuré, prouvant que la chevalière en question avait été perdue ou volée dans l'enceinte et n'avait jamais été restituée au gamin, devraient lui donner assez de munitions.

— Tu étais derrière le miroir sans tain, à me regarder me faire cuisiner, n'est-ce pas, maman ?

Le nier ne les aiderait ni l'un ni l'autre. Willa ne voulait pas d'une relation fondée sur des mensonges.

— Oui.

Assis à la caisse de la station-service de Wayward Bluffs, Zeke la dévisagea d'un air écœuré.

— Et tu n'as rien fait pour m'aider. Au contraire, tu m'as enfoncé en leur racontant que mon chauffage avait été coupé. Tu m'as trahi.

— Je n'ai rien dit à propos de ta caravane ni de tes factures.

Les mains sur les hanches, elle prit une profonde inspiration. Elle se félicita d'avoir laissé son arme dans la voiture.

— Écoute-moi, Zeke. Je sais que tu n'es pas un meurtrier. J'ai confiance en toi. Je te crois, je t'ai toujours cru et te croirai toujours. Tu représentes tout pour moi. Mais je fais également confiance au système judiciaire. Et il fonctionne ainsi. L'interrogatoire en fait partie.

— Tu aurais pu me conseiller de me taire et me trouver un avocat.

Il avait raison. Elle aurait pu.

— Tu serais alors toujours considéré comme suspect et j'aurais été obligée de renoncer à travailler sur cette enquête, de me récuser. Là, tu as répondu aux questions du shérif et...

— Il est redevenu le « shérif » ? Tu ne le désignes plus comme ton copain ?

Ignorant l'interruption, elle poursuivit :

— Et j'ai obtenu de Shining Light la preuve que ta chevalière ne t'a jamais été restituée. Dès qu'ils auront vérifié tout ce que tu leur as dit, tu seras officiellement innocenté. Engager un avocat aurait demandé du temps, de l'argent, sans aucune garantie de résultat.

Il parut un peu soulagé.

— Schroeder, le maire de Laramie, suit ce dossier de très près. Il n'appréciera pas d'apprendre que tu as été libéré et va sans doute chercher à me le faire payer. Tu te moques peut-être que je perde mon travail à cause de cette histoire, mais il y a beaucoup en jeu.

Elle sortit son portefeuille de sa poche, en tira trois billets de vingt dollars et les posa sur le comptoir.

— Paye ta facture de gaz, excuse-toi auprès de ta grand-mère pour lui avoir pris sa voiture sans autorisation et ne bois plus jamais d'alcool avant de prendre le volant. En roulant en état d'ébriété, tu risques non seulement ta vie, mais aussi de tuer quelqu'un. Tu n'es pas idiot, alors cesse de te comporter comme un imbécile.

Comme elle s'apprêtait à partir, elle hésita et ajouta finalement :

— As-tu quelque chose à dire pour ta défense ?

— Merci. Et pas seulement pour l'argent dit-il en récupérant les billets. Par ailleurs, que tu perdes ton emploi ne m'est pas indifférent. Mais je n'ai pas envie qu'il t'arrive ce qui est arrivé à papa, voilà.

Il n'avait pas encore fait le deuil de Zach, mais qu'il vive dans la peur qu'elle subisse le même sort l'ennuyait.

— Je t'aime, dit-elle avant de se tourner vers la porte.

Elle ne s'attendait pas à ce qu'il réponde quoi que ce soit, mais elle l'entendit grommeler derrière elle :

— *Idem.*

Le sourire aux lèvres, elle monta dans son SUV pour rentrer chez elle. En général, après une dure journée à travailler sur une enquête qui piétinait, elle se rendait au gymnase. Une demi-heure de cardio et d'haltérophilie lui permettait d'entretenir ses muscles. Et surtout, dès qu'elle commençait à s'entraîner, son esprit se vidait et les problèmes qui l'empêchaient de résoudre une affaire s'éclaircissaient.

Mais ce soir elle avait envie de compagnie – celle de Daniel, pour être précise – et d'échanger avec lui, même si transpirer avec lui ne lui aurait pas déplu. Il était agréable d'avoir quelqu'un à ses côtés, quelqu'un sur qui compter. Sans parler de son côté cow-boy sexy.

Elle n'était plus très loin de chez elle, maintenant, et elle se demanda si elle aurait le temps de se doucher avant l'arrivée de Daniel.

Comme elle s'engageait un peu vite dans un virage, les pneus de son SUV patinèrent sur le bitume, mais elle redressa sans difficulté la situation. Elle avait emprunté cette route de montagne des milliers de fois, par tous les temps, y compris au milieu d'une tempête de neige. Mais là elle était épuisée et affamée. Voilà peut-être pourquoi elle conduisait de façon trop agressive. Elle leva le pied et négocia plus prudemment le virage suivant. Elle n'avait aucune envie de quitter la route et de basculer dans le Devil's Canyon.

Alors qu'elle roulait à une vitesse raisonnable, elle sentit sa voiture glisser de nouveau comme sur une plaque de verglas. Ce n'était pas possible. Il faisait frais, mais les températures n'étaient pas encore négatives. Heureusement, il ne lui restait plus que quelques kilomètres à parcourir et bientôt elle arriverait au chalet.

Pourtant, son véhicule se remit à déraper sur la chaussée, les pneus semblaient avoir perdu leur adhérence. Peut-être était-il temps de les remplacer. Le problème venait sans doute de là...

Pan !

Un coup de feu déchira l'air et l'écho de sa détonation se répercuta sur les parois du canyon.

D'instinct, Willa se baissa. Quelqu'un tirait sur son SUV.

Une main sur le volant, elle chercha son arme de l'autre sur le siège passager. Puis elle comprit ce qui se passait.

Le Holiday Elk Horn Killer la ciblait. C'était son mode opératoire. Il crevait les pneus de ses victimes pour les obliger à s'arrêter avant de les prendre en chasse.

Seigneur !

Une sourde terreur lui transperça le cœur.

Elle devait à tout prix continuer à rouler. Son chalet n'était plus très loin, elle touchait au but. Mais sa voiture commença soudain à zigzaguer.

Il ne s'agissait pas de verglas, il ne faisait pas assez froid. Le tueur avait-il répandu de l'essence ou de l'huile sur la route ? En tout cas, celle-ci était à présent une véritable patinoire.

Elle perdait le contrôle, son volant tournait dans le vide. Le SUV pivotait de plus en plus vite sur lui-même. La situation lui échappait. Elle devait faire quelque chose avant qu'il ne soit trop tard.

Avec frénésie, elle arracha son smartphone du tableau de bord et composa le numéro de Daniel, mais l'appareil lui glissa des mains lorsque la voiture percuta la glissière de sécurité.

La rambarde céda dans un gros bruit de ferraille et la voiture quitta la route. Emportée par son élan, elle fut propulsée dans les bois – *et pas dans le canyon, Dieu merci.* Willa ne put que s'accrocher et prier pour ne pas mourir.

Elle fut projetée en avant. Tandis que sa voiture partait en tonneaux, l'airbag se déploya et la plaqua contre le siège, en écrasant son visage et sa poitrine. Une vive douleur lui déchira l'épaule. Le bruit du métal tordu et des éclats de verre remplit ses oreilles. Des pierres et des débris heurtaient les vitres. Un pneu éclata.

Le véhicule se retourna une dernière fois, heurta un sapin et finit sa course sur le toit. L'impact fut si violent que Willa en resta un instant assommée.

Son épaule était en feu. L'airbag comprimait ses poumons, ses yeux la brûlaient. Elle avait du mal à respirer. Heureusement, l'air frais de la nuit qui s'engouffrait dans l'habitacle l'empêcha de sombrer dans l'inconscience.

Le tueur était là, tout près, *le chasseur.* Elle devinait sa présence. Dissimulé dans la pénombre, il se dirigeait vers elle. Il traquait sa proie.

Comme elle recouvrait ses esprits, elle se rendit compte avec soulagement qu'elle tenait toujours son arme à la main. Ce n'était pas rien. S'il osait s'avancer vers elle alors qu'elle était bloquée à l'intérieur, elle s'en servirait et le tuerait. Sans états d'âme.

En attendant, elle était dans de sales draps.

Sors. Maintenant ! Et pars en courant !

Elle pressa le bouton pour déverrouiller sa ceinture de sécurité tout en s'efforçant de repousser l'airbag de son visage. Ni l'un ni l'autre ne bougèrent. L'airbag était coincé. Qu'il s'agisse d'un défaut de construction ou d'un problème mécanique, le résultat était le même. Il était bloqué.

Le désespoir la gagnait, mais elle refusa d'y céder.

Réfléchis et vite. Tu n'as pas de temps à perdre.

Il était là. Tout près. Elle le sentait s'approcher comme une ombre menaçante au-dessus d'elle.

Son intention était claire. Il voulait la tuer.

Elle songea aux premières victimes du Elk Horn Killer. Des

images des jeunes mortes lui revinrent en mémoire. Dénudées et attachées à des troncs d'arbres, leurs poignets ligotés. Elle revit les profondes plaies sur leurs poitrines, leurs gorges tranchées, leur pâleur. Leurs cheveux bruns déployés autour de leur tête comme une couronne.

Une brusque nausée lui souleva le ventre lorsqu'elle prit conscience qu'elle correspondait au profil des malheureuses. Toutes étaient âgées de vingt à quarante ans. Minces. Blanches. Brunes. Célibataires, elles roulaient seules lorsqu'elles avaient croisé la route du tueur.

Non, non, non ! Elle n'allait pas subir le même sort. *Bouge ! Sors d'ici, à tout prix !*

Avec un gémissement de douleur, elle tenta de nouveau de déverrouiller la ceinture de sécurité. Rien. Elle recommença plus fort, encore et encore. Mais ses efforts étaient inutiles. Le dispositif ne fonctionnait plus.

Une sourde panique l'envahit. Le fou furieux pouvait surgir à tout moment, le cauchemar devenir réalité et, coincée dans cette position, piégée par l'airbag, elle était une cible facile. Ce serait la fin.

Elle tendit l'oreille, à l'affût de pas, de brindilles cassées, de tout bruit qui pourrait le trahir. Mais le tueur traquait un flic et pas n'importe quel flic. Willa était cheffe de la police. Il lui avait tendu un piège. Il en avait l'audace et l'intelligence. Il s'attendait à ce qu'elle soit armée, il s'y était préparé, elle en était certaine.

Elle claquait des dents de douleur et de peur, mais elle s'obligea à réfléchir.

N'abandonne pas ! Bats-toi !

Si elle parvenait à repousser suffisamment l'airbag pour respirer ou atteindre son téléphone ou...

Son couteau. Elle avait son Buck Budgie dans son pantalon.

Avec une grimace de douleur, elle glissa la main dans sa poche pour l'atteindre. Elle manquait de temps, le tueur risquait d'apparaître d'un instant à l'autre et la terreur menaçait de la tétaniser. Mais elle faillit crier de joie en sentant le couteau sous ses doigts.

Traversée par une décharge d'adrénaline, elle serra les dents et enfonça plus profondément la main.

Son cœur battait la chamade quand elle le saisit enfin.

Oui ! Dieu merci.

Elle se mit alors en devoir de poignarder l'airbag. La lame était tranchante et très vite il se dégonfla.

Aussitôt, une forte odeur chimique se répandit dans l'habitacle et la fit tousser. Elle repoussa l'airbag crevé de côté et s'attaqua à la ceinture de sécurité. Sans son épaule blessée, l'opération ne lui aurait demandé que quelques instants. Mais le moindre mouvement du bras ravivait la douleur.

Tandis qu'elle s'activait, elle sentit plutôt qu'elle ne vit qu'elle n'était pas seule. Elle tourna la tête pour regarder autour d'elle. Ce simple mouvement lui arracha un cri. Elle souffrait de partout, mais refusait de renoncer.

Pour espérer rester en vie, elle devait à tout prix s'enfuir dans les bois.

De nouveau, elle tendit l'oreille, mais n'entendit que les hurlements du vent. Dans l'obscurité, elle ne voyait que des sapins et des ombres qui lui jouaient des tours.

Mais il était là, tout près, elle le sentait. À la regarder et à attendre.

Elle pointa son arme vers la vitre, espérant l'apercevoir. *Montre-toi.*

Les secondes s'écoulèrent au rythme de son cœur.

Rien.

Elle reporta son attention sur la ceinture de sécurité. Elle devait se dépêcher et sortir de la carcasse de la voiture au plus vite. Des gouttes de sueur brouillaient sa vision, mais elle continua jusqu'à ce que, enfin, la ceinture se déchire.

Elle tomba alors sur le toit.

Son épaule explosa de douleur, une douleur qui se répandit dans son dos, sa nuque Des larmes lui brûlèrent les yeux.

Elle s'était démis l'épaule, ce n'était pas la première fois. Elle souffrait d'une vieille fracture mal cicatrisée qui se réveillait chaque fois qu'elle la heurtait sous le mauvais angle.

Son Glock à la main, elle commença à ramper à travers la vitre brisée de sa portière pour s'extraire du véhicule. Mais elle était consciente qu'une fois sortie elle serait encore plus exposée au danger.

Sans doute attendait-il qu'elle apparaisse pour se jeter sur elle.

Elle sentit soudain quelque chose lui piquer l'arrière de la jambe et sursauta.

De quoi s'agissait-il ?

S'était-elle coupée sur un éclat de verre ? Comme elle passait la main sur sa cuisse, ses doigts tombèrent sur une pointe métallique logée dans son muscle.

Elle la retira et l'examina. À la vue de la petite aiguille au bout d'une minuscule fléchette, elle sentit son cœur se transformer en bloc de glace.

Oh non. Il lui avait tiré dessus pour lui injecter une drogue, un sédatif sans doute. Si elle restait là, à laisser le produit faire son œuvre, tout serait fini.

De plus en plus paniquée, elle chercha son smartphone pour appeler les secours. Mais elle ne le vit nulle part.

Avait-il été éjecté de la voiture ?

Comme elle repoussait une branche qui avait traversé la vitre, elle aperçut sa radio de service. Elle s'en saisit et appuya sur le bouton de transmission.

— Cheffe Nelson à l'appareil.

— Je vous écoute, cheffe, répondit le dispatcheur.

— Je suis en grave danger imminent. J'ai quitté la route à moins de trois kilomètres de chez moi, dit-elle.

Et elle prit soudain conscience que ce malade savait où elle habitait. Depuis combien de temps la traquait-il ? Depuis quand avait-il planifié cette attaque ? Depuis qu'elle était allée faire une déclaration à propos de Fisher ? Mais pourquoi maintenant ? Étaient-ils sur le point de le démasquer ?

— Je crois que le Holiday Elk Horn Killer m'a tendu un piège, poursuivit-elle. Il a répandu de l'essence sur la chaussée et a tiré sur mes pneus pour provoquer la sortie de route de mon véhicule. Et là il vient de m'envoyer une fléchette dans la cuisse à distance. Pour m'injecter un sédatif.

De la médétomidine, sans doute. Le produit qu'il avait administré aux autres.

— Appelez immédiatement le shérif Daniel Clark, reprit-elle. Il doit être dans les parages et pourra intervenir au plus vite. Envoyez des renforts. Dites-leur de procéder avec prudence. La route est une patinoire. Et surtout ce type est armé et dangereux.

Il avait crevé ses pneus pour l'envoyer dans le décor. Il avait tout organisé. Lui avait tendu un piège. Comme un véritable chasseur.

— Oui, cheffe, répondit le policier.

Il passa un instant sur une autre ligne, puis revint vers elle.

— Le voyez-vous, cheffe ?

— Non. Mais il est là.

Il se rapprochait, la traquait.

Elle n'avait aucune idée du temps qui lui restait avant d'être assommée par la substance qu'il lui avait injectée, avant d'être incapable de se défendre. Seule certitude : si elle restait là, elle allait mourir.

— Je sors de l'épave de mon véhicule.

Le tueur avait sans doute prévu qu'elle descendrait la montagne, vers chez elle. Un réflexe logique. Elle allait donc faire le contraire.

— Je suis blessée, mais je vais essayer de remonter vers la route, dit-elle.

Willa l'imaginait l'attendant dans l'obscurité. Patiemment. Le doigt sur la détente, prêt à lui tirer une balle en pleine poitrine. Cela dit, il n'aurait pas pris la peine de la droguer s'il voulait seulement la tuer.

Non sans mal, elle parvint à s'extraire de la voiture en se traînant. Des éclats de verre mordirent ses mains.

Avec effort, elle se redressa et leva son pistolet. Elle scruta les bois, à sa recherche. La torpeur la gagnait. Tenir son Glock devenait de plus en plus difficile. Déjà, ses membres avaient du mal à réagir.

Le sédatif agissait vite. Trop vite.

Un hurlement rompit le silence. Il ressemblait à celui d'un loup, mais il émanait d'un homme. Elle en était certaine.

Le prédateur s'apprêtait à passer à l'attaque.

Mais elle n'allait pas lui faciliter la tâche. L'arme au poing, le cœur battant à tout rompre, elle s'élança dans la pinède.

11

Daniel écrasa la pédale d'accélérateur, mais il roulait trop vite et son SUV fit un tête-à-queue. Une substance glissante rendait la route sinueuse encore plus dangereuse et, pour ne pas finir dans le décor, il s'obligea à lever le pied.

Son objectif était de retrouver Willa, pas de basculer lui-même dans le ravin. Tout en conduisant, il scruta l'obscurité. Il espérait apercevoir sa voiture, ou au moins un signe d'elle ou de l'accident.

Il se trouvait à cinq kilomètres de chez elle, au milieu de nulle part. Pourquoi vivait-elle dans un endroit aussi isolé et reculé ?

J'aime avoir de l'espace, de l'intimité et peu de voisins, lui avait-elle dit. *Ils sont peu nombreux mais tous sympas.*

Il maudissait chacune de ses raisons, même si lui-même ne pouvait pas lancer une pierre de chez lui sans atteindre l'une des maisons voisines.

Où es-tu, Willa ?

Lorsque son SUV dérapa sur le bitume, il sentit son rythme cardiaque monter en flèche. Il pressa avec douceur les freins pour ne pas partir en vrille. Manifestement, il avait atteint la nappe d'huile ou d'essence répandue sur la route qu'elle avait mentionnée. Même s'il avait très envie d'accélérer pour la rejoindre au plus vite, il s'ordonna de ralentir pour éviter de provoquer un nouvel accident.

Il approchait de l'endroit où il s'attendait à repérer son véhicule.

Dans les dossiers, il n'avait vu aucune mention d'une substance glissante trouvée sur la route à proximité des voitures des victimes.

Mais le tueur n'en aurait pas eu besoin avec une jeune femme lambda. En revanche, en affrontant Willa, une professionnelle hautement qualifiée, il avait sans doute préféré mettre toutes les chances de son côté. Il avait multiplié les handicaps pour s'assurer que sa proie ne lui échapperait pas.

Daniel frappa le volant. S'ils étaient partis ensemble, rien ne serait arrivé.

Cela dit, tôt ou tard, elle se serait retrouvée un jour seule dans ces montagnes. Le prédateur guettait ce moment dans l'ombre, prêt à bondir. Heureusement – Dieu merci – Daniel avait prévu de venir chez elle ce soir et il était déjà en route quand il avait été prévenu de l'attaque. Et Zeke était hors de danger, en sécurité dans la station-service où il travaillait.

Au détour d'un autre virage, comme ses phares balayaient la glissière de sécurité, il découvrit le trou béant.

C'était là que sa voiture avait foncé dans le décor, comprit-il, le ventre noué.

Jusqu'où était-elle tombée ?

Il s'arrêta, bondit hors du véhicule et, tout en ouvrant son coffre, il alluma la radio.

— Ici shérif Clark. J'ai trouvé l'endroit où la cheffe Nelson est sortie de la route. Route 4, borne kilométrique 7, précisa-t-il en s'emparant de sa trousse d'urgence.

— Compris, shérif. Je préviens toutes les unités, l'ambulance et votre pilote d'hélicoptère.

Le vent hurlait dans le canyon. Ses hurlements ressemblaient à ceux d'un animal blessé. Son esprit lui jouait des tours alors qu'il avait besoin de se concentrer sur sa seule urgence.

Retrouver Willa.

Il ouvrit sa trousse et s'empara d'une fusée éclairante. Il en arracha le bouchon en plastique, l'éloigna de son visage et l'alluma.

La fusée pulvériserait un matériau en fusion enflammé qui brûlerait pendant une heure et éclairerait la scène. Il la jeta à une centaine de mètres derrière son SUV. Ainsi, les renforts et les secours le repéreraient sans difficulté en arrivant sur les lieux.

Puis il se précipita vers la glissière de sécurité défoncée.

Il songea soudain à son père, James Clark, et à ses derniers instants. Il était mort sur une route pas très éloignée de celle-ci dans les montagnes enneigées surplombant Laramie. Au cours d'une tempête imprévue, alors que la visibilité était considérablement réduite, sa voiture avait quitté la route et basculé dans le ravin. Un tragique accident. Il avait été tué sur le coup, quelques mois avant la naissance de Grace.

Mais le drame avait eu lieu il y a vingt-six ans. Le passé ne se répéterait pas. Aucune tempête ne se profilait à l'horizon et l'accident de Willa n'avait pas été provoqué par un malheureux concours de circonstances.

Il était le fruit d'une machination ourdie par un tueur en série sadique. Willa était en vie, se battait et avait besoin de lui.

Son kit à la main, il parvint devant le garde-fou troué et observa les alentours plongés dans l'obscurité. La lune était pleine, le ciel sans nuages. Mais la pinède était si dense que le clair de lune n'atteignait pas le sol de la forêt.

Où est-elle ?

Il ne parvenait même pas à apercevoir son SUV accidenté. Apparemment, sa voiture avait fait plusieurs tonneaux. Le nombre d'arbustes écrasés laissés sur son passage témoignait de la gravité de l'accident et le poussa à s'interroger sur celle de ses blessures.

L'inquiétude le rongeait et lui rappelait que, chaque fois qu'il trouvait un éclat de bonheur, celui-ci lui glissait entre les doigts, comme des grains de sable qu'il ne pouvait retenir.

Mais pas cette fois. Pas aujourd'hui.

Après deux longues, très longues années, le destin avait ramené Willa dans sa vie. Cette femme était ce qui lui était arrivé de mieux depuis qu'il avait emménagé ici à l'âge de dix-huit ans et qu'il avait appris ce qu'était un cow-boy. Dès l'instant où elle lui avait montré son badge au Crazy Eddie's, il avait été attiré par elle comme un homme perdu dans le désert par une oasis luxuriante.

Il n'en revenait pas d'être tombé amoureux. Mais indéniablement il l'avait dans la peau. Avant elle, il n'avait jamais connu des sentiments aussi forts pour une femme. Sans avoir l'air d'y toucher, elle avait réussi à lui passer la bride sur le cou.

Tu l'as laissée faire, imbécile.

Maintenant, regarde-toi.

Au départ, elle était entrée dans sa vie pour une simple aventure sans lendemain. En tout cas, sans promesses et sans attaches. Mais très vite il s'était rendu compte qu'il tenait à elle. Il avait alors cru pouvoir nouer avec elle une véritable relation, mais elle avait rompu brutalement, du jour au lendemain. Depuis lors, elle lui manquait terriblement et il ne cessait de regretter ce qu'ils avaient trop brièvement partagé.

Voilà ce qu'il voulait avec elle. Une relation. Cuisiner ensemble, discuter pendant des heures, refaire le monde, blottis devant la cheminée. Partager ses rêves, se soutenir dans les épreuves. Se construire mutuellement. Il avait envie d'être un refuge pour elle.

Mais un tueur en liberté rôdait dans les parages et l'avait mise dans sa ligne de mire.

La peur lui brûlait la gorge. De nouveau, il scruta la montagne, la pinède, à la recherche d'un signe de sa présence. Toujours rien. Le désespoir le poussa à dévaler la pente. Et tant pis s'il n'avait aucun équipement et risquait de tomber dans le noir.

Le vent hurla de nouveau dans le canyon. *On dirait vraiment un hurlement de loup,* pensa-t-il.

Il accéléra encore. En proie à un mélange de peur et de fureur, il sentait son esprit s'emballer et son cœur battre la chamade.

Les ténèbres dansaient autour d'elle et Willa avait de plus en plus de mal à garder les yeux ouverts. L'engourdissement la gagnait. Une image de Daniel s'imposa à sa mémoire.

En général, ses histoires amoureuses se terminaient mal mais, quelque part, elle devinait que tout aurait été différent avec Daniel. Ils s'entendaient à merveille et sur tous les plans – corps, esprit et âme. Dommage qu'elle ne l'ait pas compris à temps. Et voilà pourquoi elle allait à présent finir entre les mains d'un fou sadique.

Le visage de Daniel disparut, mais elle savait qu'il venait à son secours. Il était en route. En l'attendant, elle devait s'accrocher, continuer d'avancer, se battre.

Elle gravissait lentement la pente, le corps lourd, la démarche vacillante. Son épaule la faisait souffrir, mais elle ne s'en plaignait pas, consciente que seule la douleur l'empêchait de succomber à la drogue. Cependant elle savait qu'elle ne résisterait plus très longtemps. Bientôt, l'adrénaline et la terreur ne suffiraient plus. Il lui devenait de plus en plus difficile de marcher. De tenir... son arme.

Elle secoua la tête dans l'espoir de dissiper sa torpeur.

Elle trébucha sur une pierre et tomba à genoux. Incapable de se relever, elle bascula en arrière et heurta le sol.

Ses membres ankylosés ne voulaient plus bouger, son esprit s'assombrissait.

La tête penchée sur le côté, elle chercha le monstre des yeux. Elle serra son arme de toutes ses forces jusqu'à ce qu'elle n'y arrive plus. En la sentant lui échapper des mains, elle poussa un gémissement de désespoir.

Le ciel commença à tourner autour d'elle. La pinède, le monde, la lune s'estompaient.

— Cheffe Nelson ?

Elle sentit son cœur se glacer.

Il s'exprimait d'un ton sympathique et chaleureux, comme s'il la connaissait.

Il était proche. À quelques pas.

— Non, dit-elle d'une voix faible, la langue pâteuse et la gorge sèche.

La plus grande peur de son fils était de la perdre à cause de son métier. Elle ne pouvait pas lui faire un coup pareil. Pour l'amour de Zeke, elle devait survivre. Il lui fallait réparer ce qui n'avait pas fonctionné entre eux, pour lui donner une chance d'avoir l'avenir qu'il méritait. Elle devait vivre vraiment, renouer avec l'amour, s'autoriser à être heureuse.

Pour elle, mais aussi pour montrer l'exemple à son fils.

Elle chercha son Glock à tâtons, le trouva, mais le laissa tomber presque aussitôt.

Son arme était là. Par terre. Quelque part... quelque part.

Elle perdait pied, elle devinait qu'elle commençait à glisser sous la surface de la conscience.

— On dirait que vous avez eu des problèmes avec votre voiture ? poursuivit-il en la narguant. Avez-vous besoin d'aide ?

Il avait sans doute tenu ce genre de discours à ses victimes, pour qu'elles le laissent s'approcher, pour les mettre en confiance. Mais avec elle il s'amusait.

Il jouait avec elle comme le chat avec une souris.

Et puis il apparut, le visage couvert par un masque de ski. Des lunettes de vision nocturne dissimulaient ses yeux. Il était vêtu d'une combinaison noire.

— Vous voulez un coup de main ? demanda-t-il en lui tendant la sienne.

Elle vit une lame briller dans son autre main. Il tenait un grand couteau de chasse.

Une profonde terreur la glaça jusqu'aux os.

Avec l'énergie du désespoir, elle se redressa et se remit à chercher son pistolet autour d'elle.

— Vous allez mourir, lui promit-elle.

— Peut-être, mais après vous, répliqua-t-il d'une voix chantante qui la fit frissonner. Et d'abord nous allons nous amuser. En tout cas, moi.

— Allez au diable.

Tout en s'efforçant de lutter contre la léthargie qui l'envahissait, elle se remit à chercher son Glock à tâtons. Cette fois, ses doigts touchèrent l'acier froid.

Elle le saisit, le brandit. Si seulement elle était capable de viser. Elle tira.

Pan, pan, pan.

Mais aucune balle ne l'atteignit. Les projectiles se plantèrent dans des troncs d'arbres voisins. *Oh non !*

— Vous perdez la main, cheffe. C'était quand même bien essayé. Je vous mets un A pour récompenser vos efforts.

— Tricheur.

Pour avoir le dessus, il avait été obligé de répandre de l'essence sur la route, de tirer sur ses pneus, de la droguer à distance. Ils ne jouaient pas à armes égales.

Lâche.

Elle leva l'arme pour tirer une autre balle, mais ses doigts ne lui obéissaient plus. Son corps devenait lourd, ses paupières se fermaient. Le sommeil l'aspirait, menaçant de l'engloutir.

— Je ne peux pas gagner… un… combat inéquitable.

Il lui arracha son arme et lui écrasa la main du pied. Elle cria de douleur. Alors qu'il relâchait la pression, les ténèbres la happèrent. Elle y sombra. La peur s'évapora, ne laissant qu'un désir désespéré de mettre fin à la vie de cet homme, si par miracle elle en avait la possibilité.

Une série de coups de feu résonnèrent dans le canyon. Daniel ralentit le rythme et s'efforça d'en localiser l'origine. Et se dirigea vers elle.

Là. Sa voiture. L'amas de tôle écrasée captait la lumière de la lune. Il promena lentement les yeux dans la montagne à proximité de l'épave. Comme il scrutait l'obscurité, il découvrit enfin Willa, étendue plus loin.

Mon Dieu. Y avait-il quelqu'un à côté d'elle ?

Le cœur serré, il se rendit compte que le tueur était au-dessus d'elle. Le cri déchirant de Willa, porté par le vent, traversa les bois et le ravagea.

Chaque muscle de son corps se tendit alors qu'une décharge d'adrénaline inondait ses veines. Son besoin de la rejoindre avant qu'il ne soit trop tard devint impérieux, écrasant. Il s'élança, courut comme un fou sur le terrain en pente. Il allait si vite qu'il avait l'impression que ses poumons allaient éclater.

Il suivit le chemin que sa voiture avait tracé en écrasant des arbustes dans sa chute. Le cœur battant à tout rompre, il accéléra encore.

S'il ne l'atteignait pas à temps...

Le souffle court, il trébucha et glissa sur plusieurs mètres, mais s'accrocha de justesse à un tronc d'arbre pour freiner sa course. Il était maintenant suffisamment proche pour distinguer la silhouette de l'agresseur.

Grand, de corpulence moyenne, il était vêtu de noir et portait des lunettes de vision nocturne.

Une peur froide noua le ventre de Daniel. Il fouilla dans la trousse d'urgence et en sortit une autre fusée éclairante.

Rapidement, il en arracha le capuchon pour l'allumer et la lança. La fusée cracha des étincelles en fusion et atterrit près de Willa et du tueur.

Aveuglé, le monstre recula comme un vampire face à la lumière.

Daniel sortit son arme de poing. Au même moment, l'hélicoptère surgit de la nuit et survola les lieux, piloté par son adjoint, Mitch Cody. Les projecteurs de l'engin étaient braqués sur le tueur.

Daniel tira. Une fois. Deux fois. Trois fois. Le troisième coup de feu projeta l'homme en avant, comme s'il avait été touché au bras gauche. Mais le prédateur s'élança sous les arbres et disparut dans la forêt.

Terrifié, Daniel se précipita vers le corps immobile de Willa. Il trébucha, se redressa. Et se jeta près d'elle.

La gorge serrée, il chercha son pouls.

Elle était vivante ! Sa respiration était faible à cause de la drogue que le tueur lui avait administrée, mais elle allait s'en sortir.

12

Allongée sur un lit aux urgences, Willa, la main dans celle de Zeke, se tourna vers Daniel :

— Tu n'aurais pas dû l'appeler, dit-elle.

Daniel lui lança un de ces regards bienveillants qui commençaient à lui plaire. Sa barbe de trois jours, elle aussi, lui plaisait de plus en plus.

— Je devais le prévenir, répliqua-t-il, soulagé de voir qu'elle reprenait des couleurs et que son regard était vif. Il méritait de savoir ce que tu venais de vivre.

Pour sa part, elle regrettait que son fils ait appris qu'elle avait failli être assassinée par un tueur en série. Il risquait d'en faire des cauchemars sa vie durant et de s'inquiéter chaque fois qu'elle serait de service.

Même si, techniquement, elle n'était pas en service lorsque ce fou furieux l'avait attaquée.

— Je suis contente qu'il me l'ait dit, maman, intervint Zeke, qui se tenait à son chevet, vêtu d'un sweat-shirt surdimensionné et d'un jean.

Les voir tous les deux réunis autour d'elle, ne se souciant que d'elle, lui fit du bien. Leur inquiétude mutuelle avait balayé les soupçons de l'un, la colère de l'autre. À ses yeux, ils n'avaient jamais été aussi beaux.

Submergée par une brusque émotion, elle sentit des larmes lui brûler les paupières, mais elle les refoula. Elle ne voulait pas s'effondrer devant eux. Il n'était pas question non plus de leur donner l'impression qu'elle avait peur. Elle avait été traquée par un malade qui avait failli la tuer. La simple idée que ce type connaisse son adresse lui donnait des sueurs froides. Son agresseur était toujours dans les parages, en liberté, et comme il savait où elle habitait il attendait sans doute l'occasion pour venir finir ce qu'il avait commencé.

Heureusement, elle ne souffrait que de blessures superficielles : un traumatisme cervical qui ne nécessitait pas de minerve, une plaie à la tempe qui avait demandé quatre points de suture de rien du tout, une luxation de l'épaule que le médecin avait réduite sans complication. La douleur persisterait sans doute plusieurs jours, mais avec une bonne dose d'antalgiques elle devrait rester supportable.

— Je suis ta mère. C'est à moi de m'inquiéter pour toi et pas le contraire. Tu comprends ? dit-elle.

Mais il était trop tard, devina-t-elle. Son fils était plus pâle que d'habitude, ses cernes plus profonds. Zeke était inquiet.

Terrifié.

Ils étaient donc deux à l'être.

Elle jeta un coup d'œil à Daniel, remarqua les rides qui creusaient son front et rectifia.

Ils étaient trois à l'être.

Zeke leva les yeux au ciel, une expression que son père avait souvent, autrefois.

— Grand-mère et toi êtes ma seule vraie famille. Dans une famille, on se soucie les uns des autres, non ?

De nouvelles larmes menaçaient ses paupières.

— Es-tu en train de me dire que tu vas désormais devenir un ange et cesser de me causer le moindre stress ? demanda Willa pour détendre l'ambiance.

Elle réussit à lui arracher un sourire. Pas un sourire à pleines dents, mais un vrai sourire.

— N'espère pas non plus deux miracles dans la même journée, répondit Zeke. Il ne faut pas abuser.

Willa et Daniel éclatèrent de rire.

— Tant que ton chauffage ne sera pas rétabli, poursuivit-elle, je préfère que tu ailles habiter chez ta grand-mère.

— Pourquoi ? Suis-je vraiment obligé d'y aller ?

À son expression, elle aurait pu croire qu'elle l'envoyait au séminaire et non chez son aïeule, qu'il ne devrait accompagner à l'église qu'une fois par semaine.

— Tu ne vas pas travailler ce soir, n'est-ce pas ? ajouta-t-il. Pas après ce qui s'est passé.

Elle glissa un œil de biais à Daniel pour lui demander son aide. Son fils n'avait pas besoin de tout savoir, mais elle allait, évidemment, reprendre l'enquête au plus vite.

Daniel donna à Zeke une réponse qui la surprit :

— Tu as raison, dit-il. Je suis le petit ami de ta mère.

À ces mots, elle écarquilla les yeux tandis que son fils en restait bouche bée.

— Après cet incident, je vais m'arranger pour être plus présent et elle va avoir besoin de beaucoup de repos au cours des prochains jours, poursuivit Daniel.

Zeke hocha la tête.

— Oui, bien sûr.

Comme son fils détournait les yeux, elle regarda Daniel, les sourcils froncés et les mains ouvertes pour lui demander ce que signifiait ce petit laïus.

Mais, sans répondre, il se contenta de hausser les épaules.

Elle reprit donc :

— Dès que je serai totalement rétablie et que j'aurai bouclé cette enquête, les choses reviendront à la normale. D'accord ?

Comme il ne répondait pas, elle répéta :

— D'accord ?

— J'ai compris.

Il la dévisagea d'un air qui lui rappela son père.

— De toute façon, j'irai payer ma facture de gaz demain, donc le problème est pratiquement réglé. Mais je n'ai pas envie que tu me mentes, que tu me fasses croire que tout va bien alors que tu es en danger. Je suis majeur et vacciné, maman. Je suis capable de gérer. Cesse de me traiter comme un enfant.

Willa sentit sa gorge se serrer.

— Il ne serait pas prudent pour toi de vivre chez moi actuellement. Pas ces jours-ci, en tout cas.

— Alors il n'est pas prudent pour toi d'y vivre non plus.

— Je suis d'accord, intervint Daniel.

Elle n'avait pas envie qu'ils se liguent contre elle.

— Je n'ai pas encore réfléchi à la logistique, dit-elle. Mais...

— Tu peux t'installer chez moi, proposa Daniel.

Zeke le regarda.

— Ou chez grand-mère, suggéra-t-il. Si j'avais un lit d'appoint dans ma caravane, tu serais la bienvenue.

Il n'était pas question qu'elle aille chez Irène.

— Pour le moment, il serait dangereux que je vive avec ma famille, dit-elle. Je ne ferais que vous exposer au danger.

Ce monstre ne rencontrerait aucune difficulté à la retrouver. Il lui suffirait de la suivre à la sortie du poste de police ou du bureau du shérif. Tant qu'ils ne l'auraient pas arrêté, son cauchemar ne cesserait pas.

Zeke lui serra plus fort la main et elle remarqua l'ombre qui traversa les yeux de Daniel.

— Tu vas retourner travailler tout de suite ? demanda son fils.

— Il le faut. Un tueur est toujours en liberté et nous devons le coincer avant qu'il n'attaque quelqu'un d'autre.

Daniel haussa un sourcil.

— Je crois qu'un shérif est sur l'affaire.

— Insinues-tu que tu n'as pas besoin de moi ?

— Non, répondit-il en secouant la tête. Je n'ai jamais dit ça.

Et elle comprit qu'il ne parlait pas uniquement de l'enquête.

— Je dis simplement que tu devrais te reposer un peu et récupérer. Tu as traversé… une épreuve.

— Je suis d'accord avec lui, maman.

Il n'en était pas question. Elle appuya sur le bouton pour appeler une infirmière. Il était temps de sortir de cet hôpital. Le jour n'allait pas tarder à se lever et elle voulait se préparer.

— Rester assise à regarder la télé ou à me tourner les pouces ne me fera aucun bien, dit-elle. Ni ne fera avancer l'enquête. Or, il nous faut à tout prix aboutir, démasquer ce type. Physiquement, je vais bien. Même le médecin a dit que je n'avais pas besoin d'arrêt maladie.

Le visage de Daniel s'assombrit lorsqu'il comprit ce qu'elle ne disait pas. Elle n'arrêterait pas tant qu'ils n'auraient pas identifié et capturé le tueur qui avait commis l'erreur de l'attaquer.

La porte s'ouvrit et une infirmière apparut.

— Avez-vous besoin de quelque chose ? demanda-t-elle.

— Oui. J'aimerais être libérée dès que possible, dit Willa. Le médecin m'a autorisée à partir et je voudrais m'en aller sans attendre.

— Je vais voir s'il a signé les papiers de sortie, cheffe. Et je reviens vous retirer votre perfusion.

— Merci. J'apprécie.

Comme l'infirmière s'en allait, Zeke serra les mâchoires.

— Maman, pourquoi exerces-tu ce métier ? Je sais que la société a besoin de policiers pour assurer la sécurité de tous et pour garantir l'ordre public. Mais pourquoi continues-tu en sachant à quel point il est dangereux pour toi ?

— Tu es issu d'une longue lignée de flics, chéri. Quand j'étais un peu plus jeune que toi, je m'étais juré de ne jamais entrer dans la police. J'ai longtemps résisté. Mais j'ai fini par céder au destin. Ce métier est fait pour moi. Il me plaît, il fait partie de moi. Il me rend heureuse.

Il l'examina, allongée sur le lit d'hôpital.

— Tu n'as pas l'air très heureuse, répliqua-t-il. Et je ne parle pas de maintenant, mais de façon générale.

Bien sûr, il avait remarqué qu'elle ne vivait qu'à moitié.

— J'ai prévu des changements, dit-elle. Je vais cesser de me priver des petits bonheurs et des grands plaisirs de la vie. Ils n'ont rien à voir avec mon travail, mais me remplissent de joie.

Elle jeta un coup d'œil à Daniel, qui lui sourit.

— Je sais que tu étais heureux à Shining Light, dit-elle à son fils. Mais j'aimerais que tu essayes de l'être ici aussi.

En soupirant, Zeke baissa la tête.

— Oui, bien sûr. Mais les derniers temps ont été... durs.

Elle comprenait mieux qu'il ne l'imaginait.

— Il n'est pas simple de changer, de s'adapter à une nouvelle donne. Mais c'est possible. Et demander de l'aide ne fait pas de mal, ajouta-t-elle en lui tendant la main.

Son fils mêla ses doigts aux siens.

Elle y vit un progrès. Si avoir frôlé la mort avait été l'élément déclencheur pour les rapprocher, elle n'avait rien à regretter.

Elle regarda Daniel. Son sourire en coin l'émut au ventre. Elle se demanda soudain si ce sourire marquait le début de quelque chose de merveilleux qui pourrait durer.

En tout cas, elle avait envie de tenter le coup.

Le lendemain, Daniel essaya de se comporter comme si rien n'avait changé. Mais en réalité plus rien n'était pareil. Tout était différent.

Il s'était enfin avoué la profondeur de ses sentiments pour Willa. Sa beauté, sa sensualité et sa force intérieure l'avaient d'abord charmé. Mais elle était bien davantage qu'une jolie fille. Elle avait l'esprit vif, la silhouette d'une athlète et un sens de l'humour qui ne manquait jamais de le déstabiliser.

Cerise sur le gâteau, elle semblait disposée à tenter l'aventure avec lui. Non seulement elle avait accepté de vivre avec lui pour le moment, mais surtout elle avait dit la vérité à son fils. Elle avait un petit ami et l'assumait. Le niveau d'hostilité de Zeke était passé de « alerte générale » à « mesures de sécurité renforcées », ce qui était un grand progrès.

Tout semblait idyllique.

Seule ombre au tableau – et elle était de taille –, Willa, la cheffe de la police, était devenue une proie.

Il n'allait pas se mentir, il n'en avait pas fermé l'œil de la nuit, même s'il avait veillé à ce que Willa puisse dormir en toute sécurité dans son ranch.

— Parle-moi de la théorie que tu voulais me présenter hier soir, lui dit-il dans son bureau.

Willa avait l'air en pleine forme pour une femme qui avait failli mourir la veille au soir. Son épaule restait douloureuse, mais elle avait pris des antalgiques. Dans l'ensemble, son moral était bon. Il espérait seulement qu'elle ne jouait pas la comédie de la femme qui va bien pour le préserver. Il n'avait pas besoin d'être protégé.

— J'ai repensé à la colère de Zeke lors de l'interrogatoire, dit Willa. Quand il a parlé de McCoy et de son désir que ce dernier souffre autant que lui-même avait souffert.

— Beaucoup de gens en ville ressentent la même chose que lui. Nous avons croisé plusieurs personnes qui lisaient les journaux et se réjouissaient ouvertement d'apprendre que le gourou avait été arrêté.

— Je ne parlais pas du plaisir ressenti par certains au spectacle du malheur d'autrui. McCoy a profondément blessé Zeke lorsqu'il l'a mis à la porte du paradis. J'ai senti chez lui une insondable souffrance. Et je me demande si le tueur n'éprouve pas des sentiments similaires.

— S'il s'agissait d'un imitateur, je pourrais l'admettre, répondit Daniel. Mais comment expliques-tu que le Holiday Elk Horn Killer se soit arrêté de tuer, il y a cinq ans ?

— Parce qu'il est arrivé à Shining Light. Peut-être, au départ, cherchait-il surtout à s'y cacher. Mais au bout d'un moment il a commencé à y croire. McCoy a fait des merveilles avec Zeke. Il est possible qu'il ait eu le même effet sur le Holiday Killer. Mais ensuite quelque chose s'est produit, il y a quelques mois, et il a été renvoyé de la secte. Et maintenant il est très en colère, assoiffé de sang, et veut se venger. Avec ces nouveaux meurtres, il s'attaque à McCoy et à son mouvement. Voilà pourquoi, cette fois, il cible les femmes ayant été affiliées à Shining Light.

Tout en sirotant son café, Daniel se pencha en avant.

— Mais nous avons déjà examiné la liste des Déchus renvoyés cette année avant l'assassinat de Beverly Fisher.

Elle hocha la tête, mais poursuivit avec un sourire entendu.

— Et s'il existait une autre catégorie de personnes qui ont été mises à la porte du paradis, mais qui ne font pas partie des Déchus ?

— Tu me poses une colle, là, dit-il.

— Exactement. N'as-tu pas l'impression que, si nous pouvions la résoudre, nous obtiendrions toutes nos réponses ? demanda-t-elle. Il nous manque un décodeur, le décodeur Shining Light. J'appellerais bien Mercy, mais je ne sais pas si elle serait partante.

Daniel regarda l'open space. Comme s'il suffisait de prononcer son nom pour la faire apparaître, Mercy poussait la porte du bureau du shérif.

— Pourquoi ne pas lui poser la question ? dit-il.

Mercy sourit.

— Bonjour, shérif Clark. Bonjour, cheffe Nelson.

Elle portait un jean bleu et un pull mauve.

Même si elle avait quitté l'enceinte et abandonné son règlement depuis plus d'un mois, et n'était donc plus obligée de porter uniquement du blanc, il était encore étrange de la voir habillée dans d'autres couleurs.

— Que faites-vous ici ? demanda Willa. Je parlais justement de vous.

— Je suis venue voir mon père. Il m'a appelée hier soir et demandé de lui rendre visite. Pourquoi parliez-vous de moi ?

— Je disais que nous avions besoin d'un décodeur Shining Light pour réussir à poser les bonnes questions.

Mercy entra dans le bureau.

— Puis-je vous aider ?

— Peut-être. Y a-t-il déjà eu des personnes qui ont été renvoyées de l'enceinte, à qui votre père avait refusé le droit de rester au paradis, mais qui ne sont pourtant pas considérées comme des Déchus ? Je ne parle pas de ceux qui n'ont fait qu'y passer, qui ne cherchaient que trois repas chauds et un lit pendant l'hiver. Mais de véritables adeptes qui n'étaient pourtant pas des Starlight.

Mercy s'assit sur la chaise à côté de Willa, face au bureau.

— Bien sûr, dit-elle. Cela arrive, mais c'est rare.

— Que voulez-vous dire ? demanda Daniel.

— Les nouvelles recrues sont en général autorisées à rester aussi longtemps qu'elles le souhaitent dans l'enceinte, sans aucune pression pour prononcer leurs vœux. Pendant qu'elles vivent avec nous, elles apprennent nos voies, découvrent la Lumière, se voient confier une fonction dans l'enceinte et sont formées en conséquence.

Daniel sortit son calepin et consulta ses notes.

— Sont-elles encore vêtues de bleu, la couleur des novices ?

— Pas lorsqu'elles sont avec nous depuis un an ou plus, répondit-elle, comme si la question était idiote. À ce moment-là, elles sont intégrées à la communauté. Les seules fonctions qu'elles ne peuvent pas exercer sont celles de dirigeants et de membres du conseil. Quand une personne a décidé qu'elle était prête à prononcer ses vœux, elle passe par sa séance de mue intérieure avec Empy… avec mon père, corrigea-t-elle. Et parfois, mais c'est rare, il voit trop de ténèbres dans le cœur d'un candidat pour lui permettre de rester. Cette personne est alors chassée mais, comme elle n'avait pas prononcé ses vœux, elle n'était pas une Starlight, et n'est donc pas cataloguée comme faisant partie des Déchus.

Daniel échangea un regard avec Willa. À la vue de ses yeux brillants et animés, il comprit qu'elle partageait la même excitation que lui.

Willa s'empara du registre qu'elle avait récupéré dans le garage de la secte.

— Ce cahier répertorie non seulement les conducteurs chargés de déposer les exclus à la gare routière, mais aussi leurs passagers. Nous avions écarté ceux qui étaient en transit, qui n'avaient jamais prononcé leurs vœux, parce qu'ils n'avaient sans doute voulu que profiter d'un hébergement à peu de frais, pendant quelque temps. Mais nous n'avions pas conscience que certains d'entre eux, peu nombreux, avaient construit leur vie dans l'enceinte et étaient prêts à s'y engager. Jusqu'à ce que McCoy les en juge indignes et les chasse de Shining Light. Ils ont alors le sentiment d'avoir tout perdu. Ils n'ont plus ni toit, ni famille, ni but. Ils se retrouvent à l'extérieur du paradis sans rien. Seuls et en colère. Je parie que l'un d'eux est notre tueur.

Elle tourna le registre vers Mercy.

— Reconnaissez-vous des noms qui correspondent aux critères de la personne que nous recherchons ?

— Jusqu'où voulez-vous que je remonte ? demanda-t-elle.

Ils avaient examiné les noms sur une année, mais aller un peu plus loin ne ferait pas de mal.

— Regardez les noms des deux dernières années, répondit Daniel en lui tendant un stylo.

— Pouvons-nous vous apporter quelque chose ? proposa Willa. Café, thé, soda ?

— Un peu d'eau ?

Willa était sur le point de se lever lorsque Daniel lui fit signe de rester assise. En principe, elle aurait dû être au repos, à la maison, elle n'allait pas en prime faire le service.

Il alla chercher à Mercy une bouteille d'eau et la lui tendit.

En se rasseyant, il devint extrêmement conscient de l'horloge qui égrainait les minutes, de la nervosité de Willa qui faisait les cent pas, de la tension qui durcissait les traits de Mercy alors qu'elle tournait lentement les pages et parcourait des yeux la liste de noms.

Pour s'occuper, il sortit un dossier en souffrance. Il se demandait s'il avait le temps d'effectuer une tâche complète.

Mais lorsque Mercy referma le cahier il fut soulagé qu'elle ait été si rapide.

Elle but une longue gorgée d'eau et lui tendit le calepin.

Willa le lui arracha pratiquement des mains.

— En êtes-vous sûre ? s'écria-t-elle en voyant qu'elle n'avait écrit qu'un seul nom.

Un seul ?

Mercy hocha la tête.

— Sûre et certaine, dit-elle, confiante. Mon père a écouté des centaines et des centaines de confidences, de confessions, des personnes cherchant à se libérer de leurs fardeaux pour muer et s'engager pleinement dans le mouvement. Tous ceux qui viennent chez nous ont des ombres, des côtés sombres. Mais nous, euh, mon père sait que la Lumière est capable de miracles, de transformer la plupart des individus, de changer leurs cœurs, de sauver leurs âmes. Comme je l'ai dit, il est rare qu'il refuse à quelqu'un de prononcer ses vœux et de rejoindre la communauté.

Willa s'assit à côté de Mercy.

— Combien de temps est-il resté dans l'enceinte ?

La jeune blonde y réfléchit.

— Mon père venait de m'annoncer mon vingt et unième anniversaire quand cet homme, arrivé depuis peu, s'est approché de moi. Il m'a dit qu'il m'aurait bien proposé d'aller fêter l'événement dans un bar. J'ai trouvé le commentaire inconvenant.

— Il est donc resté là-bas pendant au moins quatre ans, en déduisit Willa. Cela colle avec les dates des meurtres du Holiday Killer. Dans quel domaine travaillait-il ?

— À la sécurité, répondit Mercy.

— Il avait donc le code du hangar où chacun laisse ses affaires du monde extérieur et a pu voler la bague de Zeke, dit Willa. Et la planter sur la scène de crime pour orienter les soupçons sur lui.

— Comment s'appelle-t-il ? demanda Daniel.

Il allait demander à tous les adjoints disponibles de le retrouver, de chercher où il vivait et travaillait. Puis ils l'arrêteraient et mettraient fin à ce cauchemar.

Willa tourna le calepin vers lui.

Simon Yates.

13

Ils partirent à trois voitures. Willa était assise sur le siège passager du véhicule de tête avec Daniel au volant. Deux autres SUV du shérif les suivaient. S'ils avaient tous allumé leurs gyrophares, ils n'avaient pas mis leurs sirènes.

— Je n'arrive pas à croire que Simon Yates soit le coupable, dit-elle. Il était là, sous nos yeux, depuis le début, mais nous ne l'avons jamais soupçonné. Comme quoi chercher midi à quatorze heures n'est pas la bonne méthode.

Elle se demandait si cette tendance à vouloir compliquer les choses était inhérente à la nature humaine ou intrinsèque au métier de policier. Comme si la difficulté de parvenir à un résultat donnait plus de valeur à ce dernier.

— Il cochait pourtant toutes les cases et surtout il travaille comme concierge à l'église, juste en face de la gare routière, répondit Daniel. Il était donc aux premières loges pour voir chaque Starlight déchue y être déposée par la camionnette Shining Light. Il lui était également facile de repérer les caméras de surveillance installées près de la gare routière pour savoir précisément où se placer pour ne pas être capté par leurs objectifs.

Yates avait en revanche commis l'erreur de négliger les caméras de surveillance du parking du supermarché situé à côté de la gare routière. Elles filmaient aussi la soupe populaire et l'église. Les enregistrements montraient non seulement Yates en train d'aborder les trois victimes mais, sur d'autres images, il entraînait Gemma

Chavez dans l'église. La malheureuse n'en était jamais ressortie. Ni par les portes d'entrée ni par les portes latérales. Aucune caméra de surveillance ne se trouvait à l'arrière du lieu de culte.

Daniel frappa le volant.

— Et dire qu'après son expulsion Simon Yates a d'abord ciblé Beverly Fisher, la jeune toxicomane qui avait été déposée à l'église.

— Simon n'avait alors quitté l'enceinte que depuis un mois et travaillait à l'église depuis trois semaines. Sa colère et sa frustration devaient être encore très vives, comme celles de Zeke maintenant. Il a sans doute songé au meurtre dès qu'il a vu Beverly descendre de la camionnette. Puis pendant sept mois il a ciblé les autres victimes, les a traquées, a appris leurs routines et leurs habitudes avant de les tuer. Imagines-tu la patience et l'organisation qu'il a dû déployer pour planifier ces assassinats ?

Pour sa part, depuis la veille au soir, elle mesurait très bien de quoi Yates était capable.

— Il n'a pas respecté le même mode opératoire avec Gemma Chavez qu'avec les autres, poursuivit-elle. Mais même avec elle il a fait preuve de rapidité et de réactivité. Et surtout de discrétion. Personne n'a remarqué son manège.

— Tout le monde le considérait comme le concierge. Il faisait partie du décor. Personne ne faisait particulièrement attention à lui. Pas même nous. Voilà pourquoi il n'a jamais été inquiété.

— Le père O'Neill est sans doute très loin de se douter qu'il a permis à un tueur de vivre gratuitement dans le sous-sol de l'église. Yates avait sa clé et pouvait aller et venir à sa guise.

Ils s'arrêtèrent devant l'édifice religieux situé en face de la gare routière. Cette dernière servait de plaque tournante aux cars qui se rendaient à l'université ainsi qu'aux bus Greyhound et Amtrak. Daniel se gara devant l'entrée principale pendant que les adjoints se postaient devant les autres sorties. Ils s'assuraient ainsi que Yates ne leur échapperait pas s'il tentait de s'enfuir par une porte latérale.

À la vue des forces de l'ordre, les suspects avaient tendance à détaler par instinct de survie. Plus leur crime était grave, plus le risque était élevé.

— As-tu vraiment envie d'y aller, Willa ? demanda Daniel avec inquiétude. Il n'y a aucune honte à faire partie de l'équipe de secours.

Aucune honte pour lui. Pour elle, ce n'était pas une option.

— N'essaye pas de m'écarter.

Willa se sentait capable de gérer une course-poursuite. Son épaule douloureuse ne l'empêcherait pas de courir, même si neutraliser le suspect s'avérerait sans doute plus délicat. Mais pas impossible. D'ailleurs, le médecin l'avait autorisée à continuer à travailler.

Daniel avait pris des mesures pour éviter que Yates ne résiste ou ne tente de s'enfuir. Six hommes bloquaient toutes les sorties.

De plus, l'heure de la journée était idéale pour ce genre d'intervention. L'église était ouverte, mais aucune messe n'était programmée. Et la soupe populaire voisine n'ouvrirait pas ses portes avant deux bonnes heures.

Dès que les deux autres équipes eurent annoncé par radio qu'elles étaient en position, Daniel déclara :

— C'est parti.

L'arme au poing, Daniel et Willa pénétrèrent par l'entrée principale. Ils avaient un visuel sur Russo et Livingston. En revanche, ils ne voyaient pas Cody et l'autre adjoint, les deux hommes étant postés de l'autre côté de l'église.

Le père O'Neill lisait les Évangiles, assis sur un banc. En les voyant, il se leva d'un bond.

— Que signifie cette intrusion ?

— Simon Yates, dit Daniel. Où est-il ?

O'Neill hésita.

— Que lui voulez-vous ? Simon est un brave homme, gentil et travailleur. Que lui reprochez-vous ? Il s'agit sans doute d'un malentendu.

Willa fut tentée de prendre le père O'Neill à l'écart et de lui asséner la triste vérité, mais l'urgence était ailleurs. Ils lui expliqueraient tout plus tard.

— Où est-il ? répéta Daniel.

— Au sous-sol. Ne lui faites pas de mal, je vous en prie.

Allez dire ça aux sept femmes qu'il a sauvagement assassinées.

Daniel atteignit la porte le premier et lui fit signe des yeux. Willa tourna lentement la poignée avant de lui adresser un bref signe de tête.

Elle poussa alors le battant et ils découvrirent un escalier. Daniel le descendit le premier, Willa sur les talons. Livingston les suivait. Les trois autres adjoints restèrent à l'étage près des portes, au cas où Yates leur échapperait et réussirait à remonter.

Il ne sortirait pas de cette église.

Ils parvinrent devant un long corridor. D'un geste, Daniel envoya Livingston l'inspecter sur la gauche. Sans bruit, l'adjoint ouvrit les pièces du fond, jeta un œil à l'intérieur et les referma en secouant la tête.

Ils entendirent alors une chasse d'eau de l'autre côté, sur la droite. Tous trois pivotèrent pour se concentrer sur les toilettes au bout du couloir.

La porte s'ouvrit et un homme apparut, un magazine à la main. Âgé d'une trentaine d'années, il était grand et robuste.

— Simon Yates ? lança Daniel.

À la vue des armes braquées sur lui, Yates laissa tomber sa revue et courut dans une pièce, dont il claqua la porte derrière lui.

Tous trois s'élancèrent à sa poursuite. Lorsqu'ils y entrèrent à leur tour, Yates n'y était plus.

Visiblement le sous-sol de l'église était constitué d'une enfilade de salles ouvrant les unes sur les autres.

Ils découvrirent un espace confortable dont Yates se servait sans doute comme chambre à coucher. Il y avait un lit de camp, un sac de couchage, des magazines et des articles de toilette.

Il donnait sur un petit couloir plongé dans la pénombre.

Willa détestait les endroits sombres parce qu'un suspect pouvait y être dissimulé dans un coin, une arme à la main.

Livingston le devina et prit les devants. Avançant avec prudence, il passa la main le long du mur, trouva l'interrupteur et fit jaillir la lumière.

Aucun signe de Yates.

Ils coururent vers la pièce voisine. La porte était fermée. Willa l'ouvrit d'un coup sec. Il faisait également noir à l'intérieur, mais au bruit et à la température ambiante elle devina qu'il s'agissait de la chaufferie.

Elle pressa un bouton sur le mur et alluma. Yates n'était nulle part en vue mais, comme c'était la dernière salle, il se cachait forcément quelque part à l'intérieur.

Tous trois entreprirent de fouiller les lieux, d'éclairer les recoins et d'examiner l'arrière des équipements.

La première, elle aperçut l'ouverture dans le mur derrière la chaudière. Une plaque d'acier de la taille d'une porte avait été retirée. Elle fit signe aux deux autres.

Elle saisit sa lampe torche et promena le faisceau lumineux à l'intérieur.

Il s'agissait d'un tunnel.

Daniel jeta un coup d'œil et activa sa radio.

— Le suspect s'est enfui à pied en empruntant ce qui ressemble à un ancien tunnel de contrebande utilisé pendant la prohibition. Russo, essayez de découvrir où conduit celui-ci. Cody, lancez un avis de recherche. Le suspect est blanc, 1,80 m. 80 kilos. Cheveux roux. Yeux bleus. Nous sommes à sa poursuite.

Il se glissa à l'intérieur, Livingston et Willa le suivirent.

Ils entendaient des pas résonner devant eux dans l'obscurité.

Yates prenait la fuite.

Leur lampe torche dans une main, leur arme dans l'autre, ils s'élancèrent tous les trois dans le tunnel.

Traversée par une décharge d'adrénaline, Willa, plus déterminée que jamais, ne ressentait plus aucune douleur.

Daniel courait à perdre haleine derrière Yates. Willa le talonnait mais, comme il ne l'entendait pas, Livingston était sans doute un peu à la traîne.

Arrivés à une bifurcation, ils durent choisir. Droite ou gauche ? Il ferma les yeux, tendit l'oreille et s'efforça de détecter les pas du suspect par-dessus les battements de son propre cœur.

— À droite, dit Willa en se précipitant dans cette direction.

Au cas où elle se tromperait, il ordonna à Livingston de suivre la galerie de gauche parce qu'il n'était pas question de laisser Willa seule.

Ils se ruèrent dans le tunnel. Contrairement à eux, Yates n'avait pas de lampe de poche et cavalait dans le noir, mais il était rapide. Il connaissait déjà les lieux. Il avait sans doute utilisé ce réseau souterrain pour orchestrer ses crimes.

Quand il aperçut un éclat de lumière devant eux, Daniel comprit qu'ils arrivaient au bout du boyau.

Pressé, Yates avait laissé la porte entrouverte. En la poussant, Daniel se préparait à une attaque violente ou à un coup fourré.

Mais rien ne se passa, ce qui signifiait que Yates galopait toujours.

Ils découvrirent une autre chaufferie, qui donnait sur une autre pièce aux murs nus. Au départ, ils ignoraient où ils se trouvaient. Mais dans la salle voisine, à la vue des milliers de livres stockés, ils comprirent qu'ils étaient dans le sous-sol de la bibliothèque universitaire.

Le tunnel débouchait donc sur le campus.

Daniel entraîna rapidement Willa jusqu'au rez-de-chaussée puis dans le hall d'entrée.

Ils aperçurent Simon qui en poussait les portes pour se précipiter à l'extérieur. Il allait se fondre au milieu des étudiants et risquait de disparaître à jamais. Ils devaient se dépêcher pour ne pas le perdre.

Ils se faufilèrent entre les petits groupes qui bavardaient dans le hall et s'élancèrent à leur tour vers les portes. Dehors, ils se tournèrent dans toutes les directions, à la recherche du suspect.

— Là ! cria Willa.

Yates fonçait droit devant lui sans se soucier de bousculer ceux qui se mettaient en travers de son chemin. Daniel comprit qu'il se dirigeait vers Hall Watson, un bâtiment de douze étages qui abritait des chambres. Yates y entra telle une tornade.

Sans ralentir, Daniel alluma sa radio.

— Le suspect se trouve sur le campus, dit-il, le souffle court. Il vient de pénétrer dans Hall Watson.

Ils franchirent la porte et scrutèrent le hall d'entrée. Où était-il ?

Daniel se souvint soudain de l'existence d'un passage souterrain qui reliait Hall Watson à l'immense restaurant universitaire pour permettre aux étudiants de s'y rendre en hiver.

Mais quand il aperçut Yates ce dernier courait dans la direction opposée. Il passa devant la rangée d'ascenseurs et ouvrit la cage d'escalier.

Ils se précipitèrent derrière lui. Quand ils franchirent à leur tour la porte, ils le virent monter les marches quatre à quatre, en repoussant sans ménagement contre le mur les élèves qui descendaient.

Il y avait trop de monde dans l'escalier pour tirer.

Pourquoi n'étaient-ils pas plus nombreux à prendre l'ascenseur ? songea Daniel.

— Dégagez le passage ! cria-t-il aux étudiants qui restaient figés sans comprendre ce qui se passait.

Ses cuisses étaient en feu, ses muscles le brûlaient.

Ils poursuivirent Yates jusqu'en haut. Plus ils montaient, plus les élèves se raréfiaient dans la cage d'escalier.

Les derniers étages étaient déserts. Il n'y avait plus que le suspect et eux.

— Police ! Arrêtez-vous ! ordonna Daniel.

Il fit feu, mais le gars continua de grimper. Lorsqu'il parvint au sommet du plus haut bâtiment du campus, il ouvrit la porte qui donnait sur le toit et la claqua derrière lui.

Quelques instants plus tard, Daniel et Willa y arrivèrent à leur tour.

Ils furent accueillis par un profond silence. Ils n'entendaient que les hurlements du vent.

Il y avait trop d'endroits où se cacher. Yates pouvait se trouver derrière l'une des cheminées ou l'une des nombreuses unités de climatisation. Il y en avait sur toute la longueur du toit.

— Nous allons l'avoir, murmura Willa d'une voix féroce.

Daniel hocha la tête. Capturer ce type était son souhait le plus cher. Immobile, il tendit l'oreille, à l'affût du moindre son, du plus petit bruit qui trahirait la présence de Yates.

Là. Il perçut un halètement à quelques mètres. D'un geste, il en informa Willa.

Ils s'avancèrent à pas de loup sur le gravier du toit. Ils approchaient quand Yates bondit devant eux comme un diable hors de sa boîte.

Il s'enfuit en zigzaguant pour ne pas se faire tirer dessus.

Daniel chargea, le rattrapa et se jeta sur lui. Ils luttèrent un moment, s'envoyèrent des coups de genou, des coups de poing, chacun essayant de prendre l'avantage. Daniel finit par lui frapper la tête contre le caisson métallique d'un climatiseur.

Mais au même moment Yates lui lança un coup de poing dans le ventre. Traversé par une vive douleur, Daniel le lâcha.

Comme ils se relevaient tous les deux en chancelant, Willa pointa son arme sur le suspect.

— Ne bougez plus ! cria-t-elle.

Tout en levant les mains, Yates, qui était près du bord, recula pour s'en rapprocher encore.

— Sinon quoi ? répliqua-t-il.

— Sinon je vous envoie directement en enfer, dit-elle.

— Je suis déjà en enfer, dit-il avec un sourire. Depuis que Marshall m'a chassé. Voulez-vous m'y accompagner ?

— Vous avez déjà essayé de me tuer, hier soir, répondit Willa. Vous n'en aurez plus l'occasion. Plus jamais.

Le type fronça les sourcils. La confusion déformait ses traits.

— Essayé quoi ?

Le souffle court, Daniel s'avança vers lui tout en s'emparant de ses menottes.

— Inutile de jouer les imbéciles. Nous savons que c'est vous qui l'avez attaquée, hier soir, espèce de monstre. Vous avez assassiné sept femmes, mais c'est terminé. Et vous allez croupir en prison pour le restant de vos jours.

Yates recula un peu plus vers le bord.

Que faisait-il ?

Daniel s'immobilisa pendant que Willa gardait son arme pointée sur lui.

— Vous pensez que j'en ai tué sept ? lança Yates avec un sourire sinistre. J'aurais bien aimé afficher un tel palmarès et *il* aurait été fier de moi. Mais je ne peux en revendiquer que trois.

Bon sang.

Il y avait bien eu *deux* tueurs, finalement.

— Il ? De qui parlez-vous ? demanda Willa.

— Du chasseur, répondit Yates. Je l'ai réveillé. Ou peut-être est-ce vous, ajouta-t-il en regardant Willa. De toute façon, s'il a essayé de vous tuer hier soir, il reviendra. Il ne s'arrêtera pas avant d'avoir goûté votre sang et poignardé votre joli petit cœur.

Pas si je peux l'en empêcher, pensa Daniel avec un regain de fureur. Ce type était le Starlight Killer. Un imitateur du premier assassin qui avait perpétré ses crimes il y a cinq ans. Ce qui signifiait que ce dernier – *le chasseur* –, qui s'était attaqué à Willa, courait toujours et, caché dans l'ombre, attendait une autre occasion de frapper.

Le cauchemar n'était pas fini. Et il ne le serait jamais tant qu'ils n'auraient pas identifié et arrêté le premier tueur. Et pour de bon.

— Nous pouvons négocier un deal, un accord, dit Daniel, prêt à tout pour pousser Simon à coopérer. Si vous nous livrez le nom du chasseur, vous échapperez à la prison à vie. Vous écoperez d'une peine plus légère. Dites-nous simplement qui il est.

Yates recula encore. Il était tout près du rebord, à présent.

— Ne vous inquiétez pas. C'est lui qui la trouvera. Et vous avez raison. Passer le reste de mes jours en prison ne me dit rien.

Sur ces mots, Simon Yates ouvrit grand les bras et se laissa tomber dans le vide.

— Non ! cria Willa en s'élançant pour le rattraper.

Mais Daniel la saisit par les épaules et la tira en arrière.

Elle se tourna, lui faisant face.

— Il nous le fallait vivant ! Nous avions besoin qu'il nous dise qui est le chasseur pour pouvoir en finir avec ces meurtres.

— Si Yates ne s'était pas suicidé et nous avait donné l'identité du chasseur, cela nous aurait facilité le travail, c'est vrai. Mais, facile ou pas, nous allons continuer. Tu m'entends ? Je ne m'arrêterai pas tant que nous n'aurons pas trouvé et jeté en prison ce fumier.

14

Dans le bureau du shérif, Willa tournait en rond, incapable de se débarrasser de l'angoisse dont elle était la proie. Elle se sentait à cran.

Sur le toit de Hall Watson, quand Yates avait parlé du chasseur qui viendrait la chercher, *pour goûter son sang et poignarder son joli petit cœur*, elle avait eu l'impression d'un vent glacé soufflant sur son âme.

Comment ce type avait-il osé lui lancer de telles horreurs avant de se jeter dans le vide comme un lâche ? Pensait-il qu'elle allait à présent se cacher chez elle, recroquevillée dans un coin, et vivre dans la crainte permanente qu'un tueur en série ne vienne la chercher ?

J'ai réveillé le chasseur. Ou peut-être est-ce vous, avait dit Simon.

Un frisson la parcourut, mais elle refusa d'y accorder de l'importance.

Il n'était pas question de laisser son esprit s'aventurer sur ce terrain sombre et tortueux. Croire que les monstres finissaient toujours par l'emporter ou qu'elle en avait provoqué un était dangereux.

Daniel revint au bureau avec Mercy, qui lui tendit une tasse.

Willa but une gorgée du breuvage et grimaça. Ce n'était pas du café.

— Qu'est-ce que c'est ?

— De la camomille au miel, répondit Mercy. Cela vous calmera.

Willa posa la tasse sur le bureau.

— Je ne veux pas me calmer, lança-t-elle. Je veux retrouver le type qui m'a sortie de la route et m'a traquée comme un animal.

— Calmer ton anxiété ne t'empêchera pas de le faire, répliqua Daniel. Essaye au moins.

Les sourcils froncés, Willa reprit la tasse et se força à en avaler une autre gorgée. La tisane lui parut toujours aussi écœurante, mais elle s'obligea à la boire.

— Revenons à l'enquête, dit-elle. Quelle est l'idée ?

— En roulant vers mon bureau, après le suicide de Simon Yates, dit-il, je me suis remémoré nos théories à propos de l'identité du tueur. Et je crois que nous avions tous les deux raison.

— Nous partions pourtant d'hypothèses radicalement différentes et voilà d'ailleurs pourquoi nous n'étions pas parvenus aux mêmes conclusions, répondit-elle.

— En effet, je croyais que le tueur était quelqu'un qui avait été chassé de l'enceinte, était en colère et voulait se venger. Notre Starlight Killer s'est avéré être Simon Yates. Et toi tu pensais que le tueur était membre de la secte, qu'il s'y cachait depuis des années et vivait à l'écart du reste du monde, loin des radars. Je suis persuadé que c'est ce que fait le chasseur. Et, comme tu le disais, Shining Light est pour lui la planque parfaite.

Willa se pencha vers lui avec intérêt.

— Aujourd'hui, la secte doit nous fournir la liste de personnes qui vivent dans l'enceinte depuis des années, mais qui n'ont toujours pas prononcé leurs vœux.

— Elle contiendra plusieurs noms, prévint Mercy. Au moins dix.

Le nombre semblait élevé.

— Et en fin de compte où nous mènera-t-elle ? demanda Daniel d'un ton découragé qui provoqua un regain de colère chez Willa. Quand nous les interrogerons, le coupable mentira et s'en tirera. Nous ne pourrons rien prouver et tu seras toujours en danger.

— Je refuse de baisser les bras, protesta-t-elle.

— Il n'en est pas question, assura-t-il. Et si je te disais qu'il existe un moyen non seulement d'identifier le tueur, mais de le mettre en garde à vue et d'obtenir les preuves dont nous avons besoin pour qu'il finisse sa vie en prison ? Et tout cela en moins de quarante-huit heures ?

Willa n'essaya pas de cacher son scepticisme.

— Je demanderais où est l'embrouille. Comment est-ce possible ?

— Grâce à elle, dit Daniel en désignant Mercy.

— Hier, le shérif m'a demandé s'il pouvait donner mon numéro de téléphone à mon père parce que ce dernier voulait me parler, dit Mercy. Quitter la secte, m'en libérer, faire une croix sur mes années à Shining Light pour réussir à tourner la page, n'a pas été simple pour moi. Je ne savais pas ce qu'il attendait de moi, mais en tout cas je n'avais pas envie de retomber sous son emprise, alors j'ai refusé. Mais ce matin il m'a fait parvenir un document juridique rédigé en bonne et due forme. Et j'ai découvert, à ma grande surprise, qu'il me faisait don de Shining Light, de l'enceinte, en me laissant libre d'en faire ce que je veux.

— Mais comment est-ce possible ? demanda Willa, abasourdie. Vous faites partie des Déchus, les Starlight ont l'interdiction de vous adresser la parole.

— J'ignore ce qu'il a en tête, mais en tout cas voilà pourquoi il voulait me parler. Je n'ai pas répondu et continué à faire la morte. Mais lorsque vous êtes revenus du campus, que j'ai appris la mort de Simon, j'ai compris que vous étiez toujours en danger. Et surtout j'ai su comment vous aider.

Willa croisa les bras.

— Je ne vois pas bien comment.

— Mon père espère obtenir quelque chose de moi. C'est important pour lui. Cela me met dans une position de pouvoir. Du coup, j'ai à présent la possibilité d'exiger quelque chose de lui en échange. Je vais lui demander l'identité du tueur qui se cache dans l'enceinte. Si quelqu'un la connaît, c'est lui, et j'ai bien l'intention de lui tirer les vers du nez.

Marshall était en effet au courant de tous les secrets des membres de sa secte, Willa n'avait aucun doute là-dessus.

— S'il accepte de vous livrer le nom de l'assassin, nous saurons peut-être de qui il s'agit, dit-elle. Mais comment obtenir les preuves qui permettraient de le faire condamner ?

Daniel sourit.

— J'ai réglé le problème avec Mercy.

— Tout cela me semble trop beau pour être vrai, dit Willa en secouant la tête.

— Parfois, l'évidence nous crève les yeux, mais nous passons à côté parce que nous cherchons midi à quatorze heures, dit-il. Tu en parlais ce matin, dans la voiture. Et la réponse la plus simple s'est alors imposée à mon esprit.

— Je ne vois toujours pas, dit Willa. Sans doute parce que je ne suis pas habituée à la simplicité. De plus, Mercy, pour obtenir quelque chose de votre père, vous devrez accepter ce qu'il attend de vous, non ?

— Je poserai mes conditions et il les acceptera. Il n'aura pas le choix, répondit Mercy d'un ton rassurant. Il faut le faire. Nous parlons d'un tueur en série qui vous a dans son collimateur. Votre vie est en jeu.

— La vôtre aussi.

La jeune femme s'était libérée de l'emprise de la secte depuis peu. Willa refusait de la priver de sa liberté si chèrement acquise, pas même pour traduire un meurtrier en justice.

— Après en avoir discuté avec le shérif, je suis persuadée que ce plan fonctionnera, répliqua Mercy. Ne vous inquiétez pas pour moi. Dès ce soir, vous pourrez dormir sur vos deux oreilles. Vous le méritez. Tout le monde le mérite.

Elle lui tapota la main.

— Allons-y. Il m'attend dans l'une des salles d'interrogatoire.

Willa n'en revenait pas qu'ils aient tout organisé dans son dos, même s'il s'agissait d'assurer sa sécurité, et que leur plan soit prêt à être exécuté sur-le-champ.

Son regard passa de Daniel à Mercy.

— Je ne veux pas que vous regrettiez d'avoir fait ça.

— Je n'accepterai rien qui me donnerait des regrets ou des remords, assura Mercy. D'accord ?

Willa hocha la tête.

— Merci.

Mais elle avait quand même l'impression de demander beaucoup à cette jeune femme. Trop.

— Je ne souhaite pas mettre le Holiday Killer derrière les barreaux uniquement pour vous, poursuivit Mercy comme si elle lisait dans ses pensées. Dès que le tueur aura été arrêté, le complexe sera plus sûr. De plus, les habitants de la ville sauront alors que nous accordons plus d'importance à la loi qu'aux règles internes de la secte. Et, surtout, les familles des victimes obtiendront enfin justice et la possibilité de tourner la page. Elles attendent un procès depuis trop longtemps.

Pour quelqu'un d'aussi jeune, Mercy était d'une grande sagesse, songea Willa.

Ils l'accompagnèrent jusqu'à la salle d'interrogatoire et la laissèrent entrer. Ensuite, Willa et Daniel se rendirent dans la salle d'observation.

— Penses-tu vraiment qu'elle peut le faire parler ? demanda Willa. Il se doute que nous l'écoutons, non ?

— Si quelqu'un peut lui faire dire le nom du tueur, c'est bien Mercy, dit Daniel. La bonne nouvelle est que Huck n'est pas là.

Willa espérait qu'il avait raison. Avec la mort de Yates, ils avaient absolument besoin de découvrir qui avait tenté de la tuer si près de chez elle. Et vite. Avant qu'il n'ait la possibilité de s'attaquer de nouveau à elle.

Mercy s'assit en face de son père et posa le document juridique sur la table entre eux, un stylo dessus.

— Merci d'être venue, dit Marshall à sa fille.

Avec un hochement de tête, elle croisa les mains.

— J'ai été étonnée d'avoir de tes nouvelles puisque tu me considères comme l'une des Déchus. Et pour être honnête je ne comprends pas pourquoi tu m'as envoyé ce document.

Il regarda derrière elle, vers le miroir sans tain, comme s'il voyait Willa et Daniel l'observant de la pièce voisine.

— Je prends très au sérieux les accusations portées contre moi, dit-il. Je me prépare à l'éventualité d'une condamnation et je veux m'assurer que mon héritage perdurera à travers toi.

Willa se tourna vers Daniel.

— C'est comme s'il le disait pour nous, dit-elle.

— Peut-être, dit Daniel. Mais Marshall ne me semble pas être du genre à accepter la défaite.

— À un moment donné, il doit pourtant se douter qu'avec deux personnes prêtes à témoigner contre lui il est mal parti, répondit-elle. Sans parler du fait qu'il est réellement coupable.

Marshall reporta son attention sur sa fille.

— L'enceinte, la communauté des cinq cents Starlight, la foi en la Lumière, les valeurs fondamentales que je défends depuis vingt-cinq ans peuvent continuer avec toi, si tu acceptes de prendre la barre pour tout superviser avec l'aide des anciens.

Elle secoua la tête.

— Tu m'as qualifiée de Déchue. Au sein de Shining Light, personne ne me regardera ni ne me parlera plus. Pour eux, il faut désormais m'éviter comme la peste.

Le sort qu'avait connu Zeke. Willa n'avait jamais pensé à quel point ce rejet général était plus difficile, plus douloureux, pour Mercy qui avait grandi dans l'enceinte.

Marshall couvrit les mains de sa fille des siennes.

— Pardonne mes paroles d'alors. J'étais en colère, sous pression, et les mots ont dépassé ma pensée. Tu n'as pas rejeté la Lumière ni la communauté. Tu m'as rejeté, moi, ton père. C'est le message que j'ai déjà demandé à Huck de communiquer à tous les Starlight dans l'espoir que tu accepterais de prendre ma suite. Tu as toujours été destinée à diriger le mouvement. J'étais simplement trop corrompu pour le voir.

Mercy poussa un profond soupir.

— J'ai une nouvelle vie maintenant.

Il s'appuya contre le dossier de sa chaise.

— Je sais. Comment va Rocco ?

— Très bien. Nous sommes heureux ensemble. Le conseil des anciens n'a pas besoin de moi pour diriger la communauté. Ils sont capables de poursuivre ton œuvre seuls.

Willa jeta un coup d'œil à Daniel.

— Elle essaye de le dissuader de faire appel à elle, non ?

— Je crois plutôt qu'elle le pousse à définir sa valeur et celle de ce qu'elle apporte, dit Daniel.

Un sourire triste passa sur le visage de Marshall.

— Ta vision est unique, Mercy. Tu as la possibilité de faire évoluer Shining Light au-delà de ce qu'elle est actuellement. Je te demande seulement de ne pas laisser mon nom tomber dans l'oubli. Je te sais capable de construire un pont entre notre communauté et cette ville, et de faire en sorte qu'il n'y ait plus de manifestants devant nos grilles.

— Je suis contente que tu en parles, dit Mercy. Ils sont de plus en plus nombreux et leur colère ne cesse de croître. Pour examiner ta proposition, j'ai besoin d'un geste important de ta part.

Marshall hésita, le front plissé.

— Je n'ai pas grand-chose à t'offrir derrière les barreaux, mais si j'ai la possibilité de répondre à ta requête je le ferai.

— Je l'espère. Simon Yates est mort, dit-elle en se redressant. Avant de se suicider, il a déclaré ne pas être l'auteur de la tentative de meurtre sur la cheffe Nelson, hier soir.

Mercy s'interrompit pour le laisser enregistrer ses paroles.

— Il a dit que le coupable, le chasseur, s'attaquerait de nouveau à elle. Il s'agit de l'homme qui avait traqué et assassiné quatre femmes, il y a cinq ans.

— Ma chérie, dit Marshall en lui caressant la joue, si tu prends la direction de Shining Light, tu auras accès à tous les enregistrements des séances de mue intérieure et pourras donc l'identifier toi-même.

D'un mouvement brusque, elle écarta sa main.

— Arrête de mentir. Je ne crois pas que *le chasseur* soit une Starlight et voilà pourquoi je ne trouverai aucun enregistrement pour le confondre. Il n'a jamais subi de séance de mue, il n'a jamais rien avoué.

Elle repoussa sa chaise et se leva.

— Si tu veux m'entraîner de nouveau dans tes petits jeux malsains, je m'en vais. Cette discussion est terminée.

Willa était impressionnée. Mercy était une négociatrice plus coriace qu'elle ne l'avait imaginé.

— Attends, dit Marshall. S'il te plaît.

Il lui fit signe de s'asseoir et elle le fit.

— Tu as raison, reconnut-il. Il n'est pas une Starlight. Simon et lui sont arrivés à peu près au même moment dans l'enceinte. Simon était perdu, perturbé. Il cherchait un foyer, une famille. Mais l'autre semblait fuir quelque chose ou vouloir se cacher. Cela dit, beaucoup viennent chez nous pour échapper à la justice. En tout cas, tous deux sont rapidement devenus amis. Ils avaient connu l'un et l'autre des relations difficiles avec leur mère, ce qui les a rapprochés et a forgé leur amitié. Lors des confessions de Simon, au cours de sa séance de mue, j'ai compris que son ami, qu'il désigne comme *le chasseur*, lui avait raconté en détail les meurtres qu'il avait commis avant de venir à Shining Light. Ces horribles récits ont fait fantasmer Simon et lui ont donné envie de l'imiter. Pour ressentir le frisson du tueur, le plaisir malsain de traquer une proie avant de lui retirer la vie. Simon a avoué l'admirer et vouloir devenir lui aussi *chasseur*. Il avait même projeté de tuer certains de nos membres. Voilà pourquoi, quand je l'ai expulsé, il a imité les meurtres du chasseur. Mais lui ciblait les Starlight. Pour m'atteindre à travers elles.

— Quand as-tu soupçonné qu'ils étaient l'un et l'autre porteurs de telles ténèbres, des tueurs patentés pour l'un, en puissance pour l'autre ? demanda Mercy.

— Pourquoi penses-tu que je les ai soupçonnés avant que

Simon ne l'avoue lors de cette séance d'allègement de fardeaux pour sa mue intérieure ?

Mercy esquissa une grimace de dégoût.

— Parce que je te connais, père. Ta façon de deviner les gens, de voir à l'intérieur d'eux, est extraordinaire, impressionnante. S'il te plaît. Sois honnête avec moi. Si tu ne l'es pas, au lieu de diriger Shining Light, je la détruirai.

Avec un soupir, Marshall baissa la tête.

— Disons que je m'en doutais depuis un certain temps, reconnut-il. Je les ai surveillés de près. Aucun d'eux n'a jamais levé la main sur qui que ce soit dans notre communauté, ajouta-t-il comme si cela les innocentait quelque part. J'en ai eu la certitude quand Simon a choisi de devenir membre. Il y avait trop de ténèbres en lui. Il rêvait de tuer des gens de notre communauté. Il n'était donc pas question d'en faire un membre permanent. Alors je l'ai renvoyé.

Mercy grimaça.

— Et l'autre ?

— Quand j'ai expulsé Simon, *le chasseur* n'a jamais demandé à devenir une Starlight. Il aurait dû effectuer cette mue intérieure et donc passer par cette séance d'allègement de son fardeau, par des aveux. Il avait évidemment peur de subir le même sort.

— Comment as-tu pu le laisser rester ? s'exclama-t-elle, révoltée.

Willa se posait la même question.

Il y avait des femmes et des enfants de tous les âges dans l'enceinte. Cet homme était une menace pour sa communauté, Marshall le savait forcément.

— Je ne chasserais jamais quelqu'un sur la base de soupçons, déclara Marshall. S'il avait avoué, tout aurait été différent.

— Puisque tu connaissais depuis tout ce temps le nom de l'assassin, dit Mercy, pourquoi ne l'as-tu pas dit à la cheffe Nelson et au shérif Clark ? Ils auraient enquêté sur lui.

Willa devinait pourquoi.

— Cela aurait donné une mauvaise image de nous, dit-il.

Cela aurait surtout donné une mauvaise image de *lui* et cette éventualité lui était insupportable.

— De plus, la communauté m'aurait reproché d'avoir violé le caractère sacré des séances d'allègement des fardeaux si j'avais révélé à la police des informations obtenues au cours de l'une d'elles, poursuivit Marshall.

Il l'avait de toute façon violé en faisant chanter d'anciens membres, songea Willa, écœurée.

— Et j'imaginais déjà les gros titres de la *Gazette* : « Marshall McCoy libère un meurtrier tout en en abritant un autre. » Shining Light n'aurait pas survécu à une telle publicité.

— Il semblerait plutôt que Marshall McCoy n'y aurait pas survécu, dit Daniel.

Willa partageait son avis. McCoy protégeait son image par-dessus tout, même au prix de nouvelles vies perdues.

— S'il m'avait dit la vérité après le meurtre de Beverly Fisher, j'aurais peut-être pu sauver Leslie et Gemma.

— Il est ignoble, dit Daniel. Et du coup je me demande si d'autres monstres se cachent dans l'enceinte.

Willa hocha la tête.

— C'était sans doute l'autre raison qui l'a poussé à garder le silence. La ville entière se demandera la même chose.

— Qui est-ce ? demanda Mercy. Qui est le *chasseur* ?

Marshall lui tendit le contrat.

— Tu t'engages à prendre ma suite, à aider le conseil des anciens à diriger Shining Light ?

— Tu dois te douter que j'opérerai des changements radicaux au sein de la communauté, dit Mercy. Pour commencer, je ne vivrai pas à Light House ni dans l'enceinte et je ne l'exigerai de personne d'autre. Rocco et moi sommes heureux dans son ranch. Je pense aussi qu'il est temps de supprimer le système de couleurs. Les Starlight seront libres de porter ce qu'elles veulent. Et j'accueillerai tout membre déchu qui souhaite faire de nouveau partie de notre communauté.

Willa ne sauta pas de joie en l'entendant le dire. Elle venait de récupérer son fils et n'avait pas envie de le perdre une nouvelle fois, mais il appartenait à Zeke de choisir sa vie.

— Je ne suis pas tout à fait d'accord, dit Marshall en secouant la tête avec véhémence. Le chaos que tu risques de provoquer va te submerger. Cela dit, mon avis n'a pas d'importance. Tu géreras l'enceinte comme tu l'entendras.

Mercy prit le stylo et se tourna vers la dernière page.

— Donne-moi un nom. Et je veillerai à ce que Shining Light survive.

— Orion Vansant.

— Ry ? s'exclama Mercy. L'agent de sécurité ? Celui qui travaille dans le garage ?

Oh ! mon Dieu ! Willa sentit son ventre se nouer.

— N'est-ce pas lui qui t'avait aidée à attraper Miguel pour l'interroger ? demanda Daniel.

— Oui, dit Willa.

Le reconnaître à haute voix lui donna la chair de poule.

Elle avait parlé avec Ry, était montée à l'arrière de sa moto, l'avait tenu par la taille. Qu'avait-elle fait pour lui donner des envies de meurtre ? Elle se demandait aussi quand le chasseur avait décidé de la cibler. Après son premier communiqué de presse ? Lors de sa première visite dans l'enceinte ? Ou le simple fait d'être mis en présence d'une femme correspondant au profil de ses victimes avait-il suffi à déclencher sa pulsion meurtrière ?

Ne t'aventure pas par là.

En fin de compte, ses raisons n'avaient pas d'importance. Elle n'aurait rien pu empêcher, puisque tout ce qu'elle avait entrepris, chacune de ses actions, avait pour but d'effectuer son travail, de mener l'enquête.

— Ça va ? lui demanda Daniel.

— Pas encore, dit-elle. Mais ça va aller.

Tout irait très bien pour elle quand ils auraient arrêté Orion.

Lorsqu'elle verrait son expression au moment où ils lui passeraient les menottes, elle se sentirait beaucoup mieux.

Pendant qu'ils attendaient l'arrivée du mandat, Mercy contacta Huck au complexe. Elle lui demanda de poster des agents de sécurité supplémentaires dans et autour du garage où travaillait Orion. Il devait ignorer jusqu'à la dernière minute que ce serait son dernier jour de liberté. Il n'était pas question de réitérer ce qui s'était passé avec Yates.

Ils partirent à deux véhicules. Ils avaient renoncé aux gyrophares et aux sirènes, pour ne pas avertir Ry que l'heure de payer pour ses crimes avait sonné.

Willa avait pris le volant.

Le message de Marshall McCoy à propos de Mercy s'était répandu comme une traînée de poudre au sein de l'enceinte. Dès que le gardien les vit s'arrêter devant sa guérite, il leur ouvrit les grilles et leur fit signe d'entrer. Plus d'une centaine de personnes s'étaient rassemblées sur la pelouse du Light House pour l'attendre. Non seulement elles l'accueillirent à bras ouverts, mais elles la traitèrent comme une reine. Toutes l'entouraient, cherchaient à lui parler, à la toucher. Leur affection pour elle n'était manifestement pas feinte.

Willa descendit du véhicule d'un air déterminé. Le registre sous le bras, elle se dirigea vers le garage avec Daniel et Livingston, l'un à sa gauche, l'autre à sa droite.

Alors qu'ils entraient dans l'atelier, Orion les salua d'un sourire éclatant. Il eut même l'audace de la regarder en face.

— N'est-ce pas la charmante cheffe Nelson, le shérif Clark si travailleur et son fidèle adjoint qui viennent nous rendre visite ? Que puis-je pour vous ?

Shawn et deux autres agents chargés de la sécurité bricolaient à proximité. Du coin de l'œil, elle les vit surveiller la situation.

Avec un grand sourire, Willa répondit :

— Aujourd'hui, je suis venue vous rapporter ce cahier, dit-elle en lui tendant le registre.

— Vous avez fini de l'étudier ? s'enquit Orion. Vous y avez trouvé ce dont vous aviez besoin ?

— Oui, je pense que oui.

Il pensait sans doute les avoir bien dupés, se dit-elle, au bord de la nausée.

La charmante cheffe Nelson. Le shérif Clark si travailleur. Non seulement son compliment était sexiste parce qu'il se focalisait sur l'apparence de Willa et sur une qualité professionnelle du shérif, mais il avait l'audace de le lui dire en face après l'avoir traquée comme un animal, la veille au soir.

— Attendez, Ry, ne vous éloignez pas trop vite. J'ai encore autre chose pour vous.

Alors qu'elle sortait le mandat de sa poche et le lui tendait, les gardes s'avancèrent vers lui par-derrière.

— De quoi s'agit-il ? demanda-t-il en fronçant les sourcils.

Il déplia le feuillet et le parcourut des yeux.

Les agents de sécurité cessèrent ce qu'ils faisaient et se rapprochèrent, à commencer par Shawn.

— Orion Vansant, vous êtes en état d'arrestation, déclara Willa, incapable de dissimuler sa satisfaction.

En une nanoseconde, Ry changea, comme si un interrupteur avait été actionné, et se jeta sur elle pour la prendre à la gorge, ses yeux verts exorbités de fureur.

Daniel et Livingston lui saisirent les bras et le retinrent.

— Vous êtes accusé des meurtres de Tiffany Cummings, Rose Rossini, Jessica McIntosh, Carla Larsen, d'une tentative de meurtre sur un membre des forces de l'ordre et d'entrave à la justice, poursuivit-elle. Vous avez le droit de garder le silence.

Elle finit de lui lire ses droits pendant que Daniel le menottait.

Ry continuait de se débattre.

— Je ne comprends pas ce qui se passe, dit-il avec colère. C'est du grand n'importe quoi. Vous vous trompez sur toute la ligne. Je n'ai rien fait de mal.

Ils l'entraînèrent vers le SUV du shérif. Daniel l'installa sur la banquette arrière et claqua la portière.

— Comment te sens-tu maintenant, Willa ? demanda-t-il.

— Mieux que jamais, dit-elle avec un clin d'œil.

Huck traversa la foule des Starlight qui entourait Mercy pour venir les saluer.

— Shérif. Cheffe.

Il brandit un sac plastique contenant une tasse.

— À l'intérieur se trouve la tasse dont s'est servi Orion pendant le déjeuner. Elle devrait vous apporter la preuve dont vous avez besoin pour le faire condamner.

Les morsures sur les cadavres leur avaient permis de recueillir l'ADN du tueur. S'il correspondait à l'ADN sur la tasse, le procureur de district Jennings n'aurait plus qu'à mettre Orion Vansant en examen.

Willa jeta un coup d'œil par-dessus son épaule à Orion, au *chasseur,* assis sur la banquette arrière. Elle poussa un soupir de soulagement à l'idée qu'il allait passer le reste de sa vie derrière les barreaux.

— À quoi penses-tu ? lui demanda Daniel.

— Je me félicitais de ce que les familles des quatre premières victimes obtiennent enfin justice. Elles le méritent.

— Et c'est grâce à toi, dit-il avec un sourire.

Elle lui rendit son sourire.

— Grâce à nous.

— Il faut reconnaître que nous formons une bonne équipe, non ? Aussi bien sur un plan professionnel que personnel.

Elle lui prit le visage et l'embrassa. Là, au vu et au su de tous. Elle se sentait légère comme elle ne l'avait pas été depuis des semaines. Comme elle ne l'avait jamais été.

— La meilleure.

Épilogue

En moins de quarante-huit heures, la comparaison entre le profil ADN prélevé sur la scène de crime et celui du suspect fut établie et prouva sans l'ombre d'un doute la culpabilité d'Orion Vansant. Le procureur l'inculpa, entre autres, de quatre chefs d'accusation pour meurtre au premier degré. Dans l'enceinte de Shining Light, Mercy et l'équipe de sécurité découvrirent un trou creusé sous la clôture et caché par des buissons. Ce passage avait sans doute permis à Orion Vansant de sortir du complexe et d'y rentrer en toute discrétion. Par ailleurs, les adjoints de Daniel localisèrent une voiture que Vansant garait dans un ranch voisin. Et sous l'église, dans les tunnels utilisés par Simon Yates, ils trouvèrent des preuves qu'il y avait retenu Gemma Chavez avant de la tuer. Marshall McCoy plaida non coupable de chantage et rejeta toutes les accusations à son encontre.

Dans les jours qui suivirent, Mercy commença à mettre en œuvre des changements radicaux au sein de Shining Light. L'un des plus importants consista à encourager les membres de la secte à proposer à leurs amis et à leurs familles d'origine de venir passer une journée par mois dans l'enceinte.

Plutôt que de sauter sur l'occasion et de retourner sans délai à Shining Light, Zeke avait décidé de s'accorder une année de réflexion. Thomas et lui étaient désormais colocataires et il n'avait plus de problème pour payer ses factures.

Un mois après les conclusions de l'enquête, Daniel prit Willa dans ses bras. Elle s'apprêtait à se rendre au cabinet de la psychologue de Laramie avec son fils.

Il regarda son ravissant visage.

— Tu n'as rien à craindre.

— Facile à dire pour toi. Ce n'est pas toi qui traînes de force ton fils chez la psy pour suivre une thérapie familiale, dit-elle.

— Zeke a accepté d'y aller, quoique à contrecœur, dit-il en souriant. Ce n'est pas rien.

— J'ai dû le tanner pendant des semaines, je l'ai eu à l'usure, dit-elle, l'air exaspéré. Mais il n'y croit pas.

— Ne lui demande pas trop tout de suite. De plus, j'ai entendu dire que le Dr Delgado était une formidable thérapeute. Elle a même aidé le FBI lors de la prise d'otages au début de l'année.

— Alors elle a le profil idéal. Zeke a l'impression que je le prends en otage en l'obligeant à aller la voir, ajouta-t-elle.

Il lui caressa le bas du dos d'un geste rassurant.

— Fais confiance au processus. Plus important encore, aie confiance dans le lien qui t'unit à Zeke. Tout va bien se passer.

Un petit sourire se dessina sur les lèvres de Willa tandis qu'elle l'étreignait plus fort.

— Comment sais-tu toujours ce que j'ai besoin d'entendre pour me sentir mieux ?

— Appelle ça de l'intuition, répondit-il modestement.

La vérité était qu'ils se complétaient à merveille. Il aimait sa fougue et elle appréciait son flegme. De plus, tous deux étaient confrontés aux mêmes enjeux professionnels. Ils connaissaient l'un et l'autre le stress inhérent aux enquêtes pour homicide, les longues heures de travail, le danger.

— Merci de ne jamais avoir renoncé à la possibilité d'un « nous ».

Il captura sa bouche pour un baiser destiné à lui montrer à quel point il la désirait.

— Beurk, lança Zeke en sortant du chalet. Il y a des hôtels pour ça.

Il monta dans la voiture de Willa et claqua la portière.

En riant, ils se séparèrent.

Willa consulta sa montre et ajouta :

— Tu ferais mieux de te dépêcher si tu ne veux pas être en retard pour récupérer ta mère à l'aéroport.

Si Selene Beauvais trouvait normal de faire attendre les autres, l'inverse était, à ses yeux, inconcevable.

— Cela ira. La circulation vers Denver est fluide, j'ai vérifié.

Willa monta dans son SUV, démarra et baissa la vitre.

— J'ai hâte de faire sa connaissance.

Peut-être déchanterait-elle après l'avoir rencontrée...

— Qu'elle se concentre sur Grace et Holden plutôt que sur nous est une bonne chose. Elle ne nous mettra pas de pression.

— C'est vrai, dit-il en posant le bras sur la portière. Merci d'avoir accepté de m'accompagner à ce dîner de famille.

— Merci d'y avoir convié Zeke. Il a toujours eu envie de découvrir le Shooting Star Ranch, dit-elle avec un coup d'œil à son fils, qui hocha la tête sans cesser de pianoter sur son smartphone.

— Et à ce sujet j'ai mentionné à Holden que Zeke n'était pas ravi-ravi d'être pompiste et préférerait travailler dans un ranch. Il m'a dit qu'ils étaient toujours à la recherche de cow-boys motivés, d'accord pour commencer au bas de l'échelle. J'espère que je n'ai pas dépassé les bornes en lui parlant de toi.

— Vous plaisantez ? s'écria Zeke, les yeux brillants d'excitation. C'est super. Finalement, ce n'est pas si mal que vous soyez le petit ami de ma mère.

— Eh non, répondit Daniel en riant.

— Merci, Daniel, dit Willa. C'était gentil de ta part. Rien ne t'y obligeait. On apprécie.

— Si tu te débrouilles bien, jeune homme, poursuivit Daniel, tu auras même droit à une visite du ranch, ce soir.

Zeke leva le poing en signe de joie.

— Super !

— Tu vois, ça va aller, dit Daniel. Tout ce que tu as à faire est de me faire confiance.

— Si c'est tout, alors pas de problème, répondit-elle, un grand sourire aux lèvres. Parce que je te fais confiance. Et je t'aime.

— Je t'aime aussi.

Il ne se lasserait jamais de l'entendre prononcer ces trois mots magiques. Il se pencha plus près et l'embrassa doucement.

— Beurk, dit Zeke. Gardez ça pour votre chambre à coucher.

— Bien sûr. Et puisqu'on en parle : si nous décidions de vivre ensemble, Daniel et moi, qu'en dirais-tu ?

Zeke leva les yeux de son téléphone.

— Bonne idée. Où vivriez-vous ? À Wayward Bluffs ou à Laramie ? Chez toi ou chez lui ?

Willa sourit.

— Le ranch de Daniel est plus proche de Laramie. Cela raccourcirait mes temps de trajet pour aller travailler.

— Y aura-t-il une chambre pour moi si je viens vous rendre visite ?

— J'en ai deux en rab, répondit Daniel.

— Super !

Daniel aimait Willa et était prêt à tout pour faciliter les choses, pour elle et Zeke.

— Nous devrions déménager avant Thanksgiving, ajouta-t-il.

— Ça a l'air parfait, dit-elle avec un signe de tête, et voir la confiance briller dans ses yeux lui réchauffa le cœur. Nous allons être heureux. Tous les trois, ajouta-t-elle en lui caressant le visage.

Il y comptait bien.

— Plus qu'heureux.

Vous avez aimé ce roman ?
Retrouvez en numérique les intrigues passionnantes
de Juno Rushdan :

1. *Je te protégerai toujours*
2. *Un protecteur pour Grace*
3. *Otage de la montagne*
4. *La disparue des montagnes*
5. *Conspiration amoureuse*
6. *Sombre lumière*

JANIE CROUCH

Un garde du corps amoureux

Traduction française de
PASCALE DOMÉJEAN

BLACK ROSE

HARLEQUIN

Titre original :
TEXAS BODYGUARD: WESTON

Prologue

— Weston ?

Il entendit frapper à la porte de sa chambre et se redressa, délaissant un instant ses devoirs. C'était la voix de Sheila Patterson, la seule femme de la maison.

Il aimait bien Sheila. Elle avait un rire chaleureux, et se levait chaque matin pour préparer son repas et celui des trois autres garçons qui vivaient ici.

Elle était infirmière et faisait des gardes un week-end sur deux, lorsqu'elle savait que son époux, Clinton, serait à la maison. Weston ne comprenait pas cela : il avait treize ans, à peu près le même âge que les autres garçons, et ils n'avaient pas besoin de baby-sitter.

Mais Weston aimait savoir qu'il y avait toujours un adulte dans les parages… surtout lorsque les adultes en question étaient aussi sympas.

Son père, lui, n'était pas sympa… bien au contraire. Weston frotta une cicatrice sur son bras. Une parmi d'autres.

— Tu préfères que je revienne plus tard ? Ce n'est pas un problème, déclara Sheila d'une voix douce de l'autre côté de la porte.

C'était un trait de personnalité qu'il appréciait chez Sheila : elle n'était pas insistante.

— Non, tu peux entrer.

Il dut se forcer à parler assez fort pour qu'elle puisse l'entendre. Weston était réservé. Il l'avait toujours été.

Avant d'arriver chez les Patterson, il y avait trois mois de cela, il avait vécu dans plusieurs familles d'accueil. Tous ces séjours s'étaient bien passés, mais ils n'avaient duré qu'un temps.

Il se sentait bien ici, même avec les trois autres garçons, Chance, Luke et Brax. Eux n'étaient pas réservés, mais semblaient accepter son silence sans porter de jugement.

— Ça s'est bien passé à l'école aujourd'hui ? demanda Sheila en ouvrant la porte.

Il hocha la tête. À chaque fois qu'il était hébergé dans une nouvelle famille, il allait dans une nouvelle école. Mais au moins, cette fois-ci, il avait de la compagnie pendant les trajets en bus et les repas.

Ses frères.

C'étaient ainsi qu'ils s'appelaient entre eux. Brax et Luke avaient déjà été adoptés par les Patterson, et les démarches avaient été engagées pour que Chance vienne agrandir la famille.

Weston ne voulait pas nourrir de faux espoirs. Qui aurait eu l'idée d'adopter *quatre* adolescents ?

Mais s'ils le lui proposaient…

— J'ai une question à te poser, déclara Sheila.

Weston sentit son cœur faire un bond dans sa poitrine. Allait-elle lui demander s'il voulait être adopté, lui aussi ?

Il hocha légèrement la tête.

Elle poursuivit, sans sembler gênée par son silence.

— Je suis fatiguée et je n'ai pas envie de cuisiner, alors nous allons manger au restaurant. Je me suis dit que j'allais te demander en premier où tu avais envie d'aller. C'est difficile de placer un mot avec les trois autres !

Oh… C'était donc ce qu'elle voulait lui demander… Il était vraiment stupide d'avoir pu croire qu'elle allait lui proposer de faire partie de leur famille.

Sheila fit un pas vers lui.

— Tu vas bien ? Il s'est passé quelque chose ?

Il baissa les yeux vers le cahier ouvert sur la table. Il était hors de question qu'il lui avoue ce qu'il avait espéré.

— J'aime bien les spaghettis, murmura-t-il.

Ce n'était certainement pas son plat préféré, mais c'était la première chose qui lui était venue à l'esprit. Avec un peu de chance, Sheila serait satisfaite et n'essayerait pas d'en savoir plus.

C'est ce qui arriva.

— D'accord, nous irons donc dans un restaurant italien. Luke sera ravi de ton choix ! Je vais prévenir les autres. Rendez-vous en bas dans dix minutes.

Il hocha la tête, et la tint obstinément baissée lorsqu'elle s'approcha de lui. Il demeura immobile lorsqu'elle lui pressa l'épaule avec douceur.

Il ne dit toujours rien lorsqu'elle ôta presque immédiatement la main et sortit.

Dix minutes plus tard, il descendit l'escalier. Il entendait les autres garçons qui couraient, faisaient rebondir un ballon, criaient en parlant d'un jeu vidéo... le chaos habituel de la maisonnée.

Tout en attendant, Weston observa les photos accrochées au mur. C'était un joyeux mélange de clichés pris par Sheila ou Clinton. Sur certains, on ne voyait qu'eux deux. Sur d'autres figuraient Luke, Brax ou Chance.

Une famille.

Il n'y avait aucune photo de Weston, mais ce n'était pas grave. Parfois, il n'y avait pas assez de place pour tout le monde.

Mais au moins, ce soir, il mangerait des spaghettis.

1

Weston Patterson considéra son frère Brax avec étonnement lorsque ce dernier entra furtivement dans son bureau, et fit mine de se cacher derrière la porte.

— Ne me dis pas qu'un homme armé vient de faire irruption dans l'agence !

— Pire, souffla Brax en secouant la tête.

Alors, Weston ne voyait plus qu'une seule explication.

— Chance et Maci sont encore en train de s'étriper ?

— Oui. Elle a effacé tout ce qu'il avait noté sur le tableau blanc, et il est sur le point de péter les plombs.

Maci Ford était l'assistante de direction de San Antonio Security depuis plus d'un an maintenant. Cette femme était un don du ciel pour tout ce qui touchait à la gestion de l'agence, et Weston n'imaginait même pas ce qu'ils auraient fait sans elle.

Deux de ses trois frères, Brax et Luke, étaient du même avis, et la vénéraient presque pour sa capacité exceptionnelle à classer, étiqueter, organiser, planifier, d'autant plus que cela signifiait qu'ils étaient enfin débarrassés de tout le travail administratif dont ils avaient dû s'acquitter au cours des cinq premières années de l'agence.

Mais Chance, lui, ne semblait pas partager l'admiration générale pour Maci, et c'était une source d'amusement inépuisable pour Brax, Luke et Weston de voir leur frère habituellement imperturbable devenir si fébrile dès que Maci était dans les parages.

— Parfois, tu te comportes comme un véritable abruti, Chance Patterson !

La voix de Maci leur parvenait du hall d'entrée.

Weston eut un petit rire.

— Combien de temps faudra-t-il avant que Chance ne menace de la licencier ?

— Mais dès qu'il le fera elle va lui rappeler qu'elle est protégée par son contrat.

Maci ne pouvait être congédiée sans l'accord des quatre frères. Et, étant donné le travail titanesque qu'elle avait accompli en un an pour rationaliser l'organisation de l'agence, aucun autre que Chance n'aurait pu imaginer se séparer d'elle.

Chance non plus d'ailleurs. Weston observait avec amusement la vivacité avec laquelle leur pétulante assistante de direction remettait son frère à sa place... tout comme les réactions disproportionnées de Chance.

Mais Weston remarquait également avec joie combien Brax était détendu maintenant qu'il était marié et avait un fils, et que Luke semblait nager dans le bonheur depuis qu'il était fiancé à Claire.

Il n'y avait aucun lien de sang entre les quatre frères Patterson, mais il ne faisait aucun doute qu'ils appartenaient à la même famille, et Weston n'aurait pas pu trouver meilleurs associés que Brax, Luke et Chance.

— Hé, Maci ! s'écria Brax, si vous en venez aux mains, n'abîme pas trop notre frère !

— Je ne promets rien ! lança-t-elle avant de reprendre illico sa dispute avec Chance.

Brax sourit, s'apprêtant visiblement à lancer une repartie, mais Weston se contenta de hocher la tête. Il avait toujours été le plus réservé des quatre. Jamais il ne pourrait se comporter avec la même spontanéité que ses frères.

Il avait trop de blessures, que ce soient celles qui marquaient encore sa peau ou celles de son âme.

La sonnerie du portable posé sur son bureau retentit, et il l'attrapa, fronçant les sourcils lorsqu'il vit ce qui s'affichait sur l'écran.

Leo Delacruz Industries

Il ne s'attendait pas à cela, ni à la violence avec laquelle le passé se rappela à lui. Il fixait son téléphone du regard, alors que la sonnerie continuait à résonner. Brax lui fit signe qu'il pouvait sortir de son bureau pour le laisser répondre, mais Weston secoua la tête avant de décrocher.

— Weston Patterson.

— Weston, c'est Leo Delacruz.

La voix de l'homme avait toujours cet accent d'autorité dont se souvenait Weston.

— Tu te souviens de moi ?

— Oui, bien sûr, monsieur Delacruz.

Un été plein de lumière dans une période par ailleurs sombre de sa vie.

— Bien, bien. Je voudrais faire appel à ton agence. Je ne peux pas t'en dire plus au téléphone. Tu pourrais venir chez moi ?

— Bien sûr. Avec plaisir.

Décrocher un contrat avec un homme de l'envergure de Leo Delacruz serait une aubaine pour leur entreprise.

— Quand voudriez-vous me voir ? poursuivit Weston.

— Tu es libre cet après-midi à 15 heures ? C'est urgent. Tu te souviens où se trouve la propriété ?

— Tout à fait.

Ce n'était pas une chose que Weston aurait pu oublier.

— Bien. À tout à l'heure.

Leo Delacruz raccrocha sans un mot de plus.

Brax considérait Weston avec des yeux ronds.

— Tu viens de recevoir un appel de Leo Delacruz ?

Weston hocha la tête.

— Il aimerait faire appel à l'agence.

Brax ne sembla pas prêter attention à ses paroles.

— Leo Delacruz, le milliardaire, vient de t'appeler personnellement, sur ton portable... et il te tutoie !

Weston se passa la main sur le front.

— Oui. J'ai travaillé pour lui un été lorsque j'étais enfant, avant que papa et maman m'adoptent. J'étais l'assistant du jardinier.

Ce n'était pas tout à fait exact. La vérité était qu'il était un jeune garçon de neuf ans qui avait désespérément besoin de grand air, et l'homme chez qui il vivait à l'époque – le jardinier de Leo Delacruz – l'avait compris. Henry avait proposé à Weston de venir l'aider, et lui avait donné une petite rémunération pour cela.

— Tu connais Leo Delacruz et tu ne nous l'as jamais dit ! s'exclama Brax en secouant la tête. Je veux bien que tu sois discret, mais à ce point ! Si j'avais été à ta place, je l'aurais clamé haut et fort !

Weston sourit et leva les yeux au ciel.

— Je n'avais même pas dix ans, et je ne l'ai plus revu depuis. Je suis même surpris qu'il se souvienne de moi.

Il ne s'était jamais senti très à l'aise avec Leo Delacruz. Mais sa fille – Kayleigh Delacruz – et lui étaient inséparables. Elle était restée bien trop présente à son esprit au cours de ces années, même s'il n'avait jamais tenté de renouer le lien après ce fameux été.

— Que vas-tu faire ? demanda Brax.

Weston haussa les épaules.

— Me rendre à ce rendez-vous.

Et replonger dans le passé.

Pour l'enfant qu'était Weston, la propriété des Delacruz était aussi imposante qu'un palais. Il n'avait jamais rien vu de plus majestueux que le toit en tuiles rouges qui émergeait du feuillage des chênes mexicains, ou les immenses baies vitrées que l'on découvrait en s'approchant du bâtiment.

La propriété était située dans la banlieue de San Antonio et jouxtait une réserve naturelle. Cette immense zone inconstructible formait un écrin de verdure qui rehaussait la magnificence du domaine.

Alors que Weston garait sa voiture dans une cour aussi grande qu'un terrain de football, la maison ne lui sembla plus aussi grandiose, mais elle demeurait très impressionnante. Tout ici révélait la richesse du propriétaire des lieux, que ce soit la spectaculaire fontaine qui s'élevait au centre de la cour ou les pierres dorées de la façade, qui semblaient briller sous le soleil.

Spontanément, le regard de Weston se tourna vers le parc. C'était d'une part parce qu'il aimait les plantes et le jardinage depuis l'été qu'il avait passé là, mais aussi parce qu'il voulait voir les changements qui avaient été opérés au cours des vingt dernières années.

Le parc était toujours somptueux. De gros rochers blancs et plats émaillaient le terrain qui descendait en pente douce depuis la terrasse, et créaient ainsi un effet d'étagement. Des jardinières contenant des plantes grasses et des marguerites d'un blanc éclatant étaient disposées dessus, et semblaient entretenues avec soin.

Henry, le père de la première famille d'accueil de Weston, aurait été satisfait. Il avait aimé travailler ici, et avait pris beaucoup de plaisir à partager ses connaissances sur les plantes avec le jeune garçon timide qu'était Weston. Henry était mort depuis longtemps, mais Weston était heureux de constater que Leo avait veillé à ce que son œuvre, accomplie au prix d'un travail acharné, soit bien entretenue.

Il coupa le contact et reporta son attention sur l'immense porte d'entrée. Il n'avait pas souvent pénétré dans cette demeure lorsqu'il était enfant... non que l'envie lui en ait manqué. Tout ce dont il rêvait s'y trouvait : le soleil, la chance de pouvoir bouger sans craindre qu'on lui fasse mal, et Kayleigh...

Il sonna et une femme d'une cinquantaine d'années, d'aspect soigné, vint lui ouvrir. Elle lui adressa un sourire éclatant.

— Vous devez être Weston Patterson. M. Delacruz vous attend.

— Merci.

Il entra, et elle referma la porte derrière lui.

Weston remarqua immédiatement deux agents de sécurité. L'un d'entre eux avait une tablette à la main, vraisemblablement pour vérifier l'identité du nouvel arrivant. Le second était prêt à stopper l'arrivée de Weston si cela devait s'avérer nécessaire. C'était bon signe. S'il suffisait de pirater l'agenda de Leo Delacruz pour s'introduire dans sa maison, cela signifiait que son équipe de sécurité faisait mal son travail.

— Je suis Gwendolyn Whitlock, l'assistante de M. Delacruz.

Elle se retourna et se mit à marcher d'un pas rapide et assuré. Il la suivit.

— Il vous attend dans son bureau.

Il ne se souvenait que très vaguement de l'intérieur de la demeure. La maisonnette du jardinier n'avait rien à voir, même s'il ne comprenait toujours pas comment on pouvait appeler ainsi un bâtiment de deux étages avec eau courante, électricité et climatisation. Il avait été heureux là-bas... heureux lorsque Kayleigh venait lui rendre visite avec des glaces à l'eau qu'ils se pressaient de manger avant qu'elles ne fondent dans la chaleur de l'été texan.

Gwendolyn frappa à la porte du bureau et l'ouvrit. Leo Delacruz se leva en souriant et vint serrer la main de Weston.

— Bonjour. Merci d'être venu.

— Merci de m'avoir convié.

Weston lui serra la main, tout en se rappelant à quel point le milliardaire l'impressionnait lorsqu'il était enfant. Mais il était vrai que presque tous les adultes avaient semblé grands et menaçants à l'enfant battu qu'il était.

— Je suis surpris que vous vous souveniez de moi, poursuivit Weston.

— Et pourtant je me rappelle très bien de toi...

Weston attendit qu'il précise sa pensée, mais Leo n'en dit pas plus. Un homme à la large carrure et à la posture rigide se tenait debout à quelques mètres du bureau, semblant tout observer avec attention. Leo se tourna vers lui.

— Je te présente Jasper Eeley, le chef de la sécurité. Voici Dean McClintock, mon avocat. Et tu as déjà rencontré Gwendolyn.

La femme et l'avocat inclinèrent la tête avec un sourire, mais Jasper n'avait visiblement pas de temps à perdre en mondanités.

Leo se tourna vers ses employés.

— Je voudrais parler à M. Patterson en privé.

Gwendolyn hocha immédiatement la tête, et demanda à Leo de la prévenir s'il avait besoin de quoi que ce soit.

Si c'était possible, Jasper sembla se raidir davantage.

— Pensez-vous vraiment que ce soit une bonne idée, monsieur Delacruz ? Je me sentirais mieux si je restais avec vous.

Le chef de la sécurité se tourna vers Dean McClintock comme pour trouver du soutien, et l'avocat inclina la tête.

— Jasper a peut-être raison.

Leo retourna s'asseoir dans son fauteuil.

— M. Patterson a fait l'objet d'une enquête approfondie. Je pense ne courir aucun risque. S'il me tue de sang-froid, je vous autorise à graver sur ma tombe : « Ils me l'avaient bien dit. »

Jasper ne sembla pas goûter la plaisanterie. Il sortit sans un mot, ne cherchant même pas à dissimuler son mécontentement.

L'avocat rassembla ses documents et les mit dans son attaché-case.

— Tu en es certain, Leo ? J'avoue que je n'approuve pas la façon dont tu gères cette transaction.

— Ne t'inquiète pas, Dean, tout se passera bien. Il n'y a qu'à attendre pour le moment...

Dean hocha la tête et quitta la pièce de bien meilleure grâce que Jasper.

Leo fit signe à Weston de s'asseoir en face de lui.

— Tu trouves que l'endroit a changé ?

Weston s'assit, et observa Leo. Ses cheveux bruns s'étaient teintés de blanc, mais il semblait être en bonne forme.

— Je ne suis pas souvent entré dans la maison, mais il me semble que non, monsieur Delacruz.

— Je t'en prie, appelle-moi Leo. J'imagine que tu te demandes pourquoi je t'ai fait venir ici.

— J'ai l'impression que vous avez déjà une équipe de sécurité performante. Je ne vois pas ce que San Antonio Security pourrait faire de plus.

— Je ne mentais pas lorsque je disais que tu avais fait l'objet d'une enquête approfondie. Ton agence est très réputée dans son domaine, et je cherchais quelqu'un qui n'appartienne pas au cercle de Jasper pour une mission spéciale. Quand j'ai vu ta photo, je t'ai reconnu. Mais tu avais changé de nom.

— Quand Henry est mort, j'ai été placé dans une nouvelle famille.

En fait, il avait tout d'abord été recueilli dans un foyer, puis dans un autre... Les services de la protection de l'enfance préféraient concentrer leur attention et leurs soins sur des enfants plus jeunes.

Leo fronça un peu les sourcils.

— Je suppose qu'April n'a pas eu le courage de t'élever seule après la mort de Henry.

— Non. Elle a été très ébranlée par son décès, et elle a décidé de se rapprocher de sa famille. Administrativement, je n'avais pas le droit de sortir de l'État du Texas.

— J'ai essayé de l'aider financièrement, mais j'ai dû faire face à mes propres problèmes après le décès de Henry.

Weston hocha la tête. Pour être honnête, il n'avait pas la moindre idée de ce que vivaient les adultes à cette époque. Tout ce qu'il savait, c'était que sa vie avait changé du jour au lendemain : il n'avait plus eu de maison, plus d'endroit où il se sentait en sécurité, plus d'espace où il pouvait jardiner et apprendre à soigner les plantes qu'il affectionnait tant.

Et il n'avait plus vu son amie Kayleigh qu'il aimait tant écouter.

— Je vais en venir droit au fait, déclara Leo en se laissant aller contre le dossier de son fauteuil. J'ai passé ma vie à gagner de l'argent en achetant et revendant des sociétés. J'ai eu à prendre des décisions qui ont détruit des entreprises, et probablement aussi la vie de certaines personnes. Je me suis fait beaucoup d'ennemis au cours de ces vingt dernières années. C'est la raison pour laquelle Jasper et son équipe veillent constamment sur moi.

— Je comprends.

— Je suis en train de travailler sur le rachat d'une entreprise qui aura lieu dans deux semaines. Je ne vais pas t'ennuyer avec les détails, mais il suffit que tu saches qu'il y a de nombreuses personnes qui seraient ravies que ce projet n'aboutisse pas.

— Et vous pensez que votre vie est en danger.

— Elle l'est constamment. Mais c'est un fait que j'ai accepté.

Leo glissa un dossier vers lui.

Weston laissa échapper un sifflement en découvrant la collection de menaces reçues sous des formes diverses et variées : des e-mails, des photos, des graffitis sur les murs de bâtiments appartenant à Delacruz Industries... La plupart exprimaient le souhait que Leo meure, qu'il soit tué, ou qu'il aille brûler en enfer.

— Impressionnant ! s'exclama Weston. Vous avez fait des enquêtes sur leur provenance ?

C'était peut-être la mission que Leo désirait confier à San Antonio Security. C'était tout à fait dans leurs cordes.

— La plupart de ces messages sont très anciens. Certains sont plus récents, mais nous connaissons leur auteur et nous avons mis des mesures en place pour éviter tout débordement. Et surtout j'ai publiquement annoncé que ces menaces ne m'empêcheraient jamais de mettre mes projets à exécution. En fait, pour toutes les opérations importantes que je réalise, il y a une clause stipulant que ma mort n'empêchera pas le projet d'arriver à son terme.

— C'est judicieux. Dans ce cas, vous tuer n'aurait pas grand intérêt.

— Exactement.

Leo poussa une autre feuille de papier vers lui.

— Ce qui m'inquiète, c'est cette menace, que j'ai reçue par mail il y a deux jours.

Il s'agissait d'une unique phrase, répétée à l'envi :

Nous savons comment vous atteindre.

Rien de plus. Une simple déclaration.

— Et vous avez décidé de renforcer votre système de sécurité à cause de cette menace ? C'est la raison pour laquelle vous voulez faire appel à notre agence ?

Leo secoua la tête.

— Je suis effectivement en train de prendre des mesures de sécurité supplémentaires. Mais je crains que cet e-mail ne fasse référence à ma fille, Kayleigh.

Weston tenta de demeurer impassible.

— Kayleigh ?

— Tu ne souviens d'elle, n'est-ce pas ? Elle a passé tout l'été avec Henry et toi.

Weston se le rappelait parfaitement.

— J'étais heureux de passer du temps avec elle. Je n'avais pas l'habitude qu'on recherche ma compagnie.

À vrai dire, il n'avait jamais eu d'ami auparavant.

— Tu comptais beaucoup pour elle. Elle...

Leo laissa sa phrase en suspens.

— Quoi qu'il en soit, je pense que ce message fait allusion à elle.

Weston se redressa sur sa chaise.

— C'est une hypothèse qui ne peut pas être négligée, répondit-il. Mais il peut être interprété de bien d'autres manières.

— C'est vrai. Mais, jusqu'à ce que l'acquisition sur laquelle je travaille soit actée, je souhaite que Kayleigh fasse l'objet d'une protection renforcée.

— J'ai l'impression que vous avez tout ce qu'il faut ici.

Leo posa les coudes sur son bureau.

— Kayleigh et moi ne voyons pas les choses du même œil lorsqu'il s'agit de sa sécurité. Elle refuse d'avoir une équipe à demeure. J'ai réussi à lui faire accepter une surveillance à distance, mais cela n'est pas suffisant... Pas avec cette nouvelle menace.

— Et vous pensez qu'elle en est la cible ?

— Honnêtement ? J'en suis certain. Il est arrivé une seule fois que quelqu'un réussisse à interrompre un processus de rachat… et c'était parce qu'il s'en était pris à Kayleigh.

— Quelqu'un lui a fait du mal ?

Weston ne l'avait plus revue depuis qu'ils étaient enfants, mais cette pensée fit jaillir un éclair de colère en lui.

— C'était il y a longtemps. Un de mes adversaires l'avait kidnappée pour me forcer à agir comme il l'entendait, et il a obtenu ce qu'il voulait… temporairement, du moins. Quoi qu'il en soit, je ne veux pas mettre la vie de Kayleigh en danger.

Weston ne pouvait qu'approuver cette déclaration.

— Comment notre agence de sécurité peut-elle vous aider ?

En disant cela, Weston pensait à lui-même car, si Kayleigh avait besoin de protection, il voulait être celui qui l'assurerait.

— Kayleigh refuse obstinément d'avoir un garde du corps. Elle ne s'entend ni avec Jasper ni avec la plupart de ses collaborateurs, et elle essaye constamment de leur échapper. Je voudrais que ce soit toi qui veilles sur elle.

Après le peu qu'il avait vu de Jasper, Weston n'était pas surpris que Kayleigh ne veuille pas avoir affaire à lui. Mais tout de même…

— Je ne peux pas assurer la protection de quelqu'un qui fera de son mieux pour m'échapper. C'est trop dangereux pour nous deux.

— Elle n'essayera pas de s'enfuir. Je lui expliquerai la situation.

Leo regarda sa montre.

— Elle va bientôt se réveiller et se lever, si elle ne l'a pas déjà fait. Tu veux rester jusqu'à ce que je lui aie parlé ? Tu peux te promener dans le parc en attendant.

Il était 15 heures passées et Kayleigh dormait encore ? Weston contint son étonnement.

— Pas de problème.

Il allait pouvoir visiter les lieux, et savoir enfin si le souvenir qu'il en avait était fidèle.

Leo ouvrit des portes vitrées donnant sur une galerie extérieure, et laissa Weston sortir, en lui disant qu'il enverrait quelqu'un le chercher dans quelques minutes.

Weston fit quelques pas et put remarquer que le jardinier actuel prenait tout autant soin du parc que Henry. Des plantes vivaces aux fleurs colorées bordaient l'allée qui menait à la grande piscine, dont l'eau scintillait sous le soleil. Les bougainvilliers s'enlaçaient tout autour des piliers de la galerie, et l'ombrageaient de leur masse violette, alors que des pieds de glycine plantés en bosquets près de la maison exhalaient un parfum sucré.

Ils constituaient également une cachette parfaite pour un intrus.

N'avait-il pas aidé à planter ces massifs ? Le petit Weston de neuf ans ne se préoccupait visiblement pas de sécurité !

Il fit le tour de la maison, et arriva près du jacaranda situé près de la maisonnette du jardinier.

C'était leur arbre... l'arbre de Kayleigh et lui.

Il leva la tête et aperçut le ciel à travers le feuillage.

Combien d'heures avait-il passées sous cet arbre au cours de cet été ? Là, il avait bu de la limonade, mangé les cookies que Kayleigh apportait pour eux deux, ou les glaces à l'eau que Henry gardait dans son réfrigérateur.

L'arbre semblait libérer tous ses souvenirs... Kayleigh qui ne cessait de parler, et le plaisir que Weston prenait à l'écouter, quel que soit le sujet : ses cours de danse, des émissions télévisées, la fille à l'école qui achetait toujours les mêmes vêtements qu'elle...

Kayleigh était très seule. Maintenant qu'il y repensait, il s'en rendait bien compte. Mais à l'époque, pour un enfant comme lui qui avait tant de mal à s'exprimer, le fait de pouvoir seulement écouter était un soulagement. Il aurait aimé qu'elle lui parle sans cesse.

L'arbre recelait une foule de souvenirs... de rires également. Et ce n'était pas une chose habituelle pour Weston.

Il avait si souvent émis le souhait que cet été ne s'arrête jamais, et que la fillette fascinante qui était à ses côtés reste son amie pour la vie, même s'ils appartenaient à des mondes très différents...

Il regarda autour de lui, et ne put s'empêcher de remarquer

une fois de plus le luxe de l'endroit. Kayleigh venait tout juste de se lever alors qu'il allait bientôt terminer sa journée de travail.

Bien des choses avaient changé dans la vie de Weston depuis ses neuf ans, mais Kayleigh et lui n'appartenaient toujours pas au même monde.

2

Papa, j'ai peur. Aide-moi ! Je ne sais pas quoi faire.

Il faisait si noir, mais elle ne voulait pas pleurer : elle avait trop peur que le méchant homme revienne ! Comment son papa allait savoir où la trouver ? Allait-elle mourir comme sa maman ?

Elle entendit des pas. Oh non, c'était le méchant homme ! Il revenait ! Il allait…

Kayleigh se redressa brusquement dans son lit, le corps moite de sueur, tentant de reprendre pied dans la réalité. Elle balaya la chambre du regard. Où se trouvait-elle ? Elle n'était pas chez elle. Était-elle en mission ?

Elle aperçut les tentures et tout se remit en place. Non, elle était dans la maison de son père, dans sa chambre de petite fille. Quelqu'un avait tiré les rideaux occultants sans penser à laisser filtrer un rai de lumière, ainsi qu'elle y veillait toujours.

L'obscurité engendrait trop de cauchemars. Bien trop souvent, le méchant homme avait tenté de revenir… même si elle n'était plus cette fillette de dix ans, et même si son geôlier était depuis mort en prison.

La respiration de Kayleigh s'apaisa, et elle s'assit dans son lit. Elle souffrait du décalage horaire après sa dernière mission en Indonésie. Le sommeil n'était venu qu'à l'aube, et elle se sentait encore un peu groggy. Mais elle y était plus ou moins accoutumée, puisque sa profession de photographe spécialisée dans le domaine de la nature et de l'environnement l'amenait à voyager dans le monde entier. Cela allait passer... et plus vite encore lorsqu'elle serait enfin chez elle, dans son cadre familier.

Son père était allé la chercher à l'aéroport et l'avait amenée ici. Elle était trop fatiguée pour lui résister, et avait accepté de venir dormir dans son ancienne chambre plutôt que d'avoir à se battre pour rentrer chez elle sans la protection rapprochée qu'il insistait pour mettre en place.

Son indépendance était son bien le plus précieux, et elle refusait obstinément qu'un garde du corps vienne résider dans sa maison.

Kayleigh se leva et alla tirer les rideaux, laissant le soleil chasser les dernières ombres de son cauchemar.

Elle se prépara rapidement, décidant comme souvent de ne pas perdre de temps à se maquiller et à se coiffer, et descendit dans la cuisine. Elle réchauffa les restes qu'un des domestiques avait laissés pour elle et s'installa devant le comptoir.

Il n'y avait là rien de nouveau. Elle mangeait seule depuis des années, même lorsqu'elle vivait encore ici. Son père était constamment occupé, et il était rare qu'ils partagent un repas.

Elle n'avait pas encore terminé lorsque Gwendolyn entra dans la pièce.

— Vous voici levée ! J'avais l'impression que vous étiez vraiment très fatiguée cette fois-ci. Comment était l'Indonésie ?

Kayleigh lui sourit. Gwendolyn était celle des employés de son père qu'elle préférait.

— J'ai beaucoup aimé ce pays. Les conditions de vie étaient un peu dures, mais correspondaient tout à fait au thème du reportage.

— De quoi s'agissait-il, déjà ? demanda Gwendolyn en venant s'asseoir à côté d'elle.

— De présenter différentes plantes qui peuvent être mortelles pour l'homme, et de faire prendre conscience du danger qu'elles peuvent constituer si elles ne sont pas respectées.

Cette mission lui avait par ailleurs donné l'occasion de poursuivre un projet personnel qui consistait à illustrer la façon dont certaines plantes parvenaient à s'adapter et à survivre dans des environnements particulièrement hostiles. Elle travaillait dessus depuis des années, et espérait pouvoir un jour publier un livre avec ses photos.

Elle passa quelques minutes à expliquer à Gwendolyn le travail qu'elle avait effectué en Indonésie. Elle n'était pas certaine que l'assistante de son père soit véritablement intéressée, mais elle faisait au moins semblant.

Cette mission avait été extraordinaire, même dans les conditions dans lesquelles elle voyageait, qui n'avaient rien de luxueux puisqu'elle avait fait du camping sauvage. Mais Kayleigh préférait être dans la nature avec son appareil-photo que dans cette immense demeure remplie d'employés, mais où personne ne se parlait.

— Nous sommes heureux que vous soyez revenue, déclara Gwendolyn. Votre père s'inquiète dès que vous êtes loin de lui.

Kayleigh se retint de lever les yeux au ciel.

— Il s'inquiète aussi lorsque je suis près de lui !

Gwendolyn secoua la tête.

— C'est fort compréhensible, après ce qui vous est arrivé lorsque vous étiez petite.

Étant donné que Kayleigh en faisait encore des cauchemars près de vingt ans plus tard, il aurait été hypocrite de sa part d'affirmer le contraire.

— Effectivement.

Gwendolyn travaillait pour Leo depuis trois ans maintenant. Kayleigh l'appréciait davantage que les assistantes nettement plus jeunes qu'il avait eu coutume d'embaucher jusque-là. Elles étaient certes plus agréables à regarder, mais aucune n'était aussi organisée ou sympathique que Gwendolyn. Kayleigh espérait presque qu'une romance naîtrait entre son père et sa secrétaire, mais si une quelconque attirance existait ils n'en avaient jamais rien laissé paraître.

Leur conversation fut interrompue par Jasper, le chef de la sécurité de Leo, qui entra dans la cuisine et se dirigea droit vers la machine à café.

Kayleigh le trouvait déjà particulièrement désagréable quand il était de bonne humeur, mais lorsqu'il était irrité il lui devenait carrément insupportable.

— Tout va bien ? lui demanda Gwendolyn. Tu as l'air un peu contrarié.

Un des aspects de son travail consistait à calmer les tensions que l'attitude de Leo pouvait parfois susciter.

Jasper prit une gorgée de son café, et croisa ses bras épais sur son torse.

— Leo ne me facilite pas le travail quand il me tient à l'écart.

Gwendolyn leva les sourcils.

— Je suis certaine qu'il ne te tient pas à l'écart. Tu es chargé de sa protection !

— Il est dans son bureau en train de parler seul à seul avec un des fondateurs d'une grosse agence de sécurité. S'il a un problème avec la façon dont j'effectue mon travail, il devrait me le dire en face.

Kayleigh comprenait pourquoi son père faisait confiance à Jasper : tous les deux se ressemblaient. Ils étaient autoritaires et efficaces.

Elle termina son repas pendant que Gwendolyn tentait de faire sortir Jasper de sa bouderie – puisque c'était le terme le plus adéquat pour décrire son attitude. Kayleigh préféra ne pas s'immiscer dans la conversation : elle limitait toujours ses contacts avec Jasper au strict minimum.

— Mademoiselle Delacruz, votre père aimerait vous voir si vous avez un instant.

Kayleigh était en train d'avaler la dernière bouchée de son repas lorsqu'un autre membre de l'équipe de sécurité apparut dans l'embrasure de la porte.

— Moi aussi ? demanda Jasper.

L'homme secoua la tête.

— Il a uniquement mentionné Mlle Delacruz.

Kayleigh jeta un coup d'œil à Jasper, s'attendant presque à voir de la fumée sortir de ses oreilles. Il la suivit lorsqu'elle quitta la cuisine, même s'il n'y avait pas été invité.

Elle frappa à la porte du bureau de son père.

— Bonjour, papa. Tu voulais me voir ?

Jasper la suivit encore lorsqu'elle entra dans la pièce.

— Te voilà enfin, ma chérie ! Comment te sens-tu ?

Leo contourna son bureau et vint la serrer dans ses bras.

— Un peu fatiguée à cause du décalage horaire, mais ça va.

Elle n'allait certainement pas lui parler de son cauchemar. Cela fournirait à son père un argument supplémentaire pour la pousser à accepter une équipe de sécurité chez elle.

Elle s'écarta de lui et s'assit. Son père s'installa sur la chaise à côté d'elle au lieu de retourner dans son fauteuil.

— Tu aurais dû me laisser chez moi au lieu de m'amener ici, papa.

Son père ne fit même pas mine de le regretter.

— Il était tard, et tu sais très bien ce que je pense du fait que tu vives seule dans cette maison.

Elle poussa un soupir.

— Nous en avons déjà parlé.

— Je le sais bien. Mais la situation est différente en ce moment. Je suis en contact avec des personnes dangereuses, et je voudrais que tu acceptes qu'un garde du corps loge chez toi jusqu'à ce que l'acquisition sur laquelle je travaille ait eu lieu.

— Du plus loin que je me souvienne, tu as toujours eu affaire à des individus dangereux. Alors, ma réponse est toujours non.

Elle avait appris à se montrer ferme lorsqu'il fallait tenir tête à son père.

— Vous devriez avoir en permanence un garde du corps, insista Jasper en faisant un pas en avant. Je veux bien accepter cette mission, si cela peut vous mettre à l'aise.

Elle savait pertinemment que le sourire qu'elle arborait devait sembler forcé, mais elle n'y pouvait rien.

— Non, je vous remercie.

Il était hors de question que Jasper ou un de ses clones soit constamment à ses côtés... Mais il n'y avait pas que cela.

Elle refusait de renoncer à sa liberté, et d'avoir quelqu'un qui la suivrait comme son ombre vingt-quatre heures sur vingt-quatre. Cela la rendrait folle. Son indépendance avait été gagnée de haute lutte, et elle y tenait trop.

— Ne soyez pas si obstinée, répliqua Jasper.

Elle n'essaya même plus de sourire.

— Je ne suis pas obstinée. Je suis adulte, et j'ai le droit de vivre comme je l'entends.

— Et je pense qu'elle a raison, déclara Leo.

Elle se retourna brusquement vers lui, tout aussi surprise que Jasper semblait l'être.

Son père eut un petit rire.

— Je viens peut-être de comprendre qu'il est inutile d'essayer de te convaincre.

— Je tiens probablement de toi, répliqua-t-elle en souriant à son père.

Il la rendait parfois folle et elle avait bien conscience que ses affaires étaient parfois douteuses, mais elle l'aimait.

Et, cerise sur le gâteau, l'approbation de son père semblait exaspérer Jasper.

— Et si nous faisions un compromis ? déclara Leo.

Elle plissa les paupières.

— Cela dépend de ce que tu entends par « compromis ».

— Tu n'as pas d'engagement professionnel pour les deux semaines à venir, n'est-ce pas ?

— C'est exact.

— Si j'arrête de te demander d'accepter un garde du corps...

Leo leva la main pour faire taire Jasper, qui s'apprêtait à protester, et poursuivit :

— ... serais-tu disposée à séjourner dans une de mes propriétés jusqu'à ce que cette fameuse acquisition ait lieu ?

— Pendant deux semaines ?

Il hocha la tête.

— Trois tout au plus. Et ensuite les choses seront beaucoup plus calmes.

Kayleigh considéra son père avec attention. Elle avait appris à ne pas poser de questions concernant ses affaires. S'il était véritablement inquiet pour sa sécurité, alors cette acquisition devait impliquer des personnes vraiment dangereuses.

— Bien. Je resterai dans la propriété du lac Austin. Ça te convient ?

— C'est parfait, acquiesça Leo.

Jasper s'excusa immédiatement.

— J'ai besoin d'effectuer quelques vérifications de dernière minute là-bas, si vous le voulez bien.

— Pas de problème, déclara son père.

Dès que Jasper eut refermé la porte derrière lui, elle se retourna vers son père.

— Tu connais Jasper : il est en train d'élaborer un plan de sécurité pour cette propriété, et va revenir dans quelques heures pour t'expliquer ce qu'il a mis au point.

Leo eut un petit rire.

— Jasper est plutôt prévisible, je te l'accorde. Mais toi aussi, et je sais très bien que tu n'iras pas là-bas. Alors, pourquoi ne me dirais-tu pas ce que tu projettes réellement ?

Kayleigh ne put s'empêcher de sourire.

— Je déteste cette propriété, tu le sais bien. Mais j'aime beaucoup celle qui est en bordure du lac Ray Roberts.

Elle s'attendait à ce qu'il proteste, mais il eut l'air plutôt ravi de sa déclaration.

— C'est ce que je pensais, déclara son père en lui passant le bras autour du cou. Je te promets que je n'en dirai rien à Jasper. Mais je t'avertis que j'ai prévu des travaux d'aménagement dans le parc de la propriété du lac Ray Roberts. Alors, ne m'en veux pas si tu n'es pas seule.

Elle lui lança un regard de côté.

— Et le jardinier est un des hommes de Jasper ?

Leo lui pressa l'épaule.

— Certainement pas. Je te le promets.

— Bien. Du moment que je ne suis pas suivie en permanence

par un type en costume trois pièces avec une oreillette, tout m'ira. Je partirai demain matin.

Il l'embrassa sur les cheveux.

— Merci de faire plaisir à ton vieux père. J'espère que cette acquisition sera la dernière à présenter un certain danger. Elle est... différente de la plupart des autres.

La sonnerie du téléphone posé sur son bureau s'éleva, alors elle lui fit un petit signe de la main lorsqu'il décrocha, et sortit du bureau. Mais au lieu de retourner dans sa chambre elle décida de faire un tour dehors.

Elle savait pourquoi. Elle avait cessé depuis longtemps de se mentir sur la raison qui la poussait à se promener dans le parc à chaque fois qu'elle revenait dans la maison de son père. Elle avait envie de revoir le jacaranda. Leur arbre, à Weston et elle.

À part pendant sa période de floraison au printemps, il n'avait rien de remarquable. Il n'était ni aussi grand que les autres arbres ni aussi coloré que certaines plantes. Personne ne faisait vraiment attention à lui.

Mais aujourd'hui quelqu'un se trouvait dessous, et nettoyait le massif qui l'entourait. Lorsqu'elle passa, l'homme qui était accroupi leva les yeux vers elle.

— Prenez bien soin de cet arbre. Il est important pour moi, déclara-t-elle.

— Je suis heureux de l'entendre, Kayleigh.

Cette voix éveilla quelque chose de profond en elle. Elle reconnaissait maintenant quelque chose du petit garçon qu'elle avait côtoyé dans les traits de l'homme qui se trouvait devant elle.

— Weston ? C'est vraiment toi ?

Elle cligna des paupières, tout en remarquant son visage aux traits fins, sa peau noire, sa mâchoire carrée et ses cheveux coupés court. Elle n'arrivait toujours pas à croire qu'elle se trouvait en face de lui. Il n'était pas vêtu comme un jardinier : il portait un pantalon en toile et une chemise blanche dont il avait roulé les manches, mais il avait les mains couvertes de terre.

S'il ne lui avait pas semblé important de se maquiller et de se coiffer tout à l'heure, elle le regrettait maintenant.

Il la vit regarder ses mains, et haussa les épaules d'un air contrit.

— Désolé. Je suis venu ici pour un entretien avec ton père. Quand j'ai vu cet arbre, je n'ai pas pu m'empêcher de m'en occuper un peu.

Elle se souvenait de lui ainsi : toujours en train de soigner les plantes, plein de respect et d'admiration pour la nature qui l'environnait. Mais il n'était plus ce petit garçon de neuf ans. Le Weston qui se trouvait devant elle était un homme remarquablement beau, avec des yeux noisette au regard intense.

— Je suis tentée de faire la même chose à chaque fois que je passe à côté de cet arbre, déclara-t-elle, même si on ne peut rien reprocher aux jardiniers ! Papa veille à ce que le parc soit bien entretenu. Mais parfois j'ai simplement envie de mettre les mains dans la terre.

— J'ai entendu dire que tu étais devenue une photographe spécialisée dans la nature, alors j'imagine que cela t'arrive souvent !

— Oui. J'aime beaucoup mon métier.

Avait-il suivi son travail au cours de ces années ? Cette pensée lui serra étrangement le cœur.

— Tu vas travailler pour papa ? poursuivit-elle.

Il était évident à ce qu'elle voyait que Weston était devenu jardinier.

— Oui, répondit-il. En fait, je...

Jasper apparut et les interrompit.

— M. Delacruz m'a demandé de vous prévenir qu'il vous attendait, Patterson... Et vous ne devriez pas être ici en train de parler à Mlle Delacruz. Ce n'est pas votre place.

Elle secoua la tête.

— Du calme, Jasper, Weston et moi étions amis lorsque nous étions enfants.

Même s'il ne s'appelait pas Patterson à l'époque.

Jasper croisa les bras sur sa poitrine, et elle se retourna vers Weston.

— Ne l'écoute pas. Il n'y a pas de problème.

Weston se frotta les mains pour en ôter la poussière.

— Non, Jasper a raison. Je dois aller retrouver ton père s'il m'attend. Mais j'ai été heureux de te revoir.

— Moi aussi !

Ils échangèrent un petit signe gêné de la main, sous le regard sombre de Jasper, et Weston partit.

Kayleigh se retourna pour observer le jacaranda, et le travail que Weston venait d'effectuer au pied de l'arbre. Il n'avait plus rien du petit garçon silencieux qu'elle avait suivi tout l'été, après la mort de sa mère.

Peut-être que finalement séjourner dans la maison de son père ne serait pas si désagréable, si cela signifiait qu'elle pourrait rencontrer Weston chaque jour pendant qu'il travaillait.

Mais non, c'était impossible. Elle avait trop lutté pour être indépendante. Rester ici serait faire un pas en arrière, et elle ne le voulait pas.

Même pour revoir ces yeux pleins de lumière qui la subjuguaient autant aujourd'hui que lorsqu'elle était enfant.

3

Weston demeura silencieux alors qu'il suivait Jasper jusqu'au bureau de Leo. Cette réticence à parler, qui avait été un mécanisme de défense lorsqu'il était enfant, continuait à jouer en sa faveur maintenant qu'il était adulte. Beaucoup la prenaient à tort pour un signe de faiblesse, et ne s'apercevaient que trop tard qu'ils s'étaient trompés.

— Merci d'avoir attendu, déclara Leo lorsqu'ils arrivèrent dans le bureau. J'ai parlé à Kayleigh, et elle a accepté d'avoir un garde du corps en permanence jusqu'à ce que l'acquisition ait eu lieu.

Il se tourna vers Jasper.

— Pourrais-tu mettre en place le plan de protection de la propriété du lac Austin ? Tu as l'avantage de la connaître.

La satisfaction de Jasper était manifeste.

— Je m'en occupe.

Il ajouta en lançant un coup d'œil à Weston :

— Je pense que nous ne devrions pas faire intervenir de membres extérieurs à l'équipe pour cette mission.

Leo hocha la tête.

— Tu as carte blanche. Fais tout ce que tu estimes nécessaire pour t'assurer que l'endroit est bien gardé.

Weston ne dit rien lorsque Jasper quitta la pièce, un sourire narquois aux lèvres. Il ne se sentait pas offensé que Jasper ne veuille pas de lui dans son équipe : ils n'étaient pas faits pour s'entendre.

Et, si Jasper était le garde du corps qu'avait accepté Kayleigh, il n'avait rien à redire à cela, ni le droit d'être déçu.

D'ailleurs, il aurait dû agir de manière plus professionnelle avec elle tout à l'heure, au lieu de lui parler, d'étudier son visage, de remarquer la douceur de sa voix un peu rauque, et de retenir l'envie de prendre entre ses doigts une mèche de cheveux bruns qui s'était échappée de sa natte.

— Voici la propriété du lac Austin dont je parlais, déclara Leo en lui tendant une tablette par-dessus le bureau.

Weston fit défiler les photos.

— C'est très impressionnant.

Cette fichue baraque était presque un château !

— Il y a deux maisons de gardien, et un dispositif de sécurité très sophistiqué. J'aurais souhaité que Kayleigh accepte d'aller là-bas.

Weston lui rendit la tablette en levant les sourcils.

— Et ce n'est pas le cas ?

Leo tapota sur l'écran, puis la lui tendit à nouveau.

— Non. Voici la propriété du lac Ray Roberts. C'est celle que Kayleigh a choisie.

La demeure était de taille beaucoup plus modeste et, de l'avis de Weston, infiniment plus charmante. Il observa plus particulièrement les photos du parc, qui était beaucoup plus sauvage.

— Tu sembles préférer cet endroit à l'autre.

Weston haussa les épaules.

— Disons qu'il me correspond mieux que le domaine du lac Austin.

— Kayleigh partage ton point de vue. Elle ne pourrait pas passer deux jours là-bas avec les hommes de Jasper sans devenir folle et repartir illico.

Il désigna la tablette.

— Mais elle a accepté de rester à Ray Roberts, et de t'avoir comme garde du corps, si tu es d'accord.

— Oui.

La réponse de Weston fut brève, même si ce qu'il ressentait

était très profond. Bien sûr que oui, il voulait être celui qui allait veiller sur elle, surtout dans un endroit aussi beau. Et, si elle avait accepté, il était partant.

— La propriété est isolée et il n'y a pas grand-chose à faire là-bas, mais le parc est grand…

Leo désigna un peu de terre qui était restée accrochée à la chemise de Weston.

— Et je vois que tu aimes toujours autant jardiner que lorsque tu vivais chez Henry.

Weston essuya sa chemise d'un revers de main.

— Oui. Je passe beaucoup de mon temps libre à m'occuper des plantes.

Leo sembla ravi d'entendre cela.

— Je préfère ne pas parler de cet arrangement à Jasper : Kayleigh se sentira beaucoup plus à l'aise avec toi. Et elle sera plus en sécurité que si elle passe son temps à tenter d'échapper à ses gardes du corps.

— C'est certain !

— Si tu veux jardiner pendant que tu seras là-bas, je serai ravi de te payer un peu plus. Kayleigh aime les plantes, elle aussi. C'est la raison pour laquelle elle a choisi de les photographier. Cela la relaxerait de pouvoir gratter la terre.

— Il est inutile de me payer davantage pour m'occuper du jardin. Je pense que de toute manière je n'arriverais pas à m'en empêcher !

Leo marqua son assentiment d'une simple inclination de la tête.

— La propriété possède une petite maison pour le jardinier juste à côté de l'habitation principale. L'endroit dispose de l'eau courante et de l'électricité. Ça te conviendrait ? Je ne veux pas forcer Kayleigh à vivre sous le même toit que son garde du corps.

— C'est bon. Je mettrai en place un système de surveillance pour être averti si quelqu'un tente de s'introduire sur le domaine.

Leo lui sourit.

— Bien. Kayleigh a l'intention d'arriver demain après-midi.

— Alors, je vais m'y rendre dès ce soir et m'assurer que tout est en place.

— Achète tout ce dont tu as besoin, quoi que ce soit, et envoie-moi les factures. La sécurité de Kayleigh est ce qu'il y a de plus important pour moi.

Leo sortit un dossier contenant des clés et des informations, et le lui tendit.

Weston s'apprêta à partir, puis s'immobilisa.

— Leo, êtes-vous certain que vous ne préférez pas que ce soit Jasper qui s'en occupe ? Kayleigh ne l'apprécie peut-être pas beaucoup, mais il a l'air compétent en matière de sécurité. Changer ainsi au dernier moment est peut-être une erreur…

Leo le regarda pendant un long moment avant de se retourner pour contempler le parc.

— Des erreurs… j'en ai fait beaucoup avec Kayleigh, et dans bien des domaines. Quand elle était…

Leo secoua la tête et s'interrompit, avant de reprendre :

— Kayleigh a subi un traumatisme peu de temps après ton départ. Je ne vais pas entrer dans les détails, mais ensuite j'ai eu tendance à trop la couver et à renforcer constamment sa protection, alors que j'aurais dû passer plus de temps avec elle.

— Il n'est pas trop tard pour changer les choses.

— C'est ce que j'espère. Et c'est la raison pour laquelle l'acquisition sur laquelle je suis en train de travailler me tient tant à cœur. Cela va contribuer à réparer les erreurs que j'ai commises.

— Vous pourriez m'en dire plus sur cette acquisition ? Cela m'aiderait à voir d'où peut venir le danger et à anticiper.

— Elle implique Brighton Pharmaceuticals.

Weston avait déjà vaguement entendu parler de cette entreprise.

Leo se frotta le cou.

— Je vais me mettre de nombreuses personnes à dos, et mon équipe de sécurité est déjà en train de repérer toutes les menaces potentielles.

Weston allait également demander à ses frères d'effectuer des recherches sur Brighton Pharmaceuticals. Un regard neuf ne pouvait pas faire de mal, et il voulait mettre toutes les chances de son côté en acceptant cette mission.

— Je suis d'accord pour assurer la protection de Kayleigh, mais je voudrais être certain que c'est vraiment ce que vous voulez.

— Ce que je veux importe peu. L'objectif est de garder Kayleigh en sécurité... et de réparer le mal qui a été fait.

Leo se passa la main sur le visage. Il avait l'air soudain vieux et fatigué.

— Kayleigh déteste que l'on envahisse son espace personnel. J'espère que les choses se passeront différemment avec toi. Elle t'appréciait beaucoup.

Il l'appréciait beaucoup lui aussi.

— Il y a longtemps de cela...

Leo laissa à nouveau son regard vagabonder sur le parc.

— Elle t'a souvent réclamé, tu sais, après la mort de Henry. Elle ne comprenait pas pourquoi tu étais parti. J'aurais dû faire des efforts pour te retrouver. Surtout après...

Il laissa à nouveau sa phrase en suspens et se redressa dans son fauteuil.

— Disons simplement que la sécurité de Kayleigh est pour moi ce qu'il y a de plus important au monde. Le fait que vous soyez tous les deux dans un endroit que personne d'autre ne connaît est, je pense, le meilleur moyen de la protéger.

— Je vais la garder saine et sauve, je vous le promets.

Et Weston ne s'engageait jamais à la légère.

— C'est ce que j'espérais entendre.

Leo se leva.

— Maintenant, va préparer la maison. Achète tout ce dont tu auras besoin, y compris de quoi entretenir le parc : jardiner l'aidera à se sentir à l'aise.

Weston ne savait pas très bien comment interpréter le fait qu'il puisse s'absenter pour un laps de temps indéterminé, et qu'il n'ait quasiment personne à prévenir.

Sans ses parents et ses frères, il serait certainement devenu maladivement introverti. Mais, du jour où ils l'avaient rencontré, Clinton et Sheila Patterson n'avaient eu de cesse de le faire sortir de sa coquille, avec douceur et patience. La compagnie de ses frères avait eu le même effet.

Il n'avait donc qu'un coup de fil à passer avant de pouvoir s'éclipser pour deux semaines. À part ses frères, personne ne se rendrait seulement compte qu'il était parti.

La nuit tombait lorsqu'il arriva chez lui pour prendre quelques vêtements et ses armes personnelles. Il portait presque tout le temps sur lui son Glock 19, mais la situation exigeait plus.

Tout en faisant ses bagages, il appela Chance. Comme ses deux autres frères avaient maintenant une famille, il préférait éviter de les déranger.

— Alors, déclara Chance lorsqu'il décrocha, j'ai entendu dire que tu étais copain avec Leo Delacruz ?

Weston haussa les épaules, et déposa quelques T-shirts dans son sac de voyage.

— Je vois que Brax n'a pas perdu de temps ! Oui, Delacruz veut nous embaucher pour une mission de sécurité.

— Bien. Je dois la programmer sur le planning ?

— Non. Je vais m'en occuper tout seul. Je pars assurer une protection rapprochée pendant deux ou trois semaines.

Chance marqua un instant de silence.

— Donc, tu es bien copain avec Delacruz.

— Je connaissais sa fille quand nous étions enfants. Elle ne veut pas être protégée par son équipe de sécurité habituelle, alors Delacruz espère qu'elle acceptera mieux ma présence.

— Il n'a pas tort d'essayer. Chez lui ?

— Non. Nous allons dans une maison située au bord du lac Ray Roberts. Je t'enverrai la localisation exacte.

— D'ordinaire, tu ne te portes jamais volontaire pour assurer la sécurité d'une personne à domicile : tu aimes trop être seul pour cela !

Weston ajouta quelques chaussettes dans le sac.

— Je pense que j'ai eu envie de faire celle-là en souvenir du bon vieux temps.

Et parce que, si quelqu'un devait veiller sur Kayleigh, il tenait à ce que ce soit lui. Même s'ils ne vivaient pas dans le même monde et n'avaient probablement rien en commun.

Peut-être agissait-il ainsi pour le petit Weston qui n'avait jamais pu dire au revoir à sa camarade… Ou peut-être pour la Kayleigh qui avait été une amie si fidèle, et qui avait besoin d'aide maintenant.

Ou, s'il était honnête, probablement parce qu'il n'avait jamais réussi à l'oublier, qu'il soit enfant, adolescent ou adulte.

— J'aimerais que tu recherches des informations sur le rachat de Brighton Pharmaceuticals par Delacruz Industries… Il pourrait être intéressant de savoir qui a à perdre dans cette transaction.

— Leo Delacruz a été directement menacé ?

— Pas vraiment, mais j'aimerais savoir ce à quoi nous avons affaire.

— D'accord. Nous allons chercher.

Weston déposa les derniers vêtements dans le sac.

— Tu pourras demander à Maci d'annuler mes engagements pour les deux semaines à venir ? De mémoire, il n'y a pas grand-chose, mais il faudra faire quelques ajustements.

Il y eut un instant de silence à l'autre bout de la ligne.

— Pourquoi me demandes-tu de faire ça ?

— Parce que c'est toi que j'ai au téléphone, imbécile ! Quand tu la verras demain, dis-le-lui.

— D'accord. Quand je la verrai, demain.

Que se passait-il donc avec son frère ?

— Tu vas bien, Chance ? J'espère que tu n'as pas reçu un coup sur la tête !

Chance était celui de ses frères qui avait l'esprit le plus affûté, et ce comportement ne lui ressemblait pas du tout. C'est alors que Weston entendit vaguement une voix de femme.

Voilà qui pouvait expliquer l'attitude étrange de Chance… Mais jamais personne ne l'avait distrait à ce point !

— Je vois que tu as de la compagnie. Je ne voulais pas te déranger.

— Ce n'est pas un problème. Je ferai passer le message à Maci. Demain. Lorsque je la verrai.

Vraiment, jamais Chance n'avait paru aussi troublé. La femme auprès de laquelle il se trouvait avait des pouvoirs étonnants sur lui !

Weston éclata de rire.

— Merci, frangin !

Il raccrocha, termina de rassembler ses affaires et sortit.

Quelques heures plus tard, il se garait devant la maison du lac Ray Roberts.

Il s'était arrêté dans un magasin de la banlieue de San Antonio et avait fait l'acquisition de tout le matériel dont il avait besoin. Il en connaissait le propriétaire, qui avait accepté d'ouvrir en dehors des horaires habituels, d'une part parce que San Antonio Security était un client important, mais aussi grâce à l'argent de Leo Delacruz.

Weston tenta de percer l'obscurité du regard. D'un point de vue tactique, c'était une bonne idée de se réfugier dans cette maison isolée plutôt que dans une des propriétés plus cossues que possédait Leo, mais Weston tenait tout de même à équiper les lieux du matériel de surveillance nécessaire.

Il entra dans la maison avec la clé que Leo lui avait confiée, et la parcourut. Elle était très simple : deux chambres à coucher, dont une servait de bureau, un salon et une cuisine. La plupart des fenêtres se trouvaient sur l'avant du bâtiment, qui donnait sur le lac. L'annexe du jardinier, quant à elle, comprenait une chambre et une salle de bains. Elle n'avait pas vue sur le lac, mais était située à proximité de l'habitation principale. C'était parfait en termes de sécurité.

Il se leva à l'aube le lendemain, et parcourut la propriété, en voiture et à pied, pour se familiariser avec elle. Elle était telle qu'il se l'imaginait après avoir vu les photos : sauvage et belle. Elle n'avait définitivement rien à voir avec la sophistication du domaine du lac Austin que Leo lui avait également montré.

Il passa toute la matinée à mettre en place les détecteurs de mouvement qu'il avait achetés, les posant le long de l'allée et de tout ce qui pouvait ressembler à un chemin. Il en installa d'autres près de la maison, et sur toutes les portes et fenêtres, en veillant à ce qu'ils se remarquent le moins possible.

Cela aiderait Kayleigh à être plus détendue. Et il était important pour lui qu'elle se sente bien, non seulement parce que cela rendrait son travail plus facile, mais surtout parce qu'il voulait la savoir sereine. Il ne savait pas bien à quoi Leo avait fait allusion la veille, mais apparemment elle avait subi un choc dont elle avait eu du mal à se remettre.

Il se dirigea vers le lac. Sa présence rendait sa mission plus délicate. Une embarcation à moteur ne pourrait pas s'approcher sans qu'il la remarque, mais il aurait plus de difficultés à repérer un bateau à rames. Il installa d'autres détecteurs sur le rivage, mais prit mentalement note de cette faille dans le dispositif de surveillance.

Lorsque tout fut en place, il reprit sa voiture pour découvrir les environs. À quelques kilomètres de là se trouvait un port de plaisance, alors il décida de louer un bateau. Cela pourrait leur être utile s'il était nécessaire de s'enfuir.

Il fit également quelques provisions et, puisqu'il y avait un rayon jardinage bien approvisionné dans un magasin du coin, acheta des végétaux et du matériel. Il avait quelques idées de ce qu'il pourrait entreprendre pour aménager le parc, et rehausser la beauté naturelle du cadre.

En milieu d'après-midi, il eut l'impression d'avoir mis en place tout ce qu'il pouvait. La discrétion serait leur meilleure alliée, mais les détecteurs qu'il avait installés l'avertiraient en cas de danger.

Maintenant, il n'avait plus qu'à attendre que Kayleigh arrive. Il enfila des vêtements plus adaptés au jardinage, et décida de s'atteler immédiatement à la tâche. Il avait confiance dans le dispositif mis en place, et en sa capacité à protéger Kayleigh.

Il était certainement mieux préparé à faire face au danger qu'à revoir Kayleigh.

4

Kayleigh quitta la maison de son père le lendemain matin et se mit en route pour la propriété du lac Ray Roberts. Elle jetait constamment des coups d'œil dans son rétroviseur, s'attendant à être suivie par Jasper ou un de ses hommes. Son père lui avait affirmé qu'il n'en serait rien, mais elle n'était pas certaine de pouvoir le croire.

Elle dut résister à la tentation de ne pas aller tout simplement chez elle. Mais elle savait que son père refuserait net qu'elle y reste seule, et la pensée de n'avoir aucune intimité lui était insupportable, même pour deux semaines seulement. Comment pourrait-elle accepter que quelqu'un la suive pas à pas, et reste planté derrière la porte de sa chambre lorsqu'elle dormirait ? Rien qu'à cette idée, elle sentait tout son corps se crisper.

C'était une des raisons pour lesquelles elle acceptait tant de reportages qui l'amenaient à voyager hors du pays.

Elle souffrait encore un peu du décalage horaire, et son expédition en Indonésie avait été physiquement exigeante. Elle avait dû passer de longs moments à attendre, immobile, parfois sous les orages, et il lui avait fallu apprendre à contrôler l'angoisse qu'ils faisaient monter en elle.

Alors, elle espérait que son père tiendrait parole, et qu'elle pourrait se reposer sans que personne – c'est-à-dire aucun garde du corps – vienne troubler sa tranquillité. Et finalement elle ne serait pas si mal dans la petite maison du lac Ray Roberts, qu'elle était la seule à aimer.

Au fur et à mesure qu'elle avançait et qu'elle constatait que personne ne la suivait, elle se détendit. Son père avait tenu parole.

Elle laissa échapper un juron lorsqu'elle se gara devant la maison et découvrit un autre véhicule. Bon sang ! Non, elle ne pouvait pas faire confiance à son père ! Elle serra si fort ses mains sur le volant que ses articulations en devinrent blanches.

Elle s'apprêtait à repartir sur-le-champ lorsqu'elle vit quelqu'un travailler dans un massif envahi par la végétation, et se relaxa un peu. Ce n'était pas un garde du corps, mais le jardinier dont son père lui avait parlé. Il ne ferait pas attention à elle.

Puis l'homme se redressa sous un rayon de soleil, et elle sentit un frisson la parcourir.

Weston.

Elle avait été un peu triste qu'ils n'aient pas pu se parler davantage lorsqu'elle avait quitté la demeure de son père, mais elle ne s'attendait vraiment pas à le voir ici. En fait, maintenant qu'elle avait appris son nom de famille – Patterson – elle s'était dit qu'elle l'appellerait pour lui proposer de boire un café un de ces jours.

Elle n'aurait plus à le faire.

Weston se redressa dès qu'il la vit et se dirigea vers la voiture. Elle lui fit un petit signe de la main et lui sourit en sortant.

— Je ne pensais pas te voir ici !

Il secoua la tête.

— Tu veux dire que ton père ne t'a pas informée que j'acceptais son offre d'embauche ?

— Non. Il m'a dit qu'il y aurait quelqu'un d'autre, mais n'a pas mentionné que ce serait toi.

Quelques secondes embarrassées s'écoulèrent avant qu'il ne reprenne la parole.

— Ça ne te dérange pas que je sois ici ? Leo et moi avons tous les deux pensé que c'était ainsi que je serais le plus efficace. Il m'a dit que je pourrais loger dans la maisonnette du jardinier, pour que tu sois tranquille. Mais il faut que tu sois d'accord.

— Pas de problème, je suis heureuse de te voir. Mon père voulait que j'aille dans une autre de ses propriétés, où Jasper et son équipe auraient constamment été sur mes pas.

Il se redressa et croisa les bras sur son torse.

— Mademoiselle Delacruz...

Il fronça les sourcils, et sa voix devint bien trop sérieuse.

— Je pense vraiment, poursuivit-il, qu'être suivie chaque seconde par une dizaine d'agents de sécurité est la méthode la plus sûre pour vous protéger.

Son imitation de Jasper était tellement parfaite qu'elle éclata de rire.

— Weston Patterson, ne serais-tu pas en train de te moquer ?

— Peut-être bien. Mais pour ma défense Jasper est une cible facile !

Il lui adressa un petit sourire qui fit se creuser une fossette au coin de ses lèvres.

— Tu veux que je t'aide à porter tes affaires ?

— Non, je ne voudrais pas t'interrompre dans ton travail. Je peux le faire moi-même.

— Ça ne me dérange pas du tout. J'étais seulement en train de gratter la terre, et de me demander ce qu'il était possible de faire pour aménager le parc. C'est un endroit rêvé pour les passionnés de jardinage !

Elle hocha la tête.

— Oui. J'aime beaucoup être ici. La nature est très belle.

Il sortit sa valise de la voiture, et elle attrapa le matériel de photographie dont elle ne se séparait jamais. Lorsqu'elle entra dans la maison, elle remarqua immédiatement que quelqu'un avait fait les courses.

— Je ne savais pas exactement ce que tu aimais, expliqua Weston, alors j'ai acheté un peu de tout. C'est ton père qui a payé pour tout cela, bien sûr.

Elle fut un peu surprise que son père ait annoncé son arrivée à Weston. C'était probablement pour lui recommander de la laisser tranquille.

Elle déposa son appareil-photo sur le comptoir de la cuisine et se tourna vers lui.

— J'espère que ça ne te dérange pas que je sois ici… Cela fait vingt ans que nous ne nous sommes pas vus, alors, si tu préfères être seul, il faut que tu me le dises.

Il lui lança un regard étrange.

— Je n'aurais jamais accepté ce travail si ça me dérangeait d'être avec toi.

— Bien ! Alors, tu serais d'accord si je me changeais et que je vienne t'aider à jardiner ?

Il sourit, et sa fossette se creusa à nouveau. Elle s'aperçut qu'elle la regardait fixement.

— Avec plaisir ! Ton père m'a donné carte blanche pour aménager le parc comme je le voulais. C'était une erreur.

Elle éclata de rire et arracha son regard de ses lèvres.

— Oh que oui ! Nous allons lui montrer à quel point.

Toute la tension qu'elle ressentait s'était dissipée. Son père ne lui avait pas assigné un garde du corps malgré elle. Au lieu de cela, elle allait pouvoir passer du temps avec un ami de longue date.

Un ami de longue date particulièrement sexy.

Elle ne pouvait rêver mieux.

— Ne te sens pas obligée de m'aider, déclara Weston en jetant un coup d'œil à Kayleigh, dont les vêtements étaient maculés de terre.

Une fois de plus.

Au cours des trois derniers jours, à chaque fois qu'il était allé travailler dans le parc, elle était sortie pour l'aider.

Et pas seulement pour ce que tout le monde aimait faire, comme planter des graines ou arranger des massifs de fleurs. Elle s'était également acquittée de tâches bien plus ingrates, portant et épandant des sacs d'engrais, désherbant, taillant des arbres et des haies sur toute la propriété. Jamais elle n'avait déclaré forfait pour se détendre au bord du lac, ou aller regarder la télévision.

Weston était convaincu que Leo Delacruz se trompait du tout au tout lorsqu'il affirmait que sa fille ne supportait pas d'avoir un garde du corps. Elle avait toujours été agréable et polie, n'avait jamais essayé de se soustraire à sa surveillance, et ne lui avait jamais demandé de ne pas envahir son espace personnel. Elle avait été… tout à fait normale. Coopérative.

Et sexy en diable.

C'était ce qu'il avait dit à Leo – à l'exception de ce dernier élément – lors de ses coups de fil quotidiens.

Jusqu'à maintenant, tout se passait très bien, et Weston se sentait presque gêné de penser que Leo payait si cher ses services, alors qu'il passait le plus clair de son temps à jardiner en compagnie de Kayleigh.

— Je sais que je ne suis pas obligée de t'aider, mais j'aime mettre les mains dans la terre, répondit-elle en relevant la tête et en lui lançant un sourire. Cela m'arrive beaucoup plus souvent que tu ne pourrais le penser dans mon travail de photographe.

Il le savait très bien… probablement plus qu'il ne l'aurait dû, et qu'il n'était prêt à l'avouer.

— Je suis heureux que tu aies trouvé un métier que tu aimes.

Elle baissa les yeux vers l'iris qu'elle était en train de planter.

— Je suis certaine que l'été que j'ai passé avec toi et Henry a été à l'origine de ma carrière. C'est à ce moment que j'ai commencé à aimer les plantes… même si mon intérêt pour la photo est venu plus tard.

— Pour moi aussi, cet été a été déterminant. C'est là qu'a commencé mon histoire d'amour avec les plantes.

Elle poussa un soupir et caressa les fleurs violettes devant elle.

— Je pense que parfois je les préfère aux êtres humains. Elles sont si résilientes, alors qu'elles semblent si fragiles !

Il ne put s'empêcher de sourire.

— C'est vrai qu'il y a des jours où, moi aussi, je préfère leur compagnie !

Ils travaillèrent tous deux en silence pendant quelques instants.

— J'aime être à l'air libre. Parfois, lorsque je suis à l'intérieur, je...

Il attendit qu'elle termine sa phrase, mais elle ne le fit pas. Il se redressa et se tourna vers elle.

— Quand tu es à l'intérieur, tu... ?

Elle poussa un petit soupir qui le remua.

— Je me sens mal.

— Pourquoi ?

Elle mit tant de temps à lui répondre qu'il pensait qu'elle ne le ferait pas. Elle attendit d'avoir mis les racines de l'iris dans la terre et d'être en train de les recouvrir avant de se remettre à parler.

— Parfois, quand je suis à l'intérieur... j'ai l'impression que je ne peux pas respirer.

— Comme si tu étais claustrophobe ?

— Oui, mais pas tout à fait. Il s'est passé quelque chose quand j'étais plus jeune et...

Elle détourna le visage.

— Je n'ai pas trop envie d'en parler.

Il délaissa son travail et vint vers elle en enlevant son gant. Il posa les doigts sur la peau douce de son bras.

— Alors, ne le fais pas. Je comprends très bien cela, crois-moi... même si je suis là pour t'écouter si tu en as besoin.

— Merci.

— Parle-moi plutôt de l'Indonésie ! C'est le dernier voyage que tu as fait, n'est-ce pas ?

Elle lui adressa un sourire plein de soulagement, et ils se remirent tous les deux au travail. Pendant les heures qui suivirent, ils parlèrent de l'Asie, puis d'un voyage qu'elle avait fait récemment en Islande et de quelques autres sur le continent américain. Il savait déjà qu'elle s'était rendue dans tous ces endroits, mais n'allait certainement pas le lui dire : que penserait-elle si elle voyait l'album où il avait rassemblé tous les articles qu'il avait trouvés sur elle ? Il avait suivi sa carrière de loin, sans même espérer qu'elle se souvenait de lui.

Elle était en train de lui parler de son voyage en Islande et de son admiration pour ces plantes qui poussaient dans des milieux particulièrement hostiles, comme sur les coulées de lave, lorsqu'elle se tut soudain.

— Qu'y a-t-il ? lui demanda-t-il. Pourquoi t'arrêtes-tu ?

Elle semblait pourtant parfaitement à l'aise avant de s'interrompre.

— Ça t'est difficile d'aborder ce sujet aussi ? ajouta-t-il.

Elle eut un petit rire.

— Non, pas du tout. Je me suis arrêtée parce que je me suis dit que ce n'était pas très intéressant pour toi. Cela fait des heures que je parle. Tu n'en as pas assez ?

— Pas du tout ! Tu étais en train de m'expliquer que les lichens sont capables de pousser dans les circonstances les plus difficiles. Comment veux-tu que je ne sois pas intéressé ?

Mais il était vrai qu'elle aurait pu lire l'annuaire et qu'il aurait aimé l'écouter.

Elle secoua la tête en se laissant aller en arrière pour s'asseoir sur le sol et but une gorgée d'eau.

— C'est comme lorsque nous étions enfants : c'est moi qui parle tout le temps, et je ne te laisse pas placer un mot. Ça doit finir par être frustrant !

Bien au contraire. Sa voix, ses intonations étaient une source inépuisable de réconfort.

— J'aime écouter. J'ai toujours préféré cela à parler.

— Tu en es sûr ?

— Crois-moi, c'est vrai.

Il aurait pu passer sa vie à l'écouter. Cela apaisait quelque chose en lui, depuis toujours.

Mais il fit de son mieux pour parler lui aussi le reste de l'après-midi : il lui posa des questions, fit des commentaires, et lui raconta même quelques épisodes de sa vie. Il était sur le point de lui proposer d'arrêter de jardiner afin qu'ils puissent aller préparer le dîner ensemble, ainsi qu'ils l'avaient fait pendant les trois soirées précédentes, lorsqu'un orage éclata.

Des torrents de pluie se déversèrent, et ils furent trempés en quelques secondes. En riant, Weston attrapa leurs outils, et ils coururent jusqu'à la maisonnette du jardinier. Le tonnerre grondait dans l'air autour d'eux et le ciel s'était considérablement assombri.

— Je suis trempé ! s'exclama-t-il en rangeant les outils à leur place tout en secouant la tête.

Des gouttelettes d'eau voltigèrent autour de lui.

— C'est pire qu'une douche ! ajouta-t-il.

Son sourire se figea lorsqu'il se retourna vers Kayleigh. Elle ne riait pas du tout. Elle était toute pâle, et s'enveloppait dans ses bras en clignant des paupières, alors que les gouttes crépitaient sur l'auvent.

Il la prit par l'épaule avec autant de douceur qu'il le put.

— Hé, tu vas bien ? Tu t'es fait mal ?

Un autre coup de tonnerre. Elle tressaillit visiblement.

— Non. Je...

Sa voix n'était qu'un souffle.

Il lui prit l'autre épaule et la pressa avec douceur.

— Comment puis-je t'aider ?

— Tu ne peux pas. Je vais bien. Je...

Elle se recula, et il laissa retomber ses mains.

— Je vais bien, reprit-elle. Mais je ne pense pas que je sois assez en forme pour préparer le dîner. Je vais me faire un sandwich et aller me coucher.

— Kayleigh...

Il y eut un coup de tonnerre, et elle sursauta violemment.

— Je dois rentrer. À demain.

Sans un mot de plus, elle courut jusqu'à la maison et entra à l'intérieur.

Weston ne comprenait pas la scène dont il avait été témoin, mais il avait une certitude : quelque chose n'allait pas.

5

Weston s'assit dans son lit, soudain complètement éveillé. Il tendit immédiatement la main vers son arme posée sur sa table de nuit.

Depuis sa plus petite enfance, il avait développé le don de se réveiller en sursaut lorsqu'il y avait un danger. Cela l'avait tiré d'affaire à maintes reprises, que ce soit pour échapper à son père lorsqu'il avait trop bu, ou aux enfants plus âgés quand il avait plus tard été placé en foyer.

Il avait fallu à Clinton et Sheila Patterson près d'une année de patience et d'affection pour que ce mécanisme de défense se mette en veille.

Mais il semblait soudain réactivé.

Il sortit du lit vêtu de son seul short de sport et enfila ses chaussures. Puis, veillant à rester dans l'ombre, il se dirigea vers l'habitation principale en fouillant la nuit du regard.

L'orage s'était calmé depuis plusieurs heures maintenant. Aucun des détecteurs de mouvement qu'il avait installés ne s'était déclenché, et un rapide coup d'œil alentour ne révéla aucun problème. Mais Weston sentait que quelque chose n'allait pas. Son instinct le lui criait.

La porte de la maison était verrouillée, donc il utilisa sa clé et commença à inspecter les pièces donnant sur le lac. Il ne remarqua aucun signe d'intrusion.

C'est alors qu'il entendit Kayleigh pleurer dans sa chambre.

Il s'y précipita, l'arme à la main, prêt à la défendre contre un agresseur. Mais elle était seule dans la pénombre, à se débattre dans son lit.

Il comprit instantanément qu'elle était en train de faire un cauchemar.

Puisqu'il n'y avait pas de menace, il baissa son arme et s'approcha lentement du lit, afin de ne pas la réveiller en sursaut. Elle cria à nouveau lorsqu'il s'agenouilla auprès d'elle, déposant son arme sur le sol avant de lui parler d'une voix douce et réconfortante.

— Kayleigh, Kayleigh, réveille-toi…

— Non ! Je vous en prie, ne me faites pas mal. Je vous en prie, je vous en prie ! Il fait trop noir !

Sa voix était étrange et n'avait pas ses intonations habituelles. Elle était plus aiguë, plus enfantine.

— Papa va venir me chercher. Je ne vais pas mourir comme maman.

Elle s'enveloppa dans ses bras.

— Je t'en prie, viens me chercher, papa !

Weston se raidit. Ce n'était pas un cauchemar. C'était un souvenir…

Elle s'était découverte à force de se débattre, alors il tendit la main et la posa doucement sur son bras nu.

— Kayleigh, tu es en sécurité. Tu peux ouvrir les yeux.

— Non ! Je vous en supplie, ne me remettez pas dans le noir !

Il regarda la salle de bains. La lumière était éteinte. Il avait remarqué qu'elle l'avait laissée allumée les autres nuits, mais pas ce soir. D'un bond, il se leva et alla actionner l'interrupteur du couloir, pour qu'elle ne se réveille pas dans le noir.

— Ne me faites pas mal, je vous en supplie. Papa, papa, je veux mon papa !

Sa voix avait des accents si angoissés qu'il en avait le cœur serré. Il s'agenouilla à nouveau près du lit, et écarta doucement une mèche de cheveux bruns de son visage.

— Kayleigh, c'est Weston. Tout va bien. Tu peux ouvrir les yeux ? Tout va bien, n'aie pas peur.

Il ne cessait de lui murmurer des paroles apaisantes, tout en lui prenant les mains pour tenter de la calmer.

— Pas le noir ! Pas le noir ! Pas le noir !

— Il ne fait pas noir ici, Kayleigh. Ouvre les yeux et tu verras !

C'est ce qu'elle fit enfin. Elle s'assit dans son lit en sanglotant, tendant les bras devant elle comme pour se protéger d'un coup qu'on allait lui asséner.

Weston recula. Il savait qu'il lui faudrait quelques secondes pour comprendre ce qui se passait et reprendre pied dans la réalité.

— C'est Weston, murmura-t-il. Tu vas bien. N'aie pas peur.

Elle tourna la tête vers lui et le regarda avec ses grands yeux verts. Il aurait voulu tendre la main vers elle à nouveau, mais il n'était pas certain que c'était ce dont elle avait besoin et craignait d'empirer la situation.

Elle se jeta contre lui en sanglotant.

Il referma les bras sur elle et la laissa pleurer, le cœur serré de voir toute la douleur qui était en elle.

Il la tint contre lui jusqu'à ce que ses sanglots et ses tremblements s'apaisent.

— Je suis désolée, finit-elle par lâcher dans un hoquet. Je fais parfois des cauchemars. C'est l'orage qui l'a déclenché.

— Tu as vécu un épisode particulièrement traumatisant.

Ce n'était pas une question.

Elle hocha la tête, toujours blottie contre lui.

— Oui, mais il y a si longtemps. Je... j'ai été kidnappée.

— *Quoi ?*

Il n'en avait pas la moindre idée, alors qu'il en savait beaucoup plus sur sa vie qu'elle ou son père n'auraient pu l'imaginer.

— Mon père a fait en sorte que les médias n'en parlent pas, expliqua-t-elle d'une voix encore tremblante. Quelqu'un a essayé de s'en prendre à moi pour faire pression sur lui. Il ne voulait pas que cela puisse donner des idées à d'autres malfrats.

Si Leo avait été présent, Weston lui aurait dit sa façon de

penser ! Le fait que Kayleigh ait été kidnappée dans le passé était une information importante, qu'il aurait dû lui communiquer.

Mais Leo ne se trouvait pas ici, et Kayleigh avait besoin de toute son attention.

— Je suis vraiment désolé que tu aies eu à subir un tel traumatisme !

Il avait l'impression que les mots étaient incapables de traduire l'horreur qu'il ressentait.

Elle haussa les épaules.

— Ce n'était finalement pas si terrible...

— J'en doute fort !

— Comparativement à ce qui aurait pu se passer, j'ai eu de la chance.

Il lui passa la main sur le dos, heureux qu'elle soit encore tout contre lui.

— J'ai été enlevée à la sortie de l'école, un peu violentée, et on m'a enfermée dans un placard noir.

— Je comprends maintenant pourquoi tu laisses la lumière de la salle de bains allumée la nuit ! Elle s'est éteinte, alors j'ai allumé celle du couloir.

— Merci. Tu ne le croiras peut-être pas, mais j'aurais été encore plus paniquée si je m'étais réveillée dans le noir.

Il la serra un peu plus fort dans ses bras.

— Combien de temps es-tu restée enfermée ?

— Trois jours et demi. J'étais presque constamment dans le noir.

Elle poussa un soupir tremblant.

— J'entendais seulement le bruit de l'orage, même si j'ai su ensuite qu'il ne s'agissait que d'un enregistrement.

— Ce n'est pas étonnant que la tempête ait eu cet effet sur toi !

Elle secoua la tête.

— Cela fait vingt ans. J'aurais pu espérer arriver à contrôler mes réactions, surtout après toutes les séances de thérapie que j'ai suivies depuis ! La plupart du temps, je vais bien, mais parfois...

Il termina sa phrase pour elle.

— Parfois, tu es prise au dépourvu... Ceux qui t'ont fait ça étaient vraiment vicieux !

Avec douceur, il lui glissa une mèche de cheveux derrière l'oreille.

— Cela s'est passé quelques semaines après ton départ. C'était un moment vraiment difficile pour moi. Ma mère était morte un an auparavant, et soudain tu as disparu. Je n'ai pas vraiment compris ce qui s'était passé... Même quand papa m'a expliqué que Henry était mort, je pensais que tu pourrais continuer à vivre avec nous. J'ai cru que tu ne voulais plus être mon ami.

— Mon Dieu non, Kayleigh ! s'écria-t-il en resserrant son étreinte. Si j'avais pu revenir, ne serait-ce que pour te dire au revoir, je l'aurais fait ! Ma vie s'est trouvée bouleversée du jour au lendemain lorsque Henry est mort.

— Je le sais bien, répondit-elle rapidement. Je le comprends aujourd'hui, bien sûr ! Mais quand j'étais enfant je pensais même que Henry était ton père.

— J'aurais tellement aimé être là pour toi ! Je suis désolé.

Elle s'écarta un peu de lui afin de pouvoir le regarder dans les yeux.

— Nous étions tous les deux pris dans des situations qui échappaient totalement à notre contrôle. Mais tu étais mon meilleur ami, même si cela n'a duré qu'un été.

Il posa le front contre le sien.

— Et toi, tu as été la seule amie que j'aie jamais eue. Ces semaines que j'ai passées avec toi et Henry sont parmi mes meilleurs souvenirs d'enfance... J'aurais aimé pouvoir être là quand tu avais besoin de moi.

Il sentit sa main chaude se poser sur sa joue.

— J'ai fini par aller bien, même si mon père m'a surprotégée pendant des années... et il continue à le faire, d'ailleurs ! Mais comme je te l'ai dit cela aurait pu être bien pire. Je m'en suis sortie avec seulement quelques bleus et des égratignures... et une peur persistante du noir et des orages.

Il avait vu assez d'affaires criminelles, que ce soit lorsqu'il était dans la police ou depuis qu'il avait fondé San Antonio Security avec ses frères, pour savoir qu'elle avait raison. Mais cela ne voulait pas dire qu'elle n'avait pas souffert.

— La plupart des gens traversent la vie sans jamais avoir à surmonter de telles épreuves. Alors, ne minimise pas le traumatisme que tu as subi.

Elle laissa retomber sa main.

— Je me sens comme un bébé...

— Tu ne peux pas t'empêcher d'avoir peur, mais tu ne dois pas laisser cette peur te contrôler, c'est ce qui compte. Je vois que tu en as conscience, puisque tu n'as pas choisi de vivre cloîtrée dans une tour d'ivoire, comme ton père le souhaite.

— Oui, papa serait ravi que j'accepte cela !

Elle lui fit un petit sourire et ajouta :

— Merci.

— Tu penses que tu peux te rendormir ?

— Pour cette nuit, je crois que c'est loupé !

— Le soleil va bientôt se lever. Tu veux que je prépare un petit déjeuner pour nous deux, et que nous allions faire une sortie en bateau ?

Son sourire s'élargit, et la lueur qui brillait habituellement dans ses yeux verts étincela enfin.

— Excellente idée ! Merci !

Il n'avait pas la moindre envie de la lâcher, mais il était heureux qu'elle aille mieux. Ils se levèrent et se dirigèrent vers la cuisine.

Il n'avait pas pu aider la petite Kayleigh lorsqu'elle avait eu besoin de lui, mais il pouvait être là pour elle maintenant.

— Comment vas-tu ? Cette mission de surveillance rapprochée n'est pas en train de te rendre fou, j'espère ?

Weston était en train de préparer le bateau pour emmener Kayleigh faire une sortie sur le lac lorsque Chance l'appela.

— Tu me croirais si je te disais que ça se passe très bien ?

Et c'était vrai, si l'on exceptait la crise de panique de Kayleigh.

— Tu veux dire que mon ours de frère arrive à supporter la compagnie de quelqu'un pendant plusieurs jours ? Cela dépasse l'entendement.

Weston leva les yeux au ciel, même si Chance ne pouvait pas le voir.

— Tu as trouvé des informations sur l'acquisition que Leo Delacruz s'apprête à effectuer ? demanda-t-il.

— Il veut racheter Brighton Pharmaceuticals contre la volonté de son dirigeant actuel, un certain Beau Kesler.

Chance avait l'air de s'être ressaisi depuis la dernière fois que Weston lui avait parlé. Bien. Weston avait besoin que son frère soit en possession de tous ses moyens.

— Jamais entendu parler de lui... Il a déjà eu affaire à la justice ?

— Nous n'avons rien trouvé, répondit Chance. Il va gagner beaucoup d'argent dans cette transaction, même s'il s'agit d'une prise de contrôle hostile.

— Et qui aurait intérêt à ce que ce rachat n'ait pas lieu ?

Ils pourraient toujours commencer leur enquête par là...

— Nous sommes en train d'essayer de le déterminer. Il y a plusieurs concurrents qui vont souffrir si le processus va à son terme. En ce moment, nous nous intéressons plus particulièrement à un type qui s'appelle Oliver Lyle. Plusieurs éléments nous interpellent...

— Par exemple ?

— Il n'a jamais eu personnellement affaire à la justice, mais il est lié à plusieurs individus que je n'aimerais pas rencontrer le soir dans une rue déserte.

Ces informations n'étaient pas de nature à rassurer Weston.

— Bon, je sais que Leo a déjà son équipe de sécurité, et je ne veux pas empiéter sur leurs plates-bandes...

Même s'il devait bien reconnaître qu'il éprouverait un certain plaisir à contrarier Jasper.

— Mais, poursuivit-il, j'aimerais tout de même que tu fasses des recherches pour être préparé, si c'est nécessaire. Pour le moment, rester cachée est certainement la meilleure option pour Kayleigh.

— C'est d'accord. Je vais m'y mettre. Je te recontacte bientôt.

Weston chargea sur le bateau la nourriture qu'il voulait emporter. Il espérait que cette excursion changerait les idées de Kayleigh et dissiperait les derniers vestiges de son cauchemar.

— Merci, Chance !

— Avec plaisir. Je suis prêt à tout pour mon frère préféré !

Weston eut un petit rire. Les quatre garçons avaient pris l'habitude de se prétendre frères préférés lorsqu'ils étaient seul à seul, et c'était une plaisanterie qui durait depuis des années.

— Je me pose tout de même quelques questions, reprit Chance.

— Lesquelles ?

— Ta cliente est jolie ? Elle te plaît ? Est-elle la future Mme Patterson ?

Weston signifia à Chance en termes choisis ce qu'il pensait de ses allusions.

Chance était encore en train de rire lorsque Weston raccrocha.

6

Depuis son enlèvement, Kayleigh avait constamment eu à lutter contre ses cauchemars. Son père avait tout d'abord tenté de l'aider lui-même puis, voyant que cela dépassait le cadre de ses compétences, l'avait envoyée consulter un psychologue.

Et, si cela avait été bénéfique, les cauchemars n'avaient pas cessé pour autant.

Maintenant qu'elle était adulte, elle n'en parlait plus à personne, et surtout pas à son père : cela lui aurait donné une raison de plus de renforcer la surveillance oppressante qu'il avait mise en place autour d'elle.

Mais il lui était difficile de gérer les suites de ses crises de panique lorsqu'elle était seule. Il lui fallait parfois même des jours avant de se sentir à nouveau elle-même.

Et pourtant, quelques heures seulement après l'épisode de la nuit – qui s'était révélé particulièrement éprouvant –, elle avait l'impression qu'il n'avait jamais eu lieu. Elle savait pourquoi.

Weston.

Elle aurait dû se sentir embarrassée qu'il la voie en ces instants où elle était particulièrement vulnérable, mais ce n'était pas le cas. Il avait eu une réaction parfaite, lui apportant son soutien avec douceur et efficacité.

Et maintenant ils sillonnaient le lac dans le bateau à moteur qu'il avait loué, profitant de cette belle matinée ensoleillée. Elle mordit dans le sandwich qu'elle avait à la main, essayant de ne pas se laisser distraire par le spectacle de Weston torse nu dans son jean à l'avant du bateau.

Peine perdue.

Elle termina son sandwich et prit la photo d'une bécassine qui volait sur les eaux calmes du lac, capturant également au passage l'image de Weston. Elle avait d'ailleurs réussi à le faire sur la majorité des clichés qu'elle avait pris aujourd'hui.

— Ce n'est pas ta technique habituelle...

Elle fit la grimace, certaine qu'il avait remarqué son manège.

— Ah bon ?

— Tu as pris un appareil-photo différent, non ?

Dieu merci, il ne l'accusait pas d'être une voyeuse cherchant à le photographier torse nu !

— Tu as raison. Contrairement au matériel que j'utilise d'habitude, celui-ci est un argentique. Malgré ma peur du noir, j'aime beaucoup développer moi-même mes pellicules. C'est thérapeutique.

— Une chambre noire n'est pas plongée dans l'obscurité totale, n'est-ce pas ?

— Seulement pour quelques secondes, lorsqu'on sort la pellicule de l'appareil et qu'on la place dans la cuve. Mais je sais que j'ai le contrôle de la situation, alors je n'ai pas peur. Ensuite, on travaille avec une lumière rouge qui n'altère pas le film.

— J'imagine que c'est une expérience unique !

Elle sourit.

— J'aime travailler sur les épreuves. C'est presque un art perdu. Lorsqu'on utilise un appareil-photo argentique, il faut être beaucoup plus précis dans ses choix qu'avec un numérique.

Il allongea ses longues jambes devant lui et mordit dans son sandwich.

— Tu as appris la photographie toute seule, ou tu as suivi des cours ?

— Un peu les deux, j'imagine. J'ai étudié la photographie à l'université, mais j'avais également choisi une option horticulture... pour allier mes deux passions.

— J'ai pris une option horticulture moi aussi, pendant mes études de sociologie.

— Tu es allé à l'université ?

Dès qu'elle eut prononcé ces mots, elle s'en voulut. Quel manque de délicatesse de sa part !

— Je voulais seulement dire que dans ta profession je ne pensais pas qu'un diplôme universitaire soit nécessaire.

Dieu merci, il ne semblait pas offensé.

— Je pense que cela dépend de quel aspect de mon travail tu veux parler...

Elle acquiesça.

— C'est vrai : tu es autoentrepreneur, donc les études universitaires sont toujours utiles. Mais pourquoi la sociologie ? C'est un choix inhabituel.

Elle craignait de faire encore une gaffe, et évita d'ajouter *pour un jardinier.*

Il regarda le lac, puis se tourna à nouveau vers elle.

— Je voulais comprendre le système, pour pouvoir aider les enfants qui étaient pris au piège comme moi. Je sais que je veux travailler à cela, même si j'ignore encore quelle forme cela prendra, et comment je vais utiliser les connaissances que j'ai acquises. J'ai été dans la police pendant deux ans, mais j'ai très vite compris que je n'étais pas fait pour cela, alors j'ai fondé une entreprise avec mes frères. Ça m'occupe pas mal.

Elle avait tant de questions à lui poser ! Ses frères travaillaient-ils eux aussi dans l'aménagement paysager ? Ainsi, il avait été policier ?

Mais celle qui s'imposa à son esprit fut :

— Tes *frères* ?

Il sourit. La fossette se creusa à nouveau, et elle dut se retenir pour ne pas attraper son appareil-photo et prendre son visage en gros plan.

— J'ai été ballotté de foyer en foyer entre le moment où tu m'as connu et celui où j'ai été adopté par les Patterson, quand j'avais treize ans. Ils ont aussi adopté trois autres garçons du même âge.

— Waouh ! Et moi qui pensais que tu étais un enfant unique comme moi ! J'imagine que, si vous avez fondé une entreprise ensemble, vous êtes très proches les uns des autres.

Il sortit son téléphone de sa poche et s'approcha d'elle pour lui montrer une photo.

— Voici Luke, lui dit-il en désignant un jeune homme blanc. C'est le plus âgé de nous tous, mais de quelques mois seulement. Là, c'est Brax, ajouta-t-il en désignant un métis. Il est marié et a un fils.

Puis il désigna l'homme d'origine hispanique qui le tenait par la taille.

— Et voici Chance. C'est probablement celui qui me ressemble le plus : il est plus calme que Luke ou Brax.

Les quatre garçons étaient physiquement très différents, mais tous superbes... Et ils s'entendaient visiblement très bien. Oui, ils étaient *frères*...

— On dirait des quadruplés. Comment les gens arrivent-ils à vous différencier ?

Weston éclata d'un rire sonore qui résonna sur l'eau, et elle sentit son cœur se gonfler de joie.

Elle attrapa son appareil-photo et prit toute une série de clichés, sans se soucier de savoir si elle était en train de gâcher de la pellicule. Elle ne s'interrompit même pas lorsque les derniers éclats de son rire résonnèrent. Il l'étudiait, le regard sérieux, sans sembler remarquer que l'objectif de son appareil était braqué sur lui.

Elle finit par le reposer.

— J'aime te regarder travailler, déclara-t-il.

— Et j'aime t'entendre parler de ta famille et te voir rire. Tu peux m'en dire un peu plus ?

— Clinton et Sheila, que mes frères et moi appelons papa et maman, sont vraiment exceptionnels. Il n'y a pas beaucoup de personnes capables d'adopter quatre adolescents traumatisés. Je pense que ça n'a pas toujours été facile pour eux. Ils n'avaient pas beaucoup d'argent, ni d'espace dans leur maison. Mais ils étaient patients, et ont su nous montrer qu'ils nous aimaient et que nous pouvions compter sur eux quoi qu'il arrive. Et finalement...

Il haussa les épaules et laissa sa phrase en suspens.

— Et finalement ils sont devenus papa et maman, termina-t-elle pour lui.

— Oui, exactement. S'il y a une chose que j'ai apprise, c'est que la famille, ce ne sont pas uniquement les liens du sang... Et, inversement, que les liens du sang ne sont pas toujours la famille.

Il porta la main à une petite cicatrice ronde sur son épaule en prononçant ces paroles.

Elle en avait remarqué d'autres sur son dos et son torse, et s'était toujours demandé de quoi il s'agissait, sans oser lui poser la question.

Il vit qu'elle les regardait.

— Des brûlures de cigarette.

Il parlait avec détachement.

Il lui fallut une seconde pour comprendre, et elle s'écria avec horreur :

— De tes parents biologiques ?

— Ma mère est morte quand j'avais cinq ans. Mon père n'était pas ravi à l'idée de devoir s'occuper seul d'un jeune enfant. Il buvait. Beaucoup.

Elle lui prit la main, et lui fut reconnaissante de ne pas retirer la sienne. Elle savait qu'il avait du mal à s'exprimer en général, et aborder ce sujet en particulier devait lui demander un effort considérable. Mais, tout comme il avait été là pour elle ce matin, elle voulait qu'il sache qu'elle était prête à l'aider, de quelque manière que ce soit.

— La première fois qu'il m'a brûlé, c'était le jour de mes neuf ans. Mais ce sont ces marques qui ont fini par attirer l'attention des services sociaux, et qui m'ont tiré de cet enfer. Alors, je suis heureux que cela se soit passé ainsi, puisque cela m'a permis d'arriver dans la famille la plus aimante qui soit, même si c'est par un chemin long et difficile.

Elle aurait aimé le prendre dans ses bras, mais se contenta de lui saisir les deux mains et de les serrer.

— Je suis si heureuse que tu aies une famille ! Que tu aies des parents merveilleux, et des frères auxquels tu es attaché !

Il porta leurs mains jointes à ses lèvres et y déposa un baiser.

— Merci.

— Et je dois bien reconnaître que je suis un peu jalouse : j'ai toujours rêvé d'avoir une grande famille. Si l'on en juge par la façon dont je monopolise nos conversations, je dois être un peu trop seule !

Il croisa son regard.

— Et que dirais-tu de rencontrer mes parents et mes frères ? Je crains que tu ne parviennes pas à placer un mot !

— J'en serais très heureuse.

Cette réponse sembla le satisfaire, et ils terminèrent leur sandwich dans un silence confortable. Il poussa ensuite un peu le moteur, et elle le guida vers une maison que son père possédait sur l'autre rive du lac.

Lorsqu'ils s'approchèrent, Weston réduisit la vitesse du bateau. La somptueuse demeure et son parc étaient vides, aujourd'hui comme certainement tout le reste de l'année.

Tant de luxe et d'espace… mais personne. Elle songea soudain que l'endroit était presque une métaphore de sa vie. Certes, elle aimait son père, mais leurs relations étaient souvent tendues, et malgré sa fortune elle était souvent seule.

Elle ne voulait pas que Weston la voie s'apitoyer sur elle-même, alors elle se mit à prendre des photos au hasard, procédant machinalement sans prêter la moindre attention à ses gestes.

— Hé…

Elle sentit la main de Weston se poser sur la sienne et finit par baisser son appareil. Elle n'avait d'ailleurs plus de pellicule, et ne pouvait plus se cacher.

— Oui ?

Elle tenta d'adopter un ton enjoué, mais échoua lamentablement.

— Tu es triste.

Ses yeux noisette plongèrent dans les siens, et elle fut incapable de détourner le regard.

— Je suis surtout ridicule, à pleurnicher alors qu'il y a devant nous la preuve que je suis privilégiée.

— Nous savons tous les deux qu'avoir de l'argent ne signifie pas que l'on soit privilégié, et c'est normal d'être triste lorsqu'on sent qu'il nous manque quelque chose d'essentiel. C'est comme ton kidnapping : ce n'est pas parce que les choses auraient pu beaucoup plus mal se passer que cela n'a pas été dur pour toi.

— Pour quelqu'un qui n'aime pas beaucoup parler, tu sais bien dire les choses.

Il sourit. *Oh ! mon Dieu, cette fossette !*

— Ah bon ? Eh bien, pourquoi ne me laisserais-tu pas cuisiner pour toi ce soir, afin que tu aies vraiment une raison d'être impressionnée ?

À ces mots, elle sentit son cœur palpiter. Du plus loin qu'elle se souvienne, personne n'avait jamais préparé un repas pour elle dans le seul but de lui faire plaisir.

Elle avait encore le cœur gonflé de joie quelques heures plus tard, lorsqu'ils amarrèrent le bateau et retournèrent à la maison. Elle prit une douche et regretta de ne pas avoir emporté des vêtements un peu plus féminins et sexy qu'un jean et un T-shirt.

Elle ignorait que Weston serait là lorsqu'elle avait préparé ses bagages.

Lorsqu'elle fut enfin prête, la nuit était tombée, et Weston était déjà lavé, habillé, et s'activait devant les fourneaux. Elle ne put s'empêcher de regretter qu'il ait enfilé une chemise, même si le tissu bleu clair mettait sa peau en valeur et se tendait de façon suggestive sur les muscles de ses bras.

Elle s'était sentie si bien lorsqu'il l'avait enlacée ce matin ! C'était comme s'il était assez fort pour combattre tous les démons qui auraient osé essayer de la hanter.

— Bon, déclara-t-il en se tournant vers elle, ce repas ne sera pas aussi impressionnant que je l'aurais espéré, car il me manque quelques ingrédients. Mais j'ai fait une salade pour accompagner les spaghettis.

Elle s'approcha de lui et s'assit sur le comptoir.

— J'adore les salades !

Il pointa vers elle la cuillère qu'il avait utilisée pour remuer l'assaisonnement et lui fit un clin d'œil.

— Attends que nous ne soyons plus coincés ici, et je pourrai t'en préparer de bien meilleures que celle-ci !

Elle ne put se retenir. Elle tendit les bras et, agrippant sa chemise, l'attira à elle.

Ses lèvres étaient parfaites : à la fois douces et fermes. Elle aurait voulu être encore plus près de lui et se perdre dans ce baiser.

Mais il se redressa soudain.

Cela lui fit mal. Le regard qu'il posa sur elle était sérieux, et il y eut un moment de tension entre eux.

Elle laissa échapper un rire nerveux.

— Je suis désolée. Je ne sais pas ce qui m'a...

Elle ne put terminer sa phrase. Il se retourna pour éteindre la cuisinière.

Puis ses lèvres vinrent à nouveau se poser sur les siennes.

Il glissa une main dans ses cheveux, l'autre autour de sa taille, et la serra contre lui. Avec douceur, il l'invita à incliner la tête en arrière afin de pouvoir l'embrasser plus pleinement, et lorsqu'elle poussa un petit cri de surprise il en profita pour glisser sa langue entre ses lèvres.

Elle lui enlaça le cou, l'attirant à elle, frémissant alors qu'il approfondissait leur baiser, tous ses sens en alerte. Elle se pressa contre lui, et tous deux poussèrent un gémissement.

C'est alors que le compteur disjoncta, les plongeant dans l'obscurité.

7

Kayleigh était trop émue par leur baiser pour être la proie d'une nouvelle attaque de panique.

— Eh bien ! Je ne savais pas qu'on pouvait faire sauter les plombs rien qu'en s'embrassant !

Elle s'attendait à ce que Weston lui réponde sur le même ton, mais il s'était raidi et avait sorti son portable de sa poche.

— Il y a un problème. Nous devons partir d'ici, déclara-t-il en consultant l'écran.

Elle le considéra avec étonnement. Était-il en train de plaisanter ? Mais à la façon dont il la fit descendre du comptoir et l'attira à l'autre bout de la cuisine elle comprit que ce n'était pas le cas.

Il se baissa pour ouvrir un tiroir et en sortit une arme.

— Comment est-elle arrivée ici ? demanda-t-elle.

Et surtout comment avait-il su qu'elle se trouvait là ?

Il posa un doigt sur ses lèvres.

— Chut. Ils arrivent par l'arrière.

Elle le considéra avec stupéfaction.

— Quoi ? Qui vient par l'arrière ? Et comment le sais-tu ?

Elle se sentait complètement perdue.

— J'ai installé des détecteurs de présence le premier jour, au cas où.

Il sortit son téléphone et lui montra l'endroit de la propriété où le dispositif de surveillance s'était déclenché.

Elle tenta de comprendre ce qui se passait.

— Mais pourquoi as-tu fait cela ? C'est mon père qui te l'a demandé ?

Il lui prit la main et la conduisit dans le salon, tout en posant la main sur sa tête pour l'obliger à se baisser.

— C'est mon métier, et je le fais sérieusement.

Il parlait d'un ton plus dur que d'habitude.

— Ton père m'a averti que tu voulais que le système de protection soit le moins invasif possible, alors je ne t'ai pas parlé de ces détecteurs. Je pourrai tout t'expliquer lorsque nous serons hors de danger.

Ils entendirent un craquement venant de l'arrière de la maison, et elle ne put retenir un cri étouffé.

— Que devons-nous faire maintenant ? Nous enfuir ?

Weston regarda à nouveau l'écran de son téléphone.

— J'ai l'impression qu'ils sont deux. Il faut que j'arrive à les neutraliser quand ils ne s'y attendent pas.

Les neutraliser ? Il avait soudain tout du guerrier : la posture, le vocabulaire, la concentration.

Rien à voir avec le gentil jardinier avec lequel elle avait travaillé les jours derniers.

— Tu sais faire cela ? murmura-t-elle.

— Ton père ne m'aurait pas engagé pour assurer ta protection si ce n'était pas le cas.

Il lui mit l'arme dans la main.

— J'ai ôté la sécurité. Si quelqu'un d'autre que moi entre dans cette pièce, tu tires.

Et il partit avant qu'elle ne puisse répondre.

Elle cligna des paupières.

Assurer ta protection. Non, il n'était pas ce gentil jardinier. Il l'avait dupée. Elle sentit la colère gronder en elle. Il lui avait menti et s'était servi du passé pour endormir sa méfiance.

Elle fut soudain arrachée à ses pensées par des coups sourds et des cris étouffés. Elle sursauta et ravala un sanglot quand une détonation retentit à l'extérieur de la maison.

Elle tourna la tête dans cette direction. Mon Dieu, pourvu qu'il ne soit rien arrivé à Weston ! Elle avait beau être folle de rage contre lui, elle ne voulait pas qu'il soit blessé.

Que devait-elle faire ? Devait-elle essayer de l'aider ?

Maintenant qu'elle était seule, l'obscurité l'oppressait de plus en plus. Elle ne pouvait pas se permettre de laisser la peur la dominer. Elle commença à avancer, veillant à rester plaquée le long du mur. Il fallait qu'elle sorte d'ici et qu'elle voie si elle pouvait lui prêter main-forte.

Elle se dirigeait vers la cuisine, tendant l'oreille mais ne percevant que le souffle de sa respiration haletante, lorsqu'une main surgit et se plaqua contre sa bouche. Elle sentit son sang se glacer.

Une voix murmura à son oreille :

— C'est moi.

Weston.

Il ôta sa main et elle pivota vers lui.

— Tu vas bien ? J'ai entendu une détonation.

— Il y a deux types. J'en ai blessé un, et ils se sont enfuis ensemble. Mais nous devons partir d'ici avant qu'ils rappliquent avec du renfort.

— Comment sais-tu qu'ils vont revenir ? lui demanda-t-elle en lui tendant l'arme qu'il lui avait confiée.

— C'est ce que je ferais à leur place.

— Attends. Laisse-moi prendre mon appareil-photo. Il est là, sur le comptoir.

Elle ne voulait pas partir sans lui. Elle passa la bandoulière sur son épaule et attrapa la sacoche contenant le reste de son matériel, ainsi que son sac à main. Autant l'emporter aussi.

Ils sortirent ensuite de la maison, mais il la retint lorsqu'elle commença à se diriger vers l'endroit où elle avait garé sa voiture. Elle s'apprêtait à lui demander pourquoi, mais il lui fit signe de garder le silence, et la guida parmi les buissons vers un chemin situé en bordure du lac, où elle découvrit qu'il avait dissimulé un véhicule.

— Tu étais bien préparé ! dit-elle.

Il haussa les épaules.

— C'est mon métier. J'essaye de l'être pour toutes mes missions.

Toutes ses missions. Ce n'était donc que cela pour lui.

Il démarra et se mit en route sans allumer les feux. Elle était assise sur le siège du passager et s'enveloppait dans ses bras. Tous les moments pleins de joie qu'elle avait vécus avec lui ces derniers jours n'étaient qu'un mensonge. Le Weston dont elle appréciait tant la compagnie n'existait pas.

Il tendit le bras vers elle et elle pensa, l'espace d'un instant, qu'il allait essayer de la réconforter. Elle avait beau être très en colère contre lui, elle en avait besoin.

Mais sa main glissa devant elle et il ouvrit la boîte à gants pour en sortir un genre de téléphone satellite. C'était ce que son équipe utilisait lorsqu'ils partaient faire des reportages photo dans des régions reculées. Ces appareils étaient très coûteux et permettaient d'appeler de n'importe quel endroit du globe, qu'il y ait du réseau ou non.

Elle sut à qui il s'adressait avant même qu'il ne se mette à parler.

— Leo, il y a eu une tentative de kidnapping sur Kayleigh.

Elle entendit la voix de son père, même si elle ne put distinguer ses paroles.

— Elle est en sécurité. Nous rentrons à San Antonio.

Un autre silence.

— Ils ne savaient pas que j'avais installé des détecteurs de présence, donc je les ai pris au dépourvu. J'en ai blessé un, mais il y avait au moins un autre type. Je suis certain qu'ils vont revenir plus nombreux, alors nous nous sommes enfuis. Nous allons chez vous, et nous élaborerons ensemble un plan d'action.

Son père dit quelque chose d'autre, et Weston raccrocha.

— Tu vas bien ?

Il lui lança un rapide coup d'œil avant de se concentrer à nouveau sur la route. Elle ne savait pas très bien comment il arrivait à conduire dans la nuit sans allumer les feux, mais il y parvenait à merveille.

Allait-elle bien ? Elle ne prit pas la peine de répondre, et il ne sembla pas le remarquer. Il continua à conduire, en vérifiant constamment qu'ils n'étaient pas suivis.

Ce ne fut que lorsqu'ils arrivèrent sur l'autoroute qu'il alluma ses feux et sembla se relaxer un peu.

— Tout va bien. Ils ne nous ont pas suivis, et ils ne vont pas nous retrouver sur l'autoroute.

Elle ne savait pas quoi dire, alors elle demeura silencieuse.

— Hé, tu vas bien ?

Cette fois, il tendit le bras et lui saisit la main.

— Tu ne dois plus avoir peur. Nous sommes en sécurité maintenant.

Elle baissa les yeux sur cette main forte, chaude et réconfortante qui s'était refermée sur la sienne, mais elle eut un geste de retrait. Elle était trop bouleversée pour pouvoir le toucher en ce moment.

— Je n'ai pas peur.

Cela au moins était vrai.

— Je suis folle de rage.

— Pourquoi ?

Pourquoi ? Elle secoua la tête.

— Tu sais, je ne suis pas étonnée que mon père m'ait menti. Il n'a jamais caché qu'il était prêt à tout pour que je sois en sécurité. Mais de toi j'attendais autre chose. Je me suis bien trompée !

— Quand t'ai-je menti ?

— Tu m'as dit que tu étais jardinier.

— Je n'ai jamais prétendu cela.

Il fronçait les sourcils.

— Je t'ai expliqué que je travaillais pour ton père, mais je n'ai jamais dit que j'étais jardinier.

— Je pensais que tu étais là pour t'occuper du parc. Visiblement, tes fonctions vont bien au-delà.

Il resta silencieux pendant un long moment.

— Je pensais que tu le savais. Vraiment. San Antonio Security, l'entreprise que j'ai fondée avec mes frères, est spécialisée dans les missions de protection. Leo m'a contacté et m'a embauché parce qu'il pensait que tu te sentirais plus à l'aise avec moi qu'avec un autre garde du corps.

— Et tout ce temps passé à jardiner ?

Il secoua lentement la tête.

— Je n'essayais pas de te tromper. Ton père m'avait dit que je pouvais aménager le parc à ma guise. J'ai pensé que cela serait une manière agréable de passer le temps, que tu aimerais le faire avec moi.

Elle regarda par la fenêtre. C'était vrai : elle avait apprécié ces moments plus que tous ceux qu'elle avait vécus ces dernières années, mais elle ne pouvait s'empêcher de se sentir trahie. Elle s'était ouverte à lui sans savoir qui il était véritablement, et il n'était qu'une personne de plus qui avait essayé de la duper.

Ils passèrent le reste du trajet en silence. À un moment, deux véhicules se mirent à les suivre de près, et elle sut que son père avait envoyé du renfort lorsqu'elle reconnut Jasper au volant de l'une d'elles. La sonnerie du téléphone satellitaire retentit.

Weston décrocha. Elle ne put entendre ce qu'on lui disait, mais elle comprit vite.

— Non, Jasper. Elle est très bien ici. Elle n'a pas besoin de monter dans votre voiture. Nous nous verrons lorsque nous serons chez Leo.

Weston raccrocha, sans même attendre que Jasper ait terminé sa phrase.

Ses paroles la mirent en colère.

— Je vois que tu décides de tout à ma place, comme mon père. Merci !

Elle avait conscience que sa réaction était puérile, mais c'était plus fort qu'elle.

Il posa sur elle un regard calme.

— Tu préférerais voyager dans la voiture de Jasper ? Je peux m'arrêter pour que tu le fasses. Elle est probablement blindée, donc tu serais effectivement plus en sécurité.

— Non, je ne veux pas aller avec Jasper. Mais c'est à moi de le décider.

Il se contenta de hocher la tête, ce qui ne fit qu'accroître son irritation. Mais le problème était qu'elle n'était pas vraiment en colère. Elle était blessée, ce qui était bien pire.

Dès qu'ils s'arrêtèrent devant la maison de son père, elle sauta hors de la voiture. Elle attrapa son équipement de photographie et son sac à main, puis se retourna vers Weston.

— Tes services ne sont plus nécessaires. Je veillerai à ce que mon père te paye pour le temps passé avec moi.

Sur ce, elle claqua la portière et s'éloigna.

8

Weston était assis à son bureau dans les locaux de San Antonio Security, et regardait le soleil se lever en pensant à Kayleigh… à l'expression de son visage lorsqu'elle avait découvert qu'il était son garde du corps… à la douleur qu'il y avait lue.

Alors, quand elle était sortie précipitamment de sa voiture, il ne l'avait pas retenue. Il avait compris son besoin d'être seule.

Au lieu de cela, il avait suivi Jasper, qui avait du mal à contenir sa satisfaction de le voir ainsi congédié. Ensemble, ils s'étaient rendus dans le bureau de Leo, et il leur avait donné les détails de la tentative d'enlèvement, s'efforçant de rester calme et professionnel. Jasper allait prendre la suite et envoyer des hommes dans la propriété pour voir s'ils pourraient trouver d'autres éléments.

Ensuite, Weston était reparti. Leo ne lui avait pas demandé de rester, et Kayleigh ne voulait manifestement plus le voir.

Il serra les doigts autour de sa tasse de café. Il s'était peut-être comporté avec retenue lors de son entretien avec Leo, mais il avait dû lutter pour combattre la colère qui bouillait en lui.

Kayleigh n'était pas la seule que Leo avait trompée. Il avait compromis la sécurité de sa fille en ne communiquant pas à Weston toutes les informations dont il avait besoin pour la protéger. Et il avait ruiné la confiance que Kayleigh lui avait accordée, réduisant à néant ce qui était en train de se construire entre eux.

Même après ce baiser extraordinaire, elle avait décidé qu'elle ne voulait plus le revoir.

Sans pouvoir se contrôler, il abattit son poing sur la table.

— Waouh, que t'a fait ce bureau ?

Weston leva les yeux et vit Chance appuyé contre l'embrasure de la porte.

— Comment se fait-il que tu sois déjà là ? lui demanda-t-il.

Le soleil venait à peine de se lever.

— Je pourrais poser la même question.

Chance pencha la tête sur le côté et considéra les vêtements froissés de Weston.

— Tu n'es pas censé être avec...

— La mission est terminée, déclara laconiquement Weston.

Il n'avait pas envie de parler des mensonges de Leo. Ni des lèvres de Kayleigh contre les siennes. Ni de l'expression de son visage lorsqu'elle était partie. Il retint l'impulsion de frapper à nouveau son bureau.

— Que fais-tu ici ? demanda-t-il à son frère.

Chance haussa les épaules.

— J'essaye de travailler un peu avant que Maci arrive et commence à me harceler. Mais je ne m'attendais pas à servir d'arbitre dans un combat entre toi et ton bureau.

Comme Weston ne répondait pas, Chance entra dans la pièce, croisa les bras et lui demanda :

— Sérieusement, Wes, qu'est-ce qui ne va pas ?

Weston se passa la main sur le visage. C'était dans sa nature d'être silencieux, mais cela n'empêchait pas sa famille de le pousser à s'exprimer.

— On a tenté d'enlever Kayleigh.

— Tentative qui a échoué, je présume.

— Oui. J'ai réussi à la sortir de là, et tout va bien. Mais il y a un... malentendu entre nous deux. Et je n'aime pas ça.

Chance pencha à nouveau la tête sur le côté.

— Tu la connaissais avant d'accepter cette mission. Tu tiens à elle.

Il considéra son frère. Chance était beaucoup trop clairvoyant.

— Oui. Nous avons passé un été ensemble lorsque nous étions

enfants, avant que j'arrive chez papa et maman, mais nous ne nous étions pas revus depuis. Elle est photographe maintenant.

Et c'était vrai, il tenait à elle... et plus encore après avoir passé ces derniers jours auprès d'elle.

Chance écarquilla les yeux.

— C'est la fille dont parlent toutes les coupures de presse que tu collectionnes depuis des années !

Weston fit la grimace. Il avait un jour commis l'erreur de laisser traîner chez lui l'album où il rassemblait les articles parus sur le travail de Kayleigh, et ses frères l'avaient vu. Inutile de le nier maintenant.

— Oui, c'est elle.

— Et quelque chose s'est passé entre vous pour que tu t'en prennes à ce pauvre bureau sans défense ? Elle t'accuse d'être responsable de cette tentative d'enlèvement ?

Weston expliqua comment Leo les avait trompés, Kayleigh et lui, et pourquoi elle s'était sentie trahie... ce qu'il comprenait parfaitement.

— Aïe ! s'exclama Chance. Il faut que tu ailles lui parler.

Weston poussa un soupir et frotta sa main endolorie.

— Elle ne veut plus me voir, et je n'ai pas l'intention de la forcer à le faire.

— Elle refuse de te parler uniquement parce qu'elle pense que tu lui as menti.

— Il n'y a pas que ça...

Weston laissa sa phrase en suspens, ne sachant trop comment exprimer ce qu'il ressentait. Chance attendit. Il connaissait bien Weston, et savait qu'il avait besoin d'un peu de temps pour y parvenir.

— Je me fais du souci pour elle.

Finalement, c'était tout simple : il s'inquiétait pour sa sécurité. Et si elle décidait d'échapper à la surveillance de Jasper et son équipe, et se mettait ainsi en danger ?

Mais, surtout, il savait qu'elle avait à combattre des démons dont personne n'avait conscience, et il souhaitait être là pour l'aider.

— Explique-le-lui, Wes. Dis-lui la vérité.

— Et si elle ne voulait plus de moi comme garde du corps ?

— Écoute, tu n'as que deux solutions : soit tu vas lui expliquer les choses, soit tu tires un trait sur elle.

Il considéra son frère avec colère. Il était hors de question qu'il laisse tomber Kayleigh ! Il ne l'avait retrouvée que depuis quelques jours, et il ne savait déjà plus ce qu'il ferait sans elle.

Chance sourit.

— C'est bien ce que je pensais. Ce qui signifie que la seule solution est d'aller lui parler et de réussir à la convaincre. Dis-lui la vérité, Wes. Elle t'écoutera.

Weston poussa un long soupir. Chance avait raison, et ils le savaient tous deux. Il se leva et alla donner une tape sur l'épaule de son frère.

— Merci.

— Avec plaisir.

Avant qu'ils ne puissent en dire plus, la porte d'entrée s'ouvrit et Maci entra. Les sourires qui s'esquissaient sur son visage et sur celui de Chance s'évanouirent lorsque leurs regards se croisèrent, et Weston dut se retenir pour ne pas éclater de rire.

— Bonjour, Maci ! déclara Weston.

— Bonjour, Weston. Oh ! Chance est là aussi !

Elle semblait tout sauf ravie.

— Je dois avoir fait quelque chose de terrible dans une vie antérieure pour être obligée de voir Chance Patterson avant d'avoir pris mon café du matin.

— Je pourrais te retourner le compliment, marmonna Chance.

Weston se demanda qui de son frère ou de Maci le frapperait le premier, s'il leur suggérait de se prendre dans les bras. Aucun ne semblait prêt à reconnaître l'attirance qu'il avait pour l'autre, même si elle était quasiment palpable.

Ils étaient encore en train de se chamailler lorsqu'il quitta l'agence. Et, si Chance n'était pas capable d'admettre les sentiments qu'il avait pour Maci, il avait raison en ce qui concernait Weston.

Il devait aller parler à Kayleigh.

— Il faut que je te parle ! déclara Kayleigh en entrant en trombe dans le bureau de son père, peu de temps après le départ de Weston.

Jasper, qui se trouvait auprès de Leo, s'était apprêté à s'interposer lorsqu'elle avait fait irruption dans la pièce.

— Jasper, je veux parler à mon père seul à seul, déclara-t-elle sans quitter son père des yeux.

Jasper se tourna vers Leo.

— Monsieur...

— Tu peux nous laisser un instant ? demanda son père.

Jasper sortit sans dissimuler son mécontentement, claquant presque la porte derrière lui.

Kayleigh s'en moquait éperdument.

— Pourquoi m'as-tu menti à propos de Weston ? lança-t-elle d'un ton cinglant.

— Je ne t'ai jamais menti à propos de Weston.

Elle leva les yeux au ciel.

— Tu ne m'as pas dit la vérité non plus. Tu as tout fait pour que je croie qu'il était jardinier.

Leo soutint son regard.

— C'est vrai.

Même si elle savait déjà que c'était le cas, cela lui fit mal d'entendre son père admettre qu'il l'avait volontairement induite en erreur.

Cela lui faisait plus mal encore de savoir que Weston avait pris part à ce stratagème. Elle avait le cœur serré à chaque fois qu'elle y pensait... et le souvenir de ce baiser merveilleux en était terni.

— La situation est très dangereuse, Kayleigh, poursuivit Leo, et je ne veux pas que tu en fasses les frais. Je sais très bien ce que tu penses de Jasper et de son équipe, et j'ai cru que demander à

Weston de veiller sur toi serait le meilleur moyen de te mettre en sécurité sans que tu te sentes mal à l'aise. Visiblement, j'ai eu tort.

— Ne détourne pas la conversation. Le sujet n'est pas la capacité de Weston à assurer ma protection. C'est le fait que vous m'ayez menti tous les deux.

— Je suis prêt à tout pour te garder saine et sauve, Kayleigh. Même si cela doit parfois m'amener à faire des choses que tu réprouves.

Leo se frotta le front comme s'il avait mal à la tête.

— Mais, pour ton information, ajouta-t-il, Weston pensait que tu étais au courant.

Kayleigh s'immobilisa, alors que son cœur se mettait à battre la chamade.

— Quoi ?

Leo la regarda à nouveau, et elle remarqua qu'il semblait épuisé. Cela lui fit mal de voir son père dans cet état, quand bien même elle était en colère contre lui.

— J'ai dit à Weston que tu étais d'accord pour qu'il assure ta sécurité à la maison du lac Ray Roberts, déclara son père. Lorsqu'il s'est rendu là-bas, il pensait que tu étais au courant de sa mission.

Soudain, leur conversation sur le bateau prit tout son sens… tout comme certains autres détails.

— Et le jardinage ?

Leo haussa les épaules.

— Je savais qu'il aimait beaucoup les plantes, et je lui ai dit de se sentir libre d'aménager le parc comme il le souhaitait. Je lui ai même proposé de le payer pour cela, mais il a refusé.

Kayleigh se sentit soudain mal. Lorsqu'elle avait cru que Weston l'avait trahie, elle avait été aveuglée par sa colère et ne lui avait pas accordé l'occasion de s'expliquer. Elle avait laissé les mensonges de son père ruiner l'amitié qu'ils avaient renouée.

Et elle avait blessé Weston.

Il fallait qu'elle aille lui présenter ses excuses. Mais auparavant elle devait mettre les choses au point avec son père.

Elle n'allait pas hurler, elle n'allait pas piquer une crise. Calmement, elle s'avança vers son bureau.

— Papa, je sais que tu m'aimes et que tu as peur pour moi, mais il faut que tu arrêtes de me manipuler. Je ne le tolérerai plus. À partir de maintenant, c'est moi qui prendrai en charge ma propre sécurité. Dis à tes hommes de ne plus m'approcher.

Sans attendre de réponse, elle sortit de la pièce. Elle n'allait pas rester ici une seconde de plus. Pas quand elle devait aller voir Weston pour régler leur différend.

Elle ne voulait pas qu'il soit son garde du corps, mais il travaillait dans ce domaine. Il pourrait lui conseiller quelqu'un, si seulement il acceptait encore de lui parler après la façon dont elle s'était conduite.

Elle se dirigea vers la cuisine pour attraper son sac et son appareil-photo là où elle les avait laissés, et y trouva Jasper et Gwendolyn.

Gwendolyn remarqua immédiatement que quelque chose n'allait pas et se dirigea vers elle.

— Que s'est-il passé ? demanda-t-elle.

— Je m'en vais, répondit Kayleigh en rassemblant ses affaires.

— Mais vous ne pouvez pas, répliqua Jasper. Vous avez failli être enlevée il y a à peine quelques heures ! Et il fait presque encore nuit !

— Je peux partir et je vais le faire. Allez voir votre patron : il vous confirmera qu'à partir de maintenant vous n'avez plus à vous soucier de ma protection : c'est moi qui gérerai cela.

Elle contourna Jasper, qui ne savait visiblement pas s'il devait la stopper ou non, et se dirigea vers sa voiture, qu'un employé de son père était allé chercher. Elle entra l'adresse de l'agence de Weston dans son GPS et se mit en route, tentant de ne pas trop penser à ce qu'elle allait lui dire pour arranger les choses entre eux.

Weston était important pour elle. Il l'était quand elle était enfant, et elle ne pouvait se cacher à quel point il l'était redevenu au bout de ces quelques jours.

Elle espérait qu'il lui laisserait une chance.

Elle jeta un coup d'œil dans le rétroviseur, et laissa échapper un grognement en remarquant un SUV de couleur sombre derrière elle. Cela portait la signature de Jasper et ses hommes. Son père n'avait donc pas renoncé à la faire suivre…

Heureusement, elle devait prendre la prochaine sortie. Elle attendit la dernière seconde pour se déporter, consciente que la circulation dense empêcherait le véhicule de la suivre. Un coup d'œil au GPS lui apprit qu'elle n'était qu'à quelques minutes de l'agence de Weston.

Jasper avait probablement installé un dispositif de pistage sur sa voiture, alors elle décida de se garer sur un petit parking situé à quelques centaines de mètres. Elle terminerait le trajet à pied.

Elle trouva rapidement une place et attrapa son sac et son appareil-photo. Puis elle indiqua à son GPS qu'elle poursuivait son chemin à pied et se mit en marche.

Elle n'avait pas fait cent mètres qu'elle aperçut Jasper de l'autre côté de la rue. Bon sang, il l'avait retrouvée ! Fort heureusement il regardait dans une autre direction, alors elle s'engagea dans une allée pour échapper à son attention.

Elle regardait par-dessus son épaule pour s'assurer qu'il ne la suivait pas, lorsqu'un coup asséné sur sa tête la fit tomber à terre. Elle eut le souffle coupé et sentit l'asphalte lui écorcher le bras.

Bon sang !

Avant qu'elle ne puisse exprimer son indignation, un poing s'enfonça dans sa mâchoire, et elle perdit connaissance.

9

Kayleigh avait l'impression que tout tournait autour d'elle. Les murs des bâtiments semblaient se fondre en une masse indistincte, alors qu'elle peinait à respirer et à comprendre où elle était. Le sang tambourinait à ses oreilles. Elle tenta de se relever, mais avant qu'elle n'y parvienne on la poussa rudement sur le béton.

Elle sentit la panique monter en elle à l'idée qu'elle était seule et sans défense dans cette allée, et tenta de se contrôler. Son agresseur était-il un des hommes qui avaient tenté de l'enlever au bord du lac ? Comment l'avaient-ils retrouvée ? Ou alors, cette attaque était-elle un pur hasard ?

Quoi qu'il en soit, elle n'allait pas se laisser faire sans opposer de résistance. Elle roula sur le dos et commença à rendre coup pour coup à son assaillant.

Elle se débattit de toutes ses forces en hurlant à l'aide et parvint à se dégager. Elle continua à riposter et entendit l'homme pousser des grognements lorsqu'elle réussit à l'atteindre. Il tenta de couvrir sa bouche pour étouffer ses cris.

Sa vue se brouilla lorsqu'il lui décocha un autre coup de poing dans la mâchoire avant qu'elle ne puisse mettre les mains devant elle pour se protéger. Dans le vif du combat, elle tenta, sans y parvenir, de distinguer le visage de son agresseur. Avait-il une capuche ?

Mais ce n'était pas une priorité. Elle voulait seulement sortir vivante de cette allée.

Finalement, un des coups qu'elle portait au hasard finit par toucher son assaillant au visage. Elle sentit que l'homme roulait sur le côté et, combattant la nausée, elle saisit l'occasion pour tenter de se mettre à quatre pattes, puis de se relever. Mais une main agrippa sa cheville et la tira en arrière, la traînant sur le ventre.

Elle se débattit, consciente qu'elle se trouvait à nouveau en position d'infériorité. Son agresseur poussa un juron et lui arracha le sac contenant son appareil-photo, lui tordant le bras au passage. Kayleigh poussa un cri tant la souffrance fut vive, et se replia sur elle-même, tentant de surmonter sa peur et sa douleur.

Elle ne se rendit compte que son agresseur était parti que lorsqu'elle entendit des pas s'éloignant dans l'allée.

Elle resta à terre pendant un moment, essayant seulement de reprendre son souffle. Puis elle roula pour se mettre sur le dos et regarda le ciel.

— Je suis vivante, murmura-t-elle.

C'était l'essentiel, même si elle avait mal partout.

Mais ce sale type avait volé son appareil-photo.

Elle se redressa et passa son corps en revue, tout en s'efforçant de recouvrer ses esprits. Sa vision devenait de plus en plus nette, mais sa mâchoire était endolorie et gonflée. Elle avait des égratignures sur les mains et les coudes, bien que cela ne semble pas trop méchant. Même la douleur qu'elle ressentait à l'épaule devenait déjà plus supportable.

Elle serra les dents pour réprimer sa frustration, alors qu'elle songeait à son appareil-photo volé. C'était son préféré, mais elle pourrait le remplacer. Elle ramassa son sac à main, qui se trouvait sur le sol à côté d'elle. Son agresseur aurait été plus avisé de prendre celui-ci : elle y conservait de l'argent liquide et sa carte de crédit. L'appareil-photo serait beaucoup plus difficile à écouler.

Elle se remit debout avec peine. Elle ne voulait surtout pas rester assise ici comme une idiote : l'homme pourrait soudain avoir la même idée qu'elle et décider de revenir. Elle s'adossa contre le mur, le temps de laisser passer ses étourdissements, puis elle commença à avancer vers le parking.

Elle avait à peine fait quelques pas que Jasper et un de ses hommes surgirent dans l'allée, arme à la main, regardant dans toutes les directions.

Jasper se précipita vers elle.

— Vous allez bien, mademoiselle Delacruz ?

Elle aurait voulu lui répondre qu'il n'était plus chargé de sa protection et qu'il n'aurait pas dû se trouver là, mais étant donné les circonstances cela aurait semblé déplacé.

— J'ai été agressée. On m'a volé mon appareil-photo.

Jasper fit un signe de tête à son compagnon. L'homme s'éloigna de quelques pas et sortit son téléphone, sans aucun doute pour appeler d'autres membres de l'équipe.

Jasper s'approcha d'elle.

— Nous allons vous emmener à l'hôpital.

Elle secoua la tête, tentant de ne pas prêter attention à la douleur qui lui vrilla le crâne.

— Je n'ai pas besoin d'aller à hôpital. J'ai été un peu étourdie, mais je ne vais pas si mal.

Jasper sembla vouloir protester, mais eut la sagesse de s'en abstenir.

— Alors, nous allons vous ramener chez vous, dans la maison de votre père. Nous pourrons appeler un médecin.

Elle serra les dents.

— Je dois me rendre à l'agence San Antonio Security. Il faut que je parle à Weston.

Elle vit la mâchoire de Jasper se contracter à l'évocation de ce nom.

— Je ne pense pas qu'aller le voir alors que vous êtes couverte de sang et d'égratignures soit une bonne idée.

Le ton de sa voix était beaucoup plus agréable que l'expression de son visage.

— Je vais faire en sorte que quelqu'un vous escorte jusqu'à son agence plus tard, lorsque vos blessures auront été nettoyées et que vous vous serez changée.

Une fois encore, elle aurait voulu protester, mais elle avait conscience que c'était puéril. Elle sentait que son visage était enflé, voyait que ses vêtements étaient déchirés et ses mains ensanglantées. Elle devait aller présenter ses excuses à Weston, mais ce n'était certainement pas une bonne idée de le faire dans cet état.

Elle accepta, et Jasper sortit son portable pour demander qu'on vienne la chercher.

Kayleigh aperçut son reflet dans le rétroviseur, alors qu'on la reconduisait chez son père, et elle se félicita d'avoir écouté Jasper. Elle était vraiment en piteux état.

Lorsqu'ils s'engagèrent dans l'allée menant à la maison, son sursaut d'adrénaline était retombé, et elle se sentait à la fois nerveuse et angoissée.

Elle avait besoin d'une douche, d'une bonne dose d'ibuprofène, et d'une sérieuse couche de maquillage pour pouvoir à nouveau être présentable.

Et il fallait qu'elle parle à Weston. Malgré ses contusions, sa fatigue, et le fait qu'elle ait l'air de sortir d'un film d'horreur, il n'y avait rien de plus important pour elle.

C'est pourquoi, lorsqu'elle entra dans le hall et le vit en conversation avec son père, elle songea soudain qu'elle avait été beaucoup plus sévèrement frappée à la tête qu'elle ne le pensait.

Ses yeux s'élargirent lorsqu'il la vit, et il se précipita vers elle.

— Que s'est-il passé ? Tu vas bien ?

Jasper s'interposa.

— N'approchez pas, Patterson.

— Jasper, laissez-le ! intervint Kayleigh avec irritation.

Mais Jasper demeura immobile. Il resta debout entre eux, tel le chevalier blanc qu'elle n'avait jamais réclamé.

Le fait qu'il mette un point d'honneur à la protéger de la seule personne avec laquelle elle s'était jamais sentie en sécurité était presque risible.

Weston fixa Jasper du regard et fit un pas vers lui. Il s'adressa à lui d'un ton très calme mais glacial.

— Si Kayleigh veut que je vienne auprès d'elle, c'est ce que je vais faire. Et vous n'allez certainement pas m'en empêcher.

Il n'éleva pas la voix et ne fit aucun geste hostile. Mais tout dans son attitude, dans ses intonations, évoquait une menace presque palpable.

Cet homme était un guerrier.

— Laissez-moi passer, Eeley.

Kayleigh pouvait aisément imaginer que Jasper n'appréciait pas qu'on lui ordonne de s'écarter, mais il obtempéra. Il leur lança à tous les deux un regard mauvais avant d'aller se ranger aux côtés de Leo.

Lorsque Jasper se fut éloigné, Weston lui prit le bras avec douceur. Il glissa l'autre main derrière son cou et l'examina des pieds à la tête.

— J'ai été agressée.

Il plissa les paupières.

— Juste après la tentative d'enlèvement ? Tu es certaine qu'il s'agit d'une simple agression ?

Elle haussa les épaules, penchant la tête sur le côté pour l'appuyer contre sa main. Cela lui était parfaitement égal que son père ou Jasper la voie : elle puisait de la force dans ce contact, et c'était si bon...

— Il n'y avait qu'un seul homme, et il n'essayait pas de m'entraîner hors de l'allée. Il a pris mon appareil-photo.

Weston acquiesça.

— Effectivement, cela ne ressemble pas à une seconde tentative d'enlèvement. Ça s'est passé à quel endroit ?

— Je venais te voir. Pour te présenter mes excuses.

Elle croisa son regard.

— J'ai voulu couper par une allée et j'ai été frappée à la tête.

— Apparemment, tu as reçu plusieurs coups...

Elle hocha la tête avec précaution.

— Mais ça aurait pu être bien pire.

Avant qu'elle ne puisse ajouter quoi que ce soit, Gwendolyn entra précipitamment dans le hall.

— Kayleigh, mon Dieu ! Venez vous asseoir dans la cuisine. Nous allons mettre des glaçons sur vos ecchymoses.

Weston l'accompagna et resta à côté d'elle pendant que Gwendolyn s'affairait et posait un pack de glace contre sa joue. Leo et Jasper les suivirent.

— Tu as pu voir celui qui t'a fait ça ?

— Pas vraiment. Tout était très flou... mais je pense qu'il avait un sweat à capuche noir. Enfin, il me semble.

— L'important est que vous soyez saine et sauve, déclara Gwendolyn en tapotant la main de Kayleigh. Je vais vous apporter quelque chose à boire pour vous remonter.

— Je suis certain que ce qui s'est passé est en lien avec l'acquisition, déclara Leo.

Elle était surprise que son père se soit tu pendant si longtemps.

— C'est pour cela que je suis convaincu que tu as besoin d'un garde du corps, Kayleigh.

Et voilà, ça recommence !

— Comme je te l'ai dit, papa, ça n'a vraiment pas l'air d'être une tentative d'enlèvement... ou alors ils ne sont pas très doués ! C'est seulement de la malchance.

Leo ouvrit la bouche pour lui répondre, mais Weston fut plus rapide.

— Je suis d'accord avec Kayleigh, Leo. Si on avait voulu s'en prendre précisément à elle, elle ne s'en serait pas sortie avec quelques contusions et quelques égratignures. Et il n'y aurait pas eu qu'un seul homme.

Leo fronça les sourcils.

— Tu as peut-être raison, mais elle a besoin...

Kayleigh interrompit son père avant qu'il ne puisse une fois de plus entonner la rengaine selon laquelle il lui fallait un garde du corps.

— Je vais bien, papa. Je suis surtout en colère qu'on ait volé mon appareil.

Leo s'approcha d'elle et posa doucement la main sur son épaule. Elle la tapota.

— Je t'en offrirai un autre, dit-il.

Elle gagnait largement assez d'argent pour remplacer le matériel volé, qui était d'ailleurs couvert par une bonne police d'assurance… ce qui lui rappela soudain que la compagnie avait insisté sur un point.

— En fait, cela ne sera peut-être pas nécessaire : l'assureur avait demandé que l'appareil soit équipé d'une puce pour pouvoir le localiser, au cas où il serait perdu ou volé. Peut-être que cela va nous permettre de le retrouver, et de coincer le type qui l'a pris…

— Tu as accès à cette puce ? demanda Weston. Dans ce genre d'affaires, il faut agir rapidement.

— Oui. J'ai simplement besoin d'un ordinateur portable.

Leo inclina la tête vers Jasper, qui alla chercher ce qu'elle demandait. Gwendolyn revint avec une tasse de thé, ce dont Kayleigh lui fut reconnaissante. Elle était épuisée et avait désespérément besoin d'une douche, mais le thé la revigorerait déjà un peu.

En fait, c'était surtout la présence de Weston qui la soutenait.

Jasper revint et donna le portable à Kayleigh, qui se connecta rapidement sur le site où se trouvaient les informations. Elle ouvrit son compte et sourit en constatant que la puce émettait toujours un signal.

— L'appareil-photo est là, déclara-t-elle en tournant l'ordinateur vers les autres, afin qu'ils puissent voir l'écran.

Weston et Jasper regardèrent tous les deux Leo, attendant de savoir lequel des deux allait être chargé de cette mission. Kayleigh ne voulait pas d'un nouvel affrontement.

Elle leva les yeux vers Weston.

— Ça t'ennuie si Jasper et ses hommes y vont ? Je… j'aimerais que tu restes avec moi, si ça ne te dérange pas.

Il hocha la tête.

— Pas de problème.

— Nous sommes sur le coup, déclara Jasper.

Il se saisit de l'ordinateur et sortit de la cuisine sans un mot de plus.

— Leo et moi devons aller travailler, déclara Gwendolyn. Appelez-moi si vous vous sentez moins bien ou si vous pensez que vous avez besoin de voir un médecin.

Gwendolyn poussa Leo hors de la pièce malgré ses protestations. En sortant, elle se retourna et leva exagérément les yeux au ciel, ce qui fit sourire Kayleigh.

Enfin, Weston et elle furent seuls.

— Pourquoi es-tu ici ? lui demanda-t-elle.

Même si elle avait pu se rendre à l'agence, elle ne l'y aurait pas trouvé.

Il lui fit un petit sourire.

— Pour te présenter mes excuses. Il semblerait que les grands esprits se rencontrent !

— Tu n'as pas à t'excuser. Papa nous a manipulés tous les deux. Il l'a reconnu tout à l'heure, après ton départ.

— Il fait ça pour te protéger. Je ne peux pas lui en vouloir !

Weston la regardait comme si elle était précieuse pour lui, et Kayleigh sentit son cœur se mettre à battre.

— Mais, poursuivit-il, je regrette vraiment que tu aies eu le sentiment d'être trahie. Jamais je ne t'aurais menti de la sorte.

Elle lui prit la main et la serra.

— Je suis désolée : ma réaction a été totalement disproportionnée. J'en suis tout de suite arrivée à la conclusion que tu m'avais menti et je n'ai même pas cherché à savoir si c'était vrai.

Il sourit.

— Maintenant que nous savons tous les deux la vérité, nous pouvons avancer.

— Parce que tu voudrais que les choses avancent entre nous ?

— Oui. Et toi ? demanda Weston.

— Moi aussi.

Il sourit et lui caressa la joue avec douceur, veillant à ne pas lui faire mal.

— Cela signifie que je vais devoir arrêter de travailler pour Leo. Ce baiser n'était certainement pas professionnel de ma part !

Kayleigh sourit et se laissa aller contre lui.

— Alors, tu devrais m'embrasser encore, puisque je ne suis plus ta cliente.

Il ne répondit pas, mais il enfouit les mains dans ses cheveux et l'attira à lui. Leurs lèvres se rencontrèrent, et si ce baiser fut beaucoup plus doux que celui de la nuit dernière il fut tout aussi passionné.

Et cette fois il n'y avait plus de secrets entre eux.

10

Douze heures plus tard, Weston se trouvait encore chez Leo. Il était dans son bureau avec lui, Gwendolyn et Jasper, enfin revenu de sa quête de l'appareil-photo.

La seule personne manquante était Kayleigh, qui était en train de prendre sa seconde douche de la journée. Weston espérait qu'ensuite elle serait assez détendue pour aller se coucher et dormir.

Il n'avait pas pu la quitter des yeux de la journée, passant son temps à examiner ses blessures et à embrasser ses égratignures.

Tant d'agressions tournaient mal ! Lorsqu'il songeait qu'il aurait pu perdre Kayleigh avant même que leur histoire ne commence, Weston n'arrivait plus à s'éloigner d'elle. Alors, il l'avait embrassée, encore, et encore…

Quand l'estomac de Kayleigh s'était mis à gargouiller, ils avaient tous les deux éclaté de rire et étaient descendus à la cuisine pour lui chercher quelque chose à grignoter.

Il était resté assis à côté pendant qu'elle mangeait, incapable d'être physiquement séparé d'elle. Puis il lui avait demandé de lui relater son agression en détail, pour être certain qu'elle n'avait pas oublié un élément essentiel. Ensuite, avec beaucoup de douceur, il lui avait fait récapituler les faits une fois de plus.

Il espérait qu'elle se souviendrait du visage de l'agresseur, mais n'insista pas lorsqu'elle lui dit que non. Les réactions face à un traumatisme étaient très variables : parfois certains détails apparaissaient avec la clarté de l'évidence, et parfois tout demeurait dans un brouillard.

Weston trouvait troublant le fait que Jasper et ses hommes aient été présents sur les lieux, mais n'aient pu être d'aucun secours. Il n'en tirait pour le moment aucune conclusion négative, mais songeait que ce point méritait qu'on s'y intéresse.

Lorsque Kayleigh et lui eurent fini de passer en revue tous les détails de l'agression dont elle avait fait l'objet, il était midi passé. Elle clignait parfois des paupières et avait visiblement besoin de se reposer. Il l'avait envoyée se doucher, puis avait été trop heureux de pouvoir s'allonger à ses côtés et la tenir dans ses bras pendant qu'ils prenaient ensemble quelques heures de sommeil.

Il avait également appelé ses frères pour leur demander d'aller vérifier l'allée. San Antonio était certes une grande ville avec son lot de crimes, mais il n'était pas courant que quelqu'un se fasse agresser en plein jour dans ce quartier.

Il s'était forcé à ne pas en faire plus. Leo n'était plus son patron, et Kayleigh n'était pas sa cliente... même s'il allait bien sûr continuer à tout mettre en œuvre pour la protéger.

Quand arriva le soir, il avait certes passé un merveilleux moment à tenir Kayleigh contre lui, mais il n'avait toujours aucun élément pouvant servir de base à leur enquête, puisque ses frères étaient revenus bredouilles de leur visite dans l'allée. Il avait entendu que Jasper était de retour, mais ne connaissait pas le résultat de sa mission.

Kayleigh et lui avaient dîné calmement avec Gwendolyn. Leo, quant à lui, était resté enfermé dans son bureau pour y passer des appels téléphoniques. Quelque chose se tramait.

Weston dut se rappeler qu'il n'était pas de sa responsabilité de connaître le détail de la situation. Il n'était là que pour aider Kayleigh.

Mais lorsque Leo l'invita à le rejoindre dans son bureau pour entendre le rapport de Jasper il accepta immédiatement.

Jasper leur exposa le résultat de ses recherches.

— La puce se trouvait dans une poubelle, à quelques centaines de mètres de l'endroit où Kayleigh a été agressée. Mais lorsque nous sommes arrivés nous n'avons trouvé ni l'homme ni l'appareil-photo. Il avait enlevé la puce.

Weston fronça les sourcils.

— Quelqu'un a enlevé une puce quasiment invisible de l'appareil de Kayleigh et l'a jetée dans une poubelle ? C'est très étrange.

— Tout ce que je peux vous dire, Patterson, c'est que l'appareil n'était pas là lorsque nous sommes arrivés.

Jasper serra les mâchoires avant d'ajouter :

— Vous pensez que vous auriez fait mieux ?

Weston ne répondit pas : ce n'était pas le moment d'entamer une querelle. Mais il était pour le moins surprenant que la puce ne les ait menés à rien.

— Il est inutile de s'inquiéter pour cet appareil-photo.

C'était la voix de Leo. Il avait écouté le rapport de Jasper tout en allant et venant devant les fenêtres, sans toucher au thé que Gwendolyn avait apporté pour chacun d'entre eux.

— Il pourra être remplacé, poursuivit-il. La puce ne nous a pas permis de trouver l'agresseur de Kayleigh, donc cette piste s'arrête là. Pour le moment, il vaut mieux se concentrer sur la sécurité de chacun, jusqu'à ce que le rachat ait eu lieu.

Weston hocha la tête en le dévisageant. Il y avait certainement eu des développements récents, car Leo semblait particulièrement agité.

Il fallait qu'il ait Jasper à l'œil, également. Les choses ne semblaient pas très nettes… Il allait demander à ses frères de contrôler soigneusement ses antécédents.

— Je voudrais parler avec vous de la sécurité de Kayleigh, déclara Leo. Après cette tentative d'enlèvement et cette agression, je veux qu'elle soit protégée vingt-quatre heures sur vingt-quatre.

— Je m'en occupe, déclara immédiatement Weston. Je connais un endroit où nous pourrons aller. Mais je refuse d'être payé pour cela.

— Où ? demanda Jasper. Vous enfuir avec elle n'est pas une bonne solution.

Weston n'avait l'intention de le révéler à aucun des deux hommes, et surtout pas à Jasper.

— Elle sera plus en sécurité si personne ne le sait.

— Ça ne marche pas comme ça ! s'exclama Jasper, le visage rougissant. Je suis le chef de la sécurité, et j'ai besoin de savoir où elle se trouve à tout instant.

— Ce n'est pas à vous de le décider.

Weston se tourna vers Leo.

— Et ce n'est pas à vous non plus. Il faut que nous ayons cette conversation avec Kayleigh.

Il ne voulait plus qu'elle puisse penser qu'il n'avait pas été honnête avec elle.

— Vous avez raison, il faut qu'elle participe à cette discussion, renchérit Gwendolyn avec un sourire apaisant. Mais le fait que Jasper ignore où elle se trouve peut rendre sa tâche difficile. Que cela plaise à Kayleigh ou non, Jasper a été embauché pour protéger la famille Delacruz, et elle en fait partie.

— Kayleigh est adulte, et intelligente, répliqua Weston en se croisant les bras sur la poitrine. Elle est capable de faire ses propres choix.

Il était en train de terminer sa phrase lorsque Kayleigh entra. Elle était vêtue d'un vieux jean et d'un sweat-shirt. Ses cheveux humides étaient détachés et s'étalaient sur le sac à dos qu'elle portait.

Il la trouva si belle et si passionnée quand elle déclara d'un ton qui n'admettait pas de réplique :

— Je vais avec Weston. Il est celui qui saura le mieux me protéger.

Elle croisa le regard de Weston et ajouta en tapotant son sac à dos :

— J'ai préparé mes affaires et je suis prête à partir dès que tu le voudras.

L'entendre déclarer qu'elle avait confiance en lui l'émut profondément.

— Non, lâcha laconiquement Jasper, en croisant les bras sur sa large poitrine.

— Je ne vous demande pas votre permission, Jasper. Weston a raison : je suis parfaitement capable de faire mes propres choix.

Kayleigh se tourna vers son père et poursuivit :

— Il faut que j'aie un garde du corps, je l'ai compris. Weston peut s'en charger.

— Je suis d'accord, déclara Leo. Mais je ne pense pas que ce soit judicieux que tu partes d'ici. Je dois te donner plusieurs informations concernant...

Le hurlement assourdissant d'une alarme résonna soudain. Tous s'immobilisèrent et se regardèrent, tentant de comprendre ce qui se passait. Weston attrapa le bras de Kayleigh et l'attira vers lui.

Jasper saisit le talkie-walkie accroché à sa ceinture.

Quelques secondes plus tard, plusieurs voix s'en élevèrent, parlant toutes en même temps. Weston ne comprenait pas très bien le détail de ce qui se disait, mais un mot revenait.

Incendie.

Jasper attrapa une tablette qui se trouvait sur le bureau et consulta les images des caméras de sécurité.

— L'aile est de la maison est en feu, annonça-t-il.

— Comment l'incendie s'est-il déclaré ? demanda Leo.

Jasper courut vers la porte.

— Je vous le dirai dès que je...

Une explosion ébranla les murs de la pièce et les vitres volèrent en éclats. Weston se retourna et, enveloppant Kayleigh de ses bras, l'allongea à terre et la protégea de son corps.

Ils entendirent d'autres explosions provenant de divers endroits de la maison, et le bruit de vitres qui se brisaient.

Ce n'était pas seulement un incendie : c'était une attaque en règle.

Jasper se précipita sur Leo et Gwendolyn et les éloigna des fenêtres. Diverses voix continuaient à s'élever de son talkie-walkie.

Leo se tourna vers Gwendolyn.

— Faites sortir tout le personnel de la maison.

Gwendolyn les regardait en se tordant les mains, l'air désemparé.

— Mais, monsieur...

— Ne vous inquiétez pas pour nous. Jasper, accompagne-la. Maintenant !

Jasper sembla sur le point de protester, mais Leo s'était déjà retourné et s'approchait de Weston et Kayleigh.

— Papa, nous ne pouvons pas rester ici, déclara Kayleigh, toujours plaquée au sol par le bras de Weston. Il faut que nous partions nous aussi.

On entendit d'autres explosions, et l'odeur de la fumée commença à envahir la pièce.

— Tu peux la faire sortir ? demanda Leo à Weston.

Kayleigh secoua la tête.

— C'est hors de question. Je ne quitterai pas cette pièce sans toi.

Leo posa la main sur la joue de sa fille.

— Je vais m'en aller, je te le promets. Mais j'ai besoin que vous sortiez les premiers. Quand j'aurai la certitude que tu es en sécurité, je ferai ce que j'ai à faire.

— Alors, c'est d'accord, murmura-t-elle.

À côté d'elle, Leo poussa un soupir de soulagement, comme si le fait qu'elle ait accepté lui avait ôté un poids énorme des épaules.

— Merci.

On entendit alors des détonations. Ils faisaient bel et bien l'objet d'une attaque.

— Weston, tu as un plan ? demanda Leo.

Il se dirigea vers la porte, sans lâcher Kayleigh.

— La seule issue qui est encore disponible est celle du garage, mais je pense qu'ils veulent justement nous forcer à prendre une voiture. Donc, nous partirons à pied.

Leo semblait inquiet, mais il approuva ce plan.

— Allez-y.

— Nous allons nous diriger vers la partie de la maison touchée par l'incendie, déclara Weston en regardant Kayleigh et en lui saisissant la main, et ensuite nous partirons par la zone naturelle qui se trouve derrière le parc.

Leo prit Kayleigh dans ses bras.

— Fais attention à toi. Je t'aime. Je vais demander à mon équipe de créer une diversion pour faciliter votre fuite.

— Et fais attention à toi aussi, répondit-elle en le serrant fort.

Leo la serra une fois de plus contre lui et la relâcha, puis la poussa vers Weston.

— Sors-la d'ici.

Weston reprit la main de Kayleigh, et tous deux s'engagèrent dans le couloir. Ils avancèrent le plus discrètement possible, se fondant dans l'ombre, profitant du chaos qui régnait. Ils virent plusieurs membres de l'équipe de sécurité se précipiter vers le bureau de Leo : au moins, il serait protégé.

Ils arrivèrent bientôt de l'autre côté de la maison, là où le feu faisait rage. Personne ne les avait remarqués.

Weston fut surpris de constater l'étendue des dégâts qui avaient déjà été occasionnés. Le feu dévorait des tableaux, les réduisant en cendres en quelques instants, le papier peint se détachait des murs. Même là où ils étaient, à distance des flammes, les carreaux du sol craquaient sous l'effet de la chaleur.

À côté de lui, Kayleigh respirait avec peine, tout en regardant la maison de son enfance partir en fumée. Il attrapa le sweat qu'elle portait et le releva devant son nez, avant de faire de même.

Il désigna une petite porte sur le côté, heureux de s'être rappelé la disposition des lieux après tant d'années.

— Nous allons sortir par ici. Dès que nous serons à l'extérieur, il faudra courir. Puis nous escaladerons la clôture arrière.

Le parc jouxtait une zone naturelle. Il n'y avait aucune habitation, peu de chemins, et c'était sans nul doute leur meilleure voie de sortie.

— Tu es prête ? demanda Weston.

Elle lui serra la main en hochant la tête.

Il regarda autour de lui, attrapa un plaid posé dans un fauteuil et s'en enveloppa la main. Il guida ensuite Kayleigh vers la porte, en veillant à ce qu'elle reste le plus éloignée possible des flammes, dont il sentait la morsure sur sa peau. Tendant sa main protégée par le plaid, il actionna rapidement la poignée de la porte, avant que le métal ne le brûle. Lorsque la porte fut ouverte, il poussa Kayleigh à l'extérieur et la suivit immédiatement.

Après la chaleur oppressante du feu, sentir glisser sur eux la brise légère fut un véritable délice. Ils lâchèrent tous les deux le tissu qu'ils tenaient devant leur nez et prirent quelques inspirations profondes.

Derrière eux, les flammes continuaient à ronfler, et les vitres à éclater. Il lui prit la main une fois encore et l'entraîna vers la clôture située à l'arrière du parc, veillant à avancer dans l'ombre pour qu'ils ne soient pas repérés.

Son sac à dos la gêna pendant qu'elle escaladait la clôture, alors il le lui ôta et le mit sur ses épaules avant de l'aider à monter jusqu'en haut et à passer par-dessus. Il grimpa juste après elle et sauta de l'autre côté. Ils coururent ensuite vers les arbustes et s'enfoncèrent dans la végétation. Si ceux qui les attaquaient essayaient réellement de mettre la main sur Kayleigh, il ne leur faudrait pas longtemps pour se douter qu'elle était partie dans cette direction.

Il fallait qu'ils quittent les lieux avant.

Kayleigh suivait bravement Weston malgré l'allure vive qu'il avait adoptée. Ils n'étaient pas allés aussi loin qu'il l'aurait voulu lorsque son instinct lui souffla de s'arrêter.

L'attirant derrière un arbre, il lui fit signe de demeurer silencieuse. Elle hocha la tête.

Alors, il ferma brièvement les yeux pour mieux percevoir les bruits environnants. Il n'entendit rien.

Rien du tout.

Ce silence complet était tout aussi inquiétant que s'il avait perçu des craquements de branches ou les cris de leurs poursuivants… Peut-être même plus encore, puisque cela signifiait que ceux qui étaient après eux étaient assez malins pour être discrets.

Un froissement attira son attention. Il y avait au moins une personne dans les parages. Les yeux de Kayleigh s'élargirent. Elle l'avait entendu, elle aussi.

Weston se pencha vers son oreille. Il murmura :

— Tu te souviens de la forêt ?

Elle hocha la tête. Elle était située à environ deux kilomètres de la propriété et ils s'y étaient rendus à plusieurs reprises avec Henry, lorsqu'ils étaient enfants. Les arbres y étaient plus hauts et ils pourraient s'y cacher plus facilement.

— Suis-moi. Mets tes pas exactement dans les miens.

Elle hocha à nouveau la tête.

Il lui prit la main et tous deux se baissèrent. Puis il la fit avancer, tâchant de marcher sur la mousse pour étouffer le bruit de leurs pas. Derrière lui, Kayleigh imitait le moindre de ses mouvements.

Il savait qu'elle devait avoir peur : il faisait nuit maintenant, on entendait le tonnerre gronder au loin, et quelqu'un était à leur poursuite. Mais elle tenait le coup.

Et il allait tout faire pour la garder saine et sauve.

11

— Je pense qu'ils sont partis par là.

Weston fit signe à Kayleigh de rester silencieuse, alors que leurs poursuivants passaient assez près d'eux pour qu'elle puisse entendre les paroles qu'ils prononçaient.

Jamais elle n'aurait eu l'idée d'attirer l'attention sur elle en ce moment !

Weston se pencha pour lui souffler à l'oreille :

— Prends ça.

Elle sentit qu'il glissait son téléphone portable dans la poche de son jean.

— S'il arrive quelque chose, tu cours aussi vite que possible et tu te caches. Et dès que tu as du réseau tu appelles n'importe lequel des numéros qui sont en mémoire. Mes frères prendront soin de toi.

— Je veux rester avec toi.

Elle arrivait à peine à contrôler sa panique.

Il lui embrassa le front.

— Bien sûr ! C'est une simple précaution.

Elle hocha la tête, et Weston se retourna pour observer les alentours. Elle était pressée contre le tronc d'un immense cèdre, et il se tenait devant elle, pour la protéger de leurs poursuivants.

— Il va falloir le neutraliser pour mettre la main sur elle, déclara une voix, un peu plus près d'eux cette fois.

Kayleigh sentit le cœur lui manquer.

Des images de son enlèvement lui revinrent à la mémoire.

L'obscurité, l'orage. Elle avait envie de pleurer, de crier… mais elle réussit à garder la bouche fermée, et la respiration silencieuse.

— Ça ne me pose aucun problème. C'est elle qui est importante, répondit une autre voix.

Elle avait l'impression que les types se trouvaient tout près d'eux. Weston semblait prêt à bondir s'il le fallait.

— J'ai l'impression qu'ils sont arrivés par ici, mais je ne sais pas dans quelle direction ils sont allés ensuite.

L'autre type ronchonna.

— Il faudrait que nous soyons plus nombreux pour les chercher !

— Je vais appeler du renfort.

Son compagnon grommela, mais ne protesta pas. Bientôt, le bruit de leurs pas et de leurs voix s'estompa, et on n'entendit plus que le souffle du vent dans les arbres.

Kayleigh égrenait mentalement les secondes. Elle avait envie de bouger, mais Weston demeurait immobile. Ce ne fut qu'au bout de cinq minutes qu'il sembla se détendre un peu.

— Je voulais être certain qu'ils n'essayaient pas de nous attirer hors de notre cachette, murmura-t-il. Mais ils sont partis.

— Comment peux-tu en être sûr ?

— On entend à nouveau les oiseaux et les insectes.

Elle tendit l'oreille et s'aperçut qu'il disait vrai.

Il se tourna vers elle et la prit par la main.

— Ça va ?

Elle hocha la tête. Elle se sentait à bout de forces, mais ils étaient vivants.

— Où allons-nous ?

— Nous allons suivre la rivière. Si ma mémoire est bonne, cela va nous mener vers une route d'accès. Je veux m'éloigner le plus possible de la maison, puisque j'ai l'impression que du renfort va arriver.

Kayleigh sentit sa bouche s'assécher à l'idée que tout un groupe d'hommes allait bientôt battre les environs à leur recherche. C'en était déjà bien assez de deux !

Elle suivit Weston lorsqu'il se mit en marche, veillant encore à mettre ses pas dans les siens au cas où cela serait préférable.

Lorsqu'ils parvinrent à la rivière, elle se résolut enfin à lui poser la question qui lui hantait l'esprit.

— Tu penses que mon père va bien ?

Il poussa un soupir.

— Honnêtement, je l'ignore. Au cas où cela pourrait te rassurer, je sais qu'il a mis des mesures en place afin que son décès ne puisse pas entraver le processus de rachat.

Kayleigh ne fut pas surprise que son père ait pris de telles précautions. Les affaires avaient toujours été sa préoccupation majeure.

— Espérons que cela suffira à le garder sain et sauf !

— C'est ce que je pensais, mais...

Quelque chose dans la voix de Weston l'interpella.

— Quoi ? Il y a quelque chose que tu ne me dis pas ?

Il se retourna pour la regarder.

— Je n'ai aucune preuve, mais je suis quasiment certain que celui qui est derrière tout ça a un lien plus étroit avec ton père que nous ne le pensions.

— Pourquoi dis-tu cela ?

— Tous ces hommes semblent trop bien informés. Par exemple, personne n'était censé savoir que tu te trouvais dans la propriété de Ray Roberts... Et l'attaque de ce soir nécessite de bien connaître les lieux.

Il dut lire sa panique sur son visage parce qu'il s'approcha d'elle et lui frotta les bras pour la réconforter.

— Comme je te l'ai dit, je n'ai aucun élément pour le prouver, mais je ne vois pas comment il pourrait en être autrement.

— Tu penses qu'un des proches de papa est derrière tout cela ?

— Oui. Ou alors, que cette personne communique des informations à des gens mal intentionnés.

Elle passa mentalement en revue tous les employés qui auraient pu trahir son père... Mais ils étaient si nombreux !

— Nous devons en parler à papa.

— Il s'en doute probablement déjà, mais je l'appellerai dès que j'aurai du réseau. Allons-y.

Weston lui tendit la main, et Kayleigh la prit avec reconnaissance. Elle avait besoin de ce contact pour s'ancrer dans la réalité. Tout était devenu si compliqué !

Elle finit par oublier ce nouveau sujet d'inquiétude après deux autres heures passées à marcher le plus vite et le plus discrètement possible dans la forêt. Elle avait besoin de toute sa concentration pour avancer.

Weston l'aida, sinon, elle n'aurait pas réussi. Il avait l'art de trouver le chemin le plus égal entre les arbres, l'alertait lorsqu'il y avait des branches basses ou des racines sur lesquelles elle aurait pu trébucher. Mais leur progression demeura néanmoins très difficile.

Et soudain l'orage qui menaçait depuis des heures éclata, et des trombes d'eau se déversèrent sur eux. Elle tressaillit de peur lorsque le tonnerre se mit à gronder et combattit un accès de panique. Ce n'était pas le moment.

Comme si les crises étaient si simples à contrôler !

Weston la regarda en lui serrant doucement la main. Cela lui rappela qu'elle n'était pas seule et qu'elle n'était plus une enfant captive et sans défense.

Un quart d'heure plus tard, ils étaient tous deux trempés jusqu'aux os. Et par une nuit de printemps au Texas il faisait froid.

— Je peux prendre ma veste dans mon sac à dos ?

Elle avait rassemblé quelques affaires en plus de son appareil-photo puisqu'elle pensait qu'elle allait partir pour quelques jours avec Weston.

Il s'arrêta, et elle commença à fouiller dans le sac.

— Qu'as-tu d'autre là-dedans ? demanda Weston lorsqu'elle finit par trouver sa veste.

— Rien d'assez grand pour toi, malheureusement. J'ai quelques habits, une brosse à dents, du dentifrice, du déodorant, et mon appareil-photo.

Kayleigh se sentit rougir.

— Je suis désolée que tu aies à porter tout cela. Tu veux que nous laissions le sac ici ?

Elle détestait penser qu'elle allait perdre l'appareil-photo qu'elle possédait depuis si longtemps, mais elle avait le sens des priorités.

— Il ne me ralentit pas. Crois-moi, j'ai dû marcher avec des sacs bien plus lourds quand j'étais dans l'armée !

Il aurait probablement même pu la porter elle-même tout le long du chemin s'il avait fallu. Le tonnerre gronda au-dessus d'eux, et elle serra les dents en se forçant à respirer. Elle ne voulait pas avoir à découvrir s'il en était capable ou non !

Elle se refusait à être un fardeau pour lui.

— Nous devons chercher un abri, déclara-t-il.

Elle ne savait pas s'il proposait cela parce qu'il voyait qu'elle était paniquée, mais cela importait peu. Ils se remirent en marche et, à chaque fois que Weston ralentissait le pas pour essayer de trouver un endroit où ils pourraient être protégés de la pluie, elle vérifiait sur son téléphone s'il y avait du réseau. Elle espérait de tout cœur voir les barres apparaître sur l'écran, mais était déçue à chaque fois. Ce n'était pas étonnant : cet endroit était très sauvage.

Lorsque Weston trouva enfin un surplomb rocheux qui pourrait les abriter de l'orage, ils frissonnaient tous les deux. Mais fort heureusement ils n'avaient remarqué aucun signe pouvant indiquer qu'ils étaient suivis, et Weston lui avait assuré que les traces qu'ils auraient pu laisser avaient été effacées par la pluie.

— Viens. Quitte ces vêtements trempés et mets quelque chose de sec.

Le petit espace, situé à mi-pente d'un petit canyon, était à peine assez grand pour qu'ils puissent s'y coucher tous les deux, mais ils seraient au moins protégés des intempéries.

Elle l'y rejoignit, quitta sa veste et l'étala sur un rocher.

— Et toi ? Tu n'as aucun vêtement de rechange.

Elle n'était pas certaine que ceux qu'elle portait sur elle sécheraient, mais elle pouvait toujours essayer. Lorsqu'elle en eut enfilé d'autres, elle se retourna vers Weston.

— Oh…

Il avait ôté sa chemise et déboutonné son pantalon, et attendit d'être assis par terre pour l'ôter. En un regard, Kayleigh avait saisi ses bras musclés, son ventre plat, ses longs doigts…

Il lui prit la main et l'attira auprès de lui.

— Tu devrais essayer de dormir. Nous ne pouvons pas faire de feu, mais si nous restons l'un contre l'autre nous pourrons nous tenir chaud.

Kayleigh allait refuser et lui expliquer qu'elle serait incapable de fermer l'œil avec l'orage, mais il l'enveloppa de son bras et attira doucement sa tête contre son torse. Elle entendait le battement rythmique de son cœur, et se laissa bercer par cette pulsation qui lui rappelait qu'ils étaient vivants, et ensemble. Et, si elle sentait en elle l'angoisse causée par l'orage et la nuit, cela l'aida à la maîtriser.

Elle enlaça la taille de Weston d'un bras et ferma les yeux, songeant que c'était un miracle que le jeune garçon qu'elle avait connu soit devenu cet homme solide et déterminé, qui avait réussi à la sauver de plusieurs situations périlleuses.

Ce surplomb rocheux les abritait peut-être de l'orage, mais Weston la protégeait de tout le reste.

Weston ne dormit pas, mais il ne le regretta pas un seul instant. Kayleigh semblait si paisible dans ses bras, alors qu'il sentait son souffle chaud contre son torse ! Il aurait aimé que les circonstances soient différentes… qu'ils soient ensemble dans son lit, et qu'il puisse l'éveiller avec la promesse d'un plaisir qui leur ferait tout oublier.

Mais s'il la tirait de son sommeil maintenant il ne ferait que la pousser au cauchemar. Elle avait besoin de dormir, parce qu'il craignait que le plus dur ne soit encore à venir. Tout à l'heure, quand l'orage serait passé, ils devraient faire face à bien d'autres difficultés.

Les pensées tourbillonnaient dans son esprit alors que l'obscurité se faisait moins dense et que les premières lueurs de l'aube commençaient à poindre. Celui qui était derrière tout cela ne pouvait qu'être un des proches de Leo. Weston aurait parié qu'il s'agissait de Jasper. Quelque chose en lui lui déplaisait… Mais il pouvait s'agir de n'importe quel autre des employés de Leo, y compris son avocat, Dean McClintock, ou même Gwendolyn.

Il devait tout d'abord ramener Kayleigh à la civilisation, et arriver ensuite à déterminer à qui ils pouvaient faire confiance.

Lorsque le jour fut levé, il fallut pourtant qu'il la réveille. Elle bougea un peu et ouvrit ses magnifiques yeux verts.

— Tout va bien ? murmura-t-elle. Je n'arrive pas à croire que j'aie dormi !

— L'orage est passé, et a priori personne ne nous a repérés. Mais il faut que nous nous mettions en marche. Nous devons trouver un endroit où il y a du réseau…

Elle détourna la tête alors que son estomac se mettait à gronder avec force, et il vit que les lobes de ses oreilles rougissaient.

— Et trouver aussi quelque chose à manger ! ajouta-t-elle.

Weston éclata de rire, même s'il était à peu près dans le même état. Il rêvait d'une bouteille d'eau et d'un hamburger.

— Alors, partons.

Avant qu'ils ne quittent leur abri, il vérifia que personne ne se trouvait dans les parages, mais ne remarqua rien. Cela ne signifiait pas qu'ils étaient hors de danger, mais ils ne seraient pas obligés d'avancer sur le rythme presque insoutenable de la veille.

Ils progressèrent à travers la forêt, goûtant la chaleur relative qu'apportait le soleil levant. Ce n'était pas grand-chose, mais après une nuit d'orage à la belle étoile cela leur procura un certain réconfort. Après une heure de marche pendant laquelle Kayleigh ne se plaignit ni de ses vêtements humides ni de la faim, le téléphone de Weston capta enfin le réseau.

Il appela immédiatement l'agence. Ce fut Chance qui décrocha.

— Chance, c'est moi.

— Bon sang, Weston, où es-tu ? Tu sais qu'un incendie s'est déclaré chez Leo Delacruz hier soir ?

— Oui, nous y étions. Kayleigh et moi avons dû nous enfuir et nous cacher dans la zone protégée qui se trouve derrière la propriété. Quelqu'un essaye de mettre la main sur elle.

Chance marmonna un juron.

— Tu vas bien ? De quoi as-tu besoin ?

— Il faudrait que quelqu'un vienne nous chercher… et nous apporte de l'eau et à manger. Nous avons passé la nuit dehors, et nous ne sommes pas dans une forme olympique.

— Vous avez été blessés ?

— Non.

— Bien. Où êtes-vous ?

Weston ouvrit l'application GPS de son téléphone et lui donna les coordonnées d'un endroit situé en bordure d'un chemin, non loin de là.

— J'y serai dans une demi-heure, lui promit son frère. Faites attention à vous.

— Bien sûr !

Weston raccrocha et se tourna vers Kayleigh.

— Mon frère Chance est en route.

— Je peux appeler mon père ?

Il détesta la décevoir, mais c'était trop dangereux.

— Non, ce n'est pas possible. Si un des proches de Leo communique des informations, comme nous le pensons, son téléphone est peut-être sur écoute. Nous ne pouvons pas prendre le risque de signaler notre position à quelqu'un.

Elle serra les lèvres, mais acquiesça.

Il posa la main sur sa nuque et lui caressa la joue avec son pouce.

— Lorsque nous serons en sécurité, contacter ton père sera la première chose que nous ferons.

— D'accord, murmura-t-elle.

Il la guida vers le point de rendez-vous, veillant à rester dans l'ombre jusqu'à ce que le véhicule de Chance s'arrête auprès d'eux.

— Tout va bien ? demanda son frère.

Weston aida Kayleigh à monter sur le siège arrière et s'installa à côté d'elle. Chance leur fit passer des bouteilles d'eau, des barres de céréales, ainsi qu'une couverture.

— Merci ! Tu as remarqué quelque chose de suspect sur le trajet ?

Il croisa le regard de son frère dans le rétroviseur.

— Non. Luke est en train de se rendre ici en empruntant un autre chemin, pour s'assurer que tout va bien. Et Brax est à quelques minutes derrière moi.

Weston hocha la tête et but quelques gorgées d'eau, alors que Kayleigh dévorait une barre de céréales.

— Kayleigh, je te présente mon frère Chance. Chance, Kayleigh Delacruz.

Chance fit un petit geste de la main, tout en continuant à conduire.

— Ravi de faire ta connaissance, Kayleigh. Je suis désolé que Weston n'ait pas compris qu'il y a des occupations plus agréables pour une jeune femme qu'un stage de survie.

Kayleigh sourit.

— Pour notre prochain rendez-vous, nous choisirons une activité plus calme !

Le prochain rendez-vous... Weston était bien décidé à ce qu'il y en ait un.

Non, des centaines !

— Je suis désolé d'avoir à vous apprendre de mauvaises nouvelles, reprit Chance, mais j'ai reçu quelques informations concernant l'incendie, et ce n'est pas bon.

Kayleigh se raidit.

— Oh ! mon Dieu...

— Il y a quelques blessés. Kayleigh, ton père est à l'hôpital. Je ne sais pas grand-chose, mais...

Elle se tourna vers Weston.

— Je veux aller le voir.

— C'est exactement ce qu'ils attendent de toi, répliqua Chance.

— Cela m'est égal. S'il s'agissait d'un de vos parents, vous vous cacheriez ou vous iriez le voir ?

Weston ne demanda même pas à Chance ce qu'il en pensait. Il était certain que lui et tous ses frères auraient accouru à son chevet.

Mais il n'en redoutait pas moins de mettre Kayleigh en danger. Il poussa un soupir.

— Tu vas prendre des risques.

Elle plissa les paupières.

— Je suis sûre que tu sauras me protéger. Mais je veux y aller.

Il hocha brièvement la tête et sortit son téléphone. Il allait s'organiser avec ses frères pour assurer sa sécurité.

— D'accord.

Il lui prit la main et elle la serra. Son soulagement se lisait sur son visage.

Il espérait qu'il n'était pas en train de commettre une erreur monumentale.

12

Weston était sur les talons de Kayleigh lorsqu'elle entra en trombe dans la salle d'attente de l'hôpital. Chance l'y avait précédée pour s'assurer qu'il n'y avait aucun danger immédiat. Weston ignorait où Luke et Brax se trouvaient exactement, mais ils étaient déjà à l'intérieur du bâtiment.

Lorsqu'ils étaient arrivés, une employée de la réception les avait escortés, Kayleigh et lui, jusqu'à une aile privée de l'hôpital. La salle d'attente était semblable à ce que l'on pouvait trouver dans ce genre d'endroits : des murs beiges, un sol carrelé, et des chaises d'aspect inconfortable.

Toutes les personnes qui se trouvaient dans la pièce étaient des employés de Leo. En d'autres circonstances, cela aurait rassuré Weston. Mais pas aujourd'hui.

La porte s'était à peine refermée sur eux que Gwendolyn se jeta dans les bras de Kayleigh avec un sanglot. Weston réprima le réflexe de s'interposer, mais resta tout près.

— Dieu merci, vous allez bien ! murmura Gwendolyn.

— Et vous ? demanda Kayleigh.

— Oui, ça va.

Kayleigh saisit les mains de Gwendolyn.

— Vous avez des nouvelles de papa ?

Weston remarqua que Kayleigh frissonnait, et cela lui fit mal. Il la prit par le bras avec douceur et la conduisit vers une chaise pour qu'elle puisse s'asseoir à côté de lui, pendant que Chance montait la garde.

Gwendolyn s'éclaircit la voix, mais avant qu'elle ne puisse parler quelqu'un d'autre répondit.

— Il ne va pas bien. Il est dans le coma. Ils n'ont pas voulu nous en dire plus tant que vous n'étiez pas là.

— Dean ! Vous pourriez être un peu plus délicat ! s'exclama Gwendolyn avant de se retourner vers Kayleigh. Je vais prévenir les infirmières que vous êtes arrivée. Nous espérons que le médecin va bientôt venir avec des nouvelles.

Kayleigh regarda Weston.

— Je dois savoir ce qui se passe. Il faut absolument que je le voie !

— Ils vont te conduire auprès de lui, assura Weston d'un ton qu'il voulait réconfortant.

Il regarda les personnes présentes et se rendit compte qu'il y avait un absent de taille.

— Où est Jasper ?

— Il est resté pour essayer de déterminer comment l'assaut contre la propriété de Leo a pu se produire, répondit un des gardes du corps.

Weston croisa le regard de Chance. Le chef de la sécurité n'était pas auprès de son client après une attaque de cette ampleur ? Ce n'était pas normal.

Il sut que son frère en était arrivé à la même conclusion que lui : ils devraient veiller à la sécurité de Leo.

Avant qu'il ne puisse poser d'autres questions, Gwendolyn revint dans la pièce, suivie d'un médecin.

— Kayleigh Delacruz ?

Kayleigh se leva d'un bond et se précipita vers lui.

— C'est moi. Comment va mon père ?

— Je suis le Dr Appleton, le médecin de votre père.

Elle lui serra la main, et le Dr Appleton eut le sourire typique du médecin qui veut être affable, mais ne peut faire aucune promesse.

Weston sentit son cœur se serrer : cela ne pouvait s'accompagner que de mauvaises nouvelles.

À la façon dont Kayleigh se raidit, il comprit que la même pensée lui avait traversé l'esprit.

— Je vais être franc avec vous. Votre père est dans le coma et nous en ignorons la cause. Au départ, nous avons pensé que cela était dû à l'inhalation de fumées toxiques, mais son état pulmonaire s'améliore constamment, et nous n'avons décelé aucun autre problème particulier.

— Qu'est-ce que cela veut dire ? demanda Kayleigh.

Elle avait saisi la main de Weston et l'agrippait comme si sa vie en dépendait.

— Cela veut dire que pour le moment nous pouvons seulement attendre. Il est sous surveillance médicale constante et nous continuons à rechercher la cause de ce coma. Mais, tant que nous ne l'aurons pas trouvée, nous ne pouvons pas faire grand-chose.

Kayleigh demeura silencieuse. La crispation de sa main était le seul signe qu'elle avait entendu les paroles du médecin. Lorsqu'elle reprit la parole, sa voix était enrouée.

— Je veux le voir.

— Bien sûr. Suivez-moi. Nous voulons seulement qu'il n'y ait qu'une seule personne à la fois avec lui… Et seulement celles que vous aurez autorisées à l'approcher.

— D'accord.

— En fait, Kayleigh, j'aimerais vous parler avant que vous alliez voir Leo, déclara Dean. Je sais que le moment n'est pas bien choisi, mais je ne vous le demanderais pas si ce n'était pas urgent.

— Gwendolyn, déclara Kayleigh, vous pouvez rendre visite à mon père la première. Je prendrai la suite lorsque j'en aurai fini ici.

— Je reviens dans un instant, annonça Gwendolyn.

Elle serra à nouveau Kayleigh dans ses bras tout en faisant les gros yeux à Dean, craignant visiblement qu'il ne fasse à nouveau preuve du même manque de délicatesse.

— Je suis là pour vous, Kayleigh, déclara-t-elle.

Dean lissa de la main la veste de son costume, aplanissant des plis invisibles, avant de se tourner vers Kayleigh.

— J'ai besoin de savoir ce que votre père vous a dit à propos du rachat de Brighton Pharmaceuticals.

— Ça ne peut pas attendre, Dean ? protesta Gwendolyn.

— C'est important, insista l'avocat. J'ai besoin de le savoir.

Kayleigh plissa les paupières, mais lorsqu'elle lui répondit ce fut d'une voix calme.

— Mon père est dans le coma, et vous me demandez des informations sur un contrat ? Je ne me suis jamais occupée des affaires de mon père, et je ne vais certainement pas commencer aujourd'hui !

Dean soupira.

— Je vous promets que je ne ferais pas cela si ce n'était pas nécessaire.

Il balaya la pièce du regard, et il était clair pour Weston qu'il était en train de chercher ses mots.

— Ce rachat a toujours été étrange. Différent des autres...

— En quoi ? demanda Weston, tout en observant furtivement les autres personnes présentes, pour voir si l'une d'elles réagissait de manière bizarre.

— Il est différent dans la mesure où Leo ne m'en a pas dit grand-chose.

Kayleigh croisa les bras sur sa poitrine.

— Pourquoi mon père vous aurait-il tenu à l'écart ?

Dean se caressa le menton.

— Je travaille pour Leo pratiquement depuis qu'il a créé cette entreprise. J'ai monté de très nombreuses opérations avec lui, et c'est seulement la seconde fois qu'il me cache volontairement certains éléments.

— Et quand était la première ?

— Lorsqu'il a racheté la compagnie de George Kesler, il y a cinq ans.

Kayleigh leva un peu les sourcils.

— Je m'en souviens. C'était l'un des concurrents de papa.

Weston regarda Chance et vit qu'il était en train de rédiger un message... très probablement pour demander à Maci d'effectuer des recherches sur George Kesler.

Gwendolyn hocha la tête.

— Leo et lui ne s'entendaient pas du tout, déclara-t-elle.

Dean hocha la tête.

— Kesler opérait dans le secteur de la recherche médicale et de l'intelligence artificielle. Leo y a vu une opportunité intéressante et a acheté son entreprise. Il était censé la revendre telle quelle, mais quelque chose a changé.

— Que voulez-vous dire ? demanda Weston.

Dean fit la grimace.

— Il y a eu une réunion à laquelle je n'ai pas été convié. Seuls Leo et Kesler étaient présents. Je ne sais pas ce qu'ils se sont dit, mais ensuite Leo est devenu propriétaire de la compagnie fondée par Kesler, et il a liquidé tous ses actifs, les uns après les autres.

Gwendolyn intervint.

— C'était avant que je sois embauchée, mais Leo l'a déjà évoqué devant moi. Êtes-vous certain que ce soit le bon moment pour en parler, Dean ? Kayleigh veut aller voir son père.

Kayleigh secoua la tête.

— Vous pensez que Kesler pourrait être à l'origine de l'assaut contre la maison et des tentatives d'enlèvement ? demanda-t-elle. Il aurait pu vouloir se venger.

— C'est impossible, répliqua Dean. George Kesler est mort d'une crise cardiaque quelques mois seulement après le rachat de son entreprise.

Kayleigh poussa un soupir.

— Je suis désolée de l'apprendre, et plus encore si le stress de la situation causée par mon père a pu jouer un rôle dans cette crise cardiaque. Mais quel est le rapport avec ce qui arrive aujourd'hui ?

— Beau Kesler, le fils de George Kesler, est impliqué dans le rachat qui va avoir lieu.

Dean sortit quelques documents de son attaché-case et les leur tendit. L'un d'entre eux était une photo de Beau. Les autres, des images et des graphiques concernant Brighton Pharmaceuticals.

Weston plissa les paupières.

— Donc, Leo est en pourparlers avec un autre Kesler, il vous cache certaines informations, et Kayleigh et lui ont fait l'objet de plusieurs attaques.

Pris isolément, chacun de ces éléments était alarmant. Ensemble, ils brossaient un tableau sinistre.

Dean hocha la tête.

— Oui. Beau a monté Brighton Pharmaceuticals après la mort de son père.

Weston se tourna vers Gwendolyn.

— Vous avez d'autres informations sur ce rachat ? Beau a-t-il essayé de contacter Leo ou de venir chez lui ?

— Non. Je n'ai jamais vu Beau Kesler de ma vie. Leo m'a moi aussi tenue à l'écart de toute cette affaire.

— Le contrat doit être signé dans trois jours, soupira Kayleigh. Que va-t-il se passer si papa est toujours dans le coma ?

— Lorsque Leo engage une procédure, il fait toujours figurer une clause indiquant qu'elle doit arriver à son terme, quoi qu'il lui arrive. Donc, ce rachat aura lieu. Dans ce cas précis, où Leo est indisponible pour raison médicale, j'ai une procuration, mais j'aurai besoin de votre signature.

— Pas de problème, répondit Kayleigh. Je veux simplement voir mon père.

— Alors, c'est ce que vous allez faire. Laissez-la tranquille un instant, Dean.

Gwendolyn passa le bras autour de la taille de Kayleigh et l'emmena hors de la pièce.

Weston se levait pour leur emboîter le pas lorsque la voix de Dean s'éleva.

— Weston, il y a autre chose..., déclara-t-il en regardant la porte par laquelle Kayleigh venait de sortir, avant de se tourner à nouveau vers Weston. Il est de mon devoir de vous informer que Leo a pris une autre disposition : s'il meurt ou s'il se trouve dans l'incapacité d'agir, Kayleigh peut choisir de poursuivre ou d'arrêter toute procédure qu'il aurait engagée, à sa discrétion.

— Elle peut tout annuler ? demanda-t-il. Elle a le pouvoir de mettre fin à ce projet de rachat ?

— Oui.

Weston sentit son estomac se tordre et il se tourna vers Chance, qui était toujours debout devant la porte. Son frère faisait la grimace, et la même pensée l'avait probablement traversé : Kayleigh était plus en danger qu'ils ne l'avaient imaginé.

— Vous devez la mettre en sécurité, déclara Dean. Si quelqu'un essaye de faire avorter ce projet d'acquisition, c'est elle qui est la cible maintenant.

— Vous pensez que Beau Kesler est à l'origine de ces attaques ?

Dean secoua la tête.

— Je ne le crois pas. Beau va gagner beaucoup d'argent dans cette affaire. Ce n'est pas dans son intérêt d'y mettre un terme.

Chance s'approcha d'eux.

— Nous avons enquêté sur cette acquisition à venir depuis que Weston a été embauché par Leo Delacruz. Le nom d'Oliver Lyle est apparu. Que savez-vous sur lui ?

— Lyle ? répondit Dean. C'est un concurrent dans le domaine de la recherche médicale. De tous ceux qui sont impliqués dans ce rachat, Lyle est le plus inquiétant. Il n'a jamais été arrêté, mais il est soupçonné d'avoir utilisé des méthodes criminelles pour réussir à conclure certains accords particulièrement juteux pour son entreprise. Il se murmure que rien ne l'arrête lorsqu'il s'agit d'obliger quelqu'un à signer un contrat, ou à ne pas le faire.

Weston serra les dents. Ce n'était pas bon.

— En quoi cette transaction va-t-elle l'affecter ?

— Brighton Pharmaceuticals est un concurrent direct, expliqua Dean. Si Leo rachète cette entreprise et en fait un leader du secteur, ainsi qu'il en est capable, Lyle pourrait tout perdre.

La sonnerie du téléphone de Dean s'éleva, et il s'écarta pour répondre à l'appel. Weston jeta un coup d'œil aux hommes de Jasper postés près de la porte et, croisant le regard de son frère, l'invita à s'approcher de lui d'un signe de tête. Ils pouvaient se parler seul à seul, et il voulait profiter de ce moment.

— Savoir qui pourrait être derrière ces attaques est une chose, mais pour le moment nous devons également nous soucier de la sécurité de Leo et de Kayleigh, murmura-t-il. Je n'ai pas confiance dans Jasper et ses hommes.

Chance les considéra et déclara :

— Je suis d'accord avec toi. Tu as une idée de l'endroit où tu pourrais aller avec Kayleigh ?

— Oui, mais la convaincre de partir va être difficile.

— Que vas-tu lui dire ?

— La vérité.

Il était hors de question qu'il se mette à lui mentir.

— Tu veux que nous mettions une de nos équipes sur le coup ? demanda Chance.

Un des gardes postés de l'autre côté de la grande salle bougea. Weston savait qu'on ne pouvait pas les entendre, mais il leur tourna le dos, pour s'assurer que personne n'essayerait de lire sur leurs lèvres.

— Je ne veux même pas d'une de nos équipes : il faut que ce soit la famille qui s'en occupe.

Kayleigh était trop importante pour lui.

— Tu veux employer les grands moyens ?

— Elle le vaut bien.

Chance ne le taquina même pas. Il se contenta de hocher la tête.

— Seulement la famille, d'accord. Luke, Brax et moi pouvons prendre des tours de garde ici, mais nous aurons tout de même besoin de renfort. Sinon, nous risquons de ne pas être assez nombreux en cas de pépin.

— C'est vrai. Choisis les collaborateurs en qui nous avons une confiance absolue, et dis-leur bien de ne souffler mot à personne de cette mission. Il faut que nous soyons discrets.

Chance s'apprêtait à parler mais, avant qu'il ne puisse le faire, la porte s'ouvrit derrière eux. Weston pivota et vit Jasper entrer dans la salle d'attente, suivi de deux de ses hommes.

Dès que Jasper posa les yeux sur lui, son visage se ferma, et il lança :

— Que faites-vous ici ?

Weston s'efforça de rester calme.

— Je surveille Kayleigh et Leo. Et vous, où étiez-vous, Jasper ?

— J'enquêtais sur ce qui s'est passé hier soir.

— Et vous pensiez que c'était plus important que de rester avec Leo ? Vous avez laissé votre client seul sur un lit d'hôpital. Quel chef d'une équipe de sécurité se comporte ainsi ?

Jasper serra les poings et s'avança vers Weston.

— Comment osez-vous insinuer que je fais mal mon travail ? Je cherche à savoir qui s'en prend à Leo. Et vous, que faisiez-vous ? Vous étiez en train de passer du bon temps avec Kayleigh ?

— Si c'est ainsi que vous parlez de la fille de votre patron, alors, vous n'êtes pas la personne qu'il faut pour les protéger. Je pense qu'il est temps que vous vous mettiez en congé, au moins jusqu'à ce que Leo sorte du coma.

— Je ne travaille pas pour vous, Patterson, répliqua Jasper d'un ton menaçant. J'ai été embauché pour assurer la sécurité de la famille Delacruz, et cela inclut votre précieuse Kayleigh. Donc, si l'un de nous a des ordres à donner à l'autre, c'est moi.

Weston fit un pas en avant, mais Chance le retint.

Dean, qui avait mis fin à sa conversation téléphonique, les rejoignit, et Weston put alors voir en lui l'avocat froid et autoritaire.

— Techniquement, Jasper, Leo a pris des dispositions selon lesquelles je suis votre patron jusqu'à ce qu'il sorte du coma. Et il se trouve que je suis d'accord avec Weston : nous sommes en train de vivre une crise grave, et votre priorité est visiblement d'asseoir votre autorité au lieu de protéger efficacement Leo. En ce moment, nous n'avons pas le temps de préserver votre ego. En conséquence et jusqu'à ce que la situation soit plus claire, vous et vos hommes n'êtes plus responsables de la sécurité de Leo.

Le visage de Jasper s'empourpra.

— Vous allez le regretter.

Jasper pivota sur ses talons et fit un signe de tête indiquant à ses hommes de le suivre.

Un problème était donc réglé, mais ceux qui demeuraient étaient bien plus importants.

— Il faut que je contacte Brax et Luke pour établir un planning, déclara Chance.

Weston acquiesça.

— D'accord. Je vais voir Kayleigh.

Il serra la main de Dean pendant que Chance s'éloignait pour passer un appel téléphonique.

— Merci de votre aide, lui dit-il.

— Vous n'avez pas à me remercier. Mon travail est de protéger les intérêts de Leo, et ils n'étaient visiblement pas la priorité de Jasper.

Il sortit une carte de visite de son attaché-case et la tendit à Weston.

— Tenez. Appelez-moi si vous avez besoin de quoi que ce soit.

Weston la prit et donna la sienne à l'avocat.

— Il n'y a pas de réseau là où nous irons, mais au besoin vous pourrez appeler notre agence. Mes frères sauront comment me contacter.

Dean glissa la carte dans sa poche avant de poser la main sur l'épaule de Weston.

— Je sais qu'il n'y a que trois jours à passer, mais veillez bien sur Kayleigh. Leo ne supporterait pas qu'on se serve d'elle une fois de plus pour faire pression sur lui.

— Je vais tout faire pour la protéger.

C'était son métier de placer la sécurité de ses clients avant toute autre considération, mais pour la première fois ces mots prenaient un sens différent. Il savait qu'il donnerait sa vie sans hésiter pour que Kayleigh demeure saine et sauve. Il ne lui restait plus qu'à espérer qu'il n'aurait pas à en venir à de telles extrémités.

13

Kayleigh regardait fixement les oscillations de la courbe de l'électrocardiogramme de son père. Les bips résonnaient dans la pièce alors qu'elle tentait de réconcilier l'image de l'homme auquel rien ni personne ne pouvait résister avec celle du patient allongé devant elle dans un lit d'hôpital.

Elle ne l'avait jamais vu si tranquille. Lui était-il déjà arrivé de faire la sieste ? Elle en doutait. Il avait toujours quelque chose à faire.

— Je me reposerai quand je serai mort, avait-il l'habitude de répéter.

Elle priait pour que cela n'arrive pas de sitôt.

Elle lui caressa légèrement le bras et fit la grimace en sentant sa peau si fraîche sous ses doigts. Peut-être avait-il froid et ne pouvait-il pas le leur dire. Elle allait demander à Gwendolyn de trouver une autre couverture, lorsqu'elle se souvint que l'assistante de son père était allée chercher du café. Elle se leva pour fouiller elle-même dans les placards et finit par trouver une couverture, dont elle recouvrit son père. Elle espérait qu'il se sentirait mieux, mais elle ne put s'empêcher de remarquer à quel point le tissu était rêche.

Kayleigh détestait les hôpitaux.

Elle était assise à côté de son père et n'osait le quitter des yeux ne serait-ce qu'une seconde, de peur de le perdre comme elle avait perdu sa mère. Même si elle avait conscience que le stress et la fatigue de ces deux derniers jours jouaient un grand rôle dans l'angoisse qui l'étreignait, elle avait bien du mal à contenir ses larmes.

Ressaisis-toi. Ton père est entre de bonnes mains et tout ira bien. Ce n'est pas le moment de te laisser aller.

Elle ne cessait de se répéter cela, espérant parvenir à s'en convaincre.

La porte s'ouvrit.

— Ça va bien ici ?

Elle se précipita dans les bras de Weston avant de pouvoir s'en empêcher, reconnaissante qu'il l'enlace et la serre contre lui. Le fait qu'il soit ici, à l'entourer de sa chaleur et à lui offrir son soutien, lui permettait de combattre ses peurs les plus profondes.

Weston allait les protéger, elle et son père.

Il l'embrassa sur les cheveux.

— Il y a du nouveau ?

— Non. Il est toujours immobile... Je déteste voir ça !

Weston poussa un petit soupir.

— Ce que je vais dire ne va pas te plaire, mais nous devons partir d'ici.

— Je veux rester auprès de lui ! s'écria-t-elle en s'écartant de lui.

— Je serais prêt à monter la garde jour et nuit pour que tu puisses rester ici, mais cela vous met tous les deux en danger.

— Pourquoi ?

— Dean vient de m'annoncer que ton père a inclus dans le contrat une clause stipulant que, s'il lui arrive quoi que ce soit, tu as le pouvoir de mettre fin au processus de rachat.

Elle se raidit, et la pièce lui parut soudain plus froide encore.

— C'est la raison pour laquelle ils veulent s'en prendre à moi.

— Maintenant que Leo est dans le coma, ils vont chercher à faire pression sur toi. Et en restant ici tu leur facilites le travail.

Elle savait que Weston avait raison, mais son père n'était pas en sécurité.

— Nous ne pouvons pas le laisser ici sans protection.

— Et nous n'allons pas le faire. Mes frères vont monter la garde auprès de lui.

Il poursuivit en lui passant les mains sur les bras pour la rassurer :

— Je ne laisserai s'approcher de lui que des personnes en qui j'ai une entière confiance.

Même si ce n'était pas rationnel, l'entendre parler avec tant de conviction parvint à calmer quelque peu ses angoisses.

— Et Jasper et ses hommes ?

— Puisque pour le moment il nous est impossible de savoir à qui nous pouvons faire confiance, leur mission a été temporairement suspendue. Leo verra s'il souhaite à nouveau leur confier sa sécurité lorsqu'il sera sorti du coma.

Elle s'apprêtait à lui dire qu'elle était soulagée d'apprendre cela, lorsqu'on frappa un coup à la porte. Elle pensait qu'il s'agissait de Gwendolyn, mais ce fut le Dr Appleton qui entra.

— Nous avons suivi vos recommandations, monsieur Patterson. Les employés de votre agence seront les seuls à pouvoir accéder à cette chambre.

Weston hocha la tête.

— Bien. Merci.

— Nous ferons tout ce qui est en notre pouvoir pour protéger M. Delacruz, poursuivit le Dr Appleton, et l'équipe de sécurité de l'hôpital pourra vous prêter main-forte tant qu'il sera ici.

Il se tourna vers Kayleigh.

— Je vous tiendrai au courant de ses progrès.

Son père serait en sécurité, et entre de bonnes mains. Elle n'avait plus qu'à dire oui.

Mais c'était difficile de s'en aller.

Elle se dirigea vers le lit et déposa un baiser sur le front de son père. Elle ne savait comment exprimer ce qu'elle ressentait.

Ne me laisse pas.

J'ai besoin de toi.

Je t'aime.

Elle ne pouvait rien dire de tout cela. Alors, elle murmura :

— Reprends des forces et réveille-toi vite !

Elle se redressa, retenant les larmes qui menaçaient de rouler sur ses joues, et pria pour que ce ne soit pas la dernière fois qu'elle le verrait en vie. Quelles que soient leurs différences d'opinions, elle ne voulait pas vivre dans un monde d'où il serait absent.

Des doigts d'une chaleur réconfortante s'enroulèrent autour de sa main, et elle les serra comme si sa vie en dépendait, puisant toute la force qu'elle pouvait dans ce geste.

— Allons-y, lui dit-elle en faisant un signe de tête au médecin.

Chance les attendait juste devant la porte.

— J'ai mis des provisions dans la voiture. Il y en a largement assez pour que vous puissiez tenir jusqu'à ce que tout soit terminé.

Il lança les clés à Weston avant de sourire à Kayleigh.

— Nous allons veiller sur ton père, d'accord ? Je te le promets.

— Merci.

— Nous sommes prêts à tout pour la famille, répondit-il avec un clin d'œil à l'intention de Kayleigh.

Elle n'avait pas la force de rire, mais elle essaya au moins de sourire.

— Faites attention à vous, conclut Chance.

— C'est ce que nous allons faire. Donne-moi des nouvelles s'il y en a, répondit-elle.

Weston lui prit la main et la conduisit vers l'ascenseur. Dès que les portes se refermèrent, il sortit son téléphone et envoya un message.

— Où allons-nous ?

Elle se sentait tellement épuisée que tout tournait autour d'elle.

— Dans un endroit sûr. Je préférerais ne pas te dire où, si ça ne te dérange pas.

— En fait, je m'en moque complètement, du moment que je peux prendre une douche.

Weston rit doucement et la serra contre lui.

— Je ne pense pas que cela pose de problème !

Kayleigh regardait le paysage défiler alors que Weston conduisait. Ils s'arrêtèrent à un stop.

— Il me semble que nous sommes déjà passés par là, non ?

Il tendit le bras vers elle et lui serra doucement la main.

— Oui, mais je veux être certain que personne ne nous suit avant de me diriger vers la maison.

Quand il disait « maison », elle pensait qu'il voulait dire « cachette ». Et, même si elle ne savait pas trop à quoi s'attendre, ce n'était certainement pas à un pavillon pimpant de la banlieue de San Antonio.

— C'est ta maison ? demanda-t-elle en remarquant le beau jardin qui s'étendait devant.

La façon dont il était aménagé lui correspondait tout à fait.

— Ça l'a été.

Il gara sa voiture devant, et la guida vers une porte située à l'arrière.

— Nous allons entrer le plus discrètement possible.

Kayleigh ne comprenait pas pourquoi il agissait ainsi, mais cela lui importait peu. Ils pénétrèrent dans la maison par une baie vitrée coulissante et montèrent l'escalier menant à l'étage supérieur.

Ils allèrent dans une chambre où se trouvaient un petit bureau et des lits jumeaux, avec des posters de joueurs de base-ball accrochés au mur.

— Ça sera ta chambre. La salle de bains se trouve là, dit-il en désignant la première porte du couloir. Tu y trouveras quelques vêtements qui devraient t'aller. Prends ta douche, et nous irons ensuite en bas.

Plus elle observait les lieux, plus elle se rendait compte qu'elle se trouvait dans une chambre d'adolescent.

Mais pas n'importe quel adolescent. *Weston.*

— Où sommes-nous, Weston ?

— Chez mes parents, Clinton et Sheila Patterson.

Il lui avait parlé de ses parents et de ses frères, mais elle ne s'attendait pas à ce qu'il l'emmène chez eux.

— Et les vêtements ?

— J'ai envoyé un message à Brax. Tu es à peu près de la même taille que sa femme, Tessa, et je lui ai demandé de t'apporter de quoi te vêtir.

— Merci. Euh... Es-tu sûr que ce soit une bonne idée de m'amener ici ?

Weston la serra dans ses bras.

— Je ne l'aurais pas fait si je n'étais pas certain que tu y serais en sécurité.

Ce n'était pas ce qui l'inquiétait. Mais puisqu'il parlait de sécurité...

— C'est dangereux de m'avoir dans les parages.

Il haussa les épaules.

— Qui penserait que Kayleigh Delacruz pourrait se cacher dans ce genre d'endroits ?

Kayleigh balaya la pièce du regard, remarquant ses rideaux coquets et les vieux dessus-de-lit cosy. Elle était à la fois accueillante et confortable mais, même si l'endroit lui plaisait, elle comprit ce que Weston voulait dire.

Il lui fit un clin d'œil.

— Profite bien de ta douche.

Dès qu'il fut parti, Kayleigh se précipita dans la salle de bains et resta sous l'eau jusqu'à ce la peau de ses doigts soit toute ridée. L'eau emporta avec elle la sueur et la poussière de leur marche forcée, mais ne put soulager son angoisse.

Lorsqu'elle fut lavée et eut enfilé des vêtements propres, elle sortit dans le couloir et y trouva Weston qui l'attendait.

— Tu es prête à descendre ?

Elle entendait les voix de plusieurs personnes en bas, et elle comprit que Clinton et Sheila n'étaient pas seuls dans la maison.

— Tu es sûr que ce n'est pas gênant ? demanda-t-elle.

— Certain, lui répondit-il avec un sourire si large qu'elle ne put s'empêcher de lui sourire en retour.

Weston et elle descendirent l'escalier, et il la précéda dans la cuisine. Kayleigh embrassa la scène du regard avant que les personnes présentes ne remarquent leur arrivée : deux hommes

– un plus âgé et l'autre d'une trentaine d'années – s'occupaient d'un bébé qui apprenait à marcher en se tenant à leurs mains.

Les deux femmes – dont l'une devait être Sheila et l'autre, plus jeune, ressemblait au bébé – étaient en train de préparer à manger tout en discutant.

La cuisine était petite, mais il y avait tant de vie et d'amour dans cette pièce !

Kayleigh ne se souvenait pas avoir jamais connu autour d'elle cette excitation joyeuse. Elle aurait voulu passer des heures ici, à savourer l'atmosphère chaleureuse qui régnait dans la pièce.

— Je te présente mon frère Brax et mon père, Clinton. Et voici Walker.

Le bébé laissa fuser un rire joyeux.

— C'est le fils-neveu de Brax, poursuivit Weston.

Elle fronça les sourcils.

Weston lui tapota le nez du bout de l'index et expliqua :

— Son neveu biologique, mais son fils adoptif. Les familles se forment parfois de manière très étrange ! Mais tout nous semble normal ici.

Les yeux de Sheila brillèrent lorsqu'elle vit Weston. Elle s'essuya les mains et courut vers lui pour le serrer dans ses bras.

— Weston, je ne savais pas que vous étiez déjà arrivés !

— Nous sommes entrés par l'arrière. Il fallait que nous nous douchions et que nous nous changions avant de descendre.

Il sourit et déposa un baiser sur la joue de sa mère avant de se retourner vers Kayleigh et de l'attirer vers le centre de la pièce.

— Bonjour tout le monde ! Je vous présente Kayleigh Delacruz.

Weston fit des présentations rapides, et Sheila vint immédiatement la serrer dans ses bras. Pendant un moment, Kayleigh se sentit pétrifiée. Elle avait oublié combien ces marques d'affection maternelle étaient réconfortantes.

— Vous êtes photographe, n'est-ce pas ? demanda Sheila en s'écartant d'elle.

Kayleigh hocha la tête.

— Il me semblait bien. J'ai vu certaines de vos photos. Si vous voulez, vous pouvez nous aider à finir de préparer le dîner : nous faisons les plats préférés de chacun. Mais vous avez l'air affamée, alors je regarderai de l'autre côté si vous voulez picorer avant !

Sheila se dirigea vers le plan de travail.

— Tu n'es pas obligée de le faire, si tu n'en as pas envie, murmura Weston.

— Ça ne me dérange pas, répondit Kayleigh en souriant.

— Je ne veux pas que tu te sentes obligée, répéta Weston.

— Voyons, Weston, personne n'oblige personne à faire quoi que ce soit, répliqua Sheila.

Weston sembla vite comprendre qu'il ne gagnerait pas, et rejoignit son père et son frère pour s'occuper avec eux du bébé.

Sheila et Tessa préparaient ensemble le repas. On sentait qu'elles étaient très proches à la façon dont elles travaillaient sans même avoir à se parler.

Kayleigh n'était pas une cuisinière hors pair, mais aucune de deux femmes ne sembla le remarquer. Elles lui proposèrent des tâches simples à exécuter et lui prodiguèrent des conseils avec des sourires taquins lorsqu'elle en avait besoin.

Tout le monde riait et se parlait. Les hommes mirent la table, tout en essayant de subtiliser quelque chose à grignoter. Tout le monde s'occupait tour à tour de Walker, qui semblait comblé et ne cessait de leur envoyer des baisers.

Le repas fut totalement différent de ce dont elle avait l'habitude. Rien ici n'était ni formel ni calme. L'atmosphère était décontractée et chaleureuse, et cela fit un bien fou à Kayleigh.

Une fois le dîner terminé, Weston et Kayleigh insistèrent pour aider Clinton à laver la vaisselle pendant que Sheila se reposait. Ce fut un moment animé, plein de discussions et de rires, que Brax interrompit en déposant un sac à langer aux pieds de Weston.

— Je vais aider Tessa à charger la voiture, alors tu es de corvée de couche, lui dit-il en lui tendant le bambin qui se tortillait et en s'éloignant à reculons. Oui, je sais, ça ne sent pas très bon.

Kayleigh et Clinton éclatèrent de rire en voyant Weston plisser le nez et considérer Walker d'un air faussement réprobateur.

Clinton se pencha vers Kayleigh.

— Tout le monde ici sait très bien que Brax cherche seulement à être un peu seul avec Tessa.

— Et à me refiler Mr Je-sens-mauvais ! ajouta Weston en faisant la grimace.

Il partit s'occuper de son neveu.

— Je dois bien reconnaître que j'imagine très mal Weston changer un bébé, dit-elle à Clinton. Mais il est également vrai que je ne l'imaginais pas si spontané et si loquace !

Clinton essuya le plan de travail.

— Weston sait qu'il est entouré d'amour ici. Il est parfois silencieux, mais il s'est tellement ouvert au cours de toutes ces années !

— Je vois bien qu'il est heureux avec vous.

Clinton la regarda.

— Et votre famille ? Comment est-elle ?

Kayleigh lui tendit la dernière assiette et prit le temps de réfléchir avant de lui répondre. Finalement, elle choisit de lui dire la vérité.

— Différente. Cela fait bien longtemps qu'il n'y a plus que mon père et moi. Donc oui, elle est bien différente !

Le seul fait de penser à son père lui faisait mal. Elle espérait avoir fait le bon choix en quittant l'hôpital.

— Mon père est dans le coma en ce moment. Nous attendons qu'il se réveille. Vos fils assurent la sécurité de mon père et la mienne.

Clinton s'essuya les mains en hochant la tête.

— Dans ce cas, vous êtes entre de bonnes mains : San Antonio Security est la meilleure agence dans ce secteur. Vous pouvez être sûre que Weston fera tout ce qui est en son pouvoir pour vous protéger, votre père et vous. Il a ça dans le sang.

Kayleigh acquiesça. Elle savait que Clinton avait raison.

Mais elle n'était pas certaine que les choses seraient aussi simples que Clinton semblait l'entendre...

14

Le soleil du matin avait déjà bien réchauffé l'atmosphère alors que Weston s'affairait dans le jardin de ses parents. Il avait l'habitude d'aller désherber la pelouse lorsqu'il avait besoin de se concentrer et de réfléchir, mais il comprit qu'il allait devoir s'interrompre lorsqu'il vit la voiture de Chance s'engager dans l'allée. Il se leva et alla à la rencontre de son frère tout en se frottant les mains pour en ôter la terre.

— Où est Kayleigh ? lui demanda Chance alors qu'ils entraient dans la maison.

Weston l'emmena dans la cuisine pour lui servir du café. Après une bonne nuit de sommeil, Weston avait enfin l'impression d'avoir récupéré, mais Chance, qui avait monté la garde auprès de Leo, semblait en avoir bien besoin.

— Elle dort, déclara Weston en tendant à son frère une tasse fumante. Elle a vécu des moments très durs ces derniers jours, et je n'ai pas eu le courage de la réveiller. À vrai dire, je n'étais même pas certain qu'elle parvienne à trouver le sommeil...

Chance prit une gorgée de café et déclara :

— Elle tient beaucoup mieux le choc que je ne le pensais. Elle est forte, Weston. Elle s'en sortira.

— Comment ça va de ton côté ?

— L'état de Leo est stable. Il n'y a aucun changement. C'est Luke qui monte la garde en ce moment.

Chance avait l'air de vouloir en dire plus, mais il en resta là.

— Qu'y a-t-il ?

— L'atmosphère qui règne à l'hôpital est étrange… Je ne pourrais pas dire en quoi exactement, mais ça ne me plaît pas.

Weston se redressa. Il avait confiance en l'instinct de son frère.

— Tu penses que Leo Delacruz est en danger ?

— Pas nécessairement. C'est simplement la façon dont le Dr Appleton et son équipe se comportent que je trouve curieuse.

Weston se passa la main dans les cheveux. Ce n'était pas ce qu'il aurait voulu entendre. C'était déjà assez inquiétant d'avoir à suspecter tous les employés de Leo sans avoir à ajouter les médecins et les infirmières à la liste !

— Qu'as-tu remarqué ?

Chance reposa sa tasse.

— J'ai monté la garde auprès de Leo hier, et les infirmiers sont à peine allés le voir. Pourtant, normalement, ils devraient aller vérifier régulièrement comment son état évolue, non ?

Weston soupira et se leva pour se servir une autre tasse de café. Apparemment, il allait en avoir besoin !

— Peut-être qu'il n'y a absolument rien d'autre à faire que d'attendre. Il est surveillé par tout un tas d'appareils.

Chance haussa les épaules.

— Peut-être. Je l'espère…

— Il faudrait demander à Maci de faire des recherches sur tous les membres du personnel de l'hôpital susceptibles d'entrer en contact avec Leo, reprit Weston. Et recommande bien à celui qui garde la porte de rester aux aguets et de nous signaler tout ce qui lui paraîtrait étrange. Sinon, que t'a dit le médecin sur son état ?

— Stationnaire.

— L'équipe de sécurité de l'hôpital collabore bien ?

— Beaucoup mieux que Jasper et ses sbires !

Weston prit une gorgée de café.

— Au moins, nous n'avons plus à nous soucier de lui. Où en sommes-nous concernant les suspects ?

— Oliver Lyle est toujours celui qui semble avoir le plus à

perdre, et qui est le plus susceptible d'utiliser la violence pour parvenir à ses fins...

Il s'interrompit en entendant craquer les marches de l'escalier.

Un instant plus tard, Kayleigh apparut, habillée et prête à affronter une nouvelle journée. Elle avait toujours les yeux cernés, mais semblait plus reposée que la veille.

— Bonjour, dit-elle tout en se préparant une tasse de café. Il y a du nouveau pour mon père ?

— Son état est stable. Il n'y a pas eu de changement, déclara Chance. Je vais aller dire bonjour à papa et maman.

Visiblement, il ne voulait pas continuer à parler d'Oliver Lyle devant Kayleigh. Mais Weston la respectait trop pour lui cacher quoi que ce soit.

— Termine d'abord ce que tu voulais me dire à propos d'Oliver Lyle. Cela intéresse également Kayleigh, et je ne veux rien lui cacher concernant sa sécurité et celle de son père.

Le sourire qu'elle lui lança lui fit comprendre qu'elle appréciait sa réaction.

— En fait, tout ce que nous avions entendu sur lui a été confirmé. Non seulement il peut perdre très gros si le rachat a lieu, mais il peut aussi parfois se montrer violent. Nous avons essayé de le faire surveiller, mais personne ne l'a vu depuis trois semaines.

— Vous pensez que ce type est derrière tout cela ? demanda Kayleigh.

— C'est lui qui a le plus à perdre, déclara Weston.

Chance se laissa aller contre le comptoir.

— Ce n'est pas parce qu'il a très mauvaise réputation que nous devons en conclure que c'est lui le coupable. Mais nous avons découvert un élément très intéressant au cours de nos recherches. Luke m'a contacté pour me l'apprendre alors que j'étais en train de venir vous voir, et je lui ai dit que je vous en ferais part.

Weston plissa les paupières.

— De quoi s'agit-il ?

— Jasper a travaillé pour Oliver Lyle il y a environ dix ans.

Kayleigh écarquilla les yeux.

— Mon Dieu !

Chance hocha la tête.

— Cela n'a duré que quelques semaines, mais l'information mérite d'être creusée.

— Tu penses que Jasper a trahi mon père ? demanda Kayleigh.

Weston croisa les bras.

— Cela rend cette hypothèse plus probable encore. Mais il nous faudrait des preuves pour pouvoir l'affirmer.

— Alors nous devons en trouver. Comment allons-nous procéder ? demanda-t-elle.

— Pour le moment, il nous faut poursuivre nos recherches et établir quels sont ses liens avec Lyle, répondit Weston. Nous pouvons aussi...

Le téléphone de Chance sonna, l'interrompant. Chance l'attrapa et regarda fixement l'écran.

— Chance ?

— C'est Maci.

— Qui est Maci ? demanda Kayleigh.

— Notre assistante, expliqua Weston. Tu vas décrocher ?

— Je ne comprends pas pourquoi, mais elle a lancé un appel vidéo, expliqua Chance. Elle est censée être chez Kayleigh pour aller lui chercher des vêtements.

— Elle a peut-être une question... Quoi que ce soit, Maci ne t'appellerait pas si ce n'était pas important. Il faut que tu répondes.

Chance sembla se ressaisir et engagea l'appel vidéo. Dès que la communication fut établie, il se raidit.

— Maci, que s'est-il passé ?

— Je suis allée chez Kayleigh, comme tu me l'as demandé, mais la porte avait été fracturée et l'appartement mis sens dessus dessous.

Weston eut l'impression de recevoir un seau d'eau froide sur la tête et il se tourna à temps pour voir le visage de Kayleigh pâlir. Encore un coup dur à encaisser...

— Où es-tu ? Tu es en sécurité ? demanda Chance.

— Je suis toujours là-bas.

Il vit la main de Chance se crisper sur le téléphone.

— Sors de là et va te mettre en lieu sûr. Tu ne sais pas s'il y a encore quelqu'un dans l'appartement ou non. Va dans la voiture et...

— Il n'y a personne ici. Je ne cours aucun risque.

Chance leva les yeux vers le plafond et le regarda fixement comme s'il le prenait à témoin de son exaspération, et le suppliait de lui souffler une réaction. Weston aurait presque pu en rire s'il n'avait lui aussi été inquiet.

— Maci, intervint-il, c'est Weston. Nous savons que tu peux te débrouiller toute seule, mais nous nous sentirions mieux si tu sortais de cet appartement... au moins jusqu'à ce que nous arrivions.

— Je vous assure que tout va bien.

Chance serra les dents, et Weston sut qu'il était officiellement à bout de patience.

— Maci, il n'y a pas à discuter. Sors de cet appartement et...

Il s'interrompit, et le silence qui s'abattit soudain après ses éclats de voix fut presque saisissant.

— Elle m'a raccroché au nez !

— Nous devons y aller, déclara Weston.

Chance se dirigeait déjà vers la porte.

— Toutes les femmes sont-elles aussi têtues ? Mais pourquoi elle ne veut jamais m'écouter ? C'est à croire que je ne travaille pas dans le domaine de la sécurité et que je n'ai rien à lui apprendre en la matière ! Non, elle sait tout mieux que moi ! Et quand je lui dis de faire attention à elle elle me renvoie l'image d'un homme de Neandertal qui n'a pas compris que les choses ont changé !

Kayleigh et Weston le regardèrent sortir en fulminant.

— Je te retrouve là-bas ! cria Weston.

Il n'était pas certain que son frère ait cessé ses récriminations et l'ait entendu.

— Il est toujours aussi protecteur ? demanda Kayleigh.

Weston éclata de rire.

— Il l'est, mais il est tout de même plus raisonnable d'habitude. Mais ces deux-là ont le don de s'agacer mutuellement.

Il décela une lueur d'amusement dans ses yeux. Cela lui allait bien, et il aurait aimé la voir plus souvent.

— Ah bon ?

— Oh oui ! Ils ne sont jamais d'accord sur rien. Il faut que nous fassions constamment office de médiateurs, sinon, tout tourne au drame.

Le sourire de Kayleigh s'élargit.

— C'est souvent une façon de nier une attirance...

Il sourit à son tour.

— Tu as probablement raison. Mais pour le moment Chance et moi devons aller là-bas. Je suis sûr que la maison est vide, mais je ne suis pas entièrement tranquille.

— Je peux venir avec toi ?

Weston secouait déjà la tête avant même d'avoir complètement compris la question.

— Je suis désolé, mais ce n'est pas possible. Il pourrait très bien s'agir d'un piège pour te faire sortir de ta cachette, ou d'une distraction pour nous éloigner de l'hôpital. Je ne veux pas te mettre en danger quand il y a tant de zones d'ombre.

— Alors, que suis-je censée faire pendant que tu vas chez moi ?

— Reste avec papa et maman. Je te passerai un appel vidéo quand nous saurons un peu mieux où nous en sommes.

Elle était sur le point de protester, mais il posa son front contre le sien.

— Je pense vraiment que c'est trop dangereux que tu m'accompagnes. Nous n'avons aucune idée de ce que nous allons trouver là-bas. Je serais vraiment soulagé que tu acceptes de rester avec mes parents.

Si c'était un guet-apens destiné à l'attirer hors de sa cachette, Chance et lui ne suffiraient peut-être pas à empêcher un enlèvement. Et, si c'était une diversion pour faciliter une attaque à l'hôpital, elle serait plus en sécurité en restant cachée.

Mais c'était à elle de décider.

Finalement, elle poussa un soupir.

— Bon, d'accord. Je reste ici.

Weston poussa un soupir de soulagement et la serra dans ses bras.

— Je vais revenir très vite… et tu seras en sécurité avec mes parents, je te le promets.

Il déposa un léger baiser sur ses lèvres, regrettant d'avoir à la quitter pour quelque temps… et espérant qu'ils allaient trouver chez Kayleigh des éléments leur permettant de comprendre un peu mieux la situation.

15

Weston parvint à rattraper Chance alors qu'ils arrivaient à proximité de la maison de Kayleigh, qui était située au nord de San Antonio. Il restait vigilant et vérifiait constamment qu'ils n'étaient pas suivis, car il savait que Chance n'était pas en état de le faire.

Ils s'arrêtèrent devant chez Kayleigh, et Chance se précipita hors de sa voiture avant même que Weston n'ait eu le temps d'ôter sa ceinture de sécurité. Weston marmonna un juron et dégaina son arme en descendant de son véhicule.

— Chance, attends !

Chance – le plus posé de tous les frères Patterson – fonçait droit devant lui sans avoir la moindre idée de ce qu'il allait faire.

Il ne fut pas surpris lorsque Chance entra en trombe dans la maison sans même vérifier qu'il n'y avait aucun danger.

— Maci ! Maci ! Où es-tu ?

Weston secoua la tête. Son frère avait potentiellement annoncé leur arrivée à tous ceux qui pouvaient se trouver ici, mais Chance agissait d'instinct. Il n'était plus gouverné par la raison.

Et Weston savait que, si Kayleigh avait été à la place de Maci, il aurait agi de la même manière. Donc, il allait prêter main-forte à Chance, même si son frère se conduisait en dépit du bon sens.

Tous deux s'immobilisèrent lorsque leur assistante passa d'abord la tête par la porte, puis entra dans le salon, un sac de voyage à la main.

— Je suis là et je vais bien. Et ce n'est pas la peine d'annoncer à tout le voisinage que nous sommes ici !

Pendant un instant, Chance sembla se détendre, et ils se réjouirent tous deux de voir Maci, aussi pimpante qu'à l'accoutumée, au milieu de cette scène de crime. Weston abaissa son arme, mais ne la rengaina pas immédiatement.

Dès que Chance aperçut le sac que portait Maci, il explosa.

— Non mais je rêve ! s'exclama-t-il en s'approchant d'elle, visiblement furieux. Tu aurais dû partir d'ici à la seconde où tu t'es rendu compte que quelque chose n'allait pas ! Et au lieu de cela tu mets des affaires dans un sac ! Tu as vraiment perdu la tête ?

Maci le regarda avec colère. Elle déposa le sac à terre et mit les mains sur ses hanches.

— Pardon ? Je ne sais pas à qui tu es en train de parler...

— Je ne plaisante pas, Maci, gronda Chance. Nous avons affaire à des personnes qui ont activement tenté de faire du mal à Kayleigh et son père, et les dommages collatéraux ne sont pas un problème pour eux. Qui sait ce qui se serait passé si tu les avais surpris ici ? Et au lieu de nous attendre dans un lieu sûr, comme tu aurais dû le faire, tu es restée et tu as mis des affaires dans un sac ! Tu es toujours aussi stupide ou c'est seulement aujourd'hui ?

Weston fit la grimace lorsqu'il vit le visage de Maci s'assombrir et exprimer une colère froide qu'il n'aurait pas aimé avoir provoquée. Elle s'avança vers eux, redoutable de fureur malgré sa petite taille. En un clin d'œil, l'atmosphère dans la pièce était devenue glaciale.

— Stupide ? Tu penses que je suis stupide ? Cela fait plus d'un an que je travaille pour San Antonio Security, Chance. Ce n'est pas la première fois que je prends des risques. Alors, oui, je me rendais très bien compte de la situation, et j'ai pris la décision de faire mon travail. C'est bien pour cela que vous me payez, non ?

Maci continua à fulminer, mais Chance ne lui répondit pas. Weston savait qu'en esprit il était en train de passer en revue les scénarios, plus terribles les uns que les autres, qui auraient pu se produire s'ils n'étaient pas arrivés à temps, ou si les malfrats s'étaient trouvés dans la maison quand Maci y était entrée.

Tous les frères Patterson avaient eu une enfance difficile, marquée par les abus, l'abandon et la peur. Ces années avaient façonné leur caractère, et chacun avait sa manière propre de réagir lorsqu'il subissait un stress.

Luke s'en remettait à ses poings, Brax à son pouvoir de séduction, et Weston se renfermait dans son silence.

Weston voyait bien que Chance était submergé par l'angoisse alors qu'il repensait au danger couru par Maci, et qu'il ne savait comment gérer ses émotions. Là où la plupart des personnes auraient réussi à réagir de façon sensée, Chance demeurait tétanisé.

Weston attrapa son frère par le col de sa chemise et se plaça en face de lui. Il fallait qu'il brise ce cercle vicieux avant que Chance n'en devienne prisonnier.

— Chance, il faut que tu emmènes Maci dans le jardin pendant que je m'assure qu'il n'y a plus aucun danger dans la maison.

Chance le regardait fixement et rien n'indiquait qu'il savait qui était devant lui. Il ne bougeait pas et ne disait rien. Bon sang ! Weston le secoua un peu, pour tenter d'obtenir une réaction.

— Chance ! Emmène Maci à l'extérieur. Tout de suite. Mets-la à l'abri.

Chance cligna des yeux, et une lueur de reconnaissance s'alluma dans son regard.

— Weston ?

— Fais sortir Maci.

Chance regarda autour de lui et redevint en une seconde ce frère à l'esprit si affûté.

Maci les dévisageait tour à tour avec des yeux ronds comme des soucoupes. Weston n'allait pas lui donner d'explications. C'était à Chance de le faire.

— Va avec lui, lui demanda Weston, en priant pour qu'elle ne proteste pas.

Elle hocha la tête et ne dit mot lorsque Chance prit le sac de voyage et la mena hors de la maison.

Weston vérifia seul chaque pièce l'une après l'autre. Ce n'était pas idéal, mais il ne voulait pas demander à Chance de laisser Maci pour venir l'aider. Ses premières observations confirmèrent que leur assistante avait raison : personne d'autre ne se trouvait dans la maison.

Weston rengaina son arme et inspecta à nouveau chaque pièce. Aucune n'avait été épargnée : les tiroirs avaient été ouverts et leur contenu répandu à terre, tout comme celui des armoires.

Le parquet était jonché de papiers et de tasses brisées dans ce qui lui sembla être le bureau. Toutes les chaises y avaient été retournées et les tiroirs gisaient cassés sur le sol.

L'endroit était si ravagé qu'il était difficile de déterminer si quelque chose manquait. Il allait devoir passer un appel vidéo à Kayleigh pour qu'elle l'aide à le faire.

Il parcourut toute la maison à nouveau, cette fois en tâchant de comprendre ce que voulaient ceux qui avaient pénétré ici. S'agissait-il d'une autre tentative d'enlèvement qui aurait tourné au saccage ? Ces individus cherchaient-ils quelque chose ? Voulaient-ils uniquement terroriser Kayleigh ?

Weston l'ignorait, mais il était bien déterminé à le découvrir.

— Je n'arrive pas à croire que j'aie accepté de rester ! marmonnait Kayleigh pour elle-même.

Elle ouvrit un placard et en sortit une tasse. Si elle ne buvait pas du café très vite, elle allait avoir du mal à contenir sa colère. Elle inspira profondément l'arôme du breuvage qu'elle se servit, essayant de laisser cette odeur familière lui procurer le réconfort habituel. En vain. Elle était trop stressée.

Pourquoi avait-elle accepté de rester ici ? C'était *son* domicile qui avait été mis à sac ! Elle aurait dû accompagner Weston. Mais quand il lui avait demandé de ne pas le faire elle s'était laissé convaincre.

Elle avait agi avec lui comme elle se refusait à le faire avec son père.

— Weston n'est pas papa, se rappela-t-elle. Il essaye de te protéger, pas de t'enfermer dans une prison dorée.

Mais quoi qu'il en soit elle avait du mal à accepter la situation.

Elle était encore en train de pester lorsque Sheila entra dans la cuisine.

— Je ne vous dérange pas ?

Kayleigh se sentit rougir.

— Je suis désolée ! Vous m'avez surprise en train de me parler à moi-même. Vous voulez que je vous serve une tasse de café ?

Sheila se mit à rire en secouant la tête.

— Non merci ! Cela m'arrive souvent aussi ! Parfois, j'ai l'impression que c'est la seule manière de me libérer de ce qui me tracasse.

— Je vis seule, donc c'est presque devenu une habitude, déclara Kayleigh avec un haussement d'épaules.

— Vous voulez parler ? demanda Sheila en se penchant sur le comptoir, en face de Kayleigh. On me dit souvent que je sais écouter. En élevant quatre adolescents, j'ai dû apprendre à le faire !

Kayleigh avait remarqué cela la veille. Sheila prenait note de tout ce qui se disait, même lorsqu'un joyeux chaos régnait dans la pièce.

Parler aux autres n'était pas facile pour Kayleigh. Pourtant, elle voulut essayer.

— Pour être franche, je suis contrariée.

— C'est à cause de Weston ?

Kayleigh hocha la tête.

— Oui. Mais je suis surtout agacée par moi-même.

Elle poussa un soupir et prit une gorgée de café avant de se mettre à parler. Elle savait que Weston avait mis ses parents au courant de la situation, et que Sheila comprendrait.

— Mon père a toujours été très protecteur… trop. Pour sa défense, il m'est arrivé quelque chose lorsque j'étais enfant qui l'a poussé à agir ainsi. Et comme il a beaucoup d'ennemis il a tendance à être paranoïaque. Cela nous a amenés à nous disputer souvent au cours de ces années.

— Il vous aime. C'est difficile pour un parent de faire taire ses instincts protecteurs lorsque les enfants ont grandi.

Sheila parlait visiblement d'expérience.

Kayleigh lui sourit.

— Je le comprends bien. Et j'aime mon père. Mais je ne peux pas vivre avec quelqu'un qui m'étouffe.

— Et vous craignez que Weston ne fasse la même chose...

Kayleigh poussa un soupir.

— Quand Weston m'a demandé de rester ici pendant qu'il allait chez moi, j'ai accepté, parce que je m'en remets entièrement à lui.

Elle avait reçu un message de Weston quelques minutes auparavant, lui disant qu'il n'y avait aucun danger et qu'il allait bientôt l'appeler. Elle avait bien du mal à se trouver ici, à siroter une tasse de café au lieu d'être avec lui !

Sheila sourit.

— Weston est la personne la plus digne de confiance que je connaisse... même s'il y en a quatre autres, dont Clinton, qui le suivent immédiatement ! Et j'ajouterais que Weston sait ce qu'il fait.

— J'en ai bien conscience ! Et Weston ne m'a pas ordonné de rester ici. Je me sens frustrée parce que je n'ai même pas essayé de le convaincre de m'emmener, malgré tout l'agacement que je ressens d'habitude quand mon père est trop protecteur. Cette idée ne m'avait pas effleuré l'esprit jusque-là, mais maintenant je n'arrive plus à penser à autre chose !

Sheila demeura silencieuse un instant et alla remplir un verre d'eau. Kayleigh voyait bien que c'était une façon de prendre du temps pour réfléchir à sa réponse. Alors, elle but une gorgée de café et attendit.

Sheila finit par hocher la tête, comme pour acquiescer à ses propres pensées.

— Mes quatre garçons sont des protecteurs-nés. Ils ont ça dans le sang. Ils ont vécu des choses si difficiles alors qu'ils étaient encore très jeunes ! Je ne sais pas ce que Weston vous a raconté...

— Il m'a parlé de son père et des brûlures de cigarette.

Sheila secoua la tête.

— Je suis heureuse qu'il l'ait fait. C'est une histoire qu'il a du mal à partager.

— Il ne m'a pas donné beaucoup de détails.

— Non, il est comme ça. Il ne veut pas embêter les autres. Il préfère tout porter sur ses larges épaules.

Sheila secoua la tête avec tristesse.

— Il voulait déjà le faire alors que ses épaules étaient beaucoup plus frêles.

Kayleigh ne doutait pas que ce soit vrai.

— Je suis si heureuse que Clinton et vous soyez entrés dans sa vie !

— Vous savez, lorsqu'il est arrivé dans cette maison, Weston était si silencieux que je me suis demandé si j'arriverais un jour à le faire parler. Il vivait ici, prenait tous ses repas avec nous, mais il donnait l'impression de vouloir disparaître. Jour après jour, je le voyais regarder le monde comme s'il en était un simple spectateur.

Kayleigh serra sa tasse dans ses mains, bouleversée en songeant à ce petit Weston si seul.

— Un jour, presque trois mois après son arrivée dans notre famille, nous sommes tous allés manger au restaurant. Ce n'était pas une occasion particulière, c'était juste un soir où je n'avais pas envie de cuisiner. Mais pendant le dîner nous avons pris une photo. C'était une des premières où Weston souriait. Dès que j'en ai eu le tirage, je l'ai accroché au mur. Venez, je vais vous le montrer.

Kayleigh suivit Sheila dans le hall, près de la porte d'entrée. Il y avait plus d'une dizaine de portraits, certains de toute la famille, d'autres où figurait seulement un des garçons… et deux des femmes qui avaient rejoint la tribu.

— C'est celle-là, dit-elle en désignant une vieille photo de la famille, réunie dans un restaurant italien.

Les garçons avaient treize ou quatorze ans. Brax faisait une grimace à Luke tout en brandissant une fourchette chargée de spaghettis. Et Chance avait posé son bras sur les épaules de Weston.

Et, c'était vrai, Weston souriait, d'un sourire discret mais bien présent.

— Lorsque les garçons sont rentrés de l'école le jour où je l'avais accrochée, Weston a été le seul à remarquer qu'il y avait une nouvelle photo. Tous les autres sont montés dans leur chambre. Mais quand je suis arrivée j'ai trouvé Weston en train de la regarder. Alors il a posé son sac et il est venu me serrer dans ses bras.

Sheila essuya les larmes qui perlaient à ses yeux.

— C'était la première fois que cela arrivait. Puis il m'a suivie dans la cuisine et m'a demandé s'il pouvait m'aider. Il a parlé tout le temps pendant qu'il épluchait les légumes. À partir de ce moment, nous avons senti qu'il nous faisait un peu plus confiance chaque jour. Nous l'avons adopté quelques mois plus tard.

Kayleigh dut elle aussi essuyer ses larmes.

Sheila lui sourit.

— Weston n'est jamais plus heureux que lorsqu'il sait qu'il fait partie d'un groupe. C'est une des raisons pour lesquelles il a décidé de travailler avec ses frères. Et dans cette famille nous sommes comme une équipe qui ferait tout pour chacun de ses membres. Si vous voulez être avec Weston, vous allez faire partie de cette équipe, vous aussi.

— J'aimerais cela plus que tout !

— Je suis heureuse de l'entendre.

— Donc, vous me dites que j'ai bien fait de rester ici et de ne pas avoir insisté pour accompagner Weston.

Sheila tendit la main et serra doucement les doigts sur le bras de Kayleigh.

— Les instincts protecteurs de Weston et de ses frères sont ce qui les rend particulièrement compétents dans leur travail. C'est la raison pour laquelle San Antonio Security est la meilleure agence dans ce domaine.

— Papa le savait. C'est pour cela qu'il a fait appel à Weston.

— Vous êtes spéciale pour lui. Je le vois bien à la façon dont il vous regarde. Il ne veut pas qu'il vous arrive quoi que ce soit.

— Je le sais.

Et c'était vrai. Mais elle n'allait pas se laisser étouffer juste pour rendre Weston heureux, même si elle voulait qu'il le soit.

— Donc, vous pensez que je dois rester enfermée ?

— Mon Dieu, non !

Kayleigh éclata de rire. Elle ne s'était pas attendue à ça.

— Écoutez, je sais que Weston veut vous protéger, et c'est tout à son honneur, mais cela ne veut pas dire que vous devez l'attendre à la maison. Vous devez faire ce que vous estimez bon, parce que votre avis est important aussi, Kayleigh.

Lorsque Kayleigh hocha la tête, Sheila poursuivit :

— Vous me semblez être le genre de personne qui a besoin d'une relation d'égal à égal pour se sentir à l'aise.

— C'est vrai.

— Bien. Vous n'êtes pas une petite chose fragile, mais une partenaire. Il faut le montrer à Weston. Vous pouvez rester ici si vous le voulez, bien entendu. Mais si vous avez le sentiment que ce n'est pas l'endroit où vous devriez être, alors...

Elle se dirigea vers son sac et en sortit un trousseau de clés.

— Je vous prêterais ma voiture avec plaisir.

Tout ce qu'avait dit Sheila était frappé au coin du bon sens. Kayleigh avait besoin de montrer à Weston qu'elle lui faisait confiance, mais qu'elle se faisait confiance également... et qu'elle voulait faire partie de l'équipe.

— J'accepte votre proposition. Merci.

Sheila eut un large sourire.

— Bienvenue dans la famille.

16

Kayleigh passa tout le trajet à songer à ce qu'elle allait dire à Weston. Elle voulait qu'il comprenne qu'elle ne le laisserait pas se comporter avec elle comme le faisait son père, qu'elle était capable de prendre des décisions seule, et qu'elle n'était pas le genre de personne à rester chez soi à attendre des nouvelles.

Lorsqu'elle arriva devant sa maison, sa nervosité était à son comble.

Elle sortit de la voiture et trouva Weston qui l'attendait dans le jardin. Non loin de lui, Chance et une femme qu'elle ne connaissait pas – mais qui devait être la fameuse Maci – étaient en train de se quereller, mais ils parlaient à voix trop basse pour qu'elle puisse entendre leur conversation.

Kayleigh se retourna vers Weston et le vit qui l'observait, comme pour s'assurer qu'elle allait bien. Elle ouvrait la bouche, prête à se lancer dans une diatribe, lorsqu'il poussa la porte d'entrée pour l'inviter à pénétrer dans la maison.

Et elle qui s'attendait à une dispute !

— Ta mère t'a appelé ? Tu n'as pas l'air surpris.

Il secoua la tête.

— Non, mais mon père m'a appris que tu avais emprunté la voiture. Elle est équipée d'une puce électronique, donc je savais que tu te dirigeais par ici.

— Tu es en colère ?

Il haussa les épaules.

— Je n'aime pas l'idée que tu sois venue sans la moindre protection, mais honnêtement je m'attendais à te voir arriver plus vite.

— Je refuse d'être dorlotée et étouffée.

Il saisit doucement ses bras.

— Je le sais. Et je t'estime trop pour essayer de le faire. Tu es forte, intelligente et pleine de ressources.

L'entendre prononcer ces mots fit retomber la pression qui avait monté tout au long du trajet. Il la respectait. Et cela était tout pour elle.

— Mais, poursuivit-il, nous devons rester vigilants... Et jusqu'à ce que ce soit fini il nous faut travailler en équipe.

— Tu as raison. Je ne commettrai aucune imprudence.

Il sourit.

— Et je ne vais pas te dorloter.

Elle se tourna vers la porte.

— Dans ton message, tu me disais qu'il n'y avait aucun danger.

— Non, mais ce n'est pas beau à voir, Kayleigh. Je suis désolé.

Elle franchit le seuil avec appréhension et s'immobilisa.

— Oh ! mon Dieu !

Elle s'était attendue à voir des objets par terre, et peut-être quelques-uns brisés, mais c'était bien pire. Toute la maison avait été dévastée.

Elle s'avança. Partout, il y avait des plumes qui s'étaient échappées des oreillers éventrés, et de là où elle se trouvait elle voyait de la farine répandue sur le sol de la cuisine. Des photos encadrées avaient été jetées à terre, les livres gisaient ouverts, leurs couvertures déchirées, leurs pages froissées.

Tout l'endroit était comme sali. C'était tellement plus qu'une simple intrusion !

Elle sentit que Weston était juste derrière elle avant qu'il ne parle.

— Tu peux aller dans toutes les pièces. Nous avons vérifié et il n'y a personne. Tu n'as rien à craindre.

Mais Kayleigh ne parvenait pas à se sentir en sécurité. Alors qu'elle parcourait sa maison, suivie par Weston, elle découvrait ses meubles brisés, ses vêtements en lambeaux et les cadres de ses photos cassés. Tout était abîmé, et plus elle prenait conscience de l'étendue des dégâts, plus elle avait mal. Voir la maison qu'elle avait aménagée avec tant de soin ainsi saccagée était une atteinte profonde à son intimité.

Mais le plus dur fut lorsqu'elle pénétra dans son bureau.

Les objectifs de ses appareils avaient été violemment jetés à terre, les ordinateurs renversés et leurs écrans défoncés. Il y avait des disques durs sur le sol - ceux sur lesquels elle enregistrait son travail - qui avaient été endommagés et tordus comme si on avait tapé dessus avec un marteau.

L'endroit qui était son refuge n'existait plus. C'était une scène de chaos.

Kayleigh retint un cri, et les larmes lui vinrent aux yeux alors qu'elle parcourait la pièce du regard.

— Des années de travail réduites à néant...

Il y avait des sauvegardes, bien sûr. Et les travaux qu'elle avait effectués à la demande de clients particuliers avaient déjà été livrés, bien entendu. Finalement, presque tout pouvait être remplacé.

Et pourtant la violation de ce qui était son havre de paix la laissait complètement désemparée.

Elle sentit Weston l'enlacer et fut heureuse de pouvoir se laisser aller contre lui.

— Qui peut faire une chose pareille ? murmura-t-elle, craignant que sa voix ne se brise.

Il resserra les bras autour d'elle.

— Tu penses que cela a un rapport avec les affaires de papa ?

Il la lâcha, mais resta près d'elle.

— Je suis presque certain que tous les événements sont liés : cette intrusion, la tentative d'enlèvement près du lac, ton agression, l'incendie chez ton père... Mais j'avoue que j'ignore comment.

Kayleigh hocha machinalement la tête, et se rendit compte quelques secondes plus tard qu'elle était toujours en train de le faire. Il fallait qu'elle se concentre sur ce qu'elle pouvait contrôler.

— Bon. Bon. Ça va aller. L'assurance va prendre en charge les dégâts.

Mais elle se sentait bouleversée.

Voir ses appareils photo en miettes lui tordait le cœur. Elle possédait la plupart d'entre eux depuis une dizaine d'années, et les avait tous soigneusement conservés. À ses yeux, ils représentaient des années de travail acharné. Elle les avait utilisés pour bâtir sa carrière, et chacune des photos qu'elle avait prises avec eux était un pas de plus vers l'accomplissement de ses rêves.

Maintenant, ils étaient détruits, et cela lui faisait plus mal qu'elle ne l'aurait pensé.

— C'est une menace ? Quelqu'un veut m'obliger à mettre un terme à ce rachat ?

Weston lui passa la main sur le bras.

— Je sais que ce n'est pas ce que désire ton père, mais il y a visiblement une escalade. Si tu décidais de le faire, cela t'offrirait une porte de sortie et tu cesserais d'être une cible.

Elle poussa un soupir, essayant de faire abstraction du spectacle qu'elle avait sous les yeux pour réfléchir.

Mais plus cette scène s'imposait à elle, plus elle était en colère.

— Non, je ne vais pas arrêter le processus. En fait, je suis encore plus déterminée à ce qu'il aille jusqu'au bout. Je ne vais pas laisser la peur me dicter ma conduite !

Lorsqu'elle leva les yeux, elle vit de l'appréciation et de la fierté dans le regard de Weston. Cela lui donna la force de tendre les bras vers lui et de le serrer contre elle.

— Viens, partons d'ici, lui dit-il en se redressant et en lui prenant la main.

Elle le conduisit vers sa chambre et balaya du regard les habits qui en jonchaient le sol. En prenant une inspiration, elle lui lâcha la main et commença à rassembler quelques autres vêtements à ajouter à ceux que Maci avait déjà mis dans le sac de voyage.

Alors qu'ils s'apprêtaient à sortir de la maison, elle lui demanda :

— Tu penses que nous devons appeler la police ?

Il ouvrit la porte et la laissa passer. Les voix de Chance et Maci, qui étaient encore en train de se disputer, parvinrent jusqu'à eux.

— Chance va appeler ses amis de la police de San Antonio pour qu'ils viennent constater les dégâts. Il faudra que tu ailles les voir pour faire une déposition, mais pas pour le moment. Je ne veux pas courir le risque que ceux qui ont fait ça te tendent une embuscade là-bas.

Kayleigh serra les dents, mais elle obéit. Elle n'aimait pas avoir le sentiment qu'elle subissait les événements sans avoir le moindre contrôle sur eux. Mais elle savait que ce n'était que temporaire.

— Nous partons, annonça Weston à Chance et Maci, qui échangeaient encore des regards furieux. Appelez-moi si vous avez besoin de quoi que ce soit, ou s'il y a du nouveau. Maci, si tu as besoin de te débarrasser d'un cadavre, appelle Brax.

Maci lui lança un sourire éclatant.

— Je promets de laisser le corps de Chance bien en vue, pour que tout le monde puisse admirer mon travail.

Chance leva les yeux au ciel et sortit son téléphone en saluant Weston et Kayleigh d'un petit signe de la main, avant de s'éloigner pour passer son appel.

Weston rit et se retourna pour accompagner Kayleigh jusqu'à sa voiture.

— Suis-moi jusque chez mes parents. Nous allons devoir être très attentifs sur le trajet et nous assurer que personne ne nous file.

Elle se frotta les tempes.

— Tes parents sont vraiment charmants et leur maison est très accueillante, mais en ce moment je préférerais être seule.

Il pencha la tête sur le côté et la dévisagea.

— Je comprends...

— Il y a un autre endroit où nous pouvons aller ?

— Oui.

Weston était décidément un homme de peu de mots, mais Kayleigh lui faisait confiance. Elle n'avait pas besoin de détails.

Ils passèrent chez les Patterson pour reprendre leurs affaires avant de se remettre en route. Kayleigh serra Clinton et Sheila dans ses bras, clignant des paupières pour refouler ses larmes. Elle était bien déterminée à revenir pour les remercier lorsque tout serait terminé.

Ils emportèrent tous les plats cuisinés que Sheila avait réussi à les convaincre d'emporter et repartirent, faisant des tours et des détours. Kayleigh savait maintenant pourquoi et n'y prêta pas particulièrement attention. Lorsqu'ils arrivèrent dans un quartier résidentiel situé à l'est de la ville, elle regarda un peu plus attentivement les environs.

Le petit pavillon situé au bout d'une longue allée était charmant avec ses volets gris foncé et ses massifs parfaitement entretenus.

Elle se tourna vers Weston.

— C'est ta maison, n'est-ce pas ?

La porte du garage s'ouvrit devant eux, et elle eut la réponse à sa question avant qu'il ne prenne la parole.

— Oui.

Soudain, Kayleigh se sentit nerveuse. Elle ne s'était pas attendue à ce qu'il l'emmène chez lui. Elle en était heureuse, mais elle avait conscience que ce n'était pas une décision qu'il avait prise à la légère.

Il la conduisit à l'intérieur. Il était clair qu'il aimait sa maison, et sans qu'elle sache pourquoi cela l'émut profondément. L'endroit était propre et net. Elle regarda autour d'elle et remarqua que tout, du mobilier aux rideaux, était simple et de bonne qualité.

Cela ressemblait tant à Weston !

Il déposa son sac dans une chambre d'amis avant qu'ils ne se dirigent ensemble vers la cuisine. Grâce à ce que Sheila leur avait donné, ils n'avaient rien à préparer et ils mangèrent rapidement. Puis Kayleigh appela l'hôpital pour avoir des nouvelles de son père.

Elle tenta de surmonter sa déception lorsque le Dr Appleton lui annonça qu'il n'y avait pas eu de changement, mais elle avait mal au cœur. Elle voulait tellement que son père sorte du coma, qu'elle puisse se sentir à nouveau en sécurité et que ce cauchemar se termine !

— Tu pourrais aller prendre une douche, lui proposa Weston en débarrassant la table après leur repas.

Kayleigh sursauta, et se rendit compte qu'elle était restée perdue dans ses pensées, à regarder fixement l'écran de son téléphone.

— Cela te permettrait de te détendre un peu, poursuivit-il. Tu as dû faire face à une succession d'épreuves et tu n'as pas eu un instant de répit ! Cela te ferait du bien. Et quand tu auras fini je te montrerai quelque chose.

— Tu as raison, déclara-t-elle en se levant.

Elle était presque dans le hall lorsqu'elle se tourna vers lui.

— Que veux-tu me montrer ?

Weston s'appuya contre le comptoir et lui fit un large sourire.

— Prends ta douche d'abord, et tu verras.

Il la regardait comme s'il lui tardait de connaître sa réaction, et Kayleigh sentit la curiosité monter en elle. Elle hocha la tête et se dirigea vers sa chambre.

Lorsqu'elle fut dans la salle de bains attenante, elle se regarda dans la glace. Elle avait les yeux cernés et le teint blafard.

Elle se déshabilla et entra dans la douche. Alors que l'eau chaude ruisselait sur elle, tant de pensées et d'émotions s'agitaient en elle qu'elle en avait le tournis. Le saccage de sa maison, son père dans le coma, l'incendie, l'agression, la tentative d'enlèvement… C'en était trop pour elle.

Alors, elle se concentra sur le seul élément de stabilité.

Weston.

Sans lui, elle n'imaginait même pas l'état dans lequel elle aurait été maintenant…

L'idée qu'il était à ses côtés pour y rester lui réchauffait le cœur.

Et savoir qu'il l'avait amenée chez lui, et qu'ils y étaient seuls, transformait cette douce chaleur en un feu dévorant.

17

Entendre l'eau de la douche ruisseler était à fois source d'apaisement et d'inquiétude pour Weston. Il savait où se trouvait Kayleigh et avait la certitude qu'elle était en sécurité, mais il ne pouvait s'empêcher de se demander si elle n'était pas en train de lutter contre le stress.

Elle devait faire face à une situation si angoissante ! À chaque fois qu'il voyait son regard se perdre au loin et qu'elle semblait plongée dans ses pensées, il sentait l'inquiétude monter en lui.

La menace sur sa sécurité était réelle, et maîtriser son anxiété devait lui demander une énergie folle. Elle s'en sortait tout compte fait remarquablement bien.

Il travaillait dans le domaine de la protection des personnes depuis assez longtemps pour savoir lui-même reconnaître et gérer le stress que cela générait. Ses frères avaient eux aussi développé cette capacité.

Mais aider quelqu'un qui n'était pas accoutumé à ce genre de pression était difficile, et Weston était déterminé à apporter à Kayleigh tout le soutien qu'il pouvait.

Le ruissellement s'interrompit, et quelques minutes plus tard il entendit le pas léger de Kayleigh sur les marches de l'escalier. Puis elle pénétra dans la pièce, vêtue d'un vieux short et d'un T-shirt.

Weston retint son souffle. En cet instant, il avait presque l'impression de revoir la petite fille qu'il avait connue.

Mais ils n'étaient plus des enfants. Kayleigh était une femme maintenant, une très belle femme. Même l'inquiétude qui assombrissait son visage ne changeait rien à cela.

En la voyant dans sa maison, ni apprêtée ni maquillée, avec des vêtements décontractés qui montraient qu'elle se sentait parfaitement à l'aise avec lui, Weston comprit qu'il était éperdument amoureux d'elle.

Dans sa simplicité, il la trouvait plus belle que toute autre femme. Il aimait sa douceur et le regard qu'elle posait sur la vie. Lui, le solitaire, en avait désespérément besoin.

Kayleigh pencha la tête sur le côté avec un petit sourire.

— Tu vas bien ? Tu as l'air un peu... troublé.

Weston s'éclaircit la voix. Il ne voulait pas la regarder trop fixement, mais il lui était difficile de s'en empêcher. Et ce n'était pas le moment de lui faire part de ses pensées. Il fallait attendre qu'elle soit hors de danger.

— Oui, oui, ça va. Et toi ?

Elle haussa les épaules et ne répondit pas, mais cela n'était pas nécessaire : il était évident qu'une douche n'allait pas régler tous ses problèmes.

Mais il pouvait tenter de l'aider.

— J'ai toujours l'intention de te montrer quelque chose. Tu viens ?

Il lui tendit la main et tenta de ne pas se laisser gagner par la nervosité. Si elle n'avait pas envie de le suivre, il ne pourrait pas lui en tenir rigueur. Il serait déçu, mais il le comprendrait.

Il ne put retenir un soupir de soulagement lorsqu'elle prit la main qu'il lui tendait. Il lui sourit et ouvrit la porte-fenêtre donnant sur le jardin.

Le soleil commençait à descendre sur l'horizon. Il avait toujours aimé ce moment de la journée où le ciel se teintait délicatement de mauve et de rose. Même s'il en avait vu des milliers, il était toujours émerveillé par les couchers de soleil texans.

Ce moment était un beau rappel : si dure qu'ait été la journée, le lendemain serait un nouveau départ. Cette pensée l'avait réconforté bien souvent dans des moments difficiles.

Alors, être dans ce jardin qu'il aimait tant à cette heure du jour était une joie.

Mais s'y trouver avec Kayleigh à ses côtés était carrément un rêve éveillé.

Son parc était luxuriant, et soigneusement entretenu. Il en était très fier. C'était *son* domaine, et il aimait prendre soin de ses plantes.

Kayleigh sourit en voyant le salon de jardin installé sur la terrasse située à l'arrière de la maison. C'était là qu'il aimait prendre son café le matin. Il se demanda si elle viendrait l'y rejoindre demain. À l'idée qu'il pourrait commencer la journée assis avec elle à cette petite table, son cœur se mit à battre plus fort.

Il la conduisit tout au fond du jardin. L'endroit était reculé et, même s'il savait qu'elle lui faisait confiance, elle avait vécu trop d'événements traumatisants ces derniers jours pour ne pas trouver la situation angoissante. Il remarqua qu'elle semblait tendue et que sa respiration était plus courte, même si elle tentait de le cacher.

— Si tu as prévu de me tuer, c'est l'endroit parfait ! s'exclama-t-elle avec un petit rire.

— Ce ne sont pas les nutriments adéquats pour ce genre de plantes, donc tu n'as rien à craindre, répliqua-t-il avec un sourire.

Il fut heureux de constater qu'elle se détendait.

— En fait, je n'ai jamais amené personne ici, poursuivit-il.

Elle s'immobilisa, l'air surpris.

— Et ta famille ? Je pensais que vous étiez proches ?

Il la tira légèrement en avant, et elle se remit en marche.

— Ce n'est pas l'envie qui m'en manque, mais je pense qu'ils ne comprendraient pas.

— Et tu crois que moi j'y arriverai ?

Il perçut l'hésitation dans sa voix.

— Je *sais* que oui.

Ils contournèrent un petit taillis, et elle la vit enfin.

— Oh ! s'exclama-t-elle en écarquillant les yeux.

La serre n'était pas très grande, mais elle était assez exceptionnelle. Weston l'avait construite lui-même, en récupérant d'anciennes fenêtres. L'arrière du bâtiment était une pièce où il avait fait installer l'électricité, mais l'endroit était presque tout entier rempli de plantes.

Il invita une fois de plus Kayleigh à avancer et ouvrit la porte pour la faire entrer. Alors qu'elle examinait les lieux, il observa son visage. Il la vit sourire à la vue des pois de senteur qui grimpaient sur un mur, puis rire en remarquant la clématite blanche qui pendait au plafond et la vigne poussant sur son treillage, qui l'obligea à baisser la tête.

Le simple fait de se trouver ici suffit à ôter le poids qui pesait sur les épaules de Weston. Cet endroit lui avait toujours fait cet effet. C'était comme si cette serre avait le pouvoir de dissiper son stress.

Kayleigh se pencha pour humer un pois de senteur.

— Quel parfum divin ! C'est toi qui as construit cela ?

— Oui. Quand j'ai terminé d'aménager le jardin, j'ai décidé de fabriquer une serre. J'ai passé beaucoup de temps à récupérer des fenêtres qui conviendraient pour mon projet, puis je les ai assemblées.

— Et les plantes ? Il y a une logique dans ton choix ?

— Non. Il s'est fait au gré de mes envies.

Elle lui répondit par un large sourire.

Alors qu'elle découvrait les lieux, il essayait de les voir avec des yeux neufs lui aussi. Les fleurs et les plantes aromatiques exhalaient un doux parfum. On y percevait l'odeur de la menthe – en pot dans un coin de la pièce – et celle du romarin qui se trouvait sur une étagère.

Un pied de lavande poussait dans une jardinière. Il l'y avait planté pour voir s'il pourrait se développer dans un petit espace. Les soucis qu'aimait tant sa mère apportaient une note colorée et gaie à l'ensemble.

— J'aime beaucoup ce côté à la fois luxuriant et soigné. On voit que tu fais attention à chaque plante. C'est merveilleux, Weston.

Kayleigh leva les yeux vers lui, et il eut l'impression qu'il pouvait voir jusqu'à son âme. Ce fut pour lui un moment magique.

Il fut un peu triste lorsqu'elle détourna le regard pour observer plus attentivement ses précieuses plantes.

— J'aime tout dans cet endroit !

Weston rit.

— Je savais que ça te plairait ! Mais je ne t'ai pas encore montré le plus beau.

Il l'emmena à l'arrière de la serre, vers l'espace qu'il s'était réservé. Il avait mis des années à construire tout cela, bricolant à ses moments perdus, mais cet endroit était pour lui une oasis.

C'était une petite pièce toute vitrée, équipée d'électricité, mais sans eau, ni connexion Internet. Un refuge pour les jours difficiles, un endroit qui n'était qu'à lui. Le mobilier était spartiate : il ne consistait qu'en un lit et un large fauteuil.

Un espace sobre et simple, juste ce qu'il lui fallait.

— Jamais je n'ai vu une pièce où on se sente aussi bien. J'aimerais ne plus jamais la quitter ! s'exclama Kayleigh en s'installant dans le fauteuil et en admirant la serre à travers la cloison vitrée. On dirait la jungle !

La passion de Kayleigh pour la nature se sentait dans ses moindres gestes, jusqu'à sa façon de regarder les plantes. Il aurait voulu rester auprès d'elle et contempler cette admiration, la contempler elle, aussi longtemps qu'elle l'aurait laissé faire.

— C'est ici que je viens me ressourcer, retrouver un peu de paix. Tu as vécu beaucoup d'événements traumatisants ces derniers temps, et je me suis dit que cet endroit aurait peut-être le même effet sur toi.

— Weston, souffla-t-elle d'une voix étranglée, avant de tendre la main vers lui.

Il l'enlaça, et posa le menton sur ses cheveux lorsqu'elle poussa un soupir en se laissant aller contre lui.

— Merci de m'avoir montré cet endroit.

— Il n'y a que toi qui l'aies vu.

Elle s'écarta et le dévisagea comme si elle attendait la suite, mais il n'y en avait pas. Weston n'avait jamais eu la moindre envie de montrer cette serre à quiconque auparavant, pas même à sa mère. C'était le seul endroit au monde qui soit vraiment à lui.

Et maintenant il appartenait également à Kayleigh.

Ils restèrent serrés dans les bras l'un de l'autre jusqu'à ce que Kayleigh pousse un autre soupir et laisse retomber ses bras. Elle se dégagea avec un petit rire, et il tenta de ne pas être déçu.

Weston repéra un album relié en cuir posé près du lit et se demanda un instant s'il allait le lui montrer ou pas. Finalement, il décida qu'il devait le faire.

Il espérait qu'elle comprendrait, et que cela ne la mettrait pas mal à l'aise.

Il s'assit sur le lit et tapota le matelas à côté de lui. Elle le rejoignit et le regarda d'un air interrogateur lorsqu'il lui tendit l'album.

— Qu'est-ce que c'est ?

— Ouvre-le.

Il ne voulait pas le lui dire. Il voulait voir sa réaction.

Elle fit ce qu'il lui demandait et retint son souffle.

— Oh ! mon Dieu ! murmura-t-elle, parcourant du regard les pages de l'album comme si elle n'avait jamais vu ces photos auparavant.

Ce qui n'était pas le cas, puisque c'était elle qui les avait prises.

Weston avait suivi sa carrière depuis ses débuts. Chacun des projets auxquels elle avait collaboré figurait dans le recueil, ainsi que des articles de presse faisant l'éloge de son travail, présentant ses récompenses ou décrivant ses engagements après de jeunes enfants. Il y avait également des photos qu'elle avait prises : celles de villages situés au bout du monde sur des continents lointains, d'animaux sauvages, de forêts splendides et de déserts arides.

— Pourquoi ? demanda-t-elle, la voix chargée d'émotion.

— Parce que c'est toi. Parce que ton amour de la nature éclate sur chaque photo. Et parce qu'elles montrent le monde à travers tes yeux. C'était la seule manière possible de t'avoir à nouveau dans ma vie.

Elle parcourut l'album, éclatant de rire à certaines pages, et lui racontant les anecdotes rattachées à quelques-unes de ses photos… Comme la fois où elle s'était engagée dans un ruisseau avec de l'eau jusqu'à la taille pour prendre un cliché d'un unique oiseau… ou celle où elle avait été bloquée par la neige dans un hôtel pendant plus d'une semaine, parce qu'elle voulait photographier une cascade gelée. Weston éclata de rire lorsqu'elle lui raconta comment elle était tombée d'un arbre et s'était couverte de honte devant les habitants du village.

Lorsqu'elle eut parcouru tout l'album, elle se tourna vers lui.

— Cela fait un moment que je travaille sur un projet secret que je pense que tu vas aimer.

— De quoi s'agit-il ?

— De présenter des plantes qui ont la capacité de survivre dans des conditions particulièrement difficiles. Je collectionne des photos depuis plusieurs années.

Il trouva l'idée extraordinaire.

— Comment as-tu pensé à cela ?

Kayleigh haussa les épaules et reposa l'album avant de se tourner vers lui.

— Cela a commencé comme un projet annexe alors que je voyageais. J'ai toujours trouvé surprenant de constater que des plantes qui devraient logiquement se flétrir et mourir dans certains milieux parviennent à y prospérer. On peut voir des violettes fleurir en plein désert, ou des plantes qui ne supportent théoriquement pas l'humidité survivre dans la forêt amazonienne.

Elle s'interrompit et leva vers lui des yeux embués.

— Cela me fait penser à nous. Nous avons enduré pas mal d'épreuves, et pourtant nous sommes ici aujourd'hui, vivants… Je me suis toujours demandé ce que tu en dirais. Mais je ne pensais pas avoir la chance de pouvoir t'en parler un jour.

En entendant cela, Weston ne put se retenir. Il posa la main sur sa nuque et se pencha vers elle pour l'embrasser. Leur baiser fut doux et tendre, comme une caresse entre deux personnes qui s'aiment.

— Tu m'as manqué, murmura-t-il lorsqu'il s'écarta, en lui

effleurant la lèvre de son pouce. Je n'en avais pas vraiment conscience, mais tu m'as manqué.

— Tu m'as manqué toi aussi, répondit-elle en l'attirant à nouveau vers elle.

Cette fois, il y eut de la passion dans leur baiser. Weston la prit par la taille et l'installa sur ses genoux. Alors qu'elle lui agrippait les cheveux, il laissa ses mains glisser sur elle, et elles trouvèrent leur chemin sur ses cuisses puis sous son T-shirt, caressant la courbe de ses hanches et de sa taille. Il faillit pousser un gémissement tant sa peau était douce et veloutée.

Malgré tout ce qui se passait en ce moment, il ne pensait plus qu'à Kayleigh. Il voulait la voir allongée sous lui, sentir son corps sous le sien. Il avait besoin de lui dire par ses caresses combien il l'aimait.

— Enlève ça, murmura-t-elle en agrippant sa chemise.

Il l'ôta, et il lui enleva son T-shirt, poussant un soupir lorsqu'ils furent peau contre peau.

Rien dans ce monde n'était plus doux que tenir Kayleigh Delacruz dans ses bras.

Il posa la main sur son dos et l'allongea sous lui. Ses cheveux s'étalèrent sur le lit. Ses yeux étaient embrumés par le désir, et ses lèvres pleines et rouges de leurs baisers. Lorsqu'il commença à l'embrasser dans le cou, elle s'arc-bouta sous lui, pressant son corps contre le sien.

— Weston, j'ai envie de toi.

Il sentit son sang se mettre à bouillir.

Elle avait murmuré ces mots, comme si elle craignait de parler trop fort.

Il comprenait. La petite serre était aussi pour lui comme une bulle. Un moment parfait, hors du temps, juste pour eux deux.

Le monde au-dehors était agité par la violence et la peur. Mais ici, en cet instant, il n'y avait qu'eux deux, avec leur désir, leur passion, leur amour...

Encouragé par le léger soupir de Kayleigh, il lui donna tout le plaisir qu'il put et oublia tout ce qui n'était pas eux.

18

Lorsque Kayleigh se réveilla dans les bras de Weston, le jour ne s'était pas encore levé. Ils étaient retournés dans la maison après avoir fait l'amour une première fois, et elle avait pu découvrir sa chambre avant qu'il ne monopolise à nouveau toute son attention.

La pièce, décorée dans des tons de beige et ocre, était très chaleureuse avec son lit aux draps doux, son tapis moelleux, et le parfum des plantes d'intérieur. Comme dans le reste de la maison, des tableaux bien choisis et des photos de sa famille venaient égayer les murs, et Kayleigh ne pouvait s'empêcher de penser que cet endroit était tout à fait à l'image de Weston.

Il faisait encore nuit, et elle était heureuse de pouvoir savourer la joie d'être dans ses bras, alors, elle demeura immobile. Mais il s'éveilla à son tour.

— Coucou…

Sa voix enrouée par le sommeil fit naître un frisson en elle. Il écarta une mèche de cheveux de son visage et lui demanda :

— Ça va ?

— Très bien !

Cette nuit avait été parfaite. Elle posa le menton sur son torse.

— Tu es réveillé depuis longtemps ?

— Non. J'ai l'impression que ça fait des lustres que je n'ai pas aussi bien dormi ! répondit-il avec un petit rire.

Il resserra les bras autour d'elle.

Elle le comprenait. Même des années après son enlèvement,

son sommeil était souvent perturbé. Elle avait encore besoin qu'une lumière soit allumée et sentait parfois l'angoisse monter en elle lorsqu'elle fermait les yeux. Mais pas en ce moment. Pas avec Weston.

— Moi aussi. Et j'aime me réveiller à côté de toi, même si c'est au beau milieu de la nuit, reconnut-elle.

Elle se sentit rougir et se félicita qu'il ne puisse la voir.

Leur relation était encore trop récente pour évoquer l'avenir, surtout quand la situation actuelle était si incertaine. Mais elle avait envie d'espérer en des jours meilleurs.

Voudrait-il les vivre à ses côtés ? En ce qui la concernait, la réponse à cette question lui apparaissait avec la clarté de l'évidence.

— Moi aussi, j'aime me réveiller à côté de toi, déclara-t-il.

Il lui inclinait la tête pour pouvoir lui donner un baiser, lorsque la sonnerie de son téléphone s'éleva.

— Bon sang ! s'exclama-t-il. En pleine nuit, ce n'est jamais bon !

Il attrapa son téléphone et décrocha.

— Brax, que se passe-t-il ?

Kayleigh voulut s'asseoir dans le lit, mais Weston la serra un peu plus fort contre lui. Elle n'eut pas un instant l'idée de s'en plaindre !

Elle entendit Brax parler, et il ne fallut pas longtemps pour que Weston s'exclame :

— Attends : je vais mettre le haut-parleur !

La voix de Brax résonna dans la pièce.

— Papa vient d'appeler. Apparemment, quelqu'un surveille leur maison. Il a repéré deux voitures, peut-être trois. Luke, Chance et moi sommes en train de nous rendre chez eux, mais c'est toi qui habites le plus près.

Weston était déjà hors du lit et s'habillait.

Kayleigh alluma la lampe de chevet et fit de même.

— Je ne pense pas que ce soit une bonne idée que j'emmène Kayleigh là-bas, déclara Weston. Si c'est un piège, elle sera encore plus en dan...

Il se tourna vers elle et s'interrompit.

— Que fais-tu ?

— Je m'habille. Je t'accompagne.

— Ce n'est pas une bonne idée.

— Je sais que tu essayes de me protéger, mais ce n'est pas moi qui suis en danger en ce moment. Je ne vais pas laisser quelqu'un détruire la maison de tes parents comme celle de mon père l'a été.

Kayleigh n'avait qu'une image en tête : le mur où étaient accrochées les photos de tous les Patterson, dont celle qui avait marqué un tournant dans les relations entre Weston et sa nouvelle famille.

Leur foyer était bâti sur l'amour qui unissait les membres de la famille, et Kayleigh était prête à tout pour le préserver.

Elle pensait que Weston protesterait, mais il se contenta de hocher la tête.

— Merci.

— Inutile de me remercier. Je fais partie de l'équipe.

Il la regarda comme s'il aurait voulu lui dire quelque chose, mais il hocha simplement la tête à nouveau.

— Nous sommes en chemin, dit-il à Brax. Rendez-vous là-bas.

Le trajet jusqu'à la maison des Patterson fut tendu et assez silencieux. Ils ignoraient ce qu'ils allaient trouver, et cette perspective n'était agréable pour aucun d'eux.

Weston gara la voiture à quelques centaines de mètres de la maison de ses parents, et ils traversèrent plusieurs jardins pour arriver chez Sheila et Clinton le plus discrètement possible. Weston ouvrit la porte arrière et poussa Kayleigh à l'intérieur.

Sheila était dans le couloir.

— Je ne m'attendais pas à vous revoir si rapidement ! Peut-être que la prochaine fois vous pourrez passer par la porte d'entrée, pour changer.

Sheila plaisantait, mais Kayleigh voyait bien qu'elle était tendue.

Kayleigh se sentit coupable : c'était elle qui était à l'origine de ses tracas.

Mais pour l'heure peu importait la cause des soucis de Clinton et Sheila : Weston et elle devaient les aider à les gérer.

— Venez, déclara Sheila en se dirigeant vers un interrupteur.

Elle faillit l'actionner, mais Weston intervint :

— Non, maman. Il vaudrait mieux que ceux qui surveillent cette maison pensent que nous sommes en train de dormir.

Sheila retira la main en acquiesçant.

— Ton père est dans le salon.

Weston conduisit Kayleigh dans la pièce à côté, où Clinton était en train de regarder par la fenêtre. Lorsqu'ils entrèrent, le vieil homme sembla se détendre quelque peu.

Weston alla serrer son père dans ses bras.

— Nous étions chez moi lorsque Brax a appelé. Que se passe-t-il ?

Clinton regarda Kayleigh de la tête aux pieds, comme s'il voulait s'assurer qu'elle allait bien, et lui sourit avant de se retourner vers son fils.

— J'ai veillé hier soir pour regarder un match. Quand j'ai voulu fermer les volets, j'ai remarqué trois véhicules que je n'avais jamais vus dans le quartier : deux voitures et un van. J'ai trouvé ça louche et je les ai surveillés. Au bout d'une heure, je me suis dit que ce n'était certainement rien, et je m'apprêtais à aller me coucher. Mais à ce moment une autre voiture s'est arrêtée, et ils ont échangé les conducteurs.

— C'est une surveillance organisée, répondit Weston, qui caressait machinalement le dos de Kayleigh, comme s'il ne pouvait s'empêcher de la toucher.

— Je les ai vus effectuer un autre changement quatre heures plus tard, et je me suis décidé à appeler les experts... c'est-à-dire tes frères et toi.

Kayleigh regarda à l'extérieur, veillant à ne pas faire un mouvement qui attirerait l'attention sur eux. Une voiture noire était dissimulée dans l'ombre de l'autre côté de la rue, mais même d'où elle se trouvait elle sentait le poids du regard de ses occupants. Cela lui donna la chair de poule.

— Je n'aime pas ça, déclara Sheila, qui était toujours dans le couloir.

Kayleigh remarqua avec tristesse que la vieille femme demeurait à distance. Elle ne se sentait plus en sécurité dans son propre salon.

La certitude d'être à l'origine de ses ennuis fit plus mal à Kayleigh qu'elle ne l'aurait cru.

— Je suis désolée, murmura-t-elle.

— De quoi ? demanda Sheila.

Kayleigh désigna les volets fermés.

— De tout cela. Sans moi, ces personnes ne seraient pas ici, et vous seriez encore en sécurité. Je suis tellement désolée d'être la cause de vos ennuis !

Sheila vint auprès de Kayleigh. Avec un doux sourire, elle lui prit la main et la tapota.

— Vous n'avez pas à être désolée. Ces personnes apprendront vite que s'en prendre à un Patterson, c'est s'en prendre à tous ! Et ceux qui sont après vous feraient mieux de se méfier parce que nous n'allons pas capituler sans nous battre !

À ces mots, Kayleigh sentit l'émotion la submerger. Elle désirait de tout son cœur faire partie de cette famille animée et aimante. Elle le voulait plus que tout !

Sheila lui pressa la main. Il y avait plus que du réconfort dans ce geste : on y sentait de la compassion pour sa situation, de la détermination et de l'amour, et le fait qu'elles se connaissent à peine n'avait pas d'importance. Pour la première fois depuis vingt ans, Kayleigh avait le sentiment qu'une figure maternelle veillait sur elle.

Et elle allait tout faire pour la protéger.

Au cours de la demi-heure qui suivit, les frères de Weston arrivèrent discrètement par la porte arrière. Ils avaient apporté du matériel électronique, et un quart d'heure plus tard ils étaient prêts à passer à l'action.

Le plan était simple : faire un raid sur les trois véhicules qu'ils avaient repérés. S'ils arrivaient à les neutraliser en même temps, cela réduirait les risques que la situation ne s'envenime.

Avec l'aide de tous ses frères, Weston avait bon espoir qu'ils réussiraient. Kayleigh, elle, resterait à l'intérieur de la maison avec ses parents. La meilleure aide qu'ils pourraient apporter serait de se faire le plus discrets possible.

— Tout le monde est en place ?

Weston observait la rue alors que les confirmations de ses frères lui parvenaient dans son oreillette.

Ils devaient lancer leurs attaques simultanément pour que les occupants des trois véhicules n'aient pas le temps de se concerter. Aucun des Patterson n'envisageait d'utiliser la force pour neutraliser ces guetteurs, mais ils feraient le nécessaire pour protéger leurs parents et Kayleigh.

Il fallait qu'ils sachent pour qui ces hommes travaillaient. Weston aurait parié qu'il s'agissait d'Oliver Lyle. Ce sale type voulait mettre un terme au projet de rachat, et était certainement en train de collecter des informations pour agir dans les heures qui allaient suivre.

Weston et ses frères n'allaient pas le laisser faire.

Il contourna la maison et s'approcha d'une berline – le premier véhicule repéré par son père –, veillant à rester dans l'angle mort. Il l'avait bien observée depuis la maison, et il était certain que quelqu'un se trouvait à l'intérieur.

Brax et Chance allaient s'attaquer au van garé au bout de la rue, et Luke à la voiture située en bordure du parc.

— C'est bon. Allons-y ! déclara Weston. À mon signal : cinq, quatre, trois, deux...

À un, Weston ouvrit brusquement la porte de la berline, attrapa le conducteur par la chemise et le tira à l'extérieur de la voiture. Il entendait que ses frères étaient en train d'agir eux aussi, mais il se concentrait sur sa mission, et sur l'homme qui était entre ses mains.

Jasper Eeley.

Weston le plaqua contre la voiture et pesa sur lui de tout son poids avant qu'il ne puisse se dégager.

— Que faites-vous ici, Eeley ? Vous voulez vous en prendre à mes parents ? Vous travaillez pour Oliver Lyle ?

Jasper ne répondit pas.

— Rapport ! hurla Weston dans son micro.

Il entendit la voix de Brax.

— C'est bon pour le van. Les occupants sont maîtrisés.

— Même chose pour moi, ajouta Luke.

— Pour moi aussi, répondit Weston. Mais vous ne devinerez jamais qui j'ai trouvé dans la voiture : notre vieil ami Jasper Eeley.

Ses trois frères poussèrent un juron. Cela reflétait tout à fait le sentiment de Weston.

— Patterson, lança enfin Jasper, je sais ce que vous pensez, mais vous vous trompez. Je ne suis pas ici pour faire du mal à Kayleigh, mais pour la protéger. Ne laissez pas vos frères molester mes hommes : ils n'ont fait que suivre mes ordres.

— Si vous êtes si soucieux du bien-être de vos employés, vous auriez pu y penser avant de venir vous en prendre à ma famille.

— Ce n'est pas ce que vous pensez. Laissez-moi vous expliquer.

— Weston, intervint Brax dans son oreillette, les types dans le van prétendent qu'ils sont en mission de protection. Ils disent qu'ils sont là pour veiller à ce que personne n'attaque la maison.

— Nous ne pouvons pas leur faire confiance, répliqua Weston.

— C'est vrai, déclara Chance. Mais, si l'on s'en tient à leur équipement et à leur posture lorsque nous les avons surpris, je pense qu'ils disent la vérité.

— Et trois véhicules pour de la simple surveillance, c'est tout de même beaucoup ! renchérit Luke.

Weston se refusait à les croire, mais il songea soudain que Jasper n'avait pas tenté de riposter ou de se dégager. Tout le contraire, en fait.

Avec un soupir, Weston recula.

— Nous nous dirigeons vers le van. Luke, rendez-vous là-bas.

Weston agrippa fermement l'épaule de Jasper et lui tordit le bras jusqu'à l'obliger à marcher courbé. Weston préférait ne pas faire usage de la force, mais dans ce cas précis il n'avait aucun problème... pas quand la sécurité de Kayleigh et de ses parents était en jeu.

Ils arrivèrent auprès du van, et Weston poussa Jasper à l'intérieur, le forçant à s'asseoir avec ses hommes. Luke se posta près des sièges situés à l'avant, Chance près de la portière du fond, pendant que Weston et Brax restaient postés près de celle du côté. Toutes les issues étaient couvertes.

— Que faites-vous là ? demanda Weston.

Jasper leva les mains devant lui comme s'il se rendait.

— Comme je vous l'ai dit, nous sommes là pour aider.

— À ce que j'ai entendu, vous avez été viré, répliqua Chance.

Ainsi que Weston s'y attendait, Jasper leva le menton et plissa les paupières.

— Notre mission est suspendue, mais nous n'avons pas été licenciés. D'ailleurs, il était hors de question que je disparaisse alors que Leo avait besoin de moi.

— Et, ainsi, vous avez décidé de surveiller la maison de nos parents ? demanda Weston.

— Écoutez, votre entreprise est compétente, et je la respecte. Mais cela ne voulait pas dire que j'allais passer mon temps à siroter des cocktails alors que mon employeur est en danger. J'ai des hommes à l'hôpital qui veillent sur Leo, et d'autres qui assurent la sécurité de Dean McClintock et de Gwendolyn, expliqua Jasper. Et, même si nos relations sont tendues je voulais faire de même pour Kayleigh.

Weston jeta un coup d'œil à ses frères, et tous trois haussèrent les épaules. Ils en étaient arrivés à la même conclusion : apparemment, Jasper disait la vérité.

Weston croisa les bras et considéra Jasper.

— Parlez-nous d'Oliver Lyle. Nous savons que vous avez travaillé pour lui.

Jasper, qui semblait avoir mal à l'épaule que Weston lui avait tordue, bougea sur son siège.

— Oui. Il y a presque dix ans de cela, et seulement pour deux semaines. J'ai immédiatement compris qu'il n'était pas le genre de personne pour lequel je pouvais travailler, ou que je pouvais respecter. C'est une brute toujours prête à utiliser la force. Alors, j'ai démissionné. Je n'ai plus été en contact avec lui depuis.

— Bien.

— D'ailleurs, je ne vois pas le rapport que Lyle a avec toute cette histoire !

Weston haussa les épaules.

— C'est lui qui a le plus à perdre si le rachat aboutit.

Luke s'éclaircit la voix, et tous les yeux se tournèrent vers lui.

— En fait, je pense que nous pouvons éliminer Lyle de la liste des suspects. J'ai demandé à Claire d'effectuer quelques recherches et elle vient de m'envoyer un message.

La fiancée de Luke, Claire, était très calée en informatique et avait des talents de hacker. Et même si les résultats de ses recherches n'étaient pas toujours obtenus très légalement ils étaient fiables.

— Il y a six mois, Lyle a cédé son entreprise à un collègue lors d'un accord tenu secret. Donc, il n'est plus partie prenante. Et depuis plusieurs semaines il se trouve en Croatie, au chevet de sa mère malade.

Chance se passa la main sur le visage.

— Cela veut dire qu'il n'a plus aucune raison de s'opposer à Leo ou Kayleigh.

Weston réfléchissait. Si ce n'était pas Lyle, alors il ne savait absolument pas qui s'en prenait à Kayleigh. Qui d'autre avait intérêt à ce que cette acquisition n'ait pas lieu ? Qui avait assez d'argent, de pouvoir ou d'influence à gagner pour vouloir attenter à sa vie ?

— Écoutez, déclara Jasper, je sais que vous ne m'appréciez pas, mais réfléchissez-y. Si j'avais voulu m'en prendre à votre famille, je l'aurais déjà fait. Nous avions l'avantage du nombre. Pourquoi serions-nous restés assis dans nos véhicules toute la nuit ?

— Cela ne me fait pas particulièrement plaisir de le reconnaître, mais il a raison, intervint Chance.

Oui… Cela ne faisait pas plaisir à Weston non plus, mais rien de ce que Jasper avait fait ne prouvait qu'il leur voulait du mal.

— Bon… Eeley, je vais vous laisser le bénéfice du doute. J'entends vos arguments, mais à deux jours de la signature du contrat je ne veux plus que vous approchiez de Kayleigh.

Jasper ouvrit la bouche pour protester, mais Weston leva la main.

— Cela attirera trop l'attention si elle a deux équipes différentes qui travaillent pour elle. Concentrez-vous sur la protection de Dean.

Weston jeta un regard à Chance. Ils allaient eux aussi veiller sur Dean, au cas où Jasper leur aurait menti.

— Et Leo ? demanda Jasper.

— Nous assurerons sa sécurité, tout comme celle de Kayleigh. Mais des coups d'éclat comme celui de ce soir nous obligent à mobiliser des ressources qui seraient mieux employées ailleurs. Alors, ne recommencez plus.

— Bien, lâcha Jasper.

— J'emmène Kayleigh ailleurs, dans un endroit où elle sera à l'abri du danger. Mes parents sont étrangers à toute cette affaire et je ne veux pas leur causer de problèmes. Si vous voulez nous aider, restez en dehors de tout ça.

Jasper hocha la tête, visiblement furieux, mais au moins assez malin pour ne pas discuter. Weston ne pourrait jamais s'entendre avec cet homme. Ils faisaient peut-être le même métier, mais ils étaient trop différents.

— Veillez bien sur elle et sur Leo, répliqua Jasper. C'est tout ce que je demande.

Finalement, ils avaient peut-être plus de points communs que Weston le pensait…

— Nous aurons en permanence un homme auprès de Leo, jusqu'à son réveil, répondit-il. Et vous pouvez être certain que je ne laisserai personne faire du mal à Kayleigh.

19

Ce ne fut que lorsque Weston retourna à l'intérieur de la maison que Kayleigh put enfin respirer. Elle laissa tomber à terre la batte de base-ball dont elle s'était emparée, et se sentit subitement vidée de toute son énergie.

— Tu vas bien ? demanda Weston en s'approchant si près d'elle qu'elle dut lever la tête pour pouvoir croiser son regard.

Il la dévisagea comme s'il pouvait lire en elle, et elle se dit qu'elle aimait cette sensation... enfin, pas seulement cela : elle l'aimait, *lui*.

Elle repoussa immédiatement cette idée, bien qu'elle sache qu'elle lui reviendrait à l'esprit dès qu'elle aurait le loisir d'y penser.

— Oui, je vais bien, répondit-elle. Et vous ?

— C'est bon.

Il l'embrassa rapidement avant de s'écarter.

— Brax et Luke sont rentrés chez eux, poursuivit-il. Chance est retourné à l'hôpital. Finalement, la situation n'était pas si dangereuse que nous l'imaginions.

— Qui étaient ces individus ? demanda Clinton, tout en replaçant son arme dans le compartiment secret spécialement aménagé dans la bibliothèque.

C'était un endroit très approprié pour stoker une arme, surtout dans une maison où des enfants jouaient. Kayleigh ne voyait même plus le tiroir maintenant que Clinton l'avait refermé.

— Jasper, le chef de la sécurité de Leo.

Kayleigh ne put retenir une exclamation étouffée.

— Il voulait faire du mal à tes parents ?

— Il me semblait que tu m'avais dit qu'il avait été licencié, déclara Sheila tout en replaçant le club de golf qu'elle avait à la main dans le sac près de la porte d'entrée.

— Techniquement, déclara Weston, sa mission avait été suspendue, et il n'aurait jamais dû se trouver ici. Mais en fait il tentait de nous aider. Certains de ses hommes montent la garde auprès de Leo, et il voulait faire la même chose ici, pour protéger Kayleigh.

— Tu penses qu'il disait la vérité ?

— Oui, répondit Weston, et elle lut dans son regard qu'il en était convaincu. Nous l'avons tous cru. Si son intention avait été de s'introduire dans la maison, il aurait pu le faire avant même que nous ayons conscience qu'il y avait un problème.

Cette pensée rendit Kayleigh malade.

— Il faut que je parte d'ici. Je ne veux plus mettre quiconque en danger !

— Nous allons faire surveiller la maison par deux de nos hommes, au cas où, déclara Weston.

Il se tourna vers son père et ajouta :

— Et ne va pas les attaquer !

Clinton se mit à rire.

— Du moment qu'ils me laissent tranquille, je n'irai pas les embêter !

Weston se retourna vers Kayleigh.

— Nous devons partir. Jusqu'à ce que le rachat ait lieu, tu vas devoir rester dans un endroit sécurisé.

Kayleigh hocha la tête. Elle n'allait certainement pas le contredire.

— Faites attention à vous, murmura Sheila tout en serrant Kayleigh, puis son fils dans ses bras.

Elle ajouta à l'intention de Weston :

— Prends soin d'elle.

Clinton les serra à son tour dans ses bras, et ils partirent.

Ils s'arrêtèrent chez Weston, le temps de prendre leurs affaires.

Kayleigh resta dans la voiture et appela l'hôpital pour avoir des nouvelles de son père.

Jusque-là, lorsqu'elle avait téléphoné, elle avait pu parler au Dr Appleton presque immédiatement. Mais cette fois-ci le standard la mit en attente. Les secondes s'égrenèrent, se transformant en minutes, si bien qu'elle était sur le point de raccrocher pour essayer d'appeler à nouveau lorsqu'une voix de femme s'éleva.

— Vous voulez parler à quelqu'un ?

— Oui. Ici Kayleigh Delacruz. J'appelais pour avoir des nouvelles de mon père, Leo Delacruz.

— Qui donc ?

— Leo Delacruz. Il est dans le coma.

Que se passait-il ?

Son père avait une équipe médicale spécialement affectée à son service – privilège de ceux qui étaient soignés dans cette aile de l'hôpital. Comment se faisait-il que quelqu'un ne le connaisse pas ?

— Dans le coma ? Il n'y a personne dans le coma ici. Je ne sais pas...

La femme s'interrompit et Kayleigh entendit alors une autre voix, mais ne put distinguer ce qu'elle disait.

— Je suis désolée, reprit son interlocutrice. Restez en ligne.

Kayleigh agrippa le téléphone alors qu'une musique d'ascenseur résonnait dans le combiné, essayant de ne pas paniquer. Que se passait-il ? Personne n'était dans le coma ?

Oh ! mon Dieu, et si son père était mort et qu'on eût mis son corps à la morgue ? C'était peut-être la raison pour laquelle la nouvelle infirmière ne le connaissait pas. Mais dans ce cas on l'aurait appelée pour la prévenir, n'est-ce pas ?

Elle ouvrit la portière de la voiture, qui se trouvait dans le garage, et était sur le point de se précipiter à l'intérieur de la maison pour aller retrouver Weston, lorsqu'elle entendit :

— Bonjour, ici le Dr Appleton.

Dieu merci !

— Docteur Appleton, c'est Kayleigh. Comment va mon père ? La femme qui m'a répondu ne le connaissait pas et je...

— Je suis désolé de cette confusion. Votre appel s'est perdu dans un autre service, et la personne à laquelle vous avez parlé n'avait pas toutes les informations.

Elle se laissa aller contre le dossier de son siège avec un soupir de soulagement.

— D'accord.

Tout en pressant la main contre son torse pour calmer les battements de son cœur, elle ajouta :

— J'ai eu peur. J'ai commencé à m'imaginer plein de choses plus terribles les unes que les autres.

Le médecin s'éclaircit la voix.

— Je vois bien que toute cette situation est très stressante pour vous. Je suis désolé.

— Comment va mon père ?

Elle voulait qu'il sorte du coma, qu'il prenne les choses en main. Elle ne savait pas à quel point il tenait à ce que l'acquisition ait lieu. S'il était conscient en ce moment, lui dirait-il de laisser tomber toute la procédure ou qu'il était essentiel qu'elle aille à son terme, quoi qu'il arrive ?

— Je suis désolé. L'état de votre père est stationnaire.

— C'est normal ? demanda-t-elle. Cela fait deux jours qu'il est inconscient. Faudrait-il faire quelque chose d'autre ?

Le médecin s'éclaircit à nouveau la voix.

— Laissons-nous encore vingt-quatre heures. À ce moment-là, nous pourrons réévaluer la situation.

Elle ne savait pas ce qu'un jour supplémentaire pouvait changer, mais elle ne discuta pas. Cela les mènerait jusqu'au moment du rachat, et au moins son père et elle ne seraient plus en danger.

— D'accord. Merci pour ces informations.

— Je suis désolé de ne pas avoir de meilleures nouvelles à vous donner. Je vous recontacterai s'il y a du nouveau.

— Que ce soit pour le meilleur ou pour le pire, n'est-ce pas ? demanda-t-elle.

— Oui, je le ferai.

Kayleigh raccrocha, encore un peu secouée par cet appel, mais au moins son père était-il encore en vie.

Elle était sur le point d'aller aider Weston lorsque son téléphone se mit à vibrer. Craignant qu'il ne s'agisse à nouveau de l'hôpital, elle décrocha immédiatement.

— Allô ?

— Kayleigh, comment allez-vous ?

— Bonjour, Gwendolyn, répondit Kayleigh en se relaxant un peu. Je vais bien. Et vous ?

— Moi aussi, mais personne ne veut me donner la moindre information sur Leo. Apparemment, c'est pour des questions de sécurité.

Kayleigh fit la grimace.

— Je suis désolée. Pour le moment, ils ne veulent rien laisser fuiter concernant papa. Mais je viens de parler au médecin et rien n'a changé. Son état est stable, mais il n'est pas sorti du coma.

Gwendolyn poussa un soupir.

— Je sais que cela rend les choses doublement difficiles pour vous. Non seulement votre père est à l'hôpital, mais vous avez cette acquisition à gérer !

— Croyez-moi, mon seul souci est la santé de mon père !

— Pour moi aussi Kayleigh, pour moi aussi. Puis-je faire quoi que ce soit pour vous ? Vous allez poursuivre le processus de rachat si Leo ne sort pas du coma ?

Kayleigh s'appuya contre le capot de la voiture.

— Honnêtement, je n'ai pas envie d'y penser. Je préfère me dire que papa va se réveiller et qu'il va s'en occuper. Mais...

Elle laissa sa phrase en suspens. Il lui fallait bien envisager la possibilité que Leo ne sorte pas du coma.

— Je comprends, murmura Gwendolyn. C'est terrible.

Entre Sheila et Gwendolyn, Kayleigh avait l'impression d'avoir deux mères.

— Mais je vais mener l'acquisition à son terme, déclara-t-elle en se ressaisissant. Je ne vais pas laisser ces truands gagner !

— Bien. Leo serait fier de vous ! Vous allez vous réfugier dans un endroit sûr ?

— Je suis avec Weston. Il va m'emmener quelque part. Honnêtement, je ne sais même pas où.

Gwendolyn eut un petit rire.

— C'est probablement mieux. Allez vous cacher, et laissez-le veiller sur vous.

Kayleigh sourit alors que Weston entrait dans le garage, leurs bagages à la main.

— Il arrive, donc je vais devoir raccrocher. Mais je vous donnerai des nouvelles de papa s'il y a du nouveau. Et vous avez mon numéro si nécessaire.

Kayleigh n'avait plus son portable habituel depuis qu'ils avaient quitté l'hôpital. Weston avait décrété qu'il était trop facile de les localiser avec. Maintenant, elle utilisait un téléphone prépayé.

— Merci. Prenez soin de vous.

— Vous aussi.

Elle raccrocha et sourit à Weston.

— Tout est là ?

Il hocha la tête et déposa les bagages sur le siège arrière.

— J'ai pris toutes tes affaires, et quelques vêtements de rechange pour moi. Nous n'allons pas rester longtemps.

Ils montèrent en voiture, puis il sortit du garage et se dirigea vers le sud de la ville. Cette fois encore, il ne cessait de vérifier dans son rétroviseur que personne ne les suivait.

— Du nouveau pour Leo ? demanda-t-il tout en conduisant.

— Aucun changement. Dès qu'il n'y aura plus de danger, je veux aller le voir, lui parler… Il a peut-être besoin d'avoir autour de lui des personnes qu'il connaît, d'entendre ma voix, de savoir que je vais bien…

Weston tendit le bras et lui prit la main.

— C'est une bonne idée. Demain après-midi, tout sera terminé, et il n'y aura plus aucune raison pour que tu ne le voies pas.

— Bien. La maison où nous nous rendons est loin ?

— Pas vraiment. Mais maison est un bien grand mot pour cet endroit : ce sont des pièces blindées situées à côté d'un entrepôt. Elles sont dans une zone industrielle, près de l'aéroport... Et il faut que je te dise : il n'y a pas de fenêtres.

Elle lui serra la main.

— Ça ira. Je te remercie de m'avoir prévenue.

Elle ne lui posa pas d'autres questions. Elle savait maintenant que Weston allait tourner en rond pour s'assurer qu'ils n'étaient pas suivis. Elle attrapa un sac posé sur le siège et en sortit son appareil-photo argentique.

Elle ne l'avait plus touché depuis le jour où ils étaient allés sur le lac.

— C'est mon dernier appareil-photo.

— Ah bon ?

— L'homme qui m'a agressée a pris celui que j'utilise habituellement, et ceux qui ont dévasté ma maison ont cassé les autres. Je vais devoir les remplacer. Mais au moins j'ai encore celui-ci.

Elle poussa un soupir et ajouta :

— Dès que possible, j'aimerais me procurer le nécessaire pour développer les photos que j'ai prises sur le lac.

Il hocha la tête. Elle fut heureuse qu'il ne lui réponde pas que c'était loin d'être une priorité. Les clichés qu'elle avait pris ce jour-là lui tenaient tout particulièrement à cœur. Elle voulait les voir.

— De quoi as-tu besoin ?

— D'une cuve et d'une spire de développement, et de quelques produits. Ce n'est ni très compliqué ni très cher.

— Je pourrais demander à mes frères d'apporter le nécessaire.

— Tu en es sûr ?

Il haussa les épaules.

— Je n'ai pas l'impression que ce soit très difficile. Et, si tu dois rester dans une pièce sans fenêtres pendant un jour ou deux, autant passer le temps de manière agréable.

L'angoisse qu'elle ressentait à l'idée de séjourner dans un endroit où la lumière du jour ne pouvait pas pénétrer s'atténua quelque peu.

— Ça serait merveilleux ! Même si je peux penser à une ou deux autres choses que nous pourrions faire...

Elle vit sa fossette se creuser.

— Je suis sûr que nous aurons assez de temps pour tout ! répliqua-t-il.

Ils arrivèrent bientôt à destination. À première vue, le bâtiment n'avait aucun signe distinctif et ressemblait à tous les autres entrepôts environnants.

Ils rassemblèrent leurs affaires et Weston alla ouvrir la porte à l'aide d'un code.

Malgré le fait qu'il n'y ait pas de fenêtres, l'endroit n'était pas si déplaisant. Il y avait de nombreuses lampes, qu'ils s'empressèrent d'allumer, et des meubles confortables. Par ailleurs, il était très vaste.

Il y avait un lit dans un coin, un buffet le long d'un mur, près de la télévision, et un canapé au milieu de la pièce. Kayleigh fut heureuse de constater qu'il y avait quelques produits alimentaires de base dans la petite cuisine.

— Bon... Je viens d'envoyer un message à Luke et il va bientôt t'apporter le matériel nécessaire, déclara Weston.

Il regarda autour de lui puis la considéra, l'air inquiet :

— Tu es certaine que ça va aller ?

— Ça sera peut-être un peu dur par moments, reconnut-elle, mais ça ira. Je suis heureuse que tu sois là avec moi.

Elle s'approcha de lui et l'enlaça, l'attirant à elle pour pouvoir déposer un baiser dans son cou.

— Tu n'as pas envie de t'installer ? demanda-t-il alors qu'elle continuait à l'embrasser.

— Ça peut attendre. Il y a beaucoup d'autres choses que je préférerais faire en ce moment, murmura-t-elle, la voix déjà rauque.

Weston enfouit les mains dans ses cheveux et lui pencha la

tête en arrière pour pouvoir l'embrasser. Puis il la fit reculer vers le mur le plus proche tout en se pressant contre elle et en approfondissant leur baiser.

Il s'écarta ensuite le temps que Kayleigh lui ôte sa chemise, puis il s'approcha d'elle à nouveau et posa les mains sur ses hanches, alors qu'il lui caressait le cou de ses lèvres. Lorsqu'il attrapa l'arrière de ses cuisses, elle avait déjà la respiration saccadée. Puis il la souleva et la porta jusqu'au lit.

Le développement de la pellicule viendrait bien plus tard...

20

Lorsque Weston se réveilla quelques heures plus tard, il sentait le souffle léger de Kayleigh endormie lui caresser le torse. Grâce à la lumière laissée allumée dans la salle de bains, il parvenait à distinguer le modelé de son visage. La sensation de son corps tout contre le sien était tout simplement délicieuse.

Il vérifia l'heure sur son téléphone et vit qu'il était encore tôt le matin. Le fait qu'ils ne puissent pas voir la lumière du jour était quelque peu déstabilisant.

La signature du contrat allait avoir lieu dans dix heures dans un bureau du centre-ville. Il allait veiller sur Kayleigh jusque-là et ensuite elle devrait normalement être hors de danger.

Elle aurait encore pas mal de problèmes à régler : elle devrait s'occuper de son père, remplacer tout ce qui avait été détruit au cours de ces derniers jours mais, au moins, elle ne courrait plus le risque d'être kidnappée ou agressée.

Weston espérait que, lorsqu'ils n'auraient plus à fuir ou à se cacher, ils pourraient alors commencer à avoir une relation normale. Il voulait savoir si elle aimait le café noir ou au lait, et si elle faisait la grasse matinée les week-ends. Il voulait lui faire découvrir les endroits qu'il aimait, et voir ses yeux briller lorsqu'elle prenait des photos.

Peu lui importait ce qu'ils feraient, du moment qu'ils étaient ensemble.

Il ne restait plus que dix heures à attendre...

Luke avait apporté le matériel dont Kayleigh avait besoin pour faire des tirages papier de ses clichés. Lorsque son frère était reparti, Kayleigh et lui s'étaient à nouveau consacrés l'un à l'autre, et il n'avait plus été question de développer la pellicule. Mais cela aiderait Kayleigh à passer le temps aujourd'hui, avant d'aller signer le contrat.

Son téléphone se mit à vibrer, et il s'écarta doucement de Kayleigh pour l'attraper.

C'était Chance.

— Une seconde, murmura Weston.

Il enfila son pantalon et sortit du bâtiment afin de pouvoir parler sans réveiller Kayleigh.

Même s'il n'était pas loin, il verrouilla la porte derrière lui à tout hasard. Kayleigh pouvait toujours le rejoindre si elle le voulait, mais personne ne pouvait entrer dans le bâtiment.

— Je t'écoute. Tout va bien ? Tu as des nouvelles de Leo ?

Le médecin avait promis de les appeler s'il y avait du nouveau, mais il le ferait certainement moins rapidement que ses frères.

— Son état est stationnaire. Mais il y a un problème : Dean McClintock a été agressé il y a environ une heure.

— Comment va-t-il ?

— Ça aurait pu être pire. On a essayé de le tuer. Il a été attaqué alors qu'il se rendait à son bureau en voiture.

Weston marmonna un juron.

— Mais pourquoi allait-il travailler aujourd'hui ? C'était vraiment le jour où il devait rester chez lui !

— Oui, c'était stupide de sa part. S'il n'avait pas eu une protection renforcée, il serait mort.

— Il y a des victimes ?

— Oui. Jasper était présent et il a été blessé par balle. Il est dans un état critique. Et un de ses hommes a été tué.

Weston se passa la main sur le visage.

— Bon sang ! Je pense que nous savons maintenant de quel côté il est !

— D'après les médecins, il va s'en tirer.

— Bien. Il va falloir que nous soyons encore plus prudents !

— Entièrement d'accord, répondit Chance. Brax a consigné Dean chez lui. Et Luke a fait fermer toute la partie de l'hôpital où se trouve Leo.

— Encore dix heures, Chance. Nous devons garder tout le monde en vie pendant encore dix heures. Ensuite, nous pourrons chercher qui est derrière tout ça.

— Je ne pense pas que nous ayons à attendre tout ce temps pour le savoir. Nous avons mis la main sur un des types qui ont participé à l'attaque. Il est lié à Beau Kesler.

— Quoi ?

Kesler était l'autre partie prenante de l'acquisition.

Weston fronça les sourcils, essayant sans succès de mettre les pièces du puzzle en place.

— Mais Kesler peut décider de ne pas accepter le rachat et s'en aller de la table des négociations, suggéra-t-il.

— Pour des raisons techniques, il ne peut s'opposer à cette acquisition. Alors, même s'il est préférable que Kesler participe aux négociations pour préserver les intérêts de ses employés, la transaction aura lieu, avec ou sans lui.

Weston poussa un soupir.

— Mais Kesler va gagner beaucoup d'argent dans la transaction. Pourquoi voudrait-il qu'elle échoue ?

— Pour se venger peut-être ? Leo a démantelé l'entreprise de son père, et Kesler ne veut pas qu'il fasse la même chose à sa propre compagnie ? Kesler va gagner beaucoup d'argent, mais c'est tout de même Leo qui sera le grand gagnant de cette transaction. Et peut-être que Kesler ne veut pas de cela.

Weston poussa un grognement. Il ne serait pas illogique que Kesler veuille se venger.

— Kesler doit être au courant de toutes les clauses du contrat, reprit-il. Il sait que le processus de rachat doit arriver à son terme même si Leo meurt, ou que Kayleigh a la possibilité d'y mettre fin.

— Exactement, répondit Chance. Donc, nous devons creuser cette piste et chercher à en savoir plus sur Kesler. Pour le moment, comme tu l'as dit, il reste dix heures difficiles à passer.

— Vous avez fait le point sur le dispositif qui sera nécessaire pour acheminer Dean et Kayleigh sur le lieu de la signature du contrat ? Si je voulais m'en prendre à Kayleigh, c'est à ce moment-là que je le ferais. Et comme ces types ont déjà prouvé qu'ils sont prêts à tuer la menace est très forte.

Weston voulait savoir quels étaient les itinéraires les plus sûrs jusqu'au lieu de rendez-vous, les entrées, les angles morts des caméras de surveillance... Il ne voulait rien laisser au hasard.

— Oui. Luke et Claire sont en train de s'occuper de tout cela, et de déterminer quelle est la meilleure solution. Mais le mieux est certainement de changer le lieu de rendez-vous au dernier moment. Nous devrons en informer Beau Kesler, mais il n'aura pas le temps de préparer une attaque.

— Et malheureusement, comme nous n'avons pas la preuve qu'il est impliqué, nous ne pouvons rien faire contre lui pour le moment, déclara Weston en se frottant le cou. Nous nous occuperons de le faire inculper pour meurtre, tentative de meurtre, tentative d'enlèvement et de bien d'autres chefs d'accusation après le rachat. Pour le moment, concentrons-nous sur la protection de chacun.

— C'est d'accord.

— Bon... Vous m'informerez des dernières dispositions quand vous aurez décidé de l'endroit où le contrat sera signé.

— Bien sûr !

— Hé, Chance, reprit Weston avant qu'il raccroche, merci. Vous avez fait au-delà de ce que je pouvais espérer !

Chance eut un petit rire.

— Nous sommes tes frères. Tu sais bien ce que dit maman.

— La famille, c'est pour toujours, entonnèrent-ils en chœur.

Kayleigh se réveilla lorsque Weston entra à nouveau dans le bâtiment.

— Tout va bien ? demanda-t-elle.

— Non...

Elle se redressa brusquement dans son lit.

— Oh ! mon Dieu ! C'est papa ?

Weston se précipita vers elle.

— Non, ce n'est pas lui. Je suis désolé ! Il est dans un état stable.

Elle sentait encore son cœur battre la chamade.

— D'accord... Que s'est-il passé ?

— Dean McClintock a été attaqué.

— Il va bien ?

— Oui. Mais un des hommes de Jasper a été tué et Jasper a été blessé.

— Oh ! mon Dieu ! C'est horrible ! Donc, Jasper n'est pas derrière tout cela.

— Non. Mais nous avons le sentiment qu'il faut chercher du côté de Beau Kesler. Un des hommes qui ont attaqué Dean fait partie de son entourage.

Elle tenta vainement de comprendre ce que cela pouvait signifier.

— Il me tarde tant que tout cela soit terminé !

— Ça le sera bientôt.

Il l'aida à se mettre debout et la serra dans ses bras.

Elle se blottit contre lui un instant. Il avait raison. Bientôt, tout cela serait derrière eux.

Elle s'écarta de lui et saisit son téléphone, qu'elle avait déposé sur une chaise.

— Je vais prendre des nouvelles de papa.

— D'accord. Et lorsque le contrat aura été signé cet après-midi nous pourrons aller à l'hô...

Il s'interrompit lorsque la sonnerie du portable de Kayleigh s'éleva.

Elle retint sa respiration jusqu'au moment où elle se rendit compte que l'appel ne provenait pas de l'hôpital.

— C'est Gwendolyn. Elle veut certainement avoir des nouvelles de papa. Les médecins ne veulent rien lui dire.

Weston hocha la tête, et Kayleigh prit l'appel.

— Allô ? Gwendolyn ?

— Kayleigh, Dieu merci vous êtes vivante !

Gwendolyn parlait d'une voix aiguë et semblait paniquée.

— Que se passe-t-il ? demanda Kayleigh.

Elle se tourna vers Weston, qui lui indiquait d'activer le haut-parleur. Elle fit ce qu'il lui demandait et plaça le téléphone entre eux.

— Gwendolyn, vous allez bien ? Que se passe-t-il ?

Elle sentit son cœur se serrer lorsqu'elle entendit que l'assistante de son père était en train de pleurer.

— Quelqu'un vient tout juste de faire sortir ma voiture de la route. Je ne sais pas quoi faire ! J'ai essayé d'appeler Jasper, mais il ne répond pas. Et je ne sais pas si on peut lui faire confiance de toute façon.

Gwendolyn ignorait que Jasper était à l'hôpital.

— Vous allez bien, Gwendolyn ? Ceux qui ont fait cela sont partis ?

Kayleigh ne supportait pas l'idée que l'on puisse s'en prendre à Gwendolyn.

— Je ne vois personne, mais je ne peux pas sortir ma voiture du fossé. Je suis hors de la ville et il n'y a pas beaucoup de circulation. Que dois-je faire ?

— Gwendolyn, c'est Weston. Où êtes-vous exactement ?

— Je suis sur Jarratt Road. J'ai pris une chambre d'hôtel dans le coin parce que je ne me sentais pas en sécurité chez moi.

Kayleigh se frotta la nuque avec un sentiment de honte : elle qui s'était fait tant de souci pour sa sécurité ou celle de son père n'avait pas songé un seul instant que Gwendolyn pouvait elle aussi être menacée.

— Il y a un endroit où vous pouvez vous rendre ? poursuivit Weston, un endroit où il y a du monde ?

— Il y a une station-service à environ un kilomètre.

— Bien. Allez là-bas. Mettez-vous en marche immédiatement, mais ne raccrochez pas.

— D'accord.

Weston coupa le micro de leur téléphone.

— Tu vas envoyer quelqu'un la chercher ? demanda Kayleigh.

Il fronça les sourcils.

— Oui, mais nous manquons de personnel en ce moment. Toutes les personnes en qui j'ai entièrement confiance sont déjà affectées à ta surveillance, celle de ton père ou celle de Dean.

Kayleigh se mordit la lèvre. La respiration haletante et apeurée de Gwendolyn leur parvenait dans le combiné.

— Elle a peur à cause de moi, Weston. Quelqu'un a essayé de lui faire du mal pour m'atteindre. Je n'arrive pas à supporter cette idée.

Il posa la main sur sa joue.

— Ce n'est pas ta faute. Le mieux pour elle serait de venir ici avec nous. Si je vais la chercher et que je la ramène ici, je peux m'assurer que personne ne nous suit.

— C'est d'accord. Merci.

Weston activa à nouveau le micro.

— Gwendolyn, donnez-moi l'adresse de la station-service. Nous ne sommes pas loin de vous. Je vais venir vous chercher.

— Merci !

Kayleigh entendait le soulagement dans la voix de Gwendolyn.

— Merci beaucoup ! répéta-t-elle.

— Faites attention à vous. Cachez-vous si une voiture arrive et allez à la station le plus rapidement possible, déclara Weston. Je vous retrouverai là-bas.

— Faites attention à vous, Gwendolyn. À tout de suite, lui dit Kayleigh avant de raccrocher.

Elle leva les yeux vers Weston.

— Bon, cela signifie qu'il n'y aura plus de sexe dans notre cachette !

Il éclata de rire, puis l'attira à lui et déposa un baiser sur ses lèvres.

— Nous rattraperons le temps perdu lorsque tout sera terminé.

— Hum... Je saurai te le rappeler.

Kayleigh sentit son téléphone se mettre à vibrer : c'était Gwendolyn qui lui envoyait l'adresse de la station-service.

— Tu pourras développer ta pellicule pendant que j'irai chercher Gwendolyn. Il est plus sûr que tu restes ici.

Il lui leva le menton et la força à le regarder dans les yeux.

— Je fermerai la porte à clé derrière moi. Ne sors pas d'ici, d'accord ?

— Oui.

Elle soutint son regard.

— Weston, merci. Je ne te l'ai pas assez dit. Non seulement tu prends soin de moi, mais aussi de toutes les personnes qui comptent pour moi.

Il déposa à nouveau un rapide baiser sur ses lèvres.

— Tu me remercieras lorsque nous serons tous sains et saufs après l'acquisition.

21

Lorsque Weston fut parti, Kayleigh se prépara du café et se mit à l'ouvrage : mieux valait développer la pellicule maintenant que rester assise à se faire du souci.

Le travail avait toujours été source de joie et d'apaisement pour elle, et il allait l'être une fois encore. D'ailleurs, elle devait utiliser le temps où elle pourrait faire le noir dans la pièce avant que Weston revienne avec Gwendolyn.

Elle mit son matériel en place et éteignit toutes les lampes, utilisant la lumière de son téléphone portable pour retourner à l'endroit où elle avait installé son laboratoire de fortune. Elle prit une inspiration lorsqu'elle coupa la lampe torche de son téléphone.

Elle était environnée par les ténèbres.

Il lui fallut quelques secondes pour parvenir à calmer les battements de son cœur. Elle n'était pas prise au piège. Elle pouvait allumer la lumière à n'importe quel moment si elle le désirait. Elle avait le contrôle de la situation.

De plus, elle s'apprêtait à pratiquer une activité qu'elle aimait.

Le noir total n'était nécessaire qu'au moment où l'on sortait le film de l'appareil et l'installait autour de la spire, que l'on plaçait dans la cuve. Elle fut un instant déstabilisée de se trouver dans cet environnement inconnu, mais les réflexes reprirent vite le dessus. Le film fut rapidement en place, et elle put alors allumer la lumière rouge pour procéder aux étapes suivantes.

Il ne faisait aucun doute que la photographie numérique était l'avenir. L'argentique disparaissait peu à peu, mais Kayleigh ne voulait pas l'abandonner. Elle aimait le travail manuel, et toutes les manipulations nécessaires à l'obtention d'un bon résultat.

Maintenant qu'elle avait les négatifs, elle allait pouvoir utiliser son scanner pour en créer des copies numériques qu'elle pourrait sauvegarder. Enfin, c'était ce qu'elle envisagerait dès qu'elle aurait remplacé le scanner qui avait été détruit chez elle.

Elle ferait également des tirages papier. C'était la partie la plus satisfaisante de tout le processus : voir le négatif se transformer en une image qui était un souvenir tangible.

Sur le film, elle aperçut soudain le visage souriant de Weston et attrapa une loupe pour l'observer de plus près.

Même si l'image était petite, il suffisait à Kayleigh qu'elle pose les yeux sur lui pour que son cœur se gonfle dans sa poitrine. Elle ne pouvait plus imaginer vivre sans lui.

Et, si tout se passait bien, dans quelques heures, elle pourrait mener une vie normale à ses côtés. Cette pensée lui faisait un peu tourner la tête.

Toujours en souriant, elle voulut examiner d'autres clichés qu'elle avait pris lors de leur promenade sur le lac. Weston figurait sur nombre d'entre eux, et sur certains on voyait même l'immense propriété de son père devant laquelle ils étaient passés.

Elle n'aimait pas cette demeure. Contrairement à la maison où elle avait séjourné avec Weston, elle était froide et impersonnelle. Kayleigh avait besoin de confort, de joie et de chaleur pour pouvoir se relaxer, et cela était totalement absent de cette maison au luxe ostentatoire.

Kayleigh continua à observer le film, se concentrant sur Weston, et faillit ne pas remarquer le détail. Elle s'interrompit et revint sur un cliché où l'on voyait mieux la maison.

On distinguait deux silhouettes sur le balcon. Personne n'aurait dû se trouver dans cette demeure. Son père n'aurait jamais permis qu'on l'utilise alors que Weston et elle se cachaient à proximité.

Elle n'avait pas prêté attention à cela lorsqu'elle avait pris ces photos. Elle se souvenait qu'elle avait été submergée par une vague de tristesse lorsqu'elle avait vu cette grande propriété vide qui était comme un rappel de la solitude de son existence, et qu'elle avait saisi son appareil-photo pour cacher ses émotions à Weston.

Elle trouva un cliché où les deux personnes apparaissaient plus clairement et l'examina attentivement.

Elle faillit lâcher la loupe lorsqu'elle les reconnut.

Gwendolyn et Beau Kesler.

Et pourtant, à l'hôpital, lorsque Dean McClintock leur avait parlé de lui et leur avait montré son portrait, Gwendolyn avait affirmé qu'elle ne le connaissait pas...

Gwendolyn, que Weston était allé chercher !

Kayleigh attrapa son téléphone et alluma la lumière. En tremblant, elle composa le numéro de Weston, mais son appel aboutit sur la boîte vocale.

Bon... Que devait-elle faire ? Elle n'avait pas de voiture. Elle devait appeler Chance, mais elle n'avait pas son numéro sur ce téléphone, qui n'avait pas accès au réseau.

Elle allait trouver un autre moyen de prévenir Weston. Elle allait...

La porte s'ouvrit et Weston apparut.

— Oh ! mon Dieu, tu vas bien ! C'est Gwendolyn qui faisait fuiter les informations. Elle a rencontré Beau Kesler. Comment as-tu...

Elle s'immobilisa lorsque Gwendolyn apparut derrière Weston, pointant une arme sur lui.

— Bonjour, Kayleigh. Il faut que nous parlions.

Weston avait compris que quelque chose n'allait pas dès qu'il avait rejoint Gwendolyn à la station-service. Il avait immédiatement eu le sentiment que toute cette situation était une mise en scène.

Mais il pensait que quelqu'un se servait de Gwendolyn pour les retrouver, pas qu'elle était à l'origine de cette machination.

La trace de sang sur le front – qui était probablement un

simulacre – était bien imitée, et il n'était pas allé vérifier que sa voiture était dans le fossé. Il avait seulement voulu la mettre à l'abri.

Il l'avait ramenée dans leur cachette en faisant des détours pour vérifier qu'ils n'étaient pas suivis. Mais l'ennemi était déjà avec lui, dans la voiture.

Il était si pressé de la mettre à l'abri qu'il ne s'était rendu compte qu'il avait commis une grave erreur que lorsqu'il avait senti le canon d'une arme contre son crâne, au moment où il ouvrait la porte.

Il était sur le point de se retourner pour désarmer Gwendolyn quand Kayleigh s'était précipitée sur lui, et il n'avait pas voulu lui faire courir de risques. Mais maintenant qu'il avait les mains menottées dans le dos il regrettait de n'avoir pas réagi.

Quant à Kayleigh, elle était anéantie.

— Mon père vous faisait confiance. *Je* vous faisais confiance !

Le visage de Gwendolyn était dur et froid lorsqu'elle pointa son arme sur Kayleigh.

— Il y a beaucoup de choses que vous ignorez sur votre père. Il ne voulait pas que sa petite fille chérie sache qui il était vraiment.

— Que voulez-vous dire ?

— Sa fortune ? Elle a été bâtie aux dépens des autres. Votre père n'est pas l'homme d'affaires intègre que vous croyez.

Kayleigh secoua la tête.

— Mon père a peut-être parfois été dur en affaires, mais cela ne justifie rien de ce que vous avez fait. Il est dans le coma à cause de vous !

— Si vous nous disiez exactement ce que vous reprochez à Leo, nous arriverions peut-être à comprendre, déclara Weston, que Gwendolyn avait forcé à s'asseoir.

Il voulait la faire parler le plus longtemps possible. Ses frères essayaient déjà de le joindre – il avait senti son téléphone vibrer dans sa poche. Lorsqu'ils constateraient qu'il ne répondait pas, ils s'inquiéteraient et viendraient voir ce qui se passait.

Gwendolyn jeta un coup d'œil à son propre téléphone.

— Ce n'est pas le moment de parler. Partons d'ici. La journée va être longue pour Kayleigh.

Elle pointa son arme vers Weston et désigna la porte de la tête, lui faisant signe d'avancer. Il demeura immobile. Ils se défièrent du regard pendant un long moment.

— Comme vous voulez, déclara Gwendolyn en pointant son arme sur Kayleigh.

Bon sang ! Weston ne pensait pas qu'elle allait tirer, mais il préféra obéir et se dirigea vers la porte. Kayleigh courut auprès de lui et lui attrapa le bras.

— Ça va aller, murmura-t-il alors qu'ils avançaient ensemble.

Kayleigh hocha la tête, mais il voyait à son regard qu'elle était terrifiée. Il aurait aimé pouvoir la prendre dans ses bras. Mais, surtout, il aurait aimé la faire sortir de ce traquenard.

Peut-être cela serait-il possible lorsqu'ils seraient en voiture. Il pourrait tenter de convaincre Gwendolyn de lui ôter les menottes pour qu'il puisse conduire, et avec l'aide de Kayleigh ils devraient être capables de la maîtriser.

Mais, lorsqu'ils sortirent, Weston comprit pourquoi Gwendolyn surveillait son téléphone : Beau Kesler les attendait, appuyé contre son Range Rover.

— Je dois l'admettre : je ne pensais pas que ce stratagème marcherait, dit-il à Gwendolyn. Je suis impressionné.

Gwendolyn haussa les épaules.

— Votre attaque contre Dean a rendu mon histoire plus plausible, même si elle a échoué.

— Nous aurons tout le temps de tuer Dean McClintock. Pour le moment, il ne compte pas.

Avec un sourire narquois, Beau se redressa et avança vers eux.

— Nous avons la princesse. C'est l'important.

Weston se plaça entre Kayleigh et Beau. Il ne pouvait pas faire grand-chose avec les mains liées, mais Beau avait déjà prouvé qu'il était prêt à tuer. Weston voulait que Kayleigh soit le plus loin possible de lui.

Beau regarda Gwendolyn et ajouta :

— Nous avons traversé tout cela ensemble, Gwendolyn. Vous avez perdu Sarah, et maintenant il est temps que Leo paye.

Mais qui était Sarah ?

— Nous allons empêcher ce rachat, déclara Gwendolyn à l'intention de Kayleigh. Votre père est un meurtrier et je ne vais pas le laisser gagner un peu plus d'argent sur le dos d'innocents. Vous allez mettre un terme à cela.

— *Un meurtrier ?* répéta Kayleigh en écarquillant les yeux. Que voulez-vous dire ? Vous mentez !

— Ce n'est pas ce que dirait ma fille. Elle est morte.

— Quoi ? s'exclamèrent Weston et Kayleigh en même temps.

Kayleigh secoua la tête.

— Vous ne m'avez jamais dit que vous aviez une fille !

Cela n'était pas apparu non plus lorsque San Antonio Security avait vérifié les antécédents de Gwendolyn.

— Bien sûr que non. Cela aurait éveillé les soupçons de Leo d'apprendre que son assistante avait une fille qui était morte à cause de lui. Beau a réussi à effacer toutes les traces de son existence, puisqu'il fallait que Leo n'en sache rien.

— Je voulais seulement vous aider à faire ce qui est juste, déclara Beau en posant la main sur l'épaule de Gwendolyn. Leo Delacruz détruit des vies.

— Comment ? murmura Kayleigh.

— Il a racheté l'entreprise pharmaceutique de mon père, répondit Beau. Mais au lieu de la faire prospérer ou de la revendre telle quelle il a choisi de la démanteler.

— Toutes les personnes sur lesquelles l'entreprise testait de nouveaux médicaments, comme ma fille, ont été laissées pour compte. Tous les essais thérapeutiques ont été stoppés. Sarah est morte.

Gwendolyn se raidit et poursuivit :

— Beau a monté une autre entreprise pharmaceutique, et

maintenant Leo tente à nouveau de la racheter. Je ne peux pas le laisser faire. Votre père doit payer.

Beau eut un sourire narquois.

— C'est pourquoi vous allez annuler le rachat aujourd'hui, Kayleigh. Non seulement cela, mais vous allez nous céder le groupe de Leo, puisque vous avez tout pouvoir. À la fin de cette journée, tout ce qui appartient à Leo Delacruz sera à nous.

Gwendolyn s'éloigna de lui.

— Ce n'est pas ce qui était prévu. Nous voulions seulement empêcher le rachat.

— Pensez à Sarah. Ce n'est que justice ! Il ne s'agit pas seulement de mettre Leo dans l'incapacité de faire du mal à d'autres personnes, mais d'obtenir réparation. Vous le méritez, Gwendolyn ! C'est le moment d'agir : Leo est dans le coma et nous allons tirer profit de la situation.

— Je ne signerai pas, déclara Kayleigh. Gwendolyn, je suis désolée d'apprendre ce qui s'est passé pour votre fille, et je suis également désolée si mon père a joué un rôle quelconque dans cette affaire, mais je refuse de céder la direction du groupe à Beau Kesler.

Beau cessa immédiatement d'affecter d'être raisonnable et fit un pas en direction de Kayleigh, l'air menaçant.

— Je pense que si.

Kayleigh redressa les épaules.

— Si vous me tuez, vous n'obtiendrez rien.

Weston tira sur ses menottes, mais elles ne bougèrent pas.

— C'est ce que vous projetez, de toute façon, déclara-t-il. Maintenant que nous savons que vous êtes derrière tout cela, vous ne pouvez pas vous permettre de nous laisser la vie sauve.

Beau hocha la tête.

— Patterson a raison.

— Beau, s'exclama Gwendolyn, ce n'est pas ce que nous avions prévu ! Nous devions uniquement nous en prendre à Leo !

Beau l'ignora, et avança vers Weston et Kayleigh.

— Mon père m'a toujours recommandé de laisser les sentiments de côté dans les affaires.

Weston s'interposa entre Beau et Kayleigh.

— Ne la touchez pas !

— Inutile de jouer au héros : je n'en ai pas l'intention pour le moment.

Le poing de Beau s'enfonça dans son ventre et Weston se plia en deux, le souffle coupé.

Beau le frappa au visage, une fois, puis une autre. Weston encaissait les coups sans pouvoir se protéger. Puis Beau se remit à le frapper dans le ventre.

— Arrêtez ! hurla Kayleigh. Je vous en prie, arrêtez !

— Vous voulez que j'arrête ? demanda Beau.

Weston tourna la tête et cracha du sang. Il voulut dire à Kayleigh qu'il allait bien, mais Beau avait déjà repris la parole.

— Vous avez raison. Le rouer de coups n'est pas très efficace.

Beau sortit un couteau, attrapa Weston par la chemise et lui enfonça la lame dans le flanc.

Une douleur fulgurante lui traversa le torse, et il tomba en avant lorsque Beau le poussa à terre. Il entendit Kayleigh sangloter alors qu'elle se précipitait vers lui.

— Weston, souffla-t-elle en l'aidant à se redresser, Weston, ça va ?

La douleur était intense, mais seule la chair était touchée... rien de critique.

Avant que Weston ne puisse répondre, Beau attrapa Kayleigh par les cheveux.

— Tu vois ce que je lui ai fait en quelques minutes ? dit-il en l'obligeant à tourner la tête vers lui. Imagine ce que je peux lui faire subir avec un peu plus de temps et de créativité... Tu veux voir ton ami mourir en hurlant ? C'est ce qui va se passer si tu ne fais pas exactement ce que je t'ai dit.

Weston tenta de se relever, mais retomba à terre avec un grognement lorsque Beau lui donna un coup de pied.

— Et quand nous en aurons fini avec Weston nous allons

peut-être nous attaquer à ses si gentils parents adoptifs, Clinton et Sheila. L'histoire de leur famille arc-en-ciel est si belle, n'est-ce pas ? Vous aimeriez les voir mourir dans d'atroces souffrances, eux aussi ? Je peux tuer tous les membres de sa famille un à un.

— La famille... C'est la raison pour laquelle tout cela a eu lieu, non ?

Tout le monde s'immobilisa et se tourna vers l'homme qui venait de parler.

Kayleigh retint son souffle. Weston cligna des paupières, craignant d'avoir pris un coup de trop.

Leo se tenait devant eux. En excellente forme.

22

— Papa ?

Kayleigh regardait fixement son père – qui lui semblait dans une forme étonnante – tout en comprimant la blessure de Weston. Comment était-il possible qu'il soit là devant elle ? Et avec une arme à la main, rien de moins.

Beau se posait la même question.

— Que faites-vous ici ? On m'a dit que vous étiez dans le coma.

Leo secoua la tête.

— Ça n'a jamais été le cas. Mais je ne savais plus à qui je pouvais faire confiance. J'avais compris qu'un de mes proches me trahissait, mais j'ignorais s'il s'agissait de Dean, de Jasper ou de Gwendolyn. Alors, avec l'aide de l'équipe de l'hôpital, j'ai organisé cette mise en scène.

Kayleigh avait du mal à en croire ses yeux et ses oreilles.

— Le fait que vous soyez là ne change rien à l'affaire, Leo, déclara Gwendolyn en pointant son arme sur lui. Nous ne laisserons pas ce rachat s'accomplir. Nous ne vous laisserons pas tuer d'autres innocents.

Son père garda son arme braquée sur Beau. Bien. Peut-être cela l'empêcherait-il de frapper Weston à nouveau.

— Je suis désolé d'apprendre ce qui est arrivé à votre fille, déclara-t-il. C'est une tragédie.

— C'est trop tard, répliqua Beau. Vous l'avez tuée et vous avez tué d'autres innocents. Vous êtes un meurtrier ! Tirez, Gwendolyn.

Kayleigh n'avait pas le moindre doute que, si Beau avait eu une arme à la main, il l'aurait fait lui-même.

— Il se sert de vous, déclara son père à Gwendolyn. Il ne vous a pas raconté toute l'histoire, et il se sert de vous pour gagner de l'argent.

— Que voulez-vous dire ? demanda Gwendolyn.

— Ne l'écoutez pas ! hurla Beau.

— Vous savez ce qui s'est passé entre George Kesler et moi il y a cinq ans, vous savez comment j'ai racheté son entreprise, n'est-ce pas ?

Gwendolyn hocha la tête.

— C'était votre concurrent. Vous avez démantelé sa compagnie.

Leo secoua la tête.

— Vous a-t-on dit que George Kesler avait fait sortir tout le monde de la salle de réunion, et qu'il n'y avait que nous deux le jour de la signature du rachat ?

— Tuez-le, Gwendolyn ! cria Beau. Il essaye de vous manipuler !

Leo poursuivit :

— Je n'avais pas l'intention de démanteler l'entreprise. Si je l'avais revendue telle quelle, j'en aurais retiré beaucoup plus d'argent. C'est George qui m'a supplié de le faire. Il avait découvert que Beau – ainsi que le département recherche qu'il dirigeait – tentait de limiter les coûts au maximum. Leur programme de médecine expérimentale ? C'était un leurre. Ils ne soignaient personne. Tous leurs patients recevaient un placebo, et ils manipulaient les résultats.

— Il ment ! hurla Beau.

Leo secoua la tête.

— George m'a demandé de l'aider. Nous avions prévu de démanteler l'entreprise ensemble pour stopper Beau. Mais George a été victime d'une attaque cardiaque, donc, j'ai dû le faire sans lui.

Gwendolyn se retourna vers Beau.

— C'est vrai ?

— Bien sûr que non ! Il essaye seulement de sauver sa peau.

— Beau a monté une nouvelle entreprise pharmaceutique, et

il utilise toujours les mêmes pratiques, poursuivit calmement son père. Je suis sincèrement désolé de ce qui est arrivé à votre fille, et du rôle que j'ai pu jouer dans sa mort. Mais si quelqu'un ici cherche à gagner de l'argent au détriment de la vie des malades, c'est lui. Si votre fille participait à un essai thérapeutique, elle n'était pas traitée. Elle allait mourir même si l'entreprise avait survécu.

Kayleigh voyait bien que le doute s'insinuait en Gwendolyn. Elle ne savait plus qui croire.

— Ne l'écoutez pas ! s'écria Beau en abattant son poing sur le capot de son Range Rover. C'est notre chance de devenir bien plus riches que nous ne l'aurions imaginé.

Il n'aurait pas dû dire cela.

— Il ne s'agit pas d'argent, répliqua Gwendolyn. Il ne s'est jamais agi d'argent. Pas pour moi.

— Je le sais bien, je le sais bien, se reprit Beau. Mais nous pouvons nous servir de Kayleigh pour tout arrêter et faire transférer ses actifs à notre nom.

— J'ai déjà retiré tous les pouvoirs à Kayleigh. Elle ne vous sert plus à rien. Et je crains que posséder mon groupe ne se révèle moins enthousiasmant que Beau semble le penser.

— Pourquoi donc ? demanda Gwendolyn en regardant alternativement Leo et Beau.

— Le rachat de Brighton Pharmaceuticals me coûte très cher, répondit Leo calmement. Le plus gros de ma fortune y passera.

Tous regardèrent Leo fixement.

— J'ai essayé de rassembler assez de preuves contre Beau pour l'empêcher à jamais de faire du mal. Tous ces éléments se trouvent à l'intérieur de l'entreprise. Et je suis pratiquement certain que nous découvrirons bientôt que la crise cardiaque de son père n'était pas un accident.

Kayleigh sentit que Weston, dont elle comprimait toujours la blessure, se mettait à bouger. Il se releva avec peine.

— Weston, reste assis, murmura-t-elle. Je...

— C'est fini, Beau, déclara Leo. J'ai déjà réussi à rassembler une bonne partie des preuves nécessaires sous le couvert des visites préalables à l'acquisition. La seule chose qu'il faut maintenant, c'est...

Beau se rua sur Gwendolyn, la poussa à terre en lui arrachant son arme, qu'il pointa sur Leo.

Il fit feu avant même que Leo ne lève son pistolet.

Weston était le seul à avoir compris ce qui allait se passer, et il s'était déjà jeté sur Beau. Il ne parvint pas à le faire tomber, mais le tir fut dévié. Weston perdit l'équilibre et chuta.

Avec un rictus, Beau pointa son arme sur Weston.

— D'accord. Tu peux mourir le premier.

Kayleigh poussait un hurlement en se précipitant vers les deux hommes lorsqu'une détonation retentit.

— Weston !

Mais ce fut Beau qui tomba à terre, blessé à la poitrine. Il avait lâché son arme, et Weston se redressa pour donner un coup de pied dedans afin de l'éloigner.

Leo garda son pistolet pointé sur Beau tout en s'avançant. Gwendolyn s'était affaissée et sanglotait.

Kayleigh courut vers Weston.

— Je pensais que Beau t'avait touché ! s'écria-t-elle en le serrant contre elle et en lui caressant les cheveux.

Weston tenta de lui sourire, mais ne réussit qu'à grimacer.

— Je ne pouvais pas le laisser tuer ton père.

Leo s'accroupit auprès d'eux. Beau gémissait, toujours à terre.

— Et je ne pouvais pas le laisser tuer celui qui, j'en ai presque la certitude, va devenir mon gendre.

De l'autre côté du bâtiment, il y eut des crissements de pneus, et les voix des frères de Weston s'élevèrent. Kayleigh prit la main de son père et la serra. Elle avait encore beaucoup de questions à lui poser, mais en cet instant cela n'avait aucune importance.

Pour l'heure, elle songeait seulement que les hommes qu'elle aimait le plus au monde étaient en vie, et iraient vite bien.

Épilogue

Six mois plus tard

— Je pense que je peux être certaine que tu ne m'épouses pas pour l'argent !

Weston, qui entrait dans sa maison en portant un carton contenant les affaires de Kayleigh, eut un large sourire.

Elle était venue vivre ici à compter du jour où Beau avait failli les tuer. Depuis que sa maison avait été mise à sac par les individus que Beau et Gwendolyn avaient employés, il lui était devenu impossible d'y séjourner.

Cela convenait tout à fait à Weston. Il voulait que Kayleigh soit à ses côtés pour le restant de sa vie.

— Je ne serais pas surpris que ton père fasse à nouveau fortune. Il ne sera peut-être plus jamais aussi riche qu'avant, mais il a trop le sens des affaires pour rester longtemps désargenté.

Leo ne leur avait pas menti en affirmant que la transaction allait le laisser presque sans le sou. Il avait peut-être trouvé la preuve que Beau Kesler était un criminel, mais cela lui avait coûté cher.

La fortune des Delacruz n'existait plus… Du moins, elle avait été sérieusement amputée. Pratiquement toutes les propriétés et tous les actifs de Leo avaient été vendus pour couvrir les frais du rachat de Brighton Pharmaceuticals.

Il restait encore à Leo quelques millions de dollars – qui auraient amplement suffi à Weston pour le restant de sa vie –, mais cela n'était rien pour lui.

Pourtant, il semblait heureux. Kayleigh et lui déjeunaient ensemble plusieurs fois par semaine et ils se parlaient beaucoup.

Il était même venu dîner à plusieurs reprises chez les parents de Weston.

Il n'était peut-être plus un magnat de la finance, mais il se portait comme un charme.

Kayleigh, qui n'avait jamais voulu profiter de l'argent de son père, était assez indifférente à ce revers de fortune. Elle avait remplacé son matériel de photographie qui avait été détruit grâce à l'argent versé par l'assurance, et avait passé les derniers mois à travailler sur le projet qui lui tenait à cœur : les plantes qui survivaient dans des circonstances très difficiles.

Elle aurait aussi pu ajouter quelques personnages à cette étude si elle l'avait voulu : lui, elle.

Leur couple. Et ils ne se contentaient pas de survivre : ils s'épanouissaient.

Beau était derrière les barreaux et attendait son procès pour tentative de meurtre, coups et blessures, incendie criminel et tentative d'enlèvement. À cela s'ajouteraient d'autres chefs d'inculpation lorsque la justice aurait exploité tous les éléments de preuve trouvés dans son entreprise.

Il ne sortirait plus jamais de prison.

La cour avait été plus indulgente avec Gwendolyn. Leo, Kayleigh et Weston avaient tous les trois affirmé qu'ils ne pensaient pas que Gwendolyn ait eu l'intention de les tuer, ni qu'elle l'aurait fait. Beau l'avait manipulée avec ses mensonges.

Elle avait été inculpée de tentative d'enlèvement et allait purger une peine de prison, mais elle serait libérée un jour.

Kayleigh déballait les cartons que Weston sortait du camion de déménagement garé devant la maison. Elle lui sourit lorsqu'il ne put résister à l'envie de la soulever et de la faire reculer contre le mur.

— Je suis heureux que tu viennes vivre ici avec moi, murmura-t-il contre ses lèvres.

— Je t'aime, Patterson, et il me tarde de devenir une Patterson moi aussi.

— Encore quelques mois seulement.

Il déposa des baisers dans son cou. Jamais il ne se lasserait des petits gémissements qu'elle poussait.

— Nous devons être chez tes parents dans une heure, lui fit-elle remarquer.

Mais au lieu de le repousser elle l'attirait à elle.

— Nous avons le temps, répliqua-t-il. J'aimerais t'emmener dans la serre pour y faire l'amour.

Elle se redressa et s'écarta de lui.

— Cela me rappelle que j'ai quelque chose à te montrer.

Il pressa les lèvres sur sa bouche.

— Plus tard.

Elle sourit.

— Viens, tu vas aimer. Il faut aller vers la serre pour le voir.

Elle lui prit la main et le fit sortir de la maison, un peu comme lorsqu'ils étaient enfants. Il sourit et la laissa le guider. Il espérait qu'elle ferait encore la même chose lorsqu'ils auraient quatre-vingts ans.

Quand ils arrivèrent près de la serre, elle se retourna et resta à l'extérieur.

— Je ne voulais pas t'en parler avant d'être sûre que ça marcherait, mais je pense que c'est bon maintenant.

Elle l'emmena alors vers un endroit du parc qu'il n'avait pas encore vraiment aménagé. Il y avait tant de possibilités en termes de plantes qu'il n'avait pas déterminé dans quelle direction il voulait aller.

C'était une chose qu'ils pourraient décider ensemble.

Près de la limite de la propriété, elle s'arrêta et s'agenouilla. Weston fit de même et examina la petite tige qui sortait de terre.

Ses yeux s'écarquillèrent.

— C’est une bouture de jacaranda ?

Elle sourit.

— Oui. Elle est belle, n’est-ce pas ?

Il posa le bras sur ses épaules et l’attira contre lui.

— Nous aurons notre arbre à nous, comme lorsque nous étions enfants.

— Ça sera encore mieux ! La bouture vient de celui de papa. J’ai demandé aux nouveaux propriétaires si je pouvais couper une branche et je l’ai tout d’abord mise dans l’eau, puis dans un pot, avant de la transplanter ici il y a environ deux semaines.

— C’est une bouture de *notre* arbre ?

Weston avait du mal à parler, tant l’émotion lui serrait la gorge.

— Mon Dieu, que je t’aime !

Elle lui fit un large sourire.

— Cet arbre va prendre racine et grandir ici. À chaque fois que nous le regarderons, nous saurons que les racines de notre couple sont profondes elles aussi. Et chaque année nous emmènerons nos enfants ici, et nous prendrons une photo de famille.

La famille…

Adolescent, il avait eu la chance extraordinaire d’être accueilli dans la famille que formaient Sheila, Clinton et ses frères.

Et maintenant il allait avoir celle tout aussi extraordinaire d’en fonder une avec la femme qu’il avait toujours aimée.

Il était impatient de commencer.

Vous avez aimé ce roman ?
Retrouvez en numérique les frères Patterson :

1. *Cœur en sursis*
2. *Un bébé dans la tourmente*
3. *Un garde du corps amoureux*